EM MEMÓRIA

EM MEMÓRIA

ALICE WINN

Tradução Luiza Marcondes

astral cultural

Editora Natália Ortega

Editora de arte Tâmizi Ribeiro

Coordenação editorial Brendha Rodrigues

Produção editorial Gabriella Alcântara e Thais Taldivo

Preparação de texto Alexandre Magalhães

Revisão de texto Carlos César da Silva e João Rodrigues

Design da capa gray318

Foto de capa © Kristiina Wilson/The Licensing Project

Foto da autora © Jamie Ting

Dados Internacionais de Catalogação na Publicação (CIP)
Angélica Ilacqua CRB-8/7057

W741e

Winn, Alice
Em memória / Alice Winn ; tradução de Luiza Marcondes.
— São Paulo, SP : Astral Cultural, 2025.
448 p.

ISBN 978-65-5566-651-9
Título original: In memoriam: A Novel

1. Ficção inglesa 2. Ficção LGBTQIAPN+ I.
Título II. Marcondes, Luiza

25-2503 CDD Ir823

Índice para catálogo sistemático:
1. Ficção inglesa

BAURU
Rua Joaquim Anacleto
Bueno 1-42
Jardim Contorno
CEP: 17047-281
Telefone: (14) 3879-3877

SÃO PAULO
Rua Augusta, 101
Sala 1812, 18º andar
Consolação
CEP: 01305-000
Telefone: (11) 3048-2900

E-mail: contato@astralcultural.com.br

Para meus pais.

FOLHA DE PREHUTE

VOL. XLIX. — N.º 739 27 DE JUNHO DE 1914 Preço: 3 centavos

EDITORIAL

Oh, Deus! Que este editor seja salvo do editorial! O ciclo escolar, contudo, está encerrado, e que magnífico ciclo, a propósito; portanto, tracemos conclusões para os ávidos leitores da humilde FOLHA DE PRESHUTE. Mais um esplêndido ano se passou e os grandiosos homens do Sexto Superior agora nos deixam e partem em nome das glórias de Oxford, Cambridge e Sandhurst! Acalentamos a esperança de que, vez por outra, lembrem-se de nós, pobres colegiais, enquanto dividem o tempo entre aulas e festejos. Que nosso futuro seja tão brilhante quanto o deles! — S. CUTHBERT-SMITH

APONTAMENTOS SOBRE NOTÍCIAS

O Bispo de Londres realizou pregação no domingo, 14 de junho.

"À pessoa que tem praticado 'Well-Tempered Clavier', de Bach, seis vezes por dia no piano próximo da Velha Sala de Leitura, será que poderia, por gentileza, aprender uma nova composição? Atenciosamente, *Um Cavalheiro Musicalmente Frustrado."*

As três pessoas presentes na plateia onde os calouros apresentaram as peças menos conhecidas de Aristófanes relatam que a experiência foi "exatamente o que Aristófanes teria desejado".

O debate do próximo semestre será "Esta Casa se recusa a acreditar na existência de fantasmas". Aqueles dispostos a debater a favor do oculto devem entrar em contato com H. Weeding.

ASSOCIAÇÃO DE DEBATES

Na segunda-feira, 22 de junho, a Associação se reuniu para discutir a seguinte moção: "Na opinião da Casa, a guerra é um mal necessário".

O sr. Ellwood apresentou a proposição. Após alguns comentários insolentes à oposição, no tocante a seu prendedor de gravata de latão, ele ofereceu um histórico bastante animado, ainda que impreciso, das Guerras Púnicas. O sr. Gaunt, argumentando (de maneira um tanto covarde) *("Posso manter essa parte?" — Autor. "Caso não se importe com a vingança de Gaunt, que quase certamente será violenta, tudo bem. Ele é um excelente pugilista, embora também seja um pacifista abominável." — Editor.)* contra a moção, sugeriu que a guerra fosse ser uma destruidora de almas. Os ouvintes que já enfrentaram o sr. Gaunt no ringue viram-se inclinados a resmungar sediciosamente: "Que alma?". Esta não é, de maneira alguma *(cont. pág. 5)*

POESIA

Anoitecer no colégio Preshute

O frio toma o céu e na angústia do oeste,
Rumo a outros mundos, mergulha o sol sereno.
O peito inquieto se acalma no escuro celeste:
As Nuvens dos Sonhos se abrem no plano terreno.

A torre da Capela perfura o céu…

"Comprido demais, Ellwood. De novo." — Editor.
"Mal chega a três estrofes!" — Autor.
"É comprido demais, Ellwood." — Editor.

The London Gazette

Terça-feira, 4 de agosto de 1914.

PUBLICADO PELAS AUTORIDADES

QUARTA-FEIRA, 5 DE AGOSTO DE 1914.

ESTADO DE GUERRA

O Governo de Sua Majestade informou ao Governo Alemão, no dia 4 de agosto de 1914, que, a não ser que fosse recebida até a meia-noite do mesmo dia uma resposta satisfatória ao pedido do Governo de Sua Majestade quanto a uma garantia de que a Alemanha respeitaria a neutralidade da Bélgica, o Governo de Sua Majestade sentir-se-ia obrigado a tomar todas as medidas em seu poder para preservar tal neutralidade, bem como o cumprimento de um tratado anteriormente homologado pela Alemanha em conjunto com a Grã-Bretanha.

Tendo esta comunicação resultado na necessidade de o Embaixador de Sua Majestade em Berlim precisar requerer seu passaporte, o Governo de Sua Majestade, por conseguinte, notificou formalmente o Governo Alemão de que existe um estado de guerra entre os dois países a partir das 23 horas do dia de hoje.

Ministério de Relações Exteriores,
4 de agosto de 1914.

FOLHA DE PRESHUTE

VOL. XLIX. – N.º 741 17 DE OUTUBRO DE 1914 Preço: 6 centavos

MORTOS EM COMBATE

Beazley, 2º Ten. L. S. W., Rgt. de Wiltshire,
20 de setembro, aos 22 anos.
Hickman, Ten. M. E., Rgt. de Worcestershire, aos 20 anos.
Milling, Ten. L., Highlanders dos Gordon, aos 23 anos.
Roseveare, 2º Ten. C. C., Batalhão Real de Fuzileiros de Munster,
Mons, 27 de agosto, aos 22 anos.
Scott-Moncrieff, Cap. M. M., Batalhão do Rei (Liverpool), 20 de
setembro, aos 25 anos.
Straker, 2º Ten. H. A., Batalhão Real de Fuzileiros de Munster, Mons,
27 de agosto, aos 18 anos.

MORTOS EM DECORRÊNCIA DE FERIMENTOS

Conlon, Ten. G. T., Rgt. de West Yorkshire, aos 21 anos.
Cuthbert-Smith, Ten. S., Fuzileiros de Northumberland, Mons,
24 de agosto, aos 18 anos.
Hill, Ten. A., 19º Batalhão de Lanceiros, Exército Indiano, aos 19 anos.

FERIDOS

Day, Ten. H. J., Rgt. de Middlesex.
Hattersley, Major F. K., Artilharia de Campanha Real.
Le Hunte, Ten. R., Batalhão Real de Fuzileiros da Escócia.
Matterson, 2º Ten. A. R., Rgt. de Bedfordshire.
Parsonage, 2º Ten. D. K., Infantaria Ligeira de Somerset.

EM MEMÓRIA

TENENTE S. CUTHBERT-SMITH

(Morto em Mons, em 24 de agosto, aos 18 anos.)

Qualquer um que tenha lido a FOLHA DE PRESHUTE nos últimos dois anos se lembrará de Cuthbert-Smith como o espirituoso editor da publicação. Ele havia recebido uma bolsa de estudos no Balliol College, em Oxford, onde teria estudado literatura clássica. Porém, era impossível que Cuthbert-Smith se tornasse acadêmico. Havia muito de soldado na alma dele. A seguinte descrição de sua morte foi redigida por seu comandante: "Em um avanço desenfreado para capturar uma metralhadora alemã, Cuthbert-Smith foi alvejado na barriga. Devido ao fogo inimigo, ficamos impossibilitados de levá-lo a uma caverna próxima, utilizada como posto médico, até as cinco da manhã do dia seguinte. O corajoso rapaz pediu apenas um pouco de morfina para não incomodar os outros. Ele morreu sem sofrimento, e como foi triste, para nós, perder um companheiro tão destemido! Foi a morte de um verdadeiro soldado". Em Preshute, podemos apenas lamentar tal perda e invejar sua morte nobre. Qualquer um de nós teria morrido com alegria em prol de nosso país.

S. A. WARD

SEGUNDO-TENENTE C. C. ROSEVEARE

(Morto em Mons, em 27 de agosto, aos 22 anos.)

Preshute sofreu muitas baixas desde a deflagração da guerra, mas nenhuma nos atingiu com tanto impacto quanto a morte de Clarence Roseveare. Ele deixa para trás dois irmãos no Sexto Período, incluindo nosso ilustre Monitor-chefe. O próprio Clarence também foi Monitor-chefe. Mas sua morte, bem como a vida, foi honrada e varonil, de tal bravura inglesa que beira a perfeição.

Segue um trecho de uma carta de seu Comandante: "Ele passou por mim com uma cara muito alegre, rindo, sob um fogo cruzado caloroso vindo de metralhadoras, e gritou-me: ‘Devo avançar?’, a que eu respondi: ‘Vá em frente, garoto, com toda a sua força’. Pobre rapaz, foi atingido no coração pouco depois. Coloquei-o em uma trincheira na esperança de que o ferimento não fosse fatal. Suas únicas palavras para mim foram: ‘Não se incomode comigo’. Quando eu *(cont. pág. 3)*

I

UM

Ellwood era monitor, portanto seu quarto naquele ano era esplêndido, com uma janela que se abria para um afloramento estranho do telhado. Ele estava sempre andando por lugares onde não devia. Era Gaunt, contudo, que realmente amava se empoleirar no telhado. Gostava de assistir aos garotos entrando e saindo de fininho do Salão Fletcher para surrupiar biscoitos, os monitores vagueando pelo gramado do Pátio, o mestre organista saindo da Capela. Era relaxante ver a escola funcionando sem ele, saber que estava acima daquilo tudo.

Ellwood também gostava de sentar-se no telhado. Fingia que suas mãos eram armas e atirava naqueles que passavam.

— Maldito Fritz! Acertei o olho dele! Leve *isso* para o Kaiser quando voltar para casa!

Gaunt, que crescera passando as férias de verão em Munique, tendia a não se juntar a essas brincadeiras de soldados.

Equilibrando a *Folha de Preshute* no joelho enquanto virava a página, Gaunt terminou de ler a mais recente seção "Em Memória". Conhecia sete entre os nove garotos mortos. A mais longa das homenagens era dedicada a Clarence Roseveare, irmão mais velho de um dos amigos de Ellwood. Quanto ao amigo — e inimigo — do próprio Gaunt, Cuthbert-Smith, um ínfimo parágrafo fora suficiente para sintetizá-lo. Ambos os garotos, a *Folha de Preshute* assegurava, haviam sofrido mortes nobres. Assim como cada um dos outros alunos de Preshute mortos na Guerra até então.

— Pou! — Ellwood murmurou ao seu lado. — *Auf Wiedersehen!*

Gaunt puxou um longo trago de seu cigarro e dobrou o jornal.

— Tiveram muito mais a dizer de Roseveare do que sobre Cuthbert-Smith, não é?

As armas de Ellwood voltaram a ser mãos. Ágeis, de dedos longos, manchadas de tinta.

— Sim — respondeu, apalpando os cabelos, distraído. Eram cabelos escuros e rebeldes. Ele os penteava para trás com cera, mas vivia amedrontado que um cacho errante se desprendesse e atraísse atenção da forma errada. — Sim, achei uma pena.

— Atingido na barriga! — Gaunt automaticamente levou a mão ao próprio abdômen. Imaginou-o aberto por um pedaço vertiginoso de metal. *Que estrago.*

— Roseveare está arrasado por conta do irmão — Ellwood falou. — Eles eram muito próximos, os três Roseveare.

— Ele parecia estar bem no refeitório.

— Ele não é de fazer alarde — Ellwood disse, franzindo a testa.

Pegou o cigarro de Gaunt, evitando minuciosamente tocar a mão dele ao fazê-lo. Apesar da relação tátil que Ellwood tinha com os outros amigos, ele raramente encostava um dedo que fosse em Gaunt, a não ser que estivessem brincando de lutinha. Gaunt preferiria morrer a deixar que Ellwood percebesse o quanto aquilo o incomodava.

Ellwood tragou o cigarro e devolveu-o a Gaunt.

— Fico pensando no que o meu "Em Memória" diria — ele ponderou.

— "Garoto vaidoso morre em incidente bizarro com um guarda-chuva. Investigações em andamento."

— Não — Ellwood respondeu. — Não, acho que seria algo mais próximo de "A literatura inglesa perdeu hoje a mais brilhante de suas estrelas…!".

Ele sorriu para Gaunt, mas Gaunt não devolveu o sorriso. Continuava cobrindo a barriga com a mão, como se suas entranhas fossem derramar-se feito as de Cuthbert-Smith caso a movesse. Notou Ellwood assimilando a questão.

— Eu escreveria o seu, sabe? — Ellwood falou, a voz baixa.

— Inteiramente em versos, acredito.

— É claro. Assim como Tennyson fez para Arthur Hallam.

Ellwood sempre se comparava a Tennyson, e Gaunt ao amigo mais próximo do poeta. Em grande parte das vezes, Gaunt gostava da analogia, exceto quando se lembrava de que Arthur Hallam havia morrido aos vinte e dois anos, e que Tennyson passara os dezessete anos seguintes escrevendo poemas desolados. Pensando assim, achava ser um pouco mórbido, como se Ellwood *quisesse* que ele morresse, para que, com isso, tivesse algo sobre o que escrever.

Gaunt certa vez dera uma joelhada no estômago de Cuthbert--Smith. Seria a sensação de uma bala muito diferente da de um golpe?

— Sua irmã achava Cuthbert-Smith bem bonito — Ellwood disse. — Ela me contou no verão passado, na casa de Lady Asquith.

— É mesmo? — Gaunt perguntou, sem entusiasmo. — Muito amável da parte dela, confidenciar a você dessa maneira.

— Maud é incrível — Ellwood falou, colocando-se em pé de repente. — Um tipo excelente de garota. — Alguns pedaços de ardósia esfarelaram-se sob seus pés e desabaram até o térreo, três andares abaixo.

— Por Deus, Elly, não faça isso! — Gaunt pediu, agarrando o parapeito da janela. Ellwood sorriu e subiu de volta ao quarto.

— Entre, está tudo molhado aí fora — ele disse.

Gaunt, apressado, tragou mais um pouco de fumaça e deixou o cigarro cair em uma calha. Ellwood estava esparramado no sofá, mas, quando Gaunt se sentou em suas pernas, ele apressadamente as tirou do caminho.

— Você odiava Cuthbert-Smith — Ellwood falou.

— Sim. Bom... sentirei falta de odiá-lo.

Ellwood riu.

— Vai encontrar outra pessoa para odiar. Você sempre encontra.

— Sem dúvidas — Gaunt respondeu.

No entanto, aquele não era o problema. Ele escrevera poemas sórdidos sobre Cuthbert-Smith, que, por sua vez (Gaunt praticamente tinha certeza de que sim), havia rabiscado "Henry Gaunt é um ESPIÃO da Alemanha" na parede do guarda-volumes da biblioteca. Gaunt o esmurrara por isso, mas nunca teria atirado em seu estômago.

— Acho que ainda acredito que ele voltará no próximo ciclo, presunçoso e cheio de lorotas sobre a linha de frente — Ellwood falou, devagar.

— Talvez nenhum deles volte.

— É esse tipo de pensamento derrotista que vai nos fazer perder a Guerra. — Ellwood inclinou a cabeça. — Henry. Aquele Cuthbert-Smith era um idiota. Provavelmente entrou na frente de uma bala só por diversão. Não vai ser assim quando for a nossa vez.

— Eu não me alistarei.

Ellwood envolveu os braços ao redor dos joelhos, encarando Gaunt.

— Bobagem — ele falou.

— Não me oponho a todas as guerras — Gaunt explicou. — Apenas a *esta* guerra. Falam em "militarização alemã", como se não tivesse sido o poderio militar que sustentou o nosso império! Por que eu deveria levar um tiro por um arquiduque austríaco ter sido morto por um sérvio enfurecido?

— Mas a Bélgica...

— Sim, sim, as atrocidades belgas — Gaunt falou.

Eles já haviam discutido tudo isso antes. Tinham até mesmo levado a questão a debate, e Ellwood o vencera, 596 votos contra 4. Ellwood conseguiria vencer qualquer debate: era amado por toda a escola.

— Mas você tem que se alistar — Ellwood insistiu. — Se é que a Guerra ainda estará acontecendo quando terminarmos a escola.

— Por quê? Devo me alistar só porque você também vai?

Ellwood apertou o maxilar e desviou os olhos.

— Você vai lutar, Gaunt — ele falou.

— Ah, é?

— Você sempre luta. Com todos. — Ellwood esfregou com um dedo uma pequena área plana em seu nariz.

Ele fazia aquilo com frequência. Gaunt se perguntava se Ellwood ainda guardava algum rancor por ter levado um soco dele ali. Os dois só haviam brigado uma vez. Não fora Gaunt quem começara a briga.

— Não luto com você — ele respondeu.

— Γνῶθι σεαυτόν— Ellwood falou.

— *Eu* me conheço! — Gaunt se jogou sobre Ellwood para sufocá-lo com um travesseiro e, por um momento, nenhum dos dois foi capaz de falar, pois Ellwood estava esperneando e rindo, aos gritos, enquanto Gaunt tentava derrubá-lo do sofá.

Gaunt era forte, mas Ellwood era mais rápido: escapou entre os braços de Gaunt e caiu no chão, o riso tornando-o indefeso. Gaunt deixou a cabeça pender da lateral do sofá, e os dois apertaram as testas uma contra a outra.

— Lutar assim, você quer dizer? — Gaunt falou, quando recuperaram o fôlego. — Me *engalfinhar* com os alemães até a morte?

Ellwood parou de rir, mas não saiu de onde estava. Ambos ficaram imóveis por um momento, um crânio firme contra o outro, até que Ellwood se afastou e pressionou o rosto no braço de Gaunt.

O movimento fez todos os músculos de Gaunt se tensionarem. O hálito de Ellwood era quente. Fez com que Gaunt se lembrasse do cachorro que tinha em casa, Trooper. Talvez por isso tivesse despenteado os cabelos de Ellwood, os dedos procurando mechas que a cera não havia tocado. Havia anos que não afagava aqueles cabelos, não desde o primeiro período dos dois em Preshute, aos treze anos, quando ele costumava encontrar Ellwood encolhido, em um amontoado de lágrimas, debaixo da escrivaninha.

Mas estavam no Sexto Superior agora, seu último ano, e praticamente nunca tocavam um ao outro.

Ellwood permaneceu imóvel.

— Você parece o meu cachorro — Gaunt falou, porque algo pesava no silêncio.

Ellwood desvencilhou-se dele.

— *Obrigado.*

— É algo bom. Eu gosto muito de cachorros.

— Certo. Algo que queira que eu vá buscar? Estou começando a pegar o jeito com jornais, embora ainda deixe marcas com os dentes.

— Não seja bobo.

Ellwood riu, um pouco descontente.

— Também estou triste por Roseveare e Cuthbert-Smith — ele falou.

— Ah, sim — Gaunt disse. — E Straker. Lembra quando vocês dois amarravam os mais novos em cadeiras e passavam a noite toda os espancando?

Fazia anos que Ellwood não atormentava alguém, mas Gaunt sabia que ele ainda se envergonhava das tendências violentas indomáveis que o consumiam. Não muito tempo atrás, no último ciclo escolar, Gaunt o vira chorar de ódio ao perder uma partida de críquete. Gaunt não chorava desde os nove anos.

— Straker e eu fomos muito menos cruéis do que os garotos do ano acima foram *conosco* — Ellwood falou, o rosto vermelho. — Charlie Pritchard atirava em nós com *balas de festim.*

Gaunt sorriu, ciente de provocar Ellwood por sentir que constrangera a si mesmo ao tocar no cabelo do garoto. Era o tipo de coisa que Ellwood fazia com outros amigos o tempo todo, ele argumentou consigo mesmo. *Sim,* uma voz respondeu. *Mas nunca com você.*

— Eu não era próximo de Straker, de qualquer forma — Ellwood falou. — Ele era um brutamonte.

— Todos os seus amigos são brutamontes, Ellwood.

— Estou cansado disso tudo. — Ellwood ficou em pé. — Vamos caminhar um pouco.

Eles não tinham permissão para sair dos dormitórios durante o horário de revisões, então tiveram que escapulir silenciosamente da Casa do Cemitério. Desceram devagar a escadaria dos fundos, passando pelo escritório onde o diretor da casa, sr. Hammick, estava ralhando com um garoto do Grão por ter entrado às escondidas em algum lugar. (Preshute, uma escola pública de fundação relativamente recente, era ávida por usar a terminologia de instituições mais antigas e de maior prestígio: *Grão* para o primeiro ano, *Passagem* para o segundo e *Centos* para o terceiro, seguidos pelo Sexto Inferior e Sexto Superior.)

— Uma atitude baixa e desonrada, Gosset. É isso que você gostaria de ser, baixo e desonrado?

— Não, senhor — o desventurado Gosset choramingou.

— Pobre sujeito — Ellwood disse, depois de passarem pela porta dos fundos e a fecharem. Os dois cruzaram o caminho de brita, chegando ao cemitério que dava o nome a sua Casa. — Os garotos do Grão têm sido brutais com ele, simplesmente porque o rapaz disse a todos que é um duque, em seu primeiro dia aqui.

— E é verdade? — Gaunt perguntou, roçando a ponta dos dedos no topo das lápides enquanto caminhava.

— Sim, é verdade, mas esse é o tipo de coisa que se deixa as pessoas *descobrirem*. Seria como se eu me apresentasse dizendo "Olá, meu nome é Sidney Ellwood, e minha beleza é devastadora". Não cabe a *mim* dizer isso.

— Se está esperando que eu valide a sua vaidade...

— Nem sequer sonharia com isso. — Ellwood deu um pulinho alegre. — Não recebo um elogio seu há cerca de três meses. Sei disso porque sempre os anoto e guardo em uma gaveta.

— Exibido.

— Bom, a questão é que Gosset tem sido trucidado até não querer mais pelo restante dos garotos de seu ano, e eu sinto uma pena danada dele.

Estavam chegando aos escombros do Velho Mosteiro na extremidade do cemitério. O cair da noite começava a tornar o ar mais frio e úmido. O céu escurecia e assumia um tom azul-marinho. Em meio ao vento, os fraques dos dois esvoaçavam. Gaunt ergueu os braços ao redor de si. Havia certa avidez nas noites de inverno em Preshute. Era o contraste, talvez, entre as gigantescas colinas atrás da escola, a floresta escura, as campinas agitadas pelo vento, o silêncio absoluto... e o ruído vibrante dos garotos quando se retornava à Casa. Caminhando pelos campos desertos, podiam imaginar-se as únicas pessoas vivas no mundo. Ellwood morava em uma casa de campo imponente em East Sussex, mas Gaunt crescera em Londres. O silêncio era especialmente mágico.

— Ouça — Ellwood disse, fechando os olhos e inclinando o rosto para cima. — Se ficar quieto, consegue até imaginar os romanos destroçando os celtas, não é?

Os dois pararam de andar.

Gaunt não conseguia imaginar nada em meio ao silêncio.

— Você acredita em magia? — ele perguntou. Ellwood hesitou por algum tempo, uma pausa tão longa que, fosse qualquer outra pessoa, Gaunt talvez tivesse repetido a pergunta.

— Eu acredito na beleza — Ellwood respondeu, por fim.

— Sim — Gaunt concordou, fervoroso. — Eu também. — Ponderou sobre a sensação de ser alguém como Ellwood, alguém que contribuía para a beleza de um lugar em vez de devastá-la.

— É uma espécie de magia, isso tudo — Ellwood disse, seguindo em frente. — Críquete, caçadas, sorvetes no gramado em tardes de verão. A Inglaterra é mágica.

Gaunt teve a sensação de saber o que Ellwood diria em seguida.

— É por isso que temos que lutar por ela.

A Inglaterra de Ellwood era *mesmo* mágica, Gaunt pensou, desviando-se de algumas urtigas. Mas não era a Inglaterra. Gaunt já estivera na região do East End, quando a mãe o levara para dar sopa e pão aos tecelões irlandeses. Não havia críquete, caçadas ou sorvetes por lá. Mas Ellwood nunca se interessou pela feiura, ao passo que Gaunt — por causa de Maud, talvez, porque ela lia Bernard Shaw e Bertrand Russell e escrevia loucuras em suas cartas sobre as colônias — temia que a feiura fosse importante demais para ser ignorada.

— E você se lembra da Guerra do Peloponeso? — Gaunt perguntou.

Ellwood deixou uma risada rouca escapar.

— Honestamente, Gaunt, não sei por que ainda tento. Nós fugimos das revisões para *não precisarmos* pensar em Tucídides.

— Atenas era a maior potência da Europa, talvez até mesmo a maior do mundo. Eles tinham democracia, arte, uma arquitetura magnífica. Mas Esparta era quase tão poderosa quanto eles. Não chegava lá, mas era quase. E Esparta era militarista.

— Isto é uma parábola, Gaunt? Estou falando com Cristo?

— E, assim, os atenienses lutaram contra os espartanos.

— E perderam — Ellwood completou, chutando um tronco apodrecido.

— Pois é.

Ellwood ficou um bom tempo sem dar uma resposta.

— Nós não vamos perder — ele afirmou, por fim. — Somos o maior império que já existiu.

Estavam no Centos quando se embebedaram juntos pela primeira vez. Gaunt tinha dezesseis anos e Ellwood, quinze. Pritchard, de alguma maneira ("com *enorme* sacrifício pessoal", ele dissera, sombrio), havia convencido o irmão mais velho a lhe dar cinco garrafas de uísque barato. Eles se trancaram no banheiro do último andar da Casa do Cemitério: Pritchard, West, Roseveare, Ellwood e Gaunt. Ellwood, Gaunt veio a descobrir depois, insistira em comprar uma das garrafas de Pritchard para si. Ele tinha um medo mórbido de ser visto como uma pessoa mão de vaca.

West cuspiu o primeiro gole de uísque na pia. Era um garoto orelhudo, atrapalhado e desastrado: imbecil durante as aulas, mediano em jogos, um fracasso risonho.

— Santo Deus! Que abominação — ele disse. Sua gravata estava torta. Ela estava sempre torta, não importando em quantas ocasiões West fosse punido por seu desleixo.

— Continue bebendo — Roseveare aconselhou de onde estava, deitado preguiçosamente no chão.

Gaunt olhou de relance para o garoto e notou, com alguma irritação, que, mesmo desalinhado, ele parecia impecável. Era o mais novo dos três garotos Roseveare, um mais exemplar e perfeito do que o outro, e era bonito, de certa maneira displicente e abastada, que deixava Gaunt amargurado.

— A mim, agrada bastante — Ellwood disse, virando sua garrafa para examinar o rótulo. — Talvez eu possa criar um *hábito*. Creio que Byron tinha um *hábito*.

— Monges também têm — Gaunt falou.

— Quase chegou a ser engraçado, Gaunt — Roseveare disse, a voz encorajadora. — Um dia, você consegue.

Gaunt tomou um gole do uísque. O gosto não o agradou muito, mas a bebida o fez sentir-se leve, como se ninguém estivesse olhando. Ou, talvez, deu-lhe a impressão de que não precisava se importar caso olhassem. Ele entrou na banheira e afundou até estar fora de vista, agarrando a garrafa junto ao peito.

— Lorde Byron foi um sodomita — West disse, com ares de alguém que comunicava um importantíssimo segredo de estado.

Gaunt fechou os olhos.

— Meu pai me contou — West prosseguiu. — Disse que ele deveria ter sido fuzilado.

— Seu pai acha que todos deveriam ser fuzilados — Roseveare falou.

— Nem todos — West protestou.

— Bom, vejamos — Pritchard disse, contando nos dedos. Estava sentado na cisterna, cada joelho de um lado de West, que se acomodara na tampa do vaso. — Tem os homossexuais, os católicos, os irlandeses e qualquer pessoa que não goste de cachorros.

Pritchard era uma pessoa de aparência pouco memorável e, *de fato*, os demais tendiam a esquecê-lo, pois Charlie Pritchard era um atleta, e Archie Pritchard, um acadêmico; ao passo que Bertie Pritchard — comumente conhecido pelos garotos mais velhos como "Mini", o que ele detestava — ainda não sabia para que prestava. Para pouca coisa, até onde Gaunt via. Ellwood, no entanto, gostava dele.

— Só esqueceu os pobres — Ellwood disse, entrando na banheira junto de Gaunt. — A ralé. — Ele se acomodou entre as pernas de Gaunt e sentou-se de frente para o amigo.

— Ah, e os judeus, é claro — Pritchard falou. — Não se pode deixá-los de fora. Que azar, Ellwood.

— Eu faço parte da Igreja Anglicana — Ellwood disse, a voz branda.

— O que nos diz, West? — Pritchard perguntou. — Um convertido funciona para o senhor?

— Olhem... — West começou.

— Você é circuncidado, Ellwood? — Pritchard indagou.

Ellwood sorriu, tranquilo, como se a pergunta sobre sua judaicidade não o incomodasse nem um pouco.

— Que tal pedirmos para o pai de West dar uma conferida? — ele perguntou.

Ellwood não era circuncidado.

Gaunt sabia, havia notado antes, durante os banhos. Permaneceu em silêncio.

— Ele não é — Roseveare disse. — Não que vá fazer diferença, o pai de West é bem categórico. Receio que só reste a morte para o pobre Ellwood.

— Vejam bem... — West disse.

— Que lástima — Ellwood interrompeu, espreguiçando-se dentro da banheira com um sorriso triste. — E não é de hoje que eu gostaria de fazer! No entanto... qual é aquela citação de Eurípides em que estou pensando, Gaunt? Sobre a morte?

— Πάσιν ημίν κατθανείν όφείλεται — Gaunt respondeu.

— Isso mesmo. "A morte é uma dívida que todos precisamos pagar." Se devo morrer tragicamente jovem, creio que não há problema que seja pelo pai de West.

— Está bem, está bem — West falou. — Eu nunca disse que *concordo* com o meu pai. — Ele repousou o queixo no joelho de Pritchard, para poder ver Ellwood melhor dentro da banheira.

— Não, estou falando sério, não me deixe desencorajá-lo — Ellwood disse. — Um pouco de derramamento de sangue é exatamente do que este país precisa. Estou do lado de seu pai. Trucidemos todos, por que não?

— Parem de provocar o pobre West. Ele não tem cérebro para isso — Pritchard disse, em um tom de voz altivo que sugeria que *Pritchard* era um sábio de renome.

— Eu tenho cérebro de sobra! — West protestou.

— A propósito, Pritchard — Ellwood disse —, o que exatamente você precisou fazer para que seu irmão conseguisse bebida de tamanha excelência para a gente?

— É inenarrável — Pritchard respondeu, sacudindo a cabeça. — Vou me limitar a dizer que vocês todos me devem uns petiscos.

— Pritchard-mor o fez lamber os sapatos dele na frente do Sexto Superior — West revelou. Pritchard torceu-lhe os cabelos. — Ai, ai! Pare com isso!

— Eu te contei *em segredo*!

— Você lambeu mesmo os sapatos dele? Quais? — Ellwood perguntou.

— Como assim, *quais*? Que diferença isso faz?

— Não, é uma boa pergunta — West interveio. — Eu não me importaria de mordiscar um cadarço se fosse o do sapato em melhor estado de alguém.

— É importante ser criterioso — Roseveare concordou.

— Certo. Devolvam-me meu uísque. Encontrarei recebedores mais gratos.

Ellwood pressionou uma perna contra a de Gaunt e sorriu enquanto Pritchard tentava arrancar a garrafa das mãos de West. Gaunt apoiou a bochecha na porcelana fria e retribuiu o sorriso.

Duas horas depois, Gaunt ainda não sentia mais do que uma tontura, mas Ellwood estava absolutamente bêbado. Ele virou o corpo na banheira e repousou as costas no peito de Gaunt, uma das mãos descansando na coxa do garoto, a outra apertando a garrafa. Todo o cérebro de Gaunt se concentrava no calor das costas de Ellwood contra seu corpo, na mão elegante e descuidada em sua perna.

Por precaução, Gaunt moveu a virilha milimetricamente para trás.

— Tive um primo de segundo grau que estava no *Titanic* — Roseveare dizia.

O ano era 1913, e o *Titanic* era tema de discussões frequentes e fascinadas. Roseveare e Pritchard estavam deitados no chão. West havia, com pouca elegância, encaixado-se dentro da pia e assobiava "Danúbio Azul". Havia quarenta e cinco minutos que assobiava aquela melodia.

A cabeça de Ellwood pendeu para trás no ombro de Gaunt.

— O que foi? — Gaunt perguntou.

— O que foi o quê?

— Você ficou todo triste e melancólico.

Ellwood hesitou antes de falar.

— É o Maitland — ele disse, a voz baixa. — Você sabe que ele vai embora no final do ano.

Gaunt ficou feliz por Ellwood não enxergar seu rosto, pois viu-se incapaz de decidir como reagir.

Durante todo o período do Grão e da Passagem, Ellwood fora continuamente chamado ao quarto de estudos de John Maitland para "discutir sobre os times dos anos iniciais". Maitland jogava como ponta-direita titular no time de futebol e, consequentemente, era venerado pela escola toda, do professor mais soberbo até o calouro mais humilde. Ele podia agir como bem entendesse. Não que alguém dissesse aquilo tão na lata: o que garotos faziam juntos no escuro era aceitável apenas enquanto fosse por debaixo dos panos. Era implícito, invisível e, o ponto crucial: temporário. Não havia dúvidas, na mente de Gaunt, de que tanto Maitland como Ellwood colocariam de lado tal imaturidade e se casariam com mulheres jovens e respeitáveis quando deixassem a escola e fossem para Oxford ou Cambridge.

Mas, por ora, os dois tinham uma *amizade especial.*

— Eu gosto muito dele — Ellwood falou.

Pritchard e Roseveare continuavam discutindo sobre *Titanic.*

— Eu ficaria envergonhado por sobreviver a algo assim — Pritchard disse.

— De fato, parece pouco viril — Roseveare concordou.

— Só que... — Ellwood continuou — ... não da mesma maneira que gosto... — Sua voz enfraqueceu.

— De minha irmã? — Gaunt sugeriu. Ellwood soltou uma risada um tanto desagradável.

— Sim, Gaunt, de sua irmã.

Roseveare endireitou-se de repente e os examinou sentados na banheira.

— Vocês parecem estar bem confortáveis.

Gaunt tentou empurrar Ellwood para longe de si, mas Ellwood não cedeu.

— Não o deixe com vergonha, Roseveare, ou ele vai parar de ser minha almofada.

Roseveare riu.

— Só *você* ousaria fazer Gaunt de almofada.

— O que quer dizer com isso? — Gaunt perguntou, as mãos automaticamente se fechando em punhos.

— Que você nocautearia qualquer outra pessoa que tentasse, nada mais — Roseveare respondeu.

— Vou nocautear *você* se não parar de meter o nariz onde não foi chamado.

Ellwood aquietou-o, sorrindo levemente, e Gaunt relaxou as mãos.

— Do que os dois estão falando, aliás? — Roseveare indagou.

— Garotas — Ellwood disse.

— Hmm. Prossigam — Roseveare falou, tornando a deixar-se cair sobre os cotovelos.

— Imagine que você está em um navio naufragando — Pritchard prosseguiu, como se Roseveare nunca tivesse saído do lugar. — Não preferiria se afogar a sobreviver, sabendo que foi um covardezinho asqueroso?

— Ah, certamente — Roseveare concordou. — Qualquer um preferiria isso.

— Me pergunto como estavam as garotas enquanto o navio afundava — Pritchard falou.

— Desesperadas por algum consolo, creio eu — Roseveare disse. Pritchard soltou uma risada lasciva.

Gaunt inclinou-se para perto da orelha de Ellwood até seus lábios quase a tocarem, para que ninguém mais pudesse ouvi-lo.

— Tenho certeza de que Maitland sente o mesmo — falou. — Você só está passando o tempo até poder se casar com Maud, não é?

Ellwood suspirou.

— É, acredito que sim. — Ele pressionou a testa contra o pescoço de Gaunt. As mãos de Gaunt apertaram-se nas beiradas da banheira. — Me desculpe, sei que você fica desconfortável quando falo dele.

Era a verdade. Considerando tudo que Ellwood contara a Gaunt a respeito de Maitland, e o que Gaunt podia ver por conta própria, Maitland estava a apenas um passo de ser um príncipe do Renascimento. Era bonito, talentoso e inteligente, e ainda assim Ellwood não o queria. Se nem mesmo *Maitland* era capaz de manter o afeto de Ellwood…!

Ellwood se oferecia de bandeja, sempre fora assim, mas, para Gaunt, aquilo nunca aparentara ser um sinal verdadeiro de seus sentimentos. Ellwood simplesmente gostava de ser amado.

— Não fico desconfortável — Gaunt disse, desconfortável.

— Sim, eu sei que fica. Consigo sentir o quanto você ficou tenso — Ellwood insistiu. Ele levou uma das mãos ao pescoço de Gaunt. — Como se estivesse esperando que eu o golpeasse.

— Não me importo que você me deixe desconfortável, Elly — Gaunt disse, a voz suave. Ellwood virou a cabeça no ombro de Gaunt, querendo olhá-lo. O álcool deixara suas pálpebras pesadas, mas as íris continuavam iguais. Luminosas e castanhas. Gaunt foi tomado por um impulso embriagado… ou idiota… ou corajoso, de inclinar o rosto para a frente.

Não o fez.

Ellwood apertou os dedos na coxa de Gaunt, fazendo com que arrepios torturantes corressem por sua perna. Havia pouquíssimos centímetros de ar eletrificado entre os dois. Gaunt estava aliviado por ter pensado de antemão em se afastar. Teria sido um desastre se Ellwood sentisse o que aquele curvar de seus dedos lhe causara.

— Eu só quero... — Gaunt começou. Ellwood fechou os olhos. — ... ser seu amigo.

Ellwood virou a cabeça para a frente.

— Eu bebi demais.

— Cama? — Gaunt perguntou.

Ellwood riu, um suspiro seco.

— Isso é um convite, Gaunt?

Gaunt sentiu-se corar.

— É claro que não.

— É claro que não — Ellwood repetiu. Com cuidado, ele saiu da banheira, quase pisoteando Pritchard no processo. — Até mais, garotos, tenho um compromisso marcado com certo sono que ando querendo colocar em dia.

O aniversário de dezoito anos de Gaunt foi em dezembro de 1914, quatro meses após a guerra ser declarada. Os garotos aglomeraram-se em seu quarto, liderados por Ellwood, e o enrolaram em seu cobertor. Carregaram-no, embrulhado, até o saguão de entrada de teto alto e, agarrando as beiradas do cobertor, o atiraram com força no ar, dezoito vezes.

— E mais uma, para dar sorte! — Ellwood exclamou, e Gaunt, sorrindo, firmou sua pose de homem-morto, os braços cruzados.

Os garotos o içaram baixo, gritaram "Dezenove!", todos juntos, e o jogaram tão alto que ele precisou estender as mãos para não acertar o teto.

O sr. Hammick sorriu, indulgente, quando todos marcharam escada acima, de volta para os dormitórios.

— Apenas um ano para atingir a idade do alistamento, Gaunt! — ele cantarolou. Gaunt ofereceu-lhe um sorriso desajeitado.

— O que tem debaixo desses pijamas, Gaunto? — West perguntou, envolvendo-o com um braço. — Parecia que você era feito de tijolos.

— É um desgraçado carnudo mesmo — Pritchard falou.

— Quase esmurrou o teto e foi parar no andar de cima — Roseveare disse.

— O próximo que me chamar de carnudo vai levar um soco.

— Oooooh! — os garotos exclamaram, as vozes debochadas.

— Feliz aniversário, meu velho — Ellwood falou, a voz baixa.

•

A mãe e a irmã de Gaunt chegaram durante o almoço. Ele estava contando a Ellwood um trecho interessante que encontrara em Tucídides (Ellwood apenas fingia odiar as aulas), quando West atirou-lhe ervilhas com um garfo. Ou tentou, pelo menos; a maioria delas atingiu Pritchard, que suspirou e as sacudiu do cabelo, uma expressão de resignação martirizada no rosto.

— Desculpe, desculpe! — West falou. — Aquela não é sua mãe, Gaunt?

Gaunt não estivera esperando visitas. Haveria bolo da escola naquela noite, e ele sabia que Ellwood lhe daria um presente; era mais do que o suficiente. Ver os pais de alguém na escola era sempre estranho, como avistar uma raposa no meio da cidade.

— Quem é a garota? Você andou escondendo uma irmã? — West perguntou.

— Uma irmã *gêmea* — Ellwood disse, perfidamente.

— Não é possível que seja sua gêmea. Ela é bonita — West comentou. Gaunt acertou-o de leve na cabeça e apressou-se até o Pátio com Ellwood no encalço.

— Henry! — Maud disse, e, então, em voz baixa: — Sidney.

Ellwood esperou que Gaunt tivesse abraçado Maud para responder.

— Alô, Maud — ele disse. — Você encolheu?

Maud riu. Ellwood sempre a fazia rir. Quando passava as férias na casa deles, ficava esparramado no jardim, tentando incitá-la a flertar com ele. Nunca tinha sucesso: Maud não fazia o tipo insinuante, mas Gaunt notava que aquilo a agradava.

— Ele é bem bobo — ela dissera certa vez, com carinho na voz.

— Você acha? — Gaunt havia indagado, pois aquela parecia uma interpretação profundamente errônea, como dizer que Napoleão era *até que divertido*.

— É claro, ele não se importa com ninguém — Maud afirmara, e Gaunt se vira desolado demais para responder. Nunca conseguia responder quando ela dizia coisas novas, verdadeiras e terríveis.

— Não, Sidney, eu não encolhi — ela dizia agora. — Você cresceu e está esperando receber um elogio.

— E não vou ganhar nenhum? — Ellwood perguntou, sorrindo. Maud riu mais uma vez e sacudiu a cabeça.

— Feliz aniversário, Heinrich — a mãe de Gaunt falou. Vários garotos que passavam por ali viraram a cabeça ao som do sotaque alemão.

— Que tal entrarmos? — Gaunt sugeriu. Não precisava acrescentar combustível aos rumores de que seria um espião alemão. O fato de seu nome do meio ser "Wilhelm" já era ruim o suficiente.

— Fiquem à vontade para usar o meu quarto — Ellwood ofereceu.

— Obrigado — Gaunt, que planejava usar o quarto de Ellwood com ou sem sua permissão, agradeceu.

Ele tomou o braço da mãe. Maud e Ellwood caminharam à frente, sem se tocarem. Maud ria de tudo que Ellwood dizia e, em dado momento, Ellwood deu um pulinho satisfeito.

Ellwood conduziu-os até a Casa do Cemitério pela imponente entrada principal, que poucos garotos costumavam usar, e levou-os até o próprio quarto.

— Que lindos — Maud comentou, olhando os quadros que Ellwood comprara na cidade.

— É um quarto excelente — Ellwood disse. — Detesto pensar que outra pessoa ficará aqui no ano que vem. Gosta desse quadro, Maud? Não é muito bem-feito, mas me fez pensar na Batalha do Nilo, então precisei comprá-lo.

— Gosto muitíssimo — Maud respondeu. — Sempre tive apreço por Nelson.

— Não faça Ellwood começar a falar de Nelson — Gaunt a advertiu.

Ellwood atirou-se contra a parede, apertando as mãos sobre um ferimento imaginário em seu peito.

— Beije-me, Hardy! — ele exclamou.

— Não ria — Gaunt disse a Maud. — Só vai encorajá-lo. Dê o fora, Elly, não queremos recreação.

— Ah, muito que bem — Ellwood falou. Ele ofereceu uma leve reverência à mãe de Gaunt e sorriu para Maud. — Foi maravilhoso ver vocês duas. Fiquem o quanto quiserem, Henry; passarei bastante tempo fora.

Gaunt assentiu com um gesto de cabeça e Ellwood se foi.

A mãe e a irmã de Gaunt acomodaram-se no sofá, e Gaunt apoiou-se no parapeito da janela, de frente para elas.

— Como vocês estão?

A mãe irrompeu em lágrimas. Gaunt apalpou os bolsos do terno, procurando por um lenço, e ficou muito feliz quando Maud foi mais rápida. Ele havia usado o próprio para estancar o sangramento do nariz de Pritchard naquela manhã, depois de o professor Larchmont ter arremessado um livro em seu rosto. (Pritchard havia merecido.)

Gaunt seguiu fingindo procurar o próprio lenço até ouvir os sons do soluçar de sua mãe diminuírem.

— Ah, Heinrich, é pavoroso, pavoroso... Seu tio Leopold foi... — Ela foi impedida de continuar pelo início de uma nova onda de soluços.

Gaunt examinou as próprias unhas.

— Tio Leopold foi acusado de espionar para os alemães — Maud completou.

Gaunt ergueu os olhos. Maud o observava com firmeza, afagando as costas da mãe.

— E estava *mesmo* espionando para os alemães? — ele perguntou, direcionando a questão para Maud.

— É claro que não! — sua mãe respondeu, e Maud a aquietou ternamente.

— Por favor, pare de chorar, *Mutter* — Gaunt pediu. — As coisas vão se ajeitar.

— Nosso pai acha que nada acontecerá, mas atiraram um tijolo pela janela da sala de estar esta manhã — Maud disse. — E metade dos criados entregou o aviso-prévio.

Os dedos de Gaunt coçavam por seus cigarros, mas ele não insultaria a mãe e a irmã fumando diante delas.

— Logo passará — ele falou. — Em três semanas, ninguém se lembrará disso.

Maud o olhou com descrença, mas a mãe assoou o nariz e endireitou as costas.

— Seu pai está sendo investigado no banco por causa dessa situação... Você precisa se alistar, Heinrich. Se tivermos um filho no exército, ninguém ousará dizer que não somos patriotas.

Gaunt meramente piscou, mas logo conseguiu recuperar o controle do rosto.

— Eu ainda não tenho dezenove anos — ele disse, com calma.

— Como se fizesse alguma diferença! Você tem quase um metro e noventa de altura!

— Eu vou estudar literatura clássica em Oxford.

Sua mãe se levantou. Gaunt endireitou as costas.

— Quer que Maud morra como uma solteirona? — ela perguntou. Maud, do sofá, emitiu um som de protesto baixo.

— A Guerra terminará em alguns meses. Já terão esquecido quando Maud estiver pronta para casar.

— As pessoas nunca esquecem covardia! — a mãe sibilou, com tanta ferocidade na voz que Gaunt tornou a encará-la, surpreso. Por fim, ele sorriu.

— E quanto a você, Maud? Gostaria que eu morresse em prol de suas perspectivas matrimoniais?

Maud desviou os olhos. Com culpa, ele pensou.

Haviam todos estado em uma festa ao ar livre, em Londres, no dia em que a Guerra fora anunciada. Vários aristocratas alemães estavam parados ao lado dos morangos com creme.

— É meu dever patriótico espetar um deles com meu garfo? — Ellwood havia perguntado.

— *Não fale assim* — Maud dissera, furiosa. — Não seja tão *leviano*, não percebe que...

Ela se afastara antes de terminar a frase, e Ellwood assobiou, olhando para Gaunt com uma expressão bem-humorada.

Mas Gaunt não tinha achado graça.

— Ser odiado é assustador — Maud falava agora.

Gaunt voltou à janela.

No Pátio, Ellwood sentava-se sobre os ombros de Roseveare; Pritchard, sobre os de West; e eles se atacavam entre si com réguas compridas que seguravam como os sabres de uma cavalaria.

"Não lhes cabe responder,
Não lhes cabe questionar,
A eles cabe apenas morrer.
Para o vale da Morte
Cavalgaram os seiscentos."

Bem como todo estudante inglês, ele sabia de cor a "Carga da Brigada Ligeira", de Tennyson. Ellwood tinha o hábito de recitar o poema inteiro em voz alta quando estava cansado demais para ser interessante.

— É uma guerra tola — Gaunt disse.

— Nosso pai diz que não vai durar muito — Maud comentou. — Provavelmente já terá terminado quando chegar a sua hora de ir para a linha de frente.

Ele se perguntou se a irmã acreditava mesmo naquilo. Ela lia a revista *New Statesman*; Gaunt sabia que, não fossem as atrocidades na Bélgica, ela poderia ser uma objetora de consciência.

— Precisa alistar-se antes que seja tarde demais — sua mãe disse. — Caso deixe para fazer isso quando a Guerra estiver terminando, as pessoas dirão que você não tinha a intenção de lutar.

Gaunt fechou os punhos e bateu-os de leve no parapeito.

•

— Gostaria de ver se *elas* se alistariam! — Gaunt desabafou, cruzando a Ponte da Raposa de um lado para o outro. Ellwood estava sentado no guarda-corpo de pedra, de pernas cruzadas.

— Eu *morreria* se alguém entregasse uma pluma branca a mim[1] — ele falou.

Gaunt havia ido até a cidade, planejando comprar um belo par de luvas de boxe com a nota de uma libra novinha em folha que levava no bolso. Estava parado em frente à vitrine da loja Wyndham & Bolt, ponderando se seria preferível comprar um taco de hóquei elegante no lugar das luvas, quando duas jovens mulheres o abordaram. Eram criaturas elegantes, com chapéus novos de Londres. A mais bonita se adiantou:

— Por que você não está na linha de frente? — ela perguntou.

Transeuntes fizeram uma pausa para ouvir a resposta.

— Ainda não fiz dezenove anos.

As duas mulheres se entreolharam.

— É isso que todos dizem — a menos bonita disse, e lhe estendeu uma pluma branca. Gaunt a encarou, impassível.

— Para um soldado corajoso — a mulher mais bonita falou, dando uma risada desagradável. Gaunt não conseguia se mover. Estava enraizado no chão, seu estômago queimando, a pele ardendo com os olhares zombeteiros da multidão ao redor. Vendo que ele não pegaria a pluma, a mulher a colocou no passador de seu botão.

— ... uma grande vergonha. — Ouviu alguém murmurar. — Um rapaz forte como esse...!

•

— Elas nunca teriam ousado lhe dizer aquilo se fossem homens — Ellwood falou. — Teriam perdido os dentes.

---

1 Durante a Primeira Guerra Mundial, plumas brancas foram usadas como símbolo propagandista, representando covardia. Era costumeiro que mulheres as dessem em público para homens sem uniformes militares, para envergonhá-los. (N.T.)

— Eu estava de mãos atadas.

Era como se tivesse sido transformado em pedra. A vergonha o havia paralisado completamente. Não importava que achasse a Guerra prejudicial ao império, que discordasse dela por questão de princípios. Confrontado com todos aqueles rostos desdenhosos que o fitavam, Gaunt não havia desejado nada além de desaparecer. Era como se fosse *ele* o inimigo.

O córrego fluía ruidoso debaixo deles, que conversavam em meio a uma cacofonia de pássaros cantando. Era difícil imaginar que, na França, homens estavam disparando metralhadoras uns contra os outros.

— Não sou covarde — ele disse. Tivera a intenção de soar contundente, mas, em vez disso, as palavras saíram como uma pergunta.

Ellwood desceu do guarda-corpo com um salto.

— Henry.

Gaunt ergueu os olhos; Ellwood colocou a mão em seu ombro. O garoto congelou, instantaneamente suprimindo o instinto de afastar-se — mas havia algo em ser tocado que ajudava a clarear sua mente. Na cidade, havia se sentido contagioso. Surpreso, Ellwood arregalou os olhos de um marrom líquido.

— É claro que você não é um covarde.

— Talvez eu seja — Gaunt disse, dando uma risadinha. — É só que... Ernst e Otto.

Ellwood conhecia seus primos de Munique. Fora visitá-los em 1913. Tinham todos se embebedado juntos com cerveja fabricada por monges e entoado canções bávaras. Gaunt às vezes se perguntava quanto de seu pacifismo idealista vinha do simples medo de receber uma ordem para matar os primos. Ele imaginava golpear Ernst com uma baioneta, arremessar uma granada em Otto.

— Você não tem medo de morrer, Henry. Você apenas se opõe a matar. Isso não é covardia.

Gaunt assentiu, balançando rápido a cabeça. Estivera bebendo e parecia difícil concentrar-se em qualquer coisa que não fosse a mão de Ellwood em seu ombro. Eles não se tocavam desde o dia em que Cuthbert-Smith morrera. Não que Gaunt monitorasse esse tipo de coisa.

No momento, era difícil monitorar *qualquer coisa*. Tudo que fazia era encarar Ellwood com voracidade, notando que seus longos cílios negros se dobravam levemente para os lados, que a parte branca de seus olhos era um pouco branca demais. Ellwood tinha os lábios mais absurdos que Gaunt já vira, um verdadeiro arco do cupido, como se uma mulher os tivesse pintado em seu rosto com batom.

Lenta e tentativamente, Ellwood pousou a mão no maxilar de Gaunt, que resistiu ao impulso de deixar o rosto pender contra ela, mas seus olhos se fecharam com um tremor.

— Henry — Ellwood falou, a voz tão suave que Gaunt precisou se aproximar para ouvi-lo (foi por isso que se aproximou: para ouvi-lo) e, então, o nariz de Ellwood empurrava o seu. Os lábios de Gaunt formigavam. Ele não raciocinava. Desviou a boca, afastando-a de Ellwood, que pressionou os lábios contra seu maxilar.

Gaunt quis gritar. *Essa ponte deveria se partir ao meio sob o nosso peso*, ele pensou. *Estou desmoronando*. Pensou no tijolo atravessando a janela da sala de estar em sua casa, nas palavras "Henry Gaunt é um ESPIÃO alemão" ainda rabiscadas na parede do guarda-volumes, tão frescas quanto a inscrição na lápide de Cuthbert-Smith. Pensou em George Burgoyne falando de Ellwood pelas costas: "Todos sabemos o que Ellwood apronta quando chama os garotos para assistir aos times de críquete dos primeiros anos...".

Ellwood era voraz ao consumir pessoas. Uma vez que as tinha, não as queria mais.

Gaunt pensou no corpo de Ellwood apoiado no seu, inteiramente vestido, naquela banheira vazia.

"Você só está passando o tempo até poder se casar com Maud, não é?"

"É, acredito que sim."

A pluma branca estava em seu bolso, e as mãos de Ellwood, em seu cabelo. Não conseguia pensar. Sua pele pegava fogo, queimando com a vergonha e com alguma outra coisa, algo que ele não queria reconhecer e que, de repente, viu-se incapaz de suportar. Abruptamente, afastou-se de Ellwood e buscou o porta-cigarros.

Ellwood estava corado, os olhos brilhando.

— Está tudo bem?

Gaunt assentiu, certo de que havia feito papel de bobo.

— Cigarro? — ofereceu. Suas mãos tremiam. Ellwood pegou um e inclinou-se para Gaunt acendê-lo. O fósforo lançou uma sombra oscilante em seu rosto delicado.

— Henry — ele disse, a fumaça saindo de sua boca em espirais —, você está bem?

— Está tudo certo.

— Sim, eu sei que está tudo certo. Mas você está bem?

— Deus do céu, Ellwood, deixe isso para lá! — As palavras saíram mais afiadas e zombeteiras do que ele planejara.

Ellwood tentou sorrir, mas não teve muito sucesso. Levou o cigarro aos lábios. Por algum motivo, sempre parecia muito *francês* quando Ellwood fumava. Ver aquilo fez Gaunt não querer mais o próprio cigarro. Ele o atirou no rio e se afastou. Ellwood correu para alcançá-lo.

— Por que a pressa?

Gaunt não respondeu.

— Ouça, Henry...

Gaunt parou.

— Sim? — falou. Ellwood parecia arrasado. Deixá-lo daquela maneira satisfez Gaunt. Que *ele* sinta algo, para variar. Gaunt estava exausto de sentir.

— Eu... — Ellwood virou a cabeça, fugindo do olhar intenso de Gaunt. — Eu o ofendi?

— É claro que não — Gaunt respondeu, ríspido.

— Espere por mim — Ellwood chamou, pois Gaunt se pôs a andar novamente, contornando a passos largos o lago repleto de cisnes irritados.

— Olhe, tenho muito conteúdo para revisar, está bem?

— Henry, sinto muito, eu não devia ter feito aquilo.

Em Munique, Gaunt havia pressionado o corpo contra a perna de Ellwood, em dado momento, e descoberto que ele estava rijo. Quaisquer que fossem os critérios habituais de Ellwood, Gaunt sabia que o garoto ficava tentado, vez ou outra, pela naturalidade da amizade deles, por quão conveniente seria que usassem um ao outro. E talvez Gaunt devesse ter agido naquela ocasião; contentado-se com apalpadas apáticas em um campo bávaro, algo do qual se recordar depois que tivessem concluído a escola e deixado de lado suas anormalidades. Talvez tivesse levado a ideia a cabo se pensasse que Ellwood se daria ao trabalho de guardar aquela lembrança. Mas Ellwood nunca era mais insensível do que quando falava de garotos que já parecera amar.

— Esqueça — Gaunt falou. — Não importa.

— Não tive a intenção de insultá-lo.

Gaunt parou e olhou para Ellwood, que mordia a própria boca. Forçou-se a sorrir. Estava sendo irracional e, mais do que isso, grosseiro.

— Foi gentil de sua parte tentar me animar, Elly. Me desculpe por estar tão mal-humorado.

— Henry...

— Só acho que preciso ficar sozinho até me sentir menos abominável — Gaunt disse, evitando os olhos de Ellwood. Estava embriagado demais para lidar com eles.

— Tudo bem — Ellwood respondeu, infeliz.

Gaunt deu a ele um aceno de cabeça e se afastou, a passadas compridas, sentindo o olhar de Ellwood em sua nuca. Passou pelo mosteiro, atravessou o cemitério, saiu pelos portões da escola e chegou à cidade.

A tarde de sábado já ia longe, mas o Gabinete de Recrutamento continuava aberto. Não havia ninguém lá além de um homem uniformizado, com um bigode formidável à la Lorde Kitchener.

— Gostaria de me alistar — Gaunt anunciou.

— Estupendo! Exatamente o tipo de homem de que precisamos! Um estudante, é? Quantos anos?

O que teria feito com um ano a mais? Ele e Ellwood queriam cruzar a Trilha de Canterbury. Já haviam planejado a rota, as hospedarias em que ficariam, os pontos onde acampariam. Uma barraca pequena que dividiriam.

– Dezenove – ele falou.

– Perfeito. Assine bem aqui e lhe explicaremos tudo.

Gaunt não hesitou antes de assinar, embora tivesse a sensação de que seu nome estava sendo arrancado de si. Fervilhava com uma agitação semelhante à que sentia no ringue de boxe; uma determinação de ferir e ser ferido, um impulso na direção do desastre e da destruição, e nada mais o satisfaria. Ele não seria um pacifista alemão maricas. Não podia mudar o fato de ser alemão, e não podia mudar aquilo que sentia, independentemente do que fosse, quando Ellwood apertava o corpo contra o dele.

Mas não havia dúvida de que podia matar pessoas.

DOIS

Gaunt estava atrasado para o jantar, que aos sábados era servido na Casa. Pritchard deixou um espaço a seu lado no banco quando se sentou.

— Onde está o Gauntzinho? — ele perguntou, tomando o pão de Ellwood.

— Devolva isso, seu selvagem.

Pritchard lambeu o pão e o devolveu a Ellwood.

— Não sei, está atrasado — Ellwood respondeu, cuidadosamente cortando fora a parte que Pritchard lambera.

West se debruçou sobre a mesa, apoiando o cotovelo no prato de manteiga.

— Ah...! De novo, não — ele disse, desconsolado, esfregando a jaqueta com um lenço sujo.

— Atrasado para o jantar? — Pritchard indagou, mergulhando o próprio lenço em seu copo de água e entregando-o a West. — Nosso gigante glutão? Ele está doente?

— Umas garotas deram uma pluma branca a ele na cidade — Ellwood falou. Pritchard e West trocaram olhares.

— Pobre coitado — Pritchard disse.

— Uma pluma branca? — A voz de Burgoyne soou alta do outro lado da mesa. Como em todas as vezes que falava, parecia arrogante e intrometido.

— Cale a boca, Burgoyne — Ellwood disse.

— Já era hora de alguém dar uma para Gaunt. As opiniões dele sobre a Guerra são uma completa vergonha.

— Muito corajoso de sua parte dizer tudo isso quando ele não está aqui para deixar seu nariz sangrando — Pritchard falou.

— Não tenho medo daquele tirano.

É claro que Burgoyne veria Gaunt como um tirano, Ellwood pensou. Burgoyne era um esnobe maldoso e Gaunt, mais de uma vez, lhe ensinara uma lição.

— Burgoyne está alegando que o destratamos de novo? — Roseveare interveio, de outra mesa. — Deixe disso, Georgie Porgie, ou vamos te mostrar o que são maus-tratos de verdade.

Burgoyne, parecendo indignado, tentou responder, mas West tombou a própria xícara de chá no colo do garoto.

— Ai! Você me queimou! — Burgoyne exclamou.

— Molhou as calças, é? — Pritchard falou, o rosto preocupado. — É melhor passar na enfermaria, Georgie. Isso sempre acontece.

— Vocês são uns brutamontes, todos vocês — Burgoyne disse, colocando-se em pé desajeitadamente. — Vocês são o problema do sistema escolar público.

Ellwood apoiou o rosto no ombro de Pritchard, ambos tremendo de rir.

— Ah, Deus! — Pritchard falou, depois de Burgoyne sair furioso do salão. — Ele leva *mesmo* as coisas a sério!

— Deveríamos zonear a sala de estudos dele de novo — West sugeriu. — Entrei lá outro dia para procurar algum resumo sobre Ésquilo, e acreditam que vários móveis dele *continuam* intactos?

— Valha-me Deus! Que ódio eu tenho disso — Ellwood comentou.

— Pobre rapaz — Pritchard, que tinha o coração mole, disse. — Vamos deixá-lo em paz por uma semana. Não é culpa dele ser inútil com esportes.

— Pois a droga da culpa é dele, sim — West discordou. — Ele não faz um esforço sequer!

Os garotos comeram seus pães com manteiga e chocolate quente. Gaunt ainda não tinha aparecido quando o sr. Hammick se levantou.

— Garotos, tenho notícias excelentes esta noite, e sei que todos ficarão orgulhosos. O nosso Henry Gaunt se alistou. Ele será um oficial nos Fuzileiros do Kennet, Terceiro Batalhão, e posso dizer com toda a confiança que trará honra para a Casa do Cemitério!

O cômodo irrompeu em vivas.

— O bom e velho Gaunt! Pegou todos de surpresa!

O sr. Hammick sorria com orgulho.

— Por que não falou nada, Ellwood? — West perguntou. — Imagine só, alistar-se assim, sem contar para ninguém! Um herói e tanto.

— Eu não sabia — ele respondeu, sorrindo fracamente. Pritchard lhe lançou um olhar solidário.

— Talvez ele quisesse fazer uma surpresa para você.

— Sim — Ellwood concordou.

— Aposto que vai te mandar cartas incríveis — West comentou.

— Queria *eu* poder me alistar — Ellwood disse. — Minha mãe me fez prometer que só iria depois que terminasse a escola.

— A minha também — Pritchard falou. — Mães simplesmente não entendem de guerra.

A boca de Ellwood estava tão seca que o que restava de seu pão pareceu ter gosto de cola. Mastigou em silêncio enquanto Pritchard e West discutiam sobre o Batalhão Real de Fuzileiros do Kennet.

— Eles participaram de Poitiers.

— Não fale bobagem. Não existiam fuzis na Guerra dos Cem Anos.

— Existiam, sim, perto do fim!

— Não, eles tinham *canhões*, não fuzis.

— Se acha que vou acreditar em um burro...

— Ouça, seu ignorante, não há como os fuzileiros terem surgido antes do Renascimento, porque antes disso o exército era organizado em estruturas feudais...

— Está bem. Basta. Vamos resolver isso como homens. Nos encontraremos em dez minutos perto dos cisnes.

— Os cisnes? Está louco? Eles são capazes de quebrar um braço!

É claro que Ellwood sentia orgulho de Gaunt. Ele reconhecia que a coragem só podia existir onde houvesse medo e, portanto, entre todos eles, apenas Gaunt era verdadeiramente capaz de heroísmo. Ellwood e todo o restante dos titulares estavam tão desesperados para lutar que não haveria nada de corajoso em seu alistamento.

Mas ele sempre os imaginara se registrando juntos. Unindo-se a um dos regimentos das escolas públicas com todos os amigos, entoando canções enquanto marchavam para a batalha, os fuzis reluzentes pendurados nos ombros. Em ataques de cavalaria e com uniformes elegantes.

Ellwood ansiava por salvar a vida de Gaunt.

Apoiou a mão contra os lábios. Fora assim a sensação da pele de Gaunt? Não, havia sido mais áspera. Havia anos sentia vontade de beijar aquele rosto, e o momento lhe passara tão rápido que mal podia acreditar que tinha acontecido.

Ele sabia que o abraço dos dois na Ponte da Raposa era o que havia impelido Gaunt a se alistar.

Eu deveria trabalhar para o Gabinete de Recrutamento, pensou, sarcástico. *A Incrível Cura para o Pacifismo! Um Único Abraço Fará Com Que Objetores de Consciência Saiam Correndo Para a Linha de Frente!*

Não estava surpreso. Gaunt sempre fugia quando a amizade deles ameaçava pender para algo mais complicado. Era uma questão desconfortável e silenciosa entre os dois. Ellwood era apaixonado por Gaunt, que, por sua vez, era inteiramente decoroso e convencional.

O fato nunca estivera mais claro do que após aquela situação desagradável com dois garotos mais velhos, Sandys e Caruthers. Haviam sido flagrados juntos. Ninguém soube os detalhes. Ninguém perguntou. Eles desapareceram no trem da tarde, com suas malas e bolsas de viagem, e nunca mais se ouviu falar na questão. Haviam cometido o pecado capital: foram descobertos.

— Deve ter saído um peso das suas costas — Ellwood disse a Gaunt, embora não tivesse certeza alguma dos sentimentos dele. Nunca tinha.

Gaunt não desviou os olhos de sua tradução do grego. Uma mecha de cabelos claros havia caído na frente de seus olhos.

— Por quê? — ele perguntou.

— Você sabe por quê. Sandys estava sempre implicando com você.

— Que idiota, ser flagrado assim. E justo antes de entrar no ringue com o irmão de Pritchard! — Cuthbert-Smith disse.

— Eu estava ansioso para assistir a essa luta — Gaunt comentou, virando uma página em seu livro. — Sandys é um grande imbecil.

Sim, Gaunt certamente achava que Ellwood era imbecil. No entanto, era verdade que *tinha* fechado os olhos quando Ellwood tocou seu rosto na Ponte da Raposa; inclinara o corpo para a frente, como se quisesse ser beijado... Mas Ellwood sabia, por experiência própria, como era fácil se convencer de que Gaunt ansiava por ele em segredo, e aquela era uma teoria que não se sustentava. Foram muitas oportunidades perdidas. Muitos momentos em que Ellwood quase havia contado a Gaunt, que, então, fazia algum comentário sobre mulheres e casamento.

Bom, não tinham feito nada que amigos não pudessem fazer. Ele não tinha se entregado por inteiro. Sim, o beijo suave na bochecha fora íntimo (Ellwood sentiu o rosto esquentar com a lembrança), mas ainda estava no âmbito da afeição masculina. Se Tennyson podia safar-se escrevendo poemas sobre Arthur Hallam por dezessete anos, Ellwood certamente podia beijar o rosto de seu amigo mais próximo para reconfortá-lo. Embora Gaunt obviamente sentira repulsa, já que fugira para o exército.

Ellwood sorriu e fez piadas durante o restante do jantar, escondendo o próprio remorso.

Estava escuro quando se juntaram ao ar livre para assistir a Pritchard e West lutarem, e os cisnes hostis logo colocaram um fim no assunto. "Recuar! Recuar!", os garotos gritaram quando os animais investiram contra eles, e resolveram entrar no bosque e brincar de guerra.

Pritchard veio ficar por uma semana em sua casa durante as festas de Natal. Era um substituto inadequado para Gaunt, seus olhos vazios quando Ellwood falava de qualquer poeta que não fosse Kipling. Ainda assim, ele era bem-disposto e, vez por outra, tinha momentos de perspicácia impressionantes. Gaunt não o aprovava, é claro: achava-o estúpido e embrutecido no trato com West. Mas Ellwood sabia que Pritchard nunca passava dos limites que West tolerava, e sabia como a amizade dos dois era bem equilibrada.

A Mansão Thornycroft estava repleta dos convidados da mãe de Ellwood: mulheres elegantes e homens que as desejavam. As mulheres flertavam gentilmente com Pritchard e Ellwood à mesa de jantar.

— Você é bem próximo de sua mãe — Pritchard comentou, certa noite.

O clima estava úmido demais para subirem até o terraço, de fato, mas Ellwood insistira. Se Gaunt estivesse lá (e Gaunt *devia* ter estado lá), eles teriam ido. Ellwood amava qualquer terraço, mas gostava especialmente do de Thornycroft. Ia até lá de manhã, às vezes, e entregava-se ao estranho êxtase do interior, aquela sensação profunda e terna de que a Inglaterra era sua, e que ele pertencia a ela. Ellwood sentia aquilo com força, como se seus antepassados estivessem lá havia um milênio. Talvez com ainda mais força por não ser verdade.

Ele e Pritchard estavam sentados no peitoril inclinado da janela, desconfortáveis, os sapatos raspando nas telhas molhadas e escorregadias.

— Ela é um amor — Ellwood falou. Não chovia, mas uma névoa densa e úmida no ar deixava os cigarros deles empapados.

— Ela não é muito *maternal.*

— Não — Ellwood concordou. — Ela sempre disse que, mentalmente, nós dois temos vinte e cinco anos. É por isso que somos tão bons amigos.

— Quisera *eu* que minha mãe convidasse dúzias de beldades da alta sociedade para nossa casa no Natal — Pritchard disse.

— Mal noto que elas existem.

Pritchard lhe lançou um olhar de esguelha.

— Ainda não teve notícias de Gaunt, imagino? — ele perguntou.

Ellwood desistiu do cigarro úmido.

— Nenhuma.

— Vocês dois já tiveram outras brigas.

— Não foi exatamente uma briga dessa vez.

— Gaunt é um enigma — Pritchard disse. — Ele seria um jogador fantástico de rúgbi, se fizesse o mínimo esforço.

— Ele odeia rúgbi — Ellwood falou.

— Ele odeia tudo — Pritchard respondeu —, exceto estudar grego, e você.

Ellwood riu. Nunca havia se confessado explicitamente a Pritchard e, ainda assim, em algum ponto do caminho, seu amigo compreendera.

— Não sei, Bertie. — Ellwood apoiou o corpo na moldura da janela e respirou o ar frio. — Tenho um tio que é coronel. Vou dar um jeito de arrancar dele o endereço de Gaunt.

— As coisas se resolverão quando estiverem juntos na linha de frente — Pritchard assegurou-lhe.

— É claro, tem razão — Ellwood concordou. — E então tudo será mais fácil.

Quarta-feira, 13 de janeiro de 1915
Casa do Cemitério
Colégio Preshute

Caro Gaunt,

Acabei de conseguir o seu endereço. Como está indo o treinamento? Vários outros garotos se alistaram, inclusive o pobre coitado do Gosset. O sr. Hammick ficou imensamente zangado. Precisaram ligar para o exército para recuperá-lo: ele já estava a meio caminho da França! Não acredito que o deixaram se registrar, com aquela cara de quem tem oito anos de idade. Ainda assim, ele conquistou um sem-fim de reconhecimento por parte dos garotos mais novos, e diz que vai simplesmente continuar alistando-se até conseguir ver um pouco de ação.

Desculpe-me pela Ponte da Raposa.

Por favor, escreva-me e coloque um fim ao meu sofrimento.

Afetuosamente,
Ellwood

Terça-feira, 26 de janeiro de 1915
Fazenda Randall,
Leatherhead

Caro Ellwood,

O treinamento é exaustivo, mas um tanto idílico. Os homens são incrivelmente baixos. Ouvi dizer que a altura mínima exigida pelo exército é de apenas um e sessenta, e que, em algumas áreas de Londres, metade dos homens nem chega a isso. Me sinto culpado, como se houvesse roubado quinze centímetros deles à força. Talvez seja verdade. É incrível o quanto são gentis entre si. Quando um está passando por apuros, os outros gritam para encorajá-lo; não há nenhum tipo de intimidação. Não se pode imaginar um comportamento mais diferente daquele de um garoto de escola pública.

Iremos à frente de batalha em breve, não tenho certeza de quando. Escreverei quando surgirem mais notícias.

Com afeto,
Gaunt

Era inexplicável o fato de "Com afeto" parecer muito menos afetuoso do que "Afetuosamente".

Segunda-feira, 1º de fevereiro de 1915
Casa do Cemitério
Colégio Preshute

Caro Gaunt,

O treinamento de formação de cadetes aumentou para cinco vezes por semana, então mal sobra tempo para jogos, mas ninguém se incomoda com isso. Fazemos competições incríveis de escavação de trincheiras. É muitíssimo divertido, embora Burgoyne se queixe de que é uma atividade abaixo do cargo dele.

Não falamos sobre os "Em Memória", mas sei que apavora a todos a ideia de que o nosso possa ser uma droga. Lembra-se de Dods? Ele foi morto outro dia, e foi isto que escreveram: "1º Ten. Dods nos liderava a todo momento, e era sempre o primeiro a chegar aonde a batalha estava mais intensa. Consigo enxergá-lo, o revólver em uma das mãos, a espada na outra. Ele sem dúvidas foi, sozinho, responsável por seis alemães, e nos inspirou no maior esforço de nossas vidas. Estava servindo havia apenas seis meses, era pouco mais que um garoto, mas jamais houve oficial mais corajoso no Exército Britânico".

Consegue imaginar algo mais glorioso do que isso? Gostaria que a cavalaria tivesse mais funções. Eu me sentiria como Napoleão, avançando contra os Fritz em um cavalo de guerra, "Ante o sabre que trespassa!".

Por outro lado, tivemos o "Em Memória" do pobre Clarke: "Ele foi alvejado no pulmão já no segundo dia. Não o conhecíamos bem, mas parecia um rapaz animado". Um rapaz animado! Mais valeria terem dito "Ele era o cúmulo da insignificância e ninguém se importava se estava vivo ou morto".

Acha que, se as Guerras Napoleônicas não tivessem acontecido, os poetas Românticos teriam tido assunto para escrever? Nem sei dizer como sou feliz por estar vivo e ser jovem no momento em que estamos. Uma guerra era o que precisávamos: uma injeção de ardor em um século de paz. Ela vai nos motivar a criar um Renascimento do século XX, é o que diz o professor Larchmont, e ele sabe do que fala.

Em anexo está um poema que publiquei na *Folha de Preshute*. É uma temática empolgante, sobre um segundo-tenente jovem e corajoso que atravessa o território alemão tomado de fúria. Contudo, já escrevi melhores. Mal posso esperar para me juntar a você, Gaunto. Não apenas por querer matéria-prima para minha ARTE.

Com Afeto,
Ellwood

No verão de 1913, Ellwood passara três semanas maravilhosas com Gaunt em Munique, caminhando pela imaculada zona campestre e discutindo poesia e mitologia.

— Eu sinto... como se tivesse despertado — Gaunt disse, certo dia, quando estavam a sós em um campo. (Gaunt e ele, de algum jeito, sempre estavam a sós em campos.)

— "Vislumbramos a vida das coisas" — Ellwood citou.

— Wordsworth? "Abadia de Tintern"?

Ellwood sorriu.

— Às vezes, acho que você já leu mais do que eu, Gaunt.

— É claro que sim. Sou apenas menos arrogante.

Ellwood sorriu, apesar de as palavras o ferirem um pouco. Gaunt era a única pessoa perto de quem Ellwood permitia-se falar de coisas como *almas*.

— Retire o que disse — ele falou.

— Eu me recuso.

— Estou te avisando. Nós, poetas, somos ferozes quando nos enfurecem.

Gaunt riu.

— Que medo! Você pode ser melhor do que eu em críquete, Ellwood, mas...

Ellwood avançou sobre ele e, por o ter pegado de surpresa, conseguiu derrubá-lo. Agarrou as mãos de Gaunt e as apertou contra o chão, ajoelhando-se por cima de seu corpo. Gaunt ainda ria.

— Como ousa? — ele disse. — Eu não estava preparado! Você é um trapaceiro, Sidney Ellwood!

O cérebro de Ellwood crepitou ao som de seu nome na voz de Gaunt.

— Retire o que disse! Diga que não sou arrogante!

— Ah, mas é *verdade*. Você é um trapaceiro, e vaidoso, e... — Gaunt o subjugou sem esforço algum, virando-o de costas no chão. Mas, ao passo que Ellwood havia mantido todo o peso nos próprios joelhos, Gaunt agora se deitava sobre dele. — ... e é *arrogante* — Gaunt falou, mas seus rostos estavam próximos demais agora. Excessivamente próximos. Gaunt pareceu perceber isso. Com um olhar malicioso, ele mordiscou o nariz de Ellwood com os dentes afiados.

— Ai! Isso doeu!

— Consegue "vislumbrar a vida" disso? — Gaunt mordeu a orelha de Ellwood.

— Você é um selvagem. Deveria ser sacrificado.

— "Neste momento, há vida e sustento / Para os anos vindouros"... Ele mordeu o queixo de Ellwood.

— Pare com isso, seu vira-latas! Você não merece Wordsworth!

— "Doces sensações, / Sentidas no sangue, sentidas dentro do coração..."

Gaunt cravou os dentes na garganta de Ellwood, que inclinou a cabeça para trás. Estava trêmulo. Gaunt segurava um pedaço delicado de sua pele entre os dentes, e Ellwood não conseguiria dizer nada sem revelar o nível do desespero que sentia. *Rainha Vitória*, ele pensou, frenético. *Rainha Vitória, usando suas roupas de luto. O Jubileu.* Qualquer coisa, o que quer que fosse, qualquer coisa que não a boca de Gaunt em seu pescoço... pois agora os lábios de Gaunt tocavam o ponto em que seus dentes haviam estado, mas não era um beijo, era... Ellwood não sabia dizer; nem todas as Rainhas Vitórias do mundo poderiam tê-lo impedido de enrijecer-se naquele momento, e ele sabia que Gaunt conseguia sentir, pois as coxas dos dois estavam apertadas uma contra a outra...

Gaunt se ergueu.

— Você não é arrogante — ele falou, a voz opaca. — É astuto, nada mais.

Como o céu estava azul... *Neste momento, há vida e sustento para os anos vindouros.*

— Certo — Ellwood disse. — Eu... Que bom.

— É melhor voltarmos.

— Sim. Sim.

Gaunt se pôs em pé, colocou as mãos nos bolsos e se afastou, sem esperar que Ellwood se levantasse.

Terça-feira, 16 de fevereiro de 1915
Algum lugar na Bélgica

Caro Ellwood,

Chegamos à Bélgica há três dias. Faltam-me palavras.

Escrevi esta última frase há mais de cinco minutos e fiquei com a caneta pairando sobre o papel, tentando pensar. Receio que serei um correspondente decepcionante, Elly.

Pousamos na França e, então, tomamos trens para Flandres. Todos estavam de muito bom humor. Foi bom sentir que algo estava finalmente acontecendo, depois de semanas e semanas de espera. Quando desembarcamos, a gente ouvia o estrondo das armas, e confesso que até mesmo eu achei emocionante. Crianças se deliciam com o medo de tempestades. Ele desperta alguma urgência dentro delas. As armas causaram muito do mesmo efeito em nós. Eram como fogos de artifício enlouquecidos. Era como se eu estivesse no centro do universo.

Acampamos por uma noite em um vilarejo fortemente bombardeado, e recebemos nossas ordens no dia seguinte.

Uma batalha de grande porte já aconteceu nestas trincheiras. Não sei nem como começar a descrever o cheiro.

Concordo com a análise do poema. Não é o melhor que você já escreveu. Dizem que se deve escrever sobre aquilo que se conhece.

Adivinha só quem está aqui? Seu velho amigo, John Maitland. Encantador como sempre e logo veio perguntar a seu respeito. Ele já é capitão. Acompanhou-me em minha primeira patrulha, algo que não precisava ter feito.

Peço desculpas pela má qualidade de minha caligrafia. Minha audição ainda não se adaptou; ainda acho que cada granada está vindo em minha direção. Entendo que aprender a decifrar os vários sons que elas fazem e onde cairão deve ser como aprender a se equilibrar no mar. Peço a Deus que eu melhore logo, porque a velha guarda ri toda vez que me atiro no chão, e a lama é imunda. Não parece lama, Elly, é amaldiçoada. É...

Assim como todo o resto, não consigo explicar.

Seu amigo,
Gaunt

Gaunt havia passado tanto tempo odiando John Maitland em silêncio que era estranho descobrir que seu ódio fora injustificado.

— Aconteceu alguma coisa? — Maitland perguntou a Gaunt, quando este voltou da patrulha.

Gaunt fez que não com a cabeça, irritado por não ter escondido melhor a angústia.

— Tudo em ordem — ele falou, mas atrapalhou-se com o porta-cigarros. Estavam a sós no abrigo subterrâneo.

— Como estavam os franco-atiradores? — Maitland indagou.

— Em plena forma — Gaunt respondeu. — Atirando bastante.

— Ah — Maitland disse. — Uísque?

— Por favor.

Maitland lhe serviu um copo.

— Encontramos... — Gaunt começou, e Maitland ergueu os olhos de súbito. — Encontramos um sujeito tomando banho. Ele não sabia que estávamos vendo. Os atiradores não queriam... Ele estava cantando. Sem nenhuma perturbação na cabeça.

Maitland acendeu um cigarro.

— Você ordenou que atirassem, é claro? — ele perguntou.

Gaunt assentiu. Havia ordenado, interrompera aquela voz alemã intensa, com a mesma certeza que a teria esfaqueado.

— Isso é bom — Maitland disse. — Fez a coisa certa.

— Eu sei.

— É sempre difícil depois de vê-los fazendo algo humano.

— Foi o primeiro boche[2] que eu vi. Geralmente, estão escondidos.

— As trincheiras deles são muito mais profundas que as nossas — Maitland disse, e empurrou o copo de Gaunt com o dedo. — Beba. Vai se sentir melhor.

— Está tudo certo. — Gaunt puxou um cigarro e o levou à boca. — Droga. Onde foi que enfiei os fósforos?

— Estão na sua mão — Maitland disse.

Estavam mesmo. Gaunt acendeu o cigarro, a testa franzida.

— Não se preocupe — Maitland disse. — Você precisava ter visto o estado em que fiquei da primeira vez que ouvi um deles rir. É difícil querer matar alguém depois de ouvir algo assim. — Maitland fez uma pausa. — Ainda o ouço rindo, às vezes. Aquele primeiro homem.

— Está tudo certo comigo — Gaunt falou.

Maitland sorriu.

— Era o que Sidney costumava falar. Que com você tudo sempre estava certo.

Não havia nada que Gaunt desejasse menos do que conversar com *Maitland* sobre Ellwood. Ele puxou um trago profundo de fumaça e trouxe para perto de si uma pilha de cartas a serem censuradas. Enquanto as examinava, procurando por topônimos, pensou na primeira vez que foi flagrado fumando em Preshute.

Tinha catorze anos, e fora sentenciado a limpar a parte de trás das redes de críquete, que estavam obstruídas com folhas e lama. Era um daqueles castigos inúteis, mas preferível frente a ser açoi-

2 Termo pejorativo para se referir aos alemães durante a Primeira Guerra. (N.T.)

tado. Ellwood insistira em ajudar, embora os campos de críquete estivessem encobertos pela umidade densa e penetrante.

— Eles deveriam tirar as redes em setembro — Gaunt falou. — É pura preguiça.

— Ei, Gaunt — Ellwood disse, apoiando-se em sua pá. — Por que Fitzroy queria falar com você, na terça?

As mãos de Gaunt se imobilizaram na rede.

— Queria que eu acendesse a lareira do quarto de estudos dele — ele explicou, ao recuperar a compostura.

— O quê? Por meia hora? — Ellwood indagou.

Gaunt não respondeu.

— Ouça, Henry, não vou contar a ninguém — Ellwood disse. — Eu juro.

— Você sabe como Fitzroy é — Gaunt falou, evitando os olhos de Ellwood. — Por qual motivo acha que ele queria falar comigo? Qual é sempre o motivo de Maitland querer falar com *você*?

— Maitland e eu só conversamos — Ellwood respondeu.

Gaunt deu um sorriso um tanto rígido.

— Bom, sendo assim — ele falou —, Fitzroy e eu só conversamos.

Não havia sequer ocorrido a ele dizer não a Fitzroy. Gaunt, além de não ser muito bom em esportes, era um aluno aplicado. Não podia se dar ao luxo de fazer inimizade com um dos titulares.

Mas Gaunt já frequentava a escola o suficiente para saber que nunca, nunca se devia *falar* daquilo. Era típico de Ellwood ainda não compreender.

Ellwood tirou algumas folhas lamacentas da rede com uma pancada.

— Creio que vamos vencer o Torneio das Casas — ele disse. — Considerando que temos Maitland e Fitzroy. Temos muita sorte por tê-los conosco.

— Muita — Gaunt concordou.

Quatro anos mais tarde, em um abrigo subterrâneo na linha de frente, Maitland o flagrou encarando-o e sorriu.

Segunda-feira, 1º de março de 1915
Casa do Cemitério
Colégio Preshute

Caro Gaunt,

Maitland! Mande lembranças minhas a ele, por favor. Se continuar o chamando de encantador, vai me deixar com ciúme.

É engraçado imaginar você indo para a linha de frente e reclamando justamente da lama. Você sempre voltava dos jogos de futebol mais sujo do que todos nós juntos. Espero que se acostume logo com as granadas. Queremos que volte inteiro para casa, afinal; ou, talvez, com algumas cicatrizes conseguidas a dedo para mostrar aos seus netos: "Todas estas cicatrizes são do Dia de São Crispiniano!".

Seja como for, também tenho novidades a contar. Algo emocionante finalmente aconteceu… mas começarei do início.

Acordei esta manhã e vi que um bilhete fora passado pela porta do meu quarto. Naturalmente, presumi que tivesse sido Lantham. Lantham é meu amigo no momento. Ele tem quinze anos e traços sensualíssimos, feito uma mulher em um quadro de Rossetti. Está sempre me mandando bilhetes. Pois bem, eu me arrasto da cama e desdobro o papel… mas não é de Lantham! Não reconheço a caligrafia.

"Caverna do Eremita. Meia-noite."

Bom, pode imaginar minha curiosidade.

À meia-noite, saio de fininho da Casa e vou até a Caverna do Eremita, que sempre fica trancada e tem grades. Mas hoje, não! Os portões estão abertos e a caverna, completamente escura e silenciosa. Eu risco um fósforo e entro. Lembra que a caverna parece pequena, como uma alcova coberta de conchas? Bem, descobri que é uma ilusão. Nos fundos, há uma curva acentuada que dá em um túnel incrustado de conchas.

Conforme avançava, fui reparando que as conchas estavam cada vez mais acompanhadas de ossos, até que crânios inteiros apareciam cravados nas paredes, sorrindo para mim. Ossos à beça, você nunca viu algo assim! Então, ouvi um barulho.

"Quem está aí?", disse eu, destemido frente ao desconhecido.

"*Les hommes en flammes*", respondeu uma voz grave, e várias silhuetas avançaram, vestindo máscaras de gesso horrorosas.

"Sidney Ellwood, você foi indicado para juntar-se aos Ardentes", o mais baixo entre eles disse, e sua voz era parecida com a de Roseveare. "Caso aceite o convite, não deverá jamais falar uma palavra sequer sobre nossa sociedade milenar a pessoa alguma, pelo resto de sua vida."

(Talvez você esteja se perguntando como eu poderia ser tão desleal, contando tudo isso aqui. Bom, em primeiro lugar, estou escrevendo a você, e não falando com você, e, em segundo lugar, se estivesse aqui, eu insistiria que também fosse aceito. Não me interesso em fazer parte de grupo algum no qual você não seja bem-vindo.)

"Eu juro", disse eu, imensamente solene, e eles cortaram a palma da minha mão com uma adaga de prata reluzente (era uma faca de pão da escola que roubaram do Salão Fletcher) e me fizeram manchar as paredes com meu sangue. Depois, despiram as máscaras, revelando-se serem Roseveare e dois garotos da Casa da Colina, Grimsey e Finch. É claro que foi Roseveare que me indicou. Ficamos todos completamente bêbados e eu vomitei em um arbusto enquanto voltava para a Casa. Pelo visto, nem mesmo sociedades secretas estão acima das alegrias da inebriação.

Eu sabia da existência dos Ardentes havia algum tempo, mas jamais sonhei que... Bom, sinto que... que pertenço a algum lugar, na verdade. Agora estou com uma dor de cabeça péssima e morrendo de saudade sua. Vejo-me dividido entre desejar que a Guerra continue, para que assim eu possa juntar-me a você ("Nós, estes poucos, nós, os felizardos, nós, grupo de irmãos!"), e desejar que ela termine, para que você possa se unir aos Ardentes. Dois mundos tão empolgantes! Não temos sorte?

Seu amigo,
Ellwood

Quinta-feira, 11 de março de 1915
Algum lugar na Bélgica

Caro Ellwood,

Sua carta me fez rir, pelo qual sou muito grato. Quase senti como se você estivesse aqui. Eu a dobrei e guardei em meu bolso interno do peito, o bolso em que as pessoas deixam aquelas Bíblias milagrosas que parecem parar tantas balas nas reportagens do *Daily Mail*, sabe? David me contou que, em seu último batalhão, teve um capitão tão avesso a Bíblias à prova de balas que as usava para exercícios de tiro.

Talvez, contudo, eu ainda não tenha lhe contado sobre David. Ele é meu primeiro-tenente e um combatente formidável. É o que alguém como Burgoyne chamaria de "cavalheiro temporário"[3] (uma expressão repugnante), ou seja, trabalhava em uma fábrica em Lewisham antes da Guerra. Maitland diz que esses oficiais da classe operária são melhores em batalha do que os garotos de escolas públicas, algo que sei que lhe será um choque. É certo que David tem mais facilidade do que eu para dialogar com os soldados, e acredito que eles prefiram receber ordens dele a nossas.

Estava com Maitland quando o conheci. Dividíamos uma garrafa de rum, reclamando de Rupert Brooke. Você chegou a conhecê-lo? Ele estudou em Rugby. E.m janeiro ele publicou uma série de poemas sobre a Guerra, piegas de dar medo, incluindo um que, receio dizer, me lembrou um pouco o último que você me enviou. Começa assim:

> Se é preciso que eu morra, pense de mim apenas
> que existe um rincão de terra estrangeira
> que para sempre será a Inglaterra.

---

3 Termo para oficiais do exército britânico de patentes temporárias, especialmente quando vinham da classe proletária. (N.T.)

E termina com alguma balela de rir sob um paraíso inglês. Maitland e eu brincávamos que Brooke, sem querer, revelou o plano do governo para conquistar a Europa: cobrir cada centímetro quadrado dela com cadáveres britânicos, até que tudo seja para sempre a Inglaterra. Fomos interrompidos quando David apareceu. Trocamos alguns comentários sobre o tempo e, então, David estendeu a mão.

"Sou David Hayes, a propósito." O sotaque dele é tão carregado que lembra aquele que West finge ter quando está bêbado. Seu uniforme também é todo errado, o cáqui tão claro que é praticamente amarelo, e acredito que o alfaiate dele estava delirante de febre quando tirou suas medidas. As mangas terminam na metade dos braços. Há que se admirar um homem que superou as multidões de alunos bem-vestidos de Eton com uma aparência dessas.

"Gaunt", falei, apertando a mão dele.

"Vocês, garotos de escolas públicas, não têm primeiro nome?"

Maitland e eu nos entreolhamos.

"É claro que temos", Maitland disse, sem hesitar. "O meu é John."

"Henry." Odiei pronunciá-lo em voz alta naquele abrigo trepidante. Henry é como as pessoas que se importam comigo me chamam: trazê-lo até aqui é fazer o mundo desmoronar. Mas David não vê as coisas dessa forma. Portanto, Henry, David e John discutem as baixas, censuram as cartas dos homens e escrevem para suas famílias quando eles morrem.

Eu adoraria me juntar aos Ardentes. Quem imaginaria que a Caverna do Eremita seria grande assim?! Só não gosto da ideia de paredes de ossos. Você se engana quando diz que nunca vi algo assim.

Tenha cuidado com o pobre Lantham. Não esqueci aqueles poeminhas devastados que Macready me pedia para entregar quando você perdeu o interesse na amizade dele.

Não demore para voltar a escrever, me conte tudo sobre a escola. Em um surto de fervor erudito, tudo que eu trouxe para cá foi Tucídides, pensando que talvez pudesse escrever um livro comparando guerras, mas a verdade é que há um limite para quanta discussão sobre soberba e arrogância pode-se suportar quando os projéteis estão explodindo sobre nossa cabeça. Suas cartas são um alívio bem-vindo. Espero que esteja bem, não beba demais. Rá! Quem sou eu para falar?

Gaunt

No Sexto Inferior, Gaunt e Ellwood haviam dividido um quarto de estudos, o que trouxera uma nova e intensa agonia à rotina de Gaunt. Significava que ele sempre parava em frente à porta para escutar, para verificar se Ellwood estava sozinho, antes de entrar. Significava ter ouvido, certo dia, a voz musical de Ellwood através da porta de madeira: "Pois que ela o entregou às mulheres para o prazer / Que seja meu o teu amor e elas usem teu querer!".

E, em seguida, a resposta encantada de Macready:

– Minha nossa, Sidney, isso foi muito inteligente. Foi você que escreveu?

Gaunt foi, então, ao ginásio de esportes, despiu-se e esmurrou um saco de pancadas até Cuthbert-Smith o encontrar ali. Resolveu esmurrar o garoto, de forma honesta e de acordo com as regras.

Ele conhecia os versos que Ellwood citara. Eram do Soneto nº 20 de Shakespeare. Ellwood os havia escrito a lápis na parede acima da cama de Gaunt, que tivera esperanças de que significassem algo.

Quarta-feira, 24 de março de 1915
Casa do Cemitério
Colégio Preshute

Caro Gaunt,

Não tenho certeza do que penso desse tal David. Parece tremendamente desagradável sair exigindo saber o nome de batismo dos outros, feito uma criança ou um norte-americano.

Você diz que minha carta o fez rir. Bem, suas cartas são as mais populares de toda a escola. Estão todos surpresos que você seja tão poético, mas eu sempre soube disso.

Espero que não se importe de esta carta ser um tanto menos encantadora do que a anterior. Veja bem, algo desconcertante aconteceu. A princípio, achei que não era nada: comecei a perder coisas. Minha bela caneta-tinteiro foi a primeira a sumir. Então, perdi uma nota de uma libra. Não que tenha me incomodado, é claro; você sabe que não me importo com dinheiro. Mas, então, meu taco de críquete desapareceu!

Alguma patifaria estava em curso.

Contei tudo aos Ardentes, exceto pela nota de uma libra, porque realmente não estava preocupado quanto a isso, e decidimos encontrar o culpado. (As coisas têm sido esplêndidas com os Ardentes. Reunimo-nos todas as noites e perambulamos pela escola feito gatos de rua. Fumamos cachimbos longos no telhado do Fletcher, e Grimsey está ensinando-nos esgrima.) Infelizmente, Grimsey foi um pouco precipitado ao acusar o pobre Lantham. Ele o encurralou na saída da Capela e disse: "Eu sei do seu segredinho sujo e, se fosse você, iria embora desta escola, pois, do contrário, sua vida será um inferno na terra". (Grimsey é tão carrancudo quanto parece.) É claro, o pobre Lantham teve certeza de que o "segredinho sujo" se referia a MIM. Ficou tão aborrecido pela coisa toda que acabou tremendamente indisposto e foi parar no sanatório. Nesse meio-tempo, fui para o quarto e encontrei – fico tão furioso quando penso nisso que minhas mãos tremem, consegue notar? – meu caderno de poemas na lareira. Tentei resgatá-lo, mas era tarde demais. Todos os vinte e dois poemas, queimados. Alguns já haviam sido publicados, mas grande parte não, e eu não tinha cópias. Foram destruídos, os pensamentos e esperanças de anos, os registros de minha alma em formação, a mais verdadeira versão de mim!

Com toda a seriedade, foi... foi um dia difícil, e senti sua falta mais do que nunca. Sei que você teria compreendido. Não são apenas os poemas. É o fato de alguém os ter queimado.

Os garotos nunca tiveram problemas comigo e com minhas excentricidades. Ah, sei que Burgoyne tem lá suas opiniões, mas ele não as expressa há eras, não desde a época do Centos. Lembra? Você briga com tantas pessoas que acredito que seja difícil guardar todo mundo na memória. Maitland estava para ir embora no fim do ano e me escreveu uma carta. Palavras cautelosas, afetuosas, naquele estilo platônico de Tennyson. Eu estava na sala comunal quando Burgoyne começou a lê-la em voz alta. Não faço ideia de como ele a pegou, pensei tê-la deixado debaixo do meu colchão. Ele a leu em um tom de voz frio, zombeteiro, e de repente tudo que Maitland havia escrito parecia sórdido e insignificante. Eu não consegui mover um músculo, apenas fiquei encarando-o.

Todos estavam imóveis. Acho que até mesmo meus amigos mais próximos prestavam atenção, checando se havia algo naquela carta que destruiria o bom juízo que tinham de mim.

Mas não você. Você pareceu despertar. Agarrou Burgoyne pelos braços, muito gentil, e bateu a cabeça na dele, um golpe impecável, exatamente no nariz, que se partiu com um estalo. Foi diferente de quando você quebrou o meu; foi muito mais eficiente. Você tomou a carta das mãos dele e a entregou a mim.

Você dirá que estou dramatizando, mas eu anotei tudo. Anoto tudo o que acontece.

Estou aqui, divagando, e você está nas trincheiras, provavelmente prestes a ir arrancar a cabeça de alguém, ou algo assim, e isso tudo é muito egocêntrico. A questão é que, depois daquilo, ninguém falou uma palavra. Agora, fico imaginando se um daqueles garotos calados, que não me defenderam, esperaram até que você não estivesse mais aqui para entrar escondido no meu quarto e queimar meus poemas.

Esta carta ficou péssima. Peço que me desculpe.

Ellwood

Deveriam ter sido considerados jovens demais, no verão de 1914, para participar de bailes: tinham apenas dezessete anos. Mas Londres estava diferente naquele verão. A cidade resplandecia com uma espécie de folia desvairada, dançando no limiar do desastre. Gaunt e Ellwood compareciam a três compromissos por noite. Jantares, idas a óperas, bailes, almoços ao ar livre, caminhadas no Hyde Park, fins de semana em casas de campo, bailes, noites de carteado, estreias de peças de teatro, noites na casa do embaixador francês, conversando à toa em alemão com diplomatas alemães exaustos, mais bailes, cerca de um milhão de festas de debutantes nas quais Gaunt acompanhava garotas, coradas e vestidas de branco, escadas de mármore abaixo sem lembrar-se de seus rostos ou nomes, bailes, bailes, bailes, como se Londres espremesse as últimas gotas de prosperidade do mundo antes que este chegasse ao fim.

Ellwood dançava com as mais lindas garotas. Ele era insuportavelmente elegante e sabia como deixá-las à vontade. Era rico e bonito. Jovem demais para se casar, mas isso não impedia as mães de armarem suas armadilhas.

Ellwood se hospedava na casa de Gaunt em Londres, e agia com mais extravagância do que o normal. Quando saíam para beber no Hurlingham com Pritchard e West, era sempre Ellwood quem pagava. Emprestou a Roseveare amplas quantias para que comprasse um cavalo.

— Roseveare devolveu o seu dinheiro? — Gaunt perguntou algumas semanas depois.

Ellwood corou.

— Não sei — ele respondeu. — Não reparo nesse tipo de coisa.

Estavam em Londres havia algumas semanas quando Gaunt encontrou uma carta vinda da mãe de Ellwood, que a deixara na cômoda de seu quarto, desdobrada, onde Gaunt a encontrou quando foi pegar um par de abotoaduras emprestado.

Quinta-feira, 30 de julho de 1914
Mansão Thornycroft

Querido Sidney,

Solicitei ao sr. Utterson que enviasse mais um adiantamento de sua mesada, conforme o seu pedido. Fico feliz que esteja se divertindo tanto, mas você tem gastado uma quantia e tanto de dinheiro, não é, querido? É claro, não é de meu desejo que precise abster-se de algo, mas não imagino como gastou trezentas libras em um mês. Começa-se a imaginar todo tipo de situações terríveis, envolvendo jogos de azar e láudano. Você não está apostando, está, querido? Responda-me o quanto antes e acalme o meu coração.

Com amor eterno,
Mãe

— Você precisa devolver o dinheiro de Ellwood — Gaunt disse a Roseveare, no baile de Lady Asquith. Ellwood estava dançando com Maud. Ela tinha rosas trançadas por todo o cabelo e sorria, radiante, enquanto Ellwood a fazia rodopiar pelo salão.

— Ele falou algo a respeito? — Roseveare perguntou, parecendo surpreso.

— Não — Gaunt respondeu. — Mas já gastou toda a mesada. Vai precisar recorrer aos investimentos se você não pagar logo.

— Ah, Sidney tem muito espírito esportivo quando o assunto é dinheiro — Roseveare falou. — Ele não se importa nem um pouco com isso. De toda forma, a família da mãe dele é podre de rica. Judeus venezianos, sabe? Uma coisa saída diretamente de Shakespeare.

Gaunt, entretanto, sabia que nenhum dos parentes de Ellwood jamais colocara os pés em Veneza. Haviam feito sua fortuna em Bagdá nos anos 1790, um fato que Gaunt sabia que Ellwood considerava deprimente. Perguntou-se quando, exatamente, Ellwood havia espalhado rumores de que sua família era veneziana. O garoto de certo não considerava a questão uma mentira: meramente uma romantização. Era muito peculiar quando se tratava da família judia de sua mãe.

Ellwood inclinou a cabeça para perto da de Maud com um olhar conspiratório e falou algo em seu ouvido. Maud riu, e o rosto de Ellwood se iluminou com um sorriso.

— Bom, *eu* me importo — Gaunt falou a Roseveare. — Um inglês deve cumprir com sua palavra.

Roseveare tratou-o com frieza durante o resto da noite, mas, alguns dias depois, entregou ostensivamente a Ellwood um cheque de noventa libras. Ellwood nem sequer olhou antes de guardá-lo, o rosto vermelho.

— Obrigado — ele disse. — Não havia urgência.

Domingo, 11 de abril de 1915
Algum lugar na Bélgica

Caro Elly,

Parte meu coração pensar em seus poemas, falo com honestidade. Sei o quanto você se dedica a eles, ainda que eu discorde de algumas de suas obras mais... patriotas, digamos.

Lembro-me, sim, de bater em Burgoyne. Ele certamente mereceu, mas não posso dizer que aquilo o tenha feito melhorar muito. Às vezes, gostaria que tivéssemos tentado uma abordagem diferente com ele. Talvez, se fôssemos mais pacientes, ele não tivesse se tornado tão perverso.

Sinto muito pela vez que quebrei o seu nariz. Eu não queria te machucar.

É difícil escrever. Penso em você fazendo piadas para distrair-se, e as trincheiras parecem se fechar sobre mim. Maitland e David até que servem de conforto. Em noites calmas, David grita piadinhas para os Fritz. "Sabem por que chamam a arma de Buldogue? Porque a mordida dela vai destroçar vocês!" É claro, os alemães não fazem ideia do que ele diz. Eles cantam muito e, se nossos homens conhecem a música, começam a cantar também. São um regimento saxão, o que é um alívio. Pensar no dia em que precisarei atirar em bávaros me deixa apavorado. Minha mãe diz que Otto sofreu ferimentos graves em Neuve-Chapelle, mas Ernst está bem. Não sei se você se importa.

Você mencionou que minhas cartas são "as mais populares da escola". Por favor, Ellwood, por favor, diga que você não tem publicado trechos bem editados do que escrevo naquela seção medonha da *Folha de Preshute*, "Cartas da Linha de Frente". Tenho certeza de que não é o caso. Você sabe o quanto eu odiaria isso. Não é?

David e eu dividimos a tarefa de censurar cartas, e é muito menos divertido do que se poderia pensar. David, em particular, fica muito desapontado.

"Achei que descobriríamos que todos são pervertidos ou assassinos em segredo!", ele falou.

Assassinato. Que ideia pitoresca.

Em grande parte, os soldados falam da lama, dos ratos e de Deus. Temos que censurar a lama e os ratos, mas Deus tem permissão para permanecer, o que acho engraçado. É um trabalho monótono, mas menos detestável do que o outro: escrever condolências. Carta após carta, sobre homens que conheço e homens que não conheço, sobre homens que morreram corajosamente, ou homens que morreram de maneiras que me recuso a descrever, homens de quem eu gostava, homens de quem não gostava, homens velhos demais para irem à guerra e também garotos jovens demais. Esgotam-se as maneiras de dizer "Seu filho morreu sem sofrer e trouxe orgulho ao Império". O pior é quando você se dá conta de que está escrevendo duas vezes à mesma pobre mulher: duas cartas para agradecê-la por seus dois filhos. Não acho que deveriam permitir que irmãos servissem sob o mesmo regimento.

Desculpe-me. Não era isso o que eu queria escrever. O que queria dizer era: você escreverá mais poemas. Eles não foram perdidos. Você é a poesia.

Seu amigo,
Gaunt

Quinta-feira, 15 de abril de 1915
Casa do Cemitério
Colégio Preshute

Caro Gaunt,

Receio ser verdade que publiquei o trecho sobre o som das armas lembrá-lo de fogos de artifício. Estava escrito de maneira tão bonita que não pude resistir. Sinto muito, vejo agora que deveria ter pedido permissão.

Engraçado, nunca pensei em quem escreve as condolências. Um trabalho que certamente não me agradaria. Você está bem, Henry? Eu sei que você sempre está. Ainda assim, você parece um pouco... Bom, cuide-se, é só isso. E é claro que me importo com Ernst e Otto. Eles eram incríveis e, quando isso tudo terminar, mal vejo a hora de visitá-los novamente com você. Deus do céu, como sabiam fazer um café da manhã! Lembra-se daquelas linguiças brancas esquisitas? E os castelos do Rei Cisne? E as garotas de *dirndls*[4]?

É claro, eles continuam sendo uns Fritz malditos e precisam aprender uma lição. Mas os selvagens são uma coisa; os alemães, outra.

Bom, retornemos às Crônicas de Ellwood. Muita coisa aconteceu desde a minha última carta. Primeira parada: Lantham.

Quando descobri o que Grimsey havia dito a ele, convoquei uma reunião dos Ardentes. Eu estava nervoso, porque não devemos guardar segredos entre nós e, mesmo assim, eu não tinha contado a respeito de Lantham. Sentamo-nos em círculo, começamos a circular o vinho do Porto que surrupiei do escritório do sr. Hammick, e contei a eles a questão de meus poemas terem sido queimados.

Grimsey levou as mãos ao rosto.

---

4 Traje feminino típico alemão inspirado nas vestimentas dos camponeses. (N.E.)

"Então não pode ter sido Lantham", ele disse.

"Não. E não teria sido, de toda forma, porque ele está apaixonado por mim", eu falei.

Todos ficaram em silêncio.

"Ele parece um mariquinhas", Grimsey disse. "Não me surpreende." Seu tom de voz foi um tanto desdenhoso, e fiquei feliz por não ter mencionado que correspondo ao amor de Lantham.

"Nem sempre dá para saber só de olhar", Aldworth comentou, brando. Eu ainda não o mencionei. É um sujeito calado, tremendamente popular, apesar de nunca abrir a boca.

"A questão não é nada disso", eu falei, "e, sim, que Lantham não é o culpado."

Novamente, houve um longo silêncio, durante o qual tentei, bebendo mais daquele vinho horrendo, impedir que minhas mãos se agitassem.

"Bom, você deveria ter dito alguma coisa", Grimsey enfim falou. "Acho que dei um susto e tanto naquela pobre bichinha."

Eu ri.

"É, acho que sim."

Nada mais foi dito a respeito. Mas, quando Roseveare e eu voltávamos para a Casa, ele me contou: "Aldworth é invertido, sabia?".

Diversas interações entre mim e Aldworth, de repente, assumiram novos significados.

"Ele é?", eu perguntei. "Deus do céu, estou cansado. Aquele vinho não estava horrível?"

Roseveare revirou os olhos para mim e não insistiu no assunto.

Você se incomoda quando falo desse tipo de coisa? Você nunca age como se o incomodasse. Mas talvez seja polido demais para isso.

No dia seguinte, no almoço, Aldworth me trouxe um pacote. Eu o abri com toda a comoção, e todos pararam de comer para observar. Dentro, encontrei um diário.

"Que maravilha! Poderei registrar todos os meus pensamentos e sentimentos mais íntimos!", exclamei. Depois do almoço, Roseveare logo tratou de cobrir o diário com uma tinta engenhosa que havia encomendado em um catálogo. É completamente invisível até que se encoste as mãos nela. Torna-se, então, um roxo-vivo. Deixamos o diário em cima da escrivaninha do meu quarto.

Com isso, esperamos. Não demorou muito. Naquela noite, estávamos todos na sala comunal assistindo a West e Pritchard baterem um no outro com tacos de críquete, o que, a propósito, é extremamente perigoso e talvez seja o motivo de Pritchard ser tão ruim com somas, quando Roseveare cutucou minhas costelas.

"Olhe só as mãos do Burgoyne."

Eu sei, eu sei: é claro que era Burgoyne. Só não pensei nele desde o início porque era óbvio demais. Mas lá estava ele, lendo um livro e, espreitando das laterais de suas mãos, havia uma mancha arroxeada. Roseveare trancou a porta discretamente e eu fiquei em pé em cima do sofá.

"Tomei conhecimento de que um de vocês não gosta de mim", falei, dirigindo-me ao cômodo todo, que logo caiu em silêncio. "Porém, em vez de encarar-me como homem, decidiu declarar uma guerra covarde de subterfúgios. Portanto, dou a essa pessoa, agora, a chance de enfrentar-me como um inglês. Juro que nenhum de meus amigos o machucará, e que lutaremos com dignidade."

Ninguém se apresentou. Burgoyne ficou fitando o livro.

"Certo", Roseveare vociferou, e explicou então a questão da tinta. "Todos mostrem as mãos."

Todos o fizeram, exceto Burgoyne, que não desgrudou as mãos do livro.

"Vamos lá, Burgoyne", Pritchard disse.

"Não. Isto é uma infantilidade, e eu me recuso a participar."

O garoto que estava ao lado dele tomou o livro de suas mãos e, é claro, todos pudemos então ver que elas estavam manchadas.

"É perfeitamente aceitável que você não goste de mim, Burgoyne", eu falei. "Não me incomodo de maneira alguma. Mas você deve honrar com suas atitudes."

Diante disto, Burgoyne pareceu inflar, feito aqueles peixes que as pessoas comem no Japão.

"Honrar?", ele disse. "Honrar? Meus antepassados CONQUISTARAM este país, Ellwood, séculos antes de os seus terem rastejado para fora da lama! Como ousa falar de honra para mim?"

"Você é um esnobe, Burgoyne", Roseveare falou, com frieza.

"É claro que sou!" Ele parecia furioso. "Todos nós somos! Está querendo dizer, por acaso, que faria amizade com um dos garotos da escola municipal? É claro que não."

"É diferente", Roseveare respondeu.

"Não, não é! Os caipiras sabem de seu lugar, e nós sabemos do nosso. Mas o Ellwood aqui parece querer que as classes mais baixas fiquem exatamente onde estão, enquanto ele sobe na minha cabeça. Bom, eu não aceito. Você não tem lugar entre os Ardentes, Ellwood."

"Ninguém se importa se sua linhagem é sagrada, Burgoyne", eu falei, "quando você é tão sorrateiro..."

Burgoyne soltou uma risada aguda.

"Eu, sorrateiro? Não sou eu o judeu aqui."

O sr. Hammick me disse que eu estava coberto de razão por tê-lo esmurrado no olho ("Ser judeu não é uma escolha", ele falou, em uma solidariedade um tanto equívoca), mas como o pai de Burgoyne faz parte do conselho escolar, ele precisava me punir. Portanto, devo cumprir uma detenção todos os domingos até o fim do ciclo escolar. Tive a primeira delas há poucos dias. O sr. Hammick me fez uma bela xícara de chá e conversamos sobre críquete.

Muito obrigado por dizer tudo aquilo da minha poesia. Mal consigo explicar o quanto me fez sorrir. Transmita meu amor a Maitland, está bem? Aproveite e fique com um pouco para você.

Seu amigo,
Elly

TRÊS

FEVEREIRO DE 1913 — CENTOS

Sandys não soltou Gaunt enquanto trancava e bloqueava a porta e, em seguida, fechava as cortinas.

Foram as cortinas que fizeram Gaunt perceber o que aconteceria.

— Gaunt! Gaunt... vou buscar... reforços — Ellwood exclamou do lado de fora.

— O que você quer, Sandys? — Gaunt questionou, fazendo força para libertar os próprios braços. Mas Sandys era mais forte, embora a técnica de Gaunt no ringue fosse superior.

Sandys o fez debruçar-se sobre a mesa e sibilou em seu ouvido.

— O que *acha* que eu quero, Gaunt? Deus do céu.

Gaunt sentiu um aperto no coração. Seu estirão de crescimento do último verão devia tê-lo deixado a salvo, além do alcance de garotos mais velhos, mas cá estava: encurralado.

— Deixemos Deus de fora disso, está bem? — ele falou, a voz abafada pela mesa.

— Cale a boca. — Sandys puxou Gaunt para trás, ainda torcendo-lhe os braços. Mas, quando sua mão serpeou até a frente da calça de Gaunt, movia-se devagar, hesitante.

Não era como se Gaunt *nunca* tivesse pensado em deitar-se com Sandys. Era algo que lhe ocorria com frequência quando lutavam boxe, em lampejos fugazes de imagens enquanto se atracavam até caírem no chão. Em geral, era capaz de afastar esses pensamentos aos socos, mas, às vezes, suspeitava que Sandys sabia do que se passava em sua mente. Ambos mantinham contato visual até demais durante as lutas.

— Me solte, Sandys. Vamos acabar logo com isto.

Sandys soltou seus braços. Gaunt endireitou as costas e esticou os ombros.

Com gentileza, Sandys beijou seu pescoço, envolvendo o peito de Gaunt com os braços. *Santo Deus, era bom ser tocado.*

— Caralho, não precisa agir feito uma *mulherzinha*, Sandys — ele falou, ríspido.

Sandys o soltou de imediato. Gaunt se virou para encará-lo e se ajoelhou.

— Espera... — Sandys o interrompeu.

— Ah, o que foi *agora*?

— Não quero que faça isso, a não ser... a não ser que queira.

Gaunt revirou os olhos com tanta força que sua cabeça chegou a se mover, e estava prestes a explicar que coisa mais imbecil de se dizer era aquela, quando Sandys o puxou, deixando-o de pé, e o arrastou para perto de si. Gaunt não se controlou. Deixou escapar um som baixo. Sandys vagou a mão por seu corpo, e a sensação era... maravilhosa...

— Não quero fazer nada que você não queira — Sandys sussurrou.

Ellwood retornaria em breve, tentaria arrombar a porta para resgatá-lo, mas, por ora, tudo estava calmo.

— O que me diz, Gaunt? — Sandys murmurou. — Para onde você quer que eu leve minha mão agora?

Contra a própria vontade, Gaunt disse a ele.

Quinta-feira, 11 de março de 1915
Algum lugar na Bélgica

Caro Sandys,

Agradeço por seu postal escandaloso. Coloquei-o na parede, na esperança de que David e Maitland pensem que sou mulherengo. Haha.

Recebi mais uma carta de Ellwood hoje. Ele continua fascinado por Maitland, sempre curioso a respeito de tudo o que conto a respeito. Pareceu um tanto enciumado, na verdade, por eu conviver com ele. Bom, não me surpreende. Eu mesmo me vejo um pouco fascinado por Maitland. (Não dessa forma.) Ele sempre foi gentil comigo, mas eu presumia que fosse por conta do furor de Ellwood. Agora, eu o vejo com os soldados e entendo que ele é um verdadeiro cavalheiro. E bonito também, o que, como você sabe, não é meu ponto forte… Respondi à carta de Elly na mesma hora, extremamente sereno, nenhuma menção ao rosto de um homem que vi flutuando numa trincheira lamacenta esta manhã. Tinha se soltado do crânio. O nariz estava plano e ele não tinha olhos. Uma mera máscara de pele. Nada de novo.

Contei a Ellwood sobre David Hayes. Admito que o fiz em parte porque sabia que o deixaria com ciúme. Elly se incomoda por eu nunca o chamar pelo nome de batismo. (Como poderia? Chamá-lo de Sidney, como a esposa dele fará algum dia. Preferiria a morte.)

É enlouquecedor que tudo isso – que ele – ainda tenha minha atenção, mesmo na linha de frente.

Ele é amigo de Lantham agora. Lembra-se de Lantham? Fica assustado com qualquer coisa. Cílios compridos feito uma garota. Ao que parece, Lantham escreve bilhetes para ele. Desejo toda a felicidade aos dois.

Você continua em contato com Stephen Caruthers?

É bom ter alguém para quem escrever com honestidade, Sandys.

Atenciosamente,
Gaunt

•

FEVEREIRO DE 1913 — CENTOS

Quando tinham acabado, Sandys abriu um sorriso tímido.

– Bata em mim – Gaunt disse.

– O quê?

Gaunt o empurrou.

— *Bata em mim.*

— Não quero bater em você!

— Santo Deus, Sandys, ao menos faça *parecer* que eu resisti.

— Ah. Certo — Sandys falou. — Bom... Onde gostaria que eu...?

— Ah, esqueça — Gaunt disse, e bateu a própria cabeça contra a quina de uma escrivaninha.

— Gaunt! — Sandys exclamou, alarmado, mas Gaunt já avançava até a janela e erguia as cortinas.

— Acha que deu? — ele perguntou, virando o rosto para Sandys. — Ficarei com um hematoma?

— Do tamanho da China, creio eu. Você está bem?

Seu cérebro havia se desligado para impedir os pensamentos impossíveis. Ellwood tinha voltado havia algum tempo, gritara seu nome enquanto Sandys o tocava, deixando-o... distraído...

— Tudo certo — ele respondeu, e destrancou a porta.

Segunda-feira, 22 de março de 1915
Algum lugar na França

Caro Gaunt,

As coisas por aqui têm sido um tanto implacáveis. Estou exausto. Explodiram um amigo meu na semana passada. Eu fui o primeiro a encontrá-lo. Ainda estava vivo, ou quase isso, mas não tinha começado a sentir dor. Eu quis matá-lo. Não se deixaria um cavalo, ou um cão, sofrendo daquela maneira. Mas sou um cavalheiro, e cavalheiros não matam os amigos. Fiquei com a mão pairando sobre o revólver, tentando forçar-me a tomar uma decisão. O que se pode considerar civilizado em tais circunstâncias? Mas, então, outro soldado apareceu. Ele viu onde minha mão estava e me olhou com repulsa. Senti-me um monstro.

Mandei chamar maqueiros e eles o levaram. Ficou deitado e gemendo no posto médico, queimando de dor. Não conseguia formar uma palavra sequer em meio àquela agonia miserável. Os olhos dele... Bom, eu não preciso descrevê-los. É certo que você viu olhos assim, qualquer humanidade arrancada deles. Foram dias e dias. Ninguém poderia sobreviver com tantas partes de si faltando, mas nós precisávamos salvá-lo, ou deixaríamos de ser civilizados. Ele morreu hoje cedo, graças a Deus. Se eu algum dia me vir nesta posição, torço para que não haja ninguém civilizado por perto, somente um anjo da morte rápido com uma bala no tambor.

Talvez você pense ser ingrato de minha parte reclamar da Guerra; eu, que tanto tenho a ganhar com ela. Tenho plena consciência de que, se conseguir tornar-me capitão, ninguém lembrará por que não pude estudar em Cambridge. Por que passei o último ano me escondendo no campo.

Não é surpresa para mim que você continue a se preocupar com Ellwood, mesmo estando aqui. A surpresa, no entanto, é que esteja me contando a respeito. Sempre achei que fôssemos reflexos um do outro, Gaunt. Agora, pelo seu bem, espero que não seja verdade.

Você perguntou de Caruthers. Recebi o telegrama informando a morte dele dois dias atrás. Morto em combate próximo a Artois. Nenhum detalhe. Eu estava na linha de reserva e mostrei a mensagem a um companheiro oficial, que a leu com vaga solidariedade. Percebi que não me lembrava do som da voz de Stephen. Foi então que me dei conta de tudo o que o telegrama realmente significava.

Atenciosamente,
Sandys

•

FEVEREIRO DE 1913 — CENTOS

Sandys acuou Gaunt no dia seguinte, prensando-o contra a parede.

— Você não para de olhar para mim.

— Você está imaginando coisas — Gaunt respondeu.

— Gostou do que fizemos ontem. Sei que gostou.

— Eu esqueci o que fizemos ontem. Você deveria fazer o mesmo.

— Ellwood não tem interesse em você.

— Ellwood não tem nada a ver com isso — Gaunt falou, distanciando-se.

— Ele tem tudo a ver com isso. E você está perdendo seu tempo; todos sabem que ele é louco pelo John Maitland.

— Olhe, não sei dizer que tipo de conto ardente de *Troilo e Créssida* você anda dizendo a si mesmo que está acontecendo entre nós dois, mas...

— Caralho, eu não estou *apaixonado* por você, Gaunt! — Sandys o esmagou contra a parede mais uma vez. Passos ecoaram pelo corredor. Sandys agarrou os punhos de Gaunt e os torceu acima da cabeça. — Peça piedade — ele sibilou, enquanto um garoto do segundo ano passava por eles.

— Não — Gaunt respondeu, a voz calma. Sandys torceu os braços dele com mais força. Gaunt não se debateu.

— Vou matar você — Sandys grunhiu, próximo de sua orelha.

— Adoraria vê-lo tentar. — O garoto passou por eles sem nenhuma pausa, mantendo a cabeça baixa. Sandys prensou o próprio corpo contra Gaunt, agressivo. Ele estava rijo. Os dois estavam. O garoto desapareceu, virando uma esquina.

— Você e Stephen Caruthers são amigos bem próximos — Gaunt disse.

— Cale a boca — Sandys falou, as palavras apenas um silvo no pescoço de Gaunt.

— Mas ele não se interessa muito por esse tipo de coisa, não é?

— Já se fez entender, Gaunt.

Sandys afrouxou de leve o aperto. Gaunt poderia escapar.

Mas ele não o fez.

— Sabe onde é meu quarto? — Sandys perguntou, a voz baixa.

Gaunt assentiu.

— Encontre-me lá em cinco minutos.

Sandys o soltou e atravessou o corredor a passos largos. Gaunt bateu a cabeça com força na parede atrás de si, várias vezes.

Nunca tivera a intenção de ir ao quarto de Sandys, mas, de alguma forma, durante o primeiro trimestre inteiro, era onde ele sempre ia parar. O sexo era rápido e raivoso, e eles nunca se beijavam. (Sandys tentou uma vez. "*O que você está fazendo?*", Gaunt o questionou, alarmado. Sandys nunca voltou a tentar.) Quando acabavam, Gaunt ia embora sem dizer uma palavra e jamais pensava no que havia acontecido, até a ocasião seguinte em que Sandys o encurralava. Contudo, aquilo devia cruzar seus pensamentos, na verdade, pois Gaunt se via espreitando nos mesmos lugares, nos lugares em que era provável que Sandys o encontrasse.

— Por que Sandys o está perseguindo? — Ellwood perguntou.

— Ele não está.

— Gostaria que você não ficasse se pagando de *valente* o tempo todo.

— Não estou me pagando de nada. Está tudo certo.

— Como ele consegue arrastá-lo para dentro das salas e espancá-lo o tempo todo?

Sempre que alguém avistava Gaunt e Sandys entrando juntos em algum cômodo, Gaunt fazia Sandys esmurrá-lo em algum lugar visível.

Gaunt deu de ombros e respondeu a todas as perguntas de Ellwood com monossílabos, até que o outro desistiu de questioná-lo. Nunca demorava muito para isso acontecer, embora ele tivesse sentido os olhos de Ellwood no hematoma em seu maxilar durante o resto da noite. Ellwood o deixava em paz, mas sempre encontrava alguma maneira de mostrar que não estava satisfeito.

Sábado, 10 de abril de 1915
Algum lugar na Bélgica

Caro Sandys,

Não tinha ficado sabendo de Caruthers. Lamento. Gostaria de poder ser mais eloquente, mas o inglês me deixa na mão. Tenho, às vezes, a sensação de que as únicas palavras que ainda têm significado são nomes de lugares: Ypres, Mons, Artois. Nada mais serve para me expressar.

Sei o quanto Stephen significava para você. Lamento muito, de verdade.

Talvez, dadas as circunstâncias, seja cruel contar-lhe que recebi outra carta de Ellwood hoje. É uma crueldade a que devo ceder, pois não tenho mais ninguém a quem dizer isto. Ele estava infeliz, foi bastante sincero comigo, e cada palavra se estilhaçou dentro de mim. Você disse certa vez que eu estava perdendo tempo, e começo a pensar que tinha razão. Passei anos e anos trotando por estradas de terra com Ellwood ao meu lado, e sempre com as mãos nos bolsos... Que grande covarde eu fui! Mas eu tinha medo de que ele risse de mim, ou que fingisse me amar, como fez com Macready. Santo Deus, ele destruiu Macready. Você precisava ter lido os poemas dele. Um refugo terrível, como chorar com tinta.

Você foi muito mais corajoso do que eu. Pergunto-me se sua coragem de outrora o sustenta, agora que você o perdeu.

Talvez eu preferisse que Ellwood tivesse fingido me amar, mesmo que apenas por algumas semanas, a nunca ter tido coisa alguma. (Ellwood me diria que há algum verso de Tennyson para isso.) Existe um espaço vazio em minha mente no qual essas memórias poderiam estar.

Espero que você esteja se cuidando.

Atenciosamente,
Gaunt

•

MARÇO DE 1913 — CENTOS

Gaunt estava passando em frente ao quarto de Sandys. (Não havia motivo algum para estar naquela área da escola. Se alguém lhe tivesse perguntado o que fazia ali, ele teria dito que estava a caminho da lavanderia. Provavelmente, teria ele mesmo quase acreditado na mentira também.) A porta se escancarou e Sandys o arrastou para dentro.

— O que *aconteceu* com você? — Gaunt perguntou. O rosto de Sandys estava distorcido por hematomas inchados e ensanguentados.

— Ellwood.

— Você tem duas vezes o tamanho dele.

— Ele levou mais ou menos uma dúzia de amigos. Você tem bastantes aliados, ao que parece.

Gaunt tentou não sorrir.

— Isso é bem comovente.

— Não, não foi nada comovente.

— Posso entender muito bem por que *você* não veria a questão dessa forma.

— Diga a ele que nós somos amigos!

— Nós não somos amigos.

Sandys soltou um som exasperado.

— Então *somos o quê*?

Gaunt deu de ombros.

— Eu não pensei muito no assunto.

— Olhe, será que você poderia parar de agir como se eu estivesse tentando... forçá-lo a se casar, ou algo assim...?

A cabeça de Gaunt se ergueu de supetão.

— *Casar*, Sandys?

Sandys esfregou um dos olhos, fazendo uma careta de dor.

— Apenas diga a ele que somos amigos — ele repetiu.

Gaunt bateu os nós dos dedos no batente da porta.

— Está bem. Mas nós não somos. Amigos. Não vou ficar lhe escrevendo cartas quando você se formar, nem nada do tipo.

— Eu não quero suas cartas, idiota.

— Seu olho está vazando pus.

Sandys vasculhou os bolsos, procurando um lenço, mas Gaunt achou um antes. Já estava ensanguentado de quando Sandys o esmurrara dois dias antes. Os lenços de Gaunt estavam sempre cobertos de sangue.

— Obrigado — Sandys disse.

— Peço desculpas por Ellwood. Ele pode ser... leal.

— Achei que ele estivesse envolvido com John Maitland. Que história é essa de ir ao seu resgate, como se você fosse uma donzela em perigo?

— Não estou nem um pouco interessado em falar sobre isso, Sandys. — Gaunt estendeu a mão até a porta.

— Se ele ousar olhar torto para mim, parto a cara dele ao meio. Não me importa se ele é bonito.

— Você não pode machucá-lo — Gaunt disse, a voz grave de repente.

Sandys o encarou por um momento e, então, riu.

— Nunca vi você mais humano do que agora, Gaunt. E olhe que já o vi em todo tipo de posição comprometedora.

— Diga que não vai machucá-lo.

— Cruzes, está bem, não encostarei nele.

Gaunt pigarreou e assentiu, tentando não notar a curiosidade com que Sandys o observava.

— Ele é capaz de cuidar de si mesmo, sabia? — Sandys frisou, apontando para o próprio rosto desfigurado. — Não é exatamente uma vítima indefesa.

— Eu sei — Gaunt respondeu.

— Ah, Gaunt — Sandys disse, a voz branda. — Você terá sua chance com ele no ano que vem, não é? Com Maitland indo embora.

— Eu não quero nada disso com Ellwood.

— Você está perdendo tempo — Sandys falou, deslizando para mais perto. Ele levou a mão ao quadril de Gaunt.

— Não é possível que você queira...

— Estou disposto, se você estiver.

— Você está parecendo uma fruta podre.

— Não olhe para mim, então — Sandys disse, virando bruscamente o corpo de Gaunt. Sua boca se moveu até a orelha de Gaunt, enquanto suas mãos se ocupavam com o cinto. – Vai arrepender-se de ser tão covarde quando estiver casado, sabia?

– Eu não vou me *casar*.

Sandys riu e se aproximou. Gaunt se escorou na parede.

– Todos vamos nos casar, Gaunt. Com boas mulheres.

– Pare de falar.

•

– Eu entendi – Sandys disse enquanto se vestiam, vinte minutos mais tarde. – Você está pensando à frente. É por isso que não quer me beijar, nem contar para Ellwood que está apaixonado por ele.

– Não estou apaixonado por ele.

– Está antevendo o que dirão de você, quando tiver quarenta anos e continuar solteiro. "Ah, Gaunt era completamente decente na escola. Nada daquela amorosidade devassa de estudantes. Não, Gaunt é um sujeito respeitável." É nisso que está pensando, não é?

Gaunt endireitou a gravata.

– Não estou pensando em coisa alguma – ele respondeu, com mais honestidade do que planejara.

Terça-feira, 13 de abril de 1915
Algum lugar na França

Caro Gaunt,

É muito peculiar como o luto nos afeta de maneira diferente a cada vez. Minha irmã mais nova morreu quando eu tinha sete anos, e me lembro de cada momento que antecedeu o funeral com uma clareza que obscurece o restante da minha infância. Desde que soube de Stephen, contudo, minha consciência do tempo não passa de um borrão de imagens. No acantonamento, vi uma minhoca na terra, uma coisinha inocente em um canteiro de flores, e fui acossado de repente por uma visão ofuscante de Stephen, cujo rosto eu conhecia tão bem... E minhocas não fazem distinção, nós dois sabemos disso.

Vimos como elas fazem banquetes de alemães, franceses e ingleses da mesma maneira. De que importa, agora, que ele tenha memorizado metade de *Paraíso Perdido*?

Eu estava à espera de uma carta. Conferi a data de sua morte e escrevi para o comandante e o serviçal dele, e não consigo entender, porque ele deve ter tido tempo para me escrever. Era um correspondente tão leal. Todas as vezes que chegam correspondências, começo a suar, certo de que as últimas palavras dele estão a caminho, como o fim de um capítulo. A vida dele não pode simplesmente ter sido interrompida – deve ter terminado, sem dúvidas. Diga-me que isso faz sentido para você, Gaunt. Você é o único que sabia o que ele significava para mim.

Você é um tolo, um covarde, e ainda assim eu o invejo. Você estava certo ao deixar Ellwood em paz. O que perdi vai muito além do que sou capaz de explicar, e o que resta de mim não vale muita coisa. Stephen e eu tivemos algumas semanas felizes antes de sermos expulsos, mas nada poderia fazer valer a pena o que estou sentindo agora.

Sandys

•

OUTUBRO DE 1913 — SEXTO INFERIOR

– O que diabos você pensa que está fazendo, Sandys? – Gaunt sibilou. Era de madrugada e Sandys o havia cutucado bruscamente até acordá-lo. – Por acaso perdeu o juízo?

– Eu precisava falar com você – Sandys disse, subindo na cama de Gaunt.

– Está louco? Saia daqui! E se alguém entrar?

– Ninguém vai entrar – Sandys respondeu. – Fique calado um pouco, estou tentando pensar.

Era o primeiro ano em que Gaunt tinha um quarto só para si, e ele não conseguia se livrar da sensação de que doze outros garotos também estavam no cômodo, esperando à escuta. Sentou-se na cama, as costas apoiadas na parede, tão distante quanto possível de Sandys.

— Se veio aqui para...

— Não vim — Sandys disse. — É sobre isto que quero falar com você: Caruthers. — Ele abriu um sorriso sonhador. — Stephen.

— O que *há* para se falar de Caruthers?

— Eu contei a ele — Sandys respondeu.

Gaunt congelou.

— Contou *o que* a ele, exatamente?

Sandys deve ter vislumbrado a expressão em seu rosto, porque riu.

— Não foi isso, idiota. Eu contei... bem, contei o que sinto. Em relação a ele.

Gaunt o encarou.

— Você... conversou com Caruthers sobre os seus *sentimentos*?

— Não precisa fazer uma cara tão chocada — Sandys disse.

— Você é louco. Por que diabos faria uma coisa dessas?

— Ainda bem que fiz — Sandys falou. — Gaunt, ele *sente o mesmo*.

Embora Gaunt estivesse paranoico com relação a fazer barulho e atrair a atenção de algum professor fazendo a ronda, ele se ergueu da cama. Precisava colocar mais espaço entre si mesmo e Sandys.

— Ele sente o mesmo — repetiu.

— Sim — Sandys confirmou, deitando a própria cabeça no travesseiro de Gaunt.

— Dê o fora da minha cama — Gaunt disse.

Sandys se sentou, o cenho franzido.

— Você compreende, é claro — ele começou —, que isso quer dizer que eu e você não podemos continuar...

— Santo Deus, Sandys, eu não poderia me importar menos se vamos voltar a nos ver. Dê o fora da minha cama.

Sandys se colocou de pé. Ele era grande e corpulento, mesmo vestido em seus pijamas infantis. Gaunt nunca o vira nu, apesar de ter sentido cada centímetro de seu corpo.

— Você deveria falar com Ellwood.

— Você é louco. É absolutamente insano. Não consigo acreditar que esteja dizendo essas coisas em voz alta — Gaunt falou.

— Não temos muito tempo — Sandys insistiu, e Gaunt não soube se ele se referia a precisar sair às escondidas do quarto a qualquer momento, ou se indicava um sentido mais amplo. Que não restava muito tempo antes de Oxford e Cambridge, antes de casamentos, respeitabilidade e o esquecimento de desejos juvenis e imaturos.

— Sandys — Gaunt disse, e sua voz parecia muito menos firme do que ele gostaria. — Você não pode *falar* desse jeito.

— Posso, com você — Sandys respondeu. — E você pode falar comigo.

Gaunt fez que não com a cabeça.

— Uma coisa é fazer... fazer o que fazemos... para passar o tempo — ele falou.

— Você age como se dispusesse de todo o tempo do mundo — Sandys disse —, mas não é verdade. Está desperdiçando seus anos como se fossem ilimitados...

— Estamos no meio da madrugada; saia do meu quarto — Gaunt interrompeu.

— Stephen me ama — Sandys disse.

Gaunt esmurrou a escrivaninha, e Sandys soltou um ganido.

— Do que *diabos* você está falando? — Gaunt disparou. — Stephen o *ama*, que bobagem completa...!

— Fale baixo — Sandys pediu. — E pare de socar as coisas, pelo amor de Deus. Nunca passou pela sua cabeça que Ellwood possa amá-lo também?

Gaunt empurrou Sandys, mas o garoto claramente estivera esperando algo do tipo, e estava preparado. Quando Gaunt avançou para atingi-lo, Sandys o bloqueou.

— Acalme-se — ele disse.

— Você não sabe do que está falando.

— Qual a pior coisa que pode acontecer, de fato, se você contasse a ele?

Era como se Sandys fosse uma aparição vinda de outro planeta.

— Qual a *pior coisa que pode acontecer*? — Gaunt repetiu, incrédulo. — Eu poderia ser expulso. Poderia ser condenado à servidão em um campo prisional, envergonhar a minha família e todos aqueles ligados a mim. Eu poderia ser *levado à forca*.

— Não enforcam mais ninguém por causa disso — Sandys falou. — E nada disso é o motivo pelo qual você não quer dizer a ele. É porque morre de medo do que ele pode responder.

— Não há nada a ser dito, Sandys.

Os dois se encararam por um momento, e Gaunt foi acometido por um estranho desejo de beijar a boca de Sandys, apenas para ver como seria. Ele cerrou os punhos ao lado do corpo e ficou parado onde estava.

— Está bem — Sandys falou. Ele correu os olhos pelo dormitório espartano de Gaunt, como se estivesse dando adeus ao espaço. — Só queria te contar. Sobre Stephen.

— Bem, já contou.

— Sim. — Sandys continuou parado à porta. — Eu gosto de você, Gaunt.

— Não seja nojento.

Sandys riu e passou em silêncio pela porta. Gaunt foi deixado sozinho no quarto, as palavras do garoto ecoando em sua cabeça. *Você está desperdiçando seus anos como se fossem ilimitados.*

Sexta-feira, 16 de abril de 1915
Algum lugar na Bélgica

Caro Sandys,

Eu não faço amigos com facilidade. É certo dizer que tenho apenas três: Gideon Devi, que conheci na infância. Ellwood. Você.

Toda vez que estou longe da linha de frente, checo o *Times*, procurando seu nome e o de Gideon. Comecei esta carta planejando dizer que não consigo imaginar seu pesar; mas isso não é verdade.

Eu o imagino repetidamente. Se você fosse morto, eu duvido que receberia um telegrama: nossa amizade sempre foi tênue demais para que outras pessoas tivessem ciência dela. Ainda assim, em minha imaginação, eu recebo um telegrama. Vejo seu nome e penso: "Lá se vai o homem com quem eu poderia ter conversado, se ao menos tivesse sido capaz de abrir a boca".

Você diz que o que resta de si não vale muita coisa. Só posso responder garantindo-lhe que vale muitíssimo – para mim.

Seu amigo,
Gaunt

A carta foi devolvida a ele alguns dias mais tarde, um carimbo de "DESTINATÁRIO FALECIDO" na frente.

– Más notícias? – Hayes perguntou.

Gaunt mostrou o envelope a ele.

– Sinto muito – Hayes disse.

Gaunt tentou fazer um gesto indiferente, mas seus ombros se moveram muito mais bruscamente do que planejara.

– Πᾶσιν ημίν κατθανείν ὀφείλεται – ele disse.

– Passe *o quê*?

Gaunt sacudiu a cabeça.

– Me desculpe. Eurípides. Esqueci que você não leu.

– "A morte é uma dívida que todos precisamos pagar" – Maitland traduziu, de seu canto no abrigo. – Quem era, Gaunt? Alguém que conheço?

– Sandys.

Maitland fez uma pausa, pensativo. Gaunt pôde vê-lo recordando-se do escândalo.

– Um sujeito bem forte, não era? – Maitland perguntou, por fim.

Foi uma gentileza.

Gaunt assentiu.

— Muito — ele disse.

— Um grande azar, Henry. Lamento — Hayes falou.

Que desperdício haviam sido os últimos dias de Sandys, Gaunt pensou. Pateticamente tentando superar um luto que jamais teria tempo para cicatrizar.

— Alguém tem um cigarro? — ele perguntou.

Maitland ofereceu um. Mais tarde, Gaunt queimou a carta.

Um ataque alemão se aproximava, e Maitland estava de péssimo humor. Cada momento livre era investido em preparações para a batalha. Seria a primeira de Gaunt. Maitland havia lutado em Ypres no ano anterior, e se tornava agora tenso e irritado. Ordenou a Hayes que fosse inspecionar os pés dos homens.

— Maldito nenhum vai se safar disso por causa de pés de trincheira — ele disse a Hayes.

— A situação de alguns soldados é bem ruim, John.

— Eles que ataquem os alemães com os cotocos. Não quero nem saber. Só diga que homem nenhum desta divisão vai embora antes da tarde de sexta-feira.

Hayes e Gaunt trocaram um olhar; Hayes assentiu.

— Sim, senhor — ele disse, e se retirou.

— Eita! Ele não gostou *nada* disso — Huxton, o quarto oficial da divisão, disse. — De toda forma, é bom ensiná-lo a se comportar direito, Maitland. Sempre achei esse sujeito meio insolente.

Não havia nada nem perto de insolente em Hayes, Gaunt pensou, a não ser a ambição que mostrava ao desempenhar a função de oficial, ainda que não fosse um cavalheiro.

Maitland nem sequer olhou para Huxton.

— Metade de nossas granadas estão com defeito. Comunique ao Quartel-General e descubra quando receberemos um reabastecimento.

— Ora — Huxton protestou —, não pode mandar um cabo fazer isso? É muito longe.

— Dei uma ordem a você, e espero que ela seja obedecida — Maitland disse.

— Mande Kane, aquele, sim, é um bom homem.

— Saia daqui! — Maitland gritou.

Não havia como discutir com ele. Huxton se retirou. Gaunt vestiu o sobretudo.

— Aonde pensa que vai? — Maitland indagou.

— Kohn disse que os homens em Regent Street[5] estavam desanimados. Pensei em conferir se não deixaram a trincheira desordenada demais.

— Sente-se.

Gaunt se deixou afundar em uma caixa de munição.

— Qual o problema?

— Isto! — Maitland disse, agitando o que, sem sombra de dúvida, era a última carta que Gaunt recebera de Ellwood; aquela em que ele dizia estar apaixonado por Lantham.

— Você não tinha o direito de ler isso — Gaunt falou.

— Eu tinha *todo* o direito — Maitland respondeu. A raiva o deixara pálido, os lábios apertados. — Sou seu *capitão*. Posso censurar as suas cartas quando bem entender.

Gaunt manteve o rosto impassível enquanto recapitulava todas as coisas que escrevera para Sandys.

— E então, descobriu o bastante para me levar à corte marcial? — perguntou, devagar.

— Você não faz ideia do quanto tem sido relapso. Pare de bater os dedos desse jeito; você não pode me agredir.

Gaunt apertou as mãos e levou-as ao colo.

— Você é um hipócrita, Maitland.

— Cale a boca. Eu não vou denunciá-lo. Estou tentando *ajudar*. Não enxerga que, se deixar Sidney escrever este tipo de carta, ele acabará preso?

---

5 Durante a Primeira Guerra Mundial, era comum que as trincheiras recebessem nomes de ruas inglesas conhecidas, para facilitar a localização dos soldados. (N.T.)

— Ellwood faz o que bem entende. Sempre foi assim.

Maitland desceu a mão com força sobre a mesa.

— Pelo *amor de Deus*, Henry! Não estamos na escola. As pessoas não vão fazer vista grossa só porque Sidney faz parte dos titulares, inferno. Lembra-se de Caruthers?

Gaunt soltou uma risada amarga.

— Um pouco. Ele se meteu com Sandys há alguns anos, não foi?

— Sim. Foi morto em Artois um mês atrás. Entrou direto no fogo inimigo. Sabe por quê?

— Não — Gaunt respondeu, semicerrando os dentes.

— Archie Pritchard me contou. Veja bem, Caruthers havia escrito algumas cartas um tanto comprometedoras, e uma delas foi parar nas mãos de um oficial superior. No dia em que Caruthers subiu a trincheira com tamanha valentia e destemor, ele sabia que estava prestes a ser convocado ao Quartel-General. A corte marcial e a desgraça, ou uma Condecoração Militar para a família enlutada. Não era exatamente uma escolha.

Gaunt pensou em Sandys, desesperado para descobrir o que havia acontecido com a última carta que, ele tinha certeza, Caruthers escrevera. Sentiu-se agradecido de repente por Sandys estar morto, para que jamais descobrisse.

Então, como sempre acontecia quando se lembrava de Sandys, afastou-o da mente.

— Ellwood é abençoado — comentou.

— Ele é um idiota — Maitland retorquiu. — Você *precisa* fazê-lo entender. Não me importa como.

— Você não parece muito preocupado com as *minhas* indiscrições.

— As suas? — Maitland perguntou. — Não li as suas cartas. Apenas as que Ellwood lhe escreveu. — Ele franziu o cenho. — Eu me lembro de como ele é.

— É claro que lembra — Gaunt disse.

Maitland foi até as escadas.

— Faça-o enxergar. Você pode ser morto no combate que está por vir, e ele não dará ouvidos a mais ninguém.

— Muito motivador — Gaunt falou. Ele notou de relance a expressão de Maitland. — Eu… John. Você tem razão, é claro. Obrigado.

Maitland assentiu, balançando a cabeça.

— Nós precisamos zelar uns pelos outros — ele disse.

Nós, Gaunt pensou, *quem somos nós?*

Terça-feira, 20 de abril de 1915
Algum lugar na Bélgica

Ellwood,

Devo insistir que não volte a me escrever, a não ser que consiga fazê-lo de forma apropriada.

Gaunt

Ellwood não respondeu. Gaunt soubera que seria assim. Se fosse morto, seria a última carta que Ellwood receberia dele. Tentou não pensar nisso; tentou pensar apenas em abastecimentos de munição, nos reforços das cercas de arame e no ataque iminente.

— Temo que serei um covarde — ele confessou a Hayes, tarde da noite.

— Não será — Hayes disse. Mas Gaunt continuou com medo.

QUATRO

Terça-feira, 20 de abril de 1915
Algum lugar na Bélgica

Ellwood,

Devo insistir que não volte a me escrever, a não ser que consiga fazê-lo de forma apropriada.

Gaunt

Ellwood virou a carta para conferir o verso, mas não havia mais nada.

— Algo interessante? — Pritchard perguntou.

— Quantos boches ele já matou? — West quis saber.

— Oitenta — Ellwood respondeu —, todos com as próprias mãos.

Ele dobrou a carta, ciente de que seus sentimentos estavam abertamente escritos em seu rosto. Impropriamente, talvez. Desejava ser como Gaunt, mas não era capaz de manter calado o próprio caráter, como se fosse um segredo. Sempre havia testado os limites da tolerância do amigo, sabia disso. Achava que seria mais fácil não o contrariar estando longe, já que não precisaria mais lembrar diariamente a si mesmo para não o tocar, para nunca o tocar.

— Ele está bem? — Pritchard perguntou, em meia-voz. Ele muitas vezes era cauteloso com Ellwood quando o assunto envolvia Gaunt. Era um tipo amargo de consideração.

— Está tudo certo — Ellwood disse. — É o Gaunt; sempre está tudo certo com ele. — Sorriu, sabendo que Pritchard enxergaria como aquilo era falso. — Ouçam, quero um pouco de diversão. Que tal queimarmos as revisões de francês do Burgoyne? Ele tem se matado nessas anotações.

O rosto de West se iluminou.

— Belíssima ideia! Não mexemos com ele há dias!

Então, invadiram o quarto de estudos de Burgoyne. Queimaram suas revisões de francês e destruíram os móveis. Ellwood foi mais violento do que todos os demais.

•

No dia 30 de abril, havia um tumulto à porta do Salão Fletcher.

— O que está acontecendo? — Ellwood perguntou a Pritchard.

— Ao que parece, houve outra batalha em Ypres. Estão todos tentando pegar a *Folha de Preshute* para conferir as baixas.

— Mas esse lugar fica na Bélgica — Ellwood falou.

FOLHA DE PRESHUTE

VOL. L. — N.º 749 30 DE ABRIL DE 1915 Preço: 6 centavos

QUADRO DE HONRA

MORTOS EM COMBATE

Bernard, Ten. E., Guarda Fronteiriça Real Escocesa. Morto em combate nos arredores de Ypres em 22 de abril, aos 25 anos.

Blakeney, Cap. A. G., Batalhão Real da Princesa de Gales (Regimento de Yorkshire). Morto em combate nos arredores de Ypres em 22 de abril, aos 23 anos.

Finch, Ten. L. D., Rgt. de Suffolk. Morto em combate nos arredores de Ypres em 27 de abril, aos 20 anos.

Giffard, Ten. R. O. C., Infantaria Ligeira do Duque da Cornualha. Morto em combate nos arredores de Ypres em 22 de abril, aos 19 anos.

Maitland, Cap. J. A., Batalhão Real de Fuzileiros do Kennet. Morto em combate nos arredores de Ypres em 22 de abril, aos 20 anos.

Morris, 2º Ten. R. K., Infantaria Ligeira do Duque da Cornualha. Morto em combate nos arredores de Ypres em 23 de abril, aos 28 anos.

Newton, Ten. E. W., Engenheiros Reais de Anglesey. Morto em combate nos arredores de Ypres em 26 de abril, aos 19 anos.

Straker, Cap. W. H., Infantaria Sikh de Ludiana. Morto em combate nos arredores de Ypres em 22 de abril, aos 21 anos.

Vaughan, Cap. F. P., Batalhão Canadense de Engenharia. Morto em combate nos arredores de Ypres em 25 de abril, aos 23 anos.

Ward, 2º Ten. S. A., Infantaria Ligeira do Duque da Cornualha. Morto em combate nos arredores de Ypres em 23 de abril, aos 17 anos.

Wells, 2º Ten. F. S., Infantaria de Bopal. Morto em combate nos arredores de Ypres em 22 de abril, aos 19 anos.

Woodruffe, 2º Ten. K. H. C., Rgt. de Suffolk. Morto em combate nos arredores de Ypres em 23 de abril, aos 22 anos.

FERIDOS

Anderson, 2º Ten. G. H., Infantaria Ligeira de Durham.
Bowen, Cap. H. S., Rgt. Real de West Kent.
Brodie, Cap. J. G. R., Rgt. de Monmouthshire.
Clayton, 2º Ten. F. J., Batalhão Real de Engenharia.
Collins, 2º Ten. E. R., Infantaria Ligeira do Duque da Cornualha.
Evans, Cap. J. T., Rgt. de Londres.
Field, 2º Ten. H. F., Rgt. de Middlesex.
Forristal, Ten. F. A., Rgt. de Londres.
Gaunt, 2º Ten. H. W., Batalhão Real de Fuzileiros do Kennet.
Grimsey, Cap. L. M., Highlanders dos Gordon.
Lambert, 2º Ten. S., Infantaria Ligeira de Durham.
Mamet, Ten. C. M., Batalhão da Rainha de Fuzileiros de Westminster.
Miller, Ten. D. T., Rgt. de Cheshire.
Nott, Ten Cel. J. R. W., Rgt. de Gales.
Phillips, 2º Ten. N. A., Rgt. de Liverpool.
Pritchard, Ten Cel. A. M., Rgt. de East Yorkshire.
Pritchard, Cap. C. S., Rgt. de East Yorkshire.
Toles, 2º Ten. T. Z. S., Infantaria Ligeira de Durham.
Turner, 2º Ten. C. P. J., Rgt. Real de West Kent.
Turner, 2º Ten. M. P., Rgt. Real de West Kent.
Stein, 2º Ten. A. N., Rgt. de Norfolk.
Wall, Cap. I., Batalhão Real de Fuzileiros.
Wathen, Major H. A., Black Watch.
Wheatley, Ten. A. D., Rgt. de West Riding.
Wright, Cap. F., Highlanders de Seaforth.
Young, Ten Cel. B. C. M., Rgt. de Liverpool.

Havia páginas e mais páginas. Após a longa lista de feridos, vinham aqueles que tinham morrido em decorrência de ferimentos, os que foram mortos acidentalmente e os desaparecidos, que se acreditava estarem mortos. Ellwood entregou o jornal a West, entorpecido.

— Seu irmão está bem — ele disse.

Pritchard franzia o cenho com tanta força que seus olhos lacrimejavam. Seus dois irmãos estavam feridos, e não havia como saber a gravidade da situação. Na mesa ao lado, Finch estava com a cabeça enterrada nos braços, subitamente um filho único. Grimsey dava tapinhas em suas costas, mas o irmão dele também estava ferido e, por toda a extensão do salão, garotos encaravam as listas de mortos com olhares desfocados.

Os olhos de Ellwood haviam ido diretamente à letra "G". O breve momento de alívio ao não encontrar o nome de Gaunt fora seguido de imediato por algo escuro e vazio quando repousaram no nome de Maitland.

— Vamos — Roseveare falou. Ellwood se pôs em pé, obediente, e o seguiu até o cemitério. Fazia um dia ensolarado e azul. As folhas verdes rodopiavam alegres no céu, e dentes-de-leão irrompiam em meio às lápides, feito pontos de exclamação. Ellwood fitou aquela que estava mais próxima: "George Fuller (1663-1735)".

Parecia uma ostentação. George Fuller vivera setenta e dois anos. Provavelmente ficara gordo e exausto, esbanjando seu tempo, durando mais do que a própria visão e vitalidade. Enquanto isso, Maitland...

Ellwood deu as costas para a lápide e perguntou-se qual seria a gravidade dos ferimentos de Gaunt, exatamente. Saber tão pouco parecia quase pior do que não saber nada.

— Eu me lembro daquela carta que Maitland lhe escreveu — Roseveare disse.

Ellwood não conseguiu responder. Não sabia por que Roseveare o havia levado até lá, o que ele estava tentando dizer.

— Aquela que Burgoyne leu. Sabe do que estou falando?

Ellwood assentiu com um gesto abrupto da cabeça.

— Foi uma bela carta — Roseveare continuou. — Lembro que todos ficamos maravilhados. Eu tinha ouvido falar que Maitland o tratava bem, mas nunca acreditei de verdade. Muitas vezes, não é assim que acontece, sabe?

— Achei que vocês estavam ouvindo para descobrir se eu era um tipo desprezível, como Oscar Wilde.

Roseveare riu.

— Não, acho que nenhum de nós tinha alguma dúvida a respeito disso, Sidney.

Ellwood deu um sorriso fraco para o amigo.

— Seu irmão Martin está bem? — ele perguntou.

— Sim. Mas eu era amigo de Harry Straker. Costumava ir à casa dele e jogar críquete com os irmãos. Ele tinha três. — Roseveare ficou quieto por um momento, como se recordasse longas tardes de verão em um campo verde-esmeralda, com jovens que não sabiam o quanto o tempo que tinham era curto. — É claro, ele morreu em agosto. Batalha de Mons, a mesma que meu irmão Clarence. Agora foi o irmão dele, Will, morto em Ypres. É uma lástima, só isso.

Roseveare nunca havia mencionado o irmão morto antes. Não aparentava querer falar mais sobre ele agora.

— Simeon Ward tinha a minha idade — Ellwood disse.

— Os garotos da Casa do Campo ficarão devastados. Era o único arremessador bom que tinham.

Diversos alunos começavam a retornar aos poucos para as próprias Casas, atravessando o cemitério. Caminhavam lúgubres, falando em voz baixa. Ellwood captava fragmentos de suas conversas. "Newton era do time de hóquei, lembra...?" "Giffard, sabe, aquele que sempre tinha as dissertações premiadas..." "Pobre Ward... Ainda assim, ele deve ter ficado contente por participar de um combate..."

— Eu não consigo ficar aqui — Ellwood falou.

— Vamos chutar uma bola — sugeriu Roseveare.

— Não — Ellwood retrucou. — Você não entendeu. Não consigo ficar *aqui*, feito um aluno comportado, enquanto todos os meus amigos são mortos.

Roseveare o encarou, o rosto calmo.

— Acredito que o fato de ter apenas dezessete anos não esteja sendo considerado em seus planos.

— Ward tinha dezessete anos!

— Sim, e está morto agora.

Ellwood atirou os braços para cima.

— Eu *sei* disso!

— Pense na questão por um ou dois dias. A Guerra ainda estará lá na segunda-feira. — Roseveare se afastou e se juntou a West, que estava com um braço ao redor de Pritchard.

Na segunda-feira, uma carta de Gaunt chegou.

Quinta-feira, 29 de abril de 1915,
Algum lugar na França

Caro Ellwood,

Acredito que a esta altura você já tenha tido notícias de Maitland. Alías, Sandys também foi morto há poucos dias, ainda não descobri como. Espero que tenha sido uma morte decente.

Eu tive apenas um ferimento superficial na coxa, o que é praticamente tirar férias, se comparado a todos os outros. Queria que tivesse sido um pouco mais sério; talvez me mandassem para casa durante um tempo. Estão me mantendo na França para poderem me mandar de volta na mesma hora, assim que eu estiver curado.

Foi na noite de quinta-feira, há uma semana. Tínhamos acabado de terminar o rodízio, de volta para as trincheiras — eles nos dão alguns dias no vilarejo, mais ou menos uma vez por semana, para podermos nos barbear, polir nossos botões e colocar o sono e a sanidade em dia.

Eu estava conferindo as sacas de areia. Metade está apodrecendo, o que as torna propensas a desabar de repente, deixando qualquer um que esteja atrás completamente exposto aos franco-atiradores. Nenhuma ordem havia sido emitida naquela noite, exceto pelas de patrulha e reforço das cercas de arame, como de costume, mas, é claro, nas trincheiras sempre há potencial para o terror. E o terror surgiu.

Apareceu, inicialmente, sob a forma de um soldado franco-algeriano. Ele atravessou a trincheira correndo e trombou de frente comigo. Senti meu coração apertar ante a ideia de precisar alvejá-lo como desertor. Até então, nunca havia precisado fazer isso, mas Maitland disse que foi muito angustiante para ele.

"Qual o seu problema, covarde?", perguntei, muito severo, porque meus soldados estavam assistindo. E, então, o homem se afastou de mim e eu vi os olhos dele. Estavam esbugalhados, saltando horrendamente de sua cabeça; ele respirava em arquejadas fundas, ofegantes.

"Gás", ouvi alguém murmurar.

"Não seja ridículo. Ataques com gás foram proibidos na Convenção da Haia", eu falei.

Realmente falei aquilo. Realmente acreditei que os princípios de nossa civilização, a que se desenvolveu mais do que qualquer outra na história do mundo, dando a nós telefones, trens e a capacidade de voar, pelo amor de Deus, nós podemos voar, eu pensei, sem dúvidas, uma civilização dessas, que se orgulha de ter dominado a besta dentro dos homens e busca apenas curvar-se à beleza e à prosperidade, é claro, é claro, não se despedaçaria de maneira tão vil e repugnante.

A Convenção da Haia buscou tornar a guerra mais humana. Alcançamos um ponto na história em que acreditamos ser possível tornar a guerra humana.

E, então, mais algerianos surgiram. Alguns estavam apenas sufocando, mas outros tossiam pedaços retorcidos de pulmão, que se derretia dentro do corpo e os afogava no processo. Eles arranhavam as gargantas – eu tenho tentado esconder as coisas de você, Elly, você é tão puro e limpo, e eu não queria ser aquele a abrir seus olhos, mas preciso escrever, preciso descrever, preciso contar que vi um homem tentando rasgar a própria traqueia, sem parecer dar-se conta de que estava sem uma das mãos, que tudo o que estava conseguindo era esfregar o sangue e os tendões de seu braço destruído por todo o rosto empretecido... Eu fiquei imóvel enquanto ele se debatia, e pensei: o que você está fazendo em Ypres? Porque não está sentado em um quintal em Argel, comendo uma laranja madura? Nós conquistamos o mundo com promessas que não podiam ser cumpridas. Nós dissemos àqueles algerianos que a civilização deles não prestava, que precisavam da nossa, carregamos com todo o zelo nosso fardo de homens brancos, instruindo indianos – indianos! Os mesmos que construíram o Taj Mahal! E egípcios! Pois éramos mais sábios do que eles e suas pirâmides! Nós percorremos a África e a América aos montes, porque éramos melhores do que eles, é claro que sim, nós estávamos tornando a guerra humana, e agora tudo desmoronou e eles foram arrastados para o inferno conosco. Nós condenamos o mundo com nossos avanços, com nossa democracia, tão melhor do que quer que eles tenham criado para si, com nossa tecnologia, que tanto melhorará suas vidas e, agora, algerianos são obrigados a sufocar até a morte em trincheiras molhadas na Bélgica, com as próprias entranhas derretidas, e eu...

Como eu gostaria de estar na Inglaterra agora. Deve ser primavera. Cheio de vida nas manhãs, o céu azul, o canto dos pássaros irrompendo de árvores verdejantes, as mulheres rindo em estradas de terra. Eu poderia ler *Sonho de uma noite de verão* no cemitério e pensar: a Inglaterra é mágica. Sem dúvidas, é o que toda pessoa quer. Sem dúvidas, serão todos gratos pelas dádivas que concedemos, e o preço amargo que exigiremos em troca não os incomodará.

O telefone tocou no abrigo. Ouvi Maitland atender e, poucos momentos depois, ele apareceu.

"Há um buraco de seis quilômetros e meio na linha. Fomos ordenados a obstruí-lo."

Nossos olhos e gargantas já começavam a formigar por causa do gás que, devagar, se espalhava até nós. David e eu fizemos que cada homem amarrasse uma flanela molhada no rosto. Maitland nos deu ordens. Subiríamos a trincheira ao sinal dele. Dividimos nossos homens, e eu esperei pelo sinal. O cheiro do gás ficou mais forte. Parecia alvejante. Os soldados estavam inquietos, os olhos arregalados, enquanto os algerianos envenenados seguiam fugindo daquilo que eu pedia a eles que fossem de encontro.

E, então, Maitland soprou o apito. Ouvi os homens dele saírem da trincheira e, em resposta, a rajada de fogo das metralhadoras, rá-tá-tá-tá, como uma gargalhada maníaca.

"Subam!", eu gritei, e comecei a escalar, mas ninguém me seguiu. "Eu falei para subirem!"

Os homens ficaram imóveis, paralisados pelo terror de uma forma que eu nunca tinha visto. Eram homens que faziam patrulhas diárias e chegavam até as linhas inimigas, mas aquele cheiro não era algo com que podiam lutar. Era como um fantasma, era como o espírito de Deus, vindo para matar cada primogênito para demonstrar sua ira.

"Subam, seus desgraçados covardes!", gritei, minha voz falhando, porque eu não queria fazer aquilo, eu não queria, Elly, eu conhecia aqueles homens, mas que outra escolha eu tinha? O medo os emburrecera, e a única coisa que os moveria era mais medo. Disparei minha pistola na trincheira, mirando nos sacos de areia. Minha mão tremia. Eu errei e atingi a cabeça de Harkins. Ele tinha se alistado em 1914 e nunca fora ferido. Ninguém gostava de jogar cartas com ele, porque ele sempre vencia.

Ele caiu no chão. Seu sangue e seu cérebro respingaram nos amigos dele. Ainda assim, os homens não se moveram.

"Vou atirar em todos vocês!", eu gritei, brandindo minha pistola. Então, graças a Deus, eles começaram a se mexer, e nós subimos. Eu chorava quando fui de encontro ao fogo das metralhadoras... e não via David à minha esquerda nem Maitland à direita. O gás começava a tingir de amarelo a Terra de Ninguém. Eu avancei e percebi, de repente, que estava sozinho. Cada um de meus soldados havia sido atingido, sem exceção.

Ali, parado onde espero ser o pedaço de terra mais esquecido por Deus no mundo inteiro, eu pensei: queria saber como Elly está.

Foi então que, sem que eu sentisse dor alguma, algo acertou minha perna, e eu vi que fui baleado. Não conseguia sentir a bala, mas sabia que não demoraria para isso acontecer, e o gás avançava. Peguei um de meus homens feridos, o que estava mais perto, e o arrastei até a trincheira antes que minha perna cedesse.

Maitland foi morto, e David foi alvejado no ombro, mas ficará bem. Fui promovido a capitão. Ao que parece, um uniforme bem ajustado e o sotaque correto me tornam um candidato melhor do que Hayes, apesar dos anos de experiência dele.

Minha perna está melhorando. Logo, terei de voltar. Estou apavorado. Por Deus, queria poder vê-lo de novo antes de morrer.

Seu amigo,
Gaunt

Ellwood dobrou a carta e a guardou no bolso, correndo os olhos pelo quarto. Era o melhor quarto que tivera em Preshute; sentiria falta dele. Gaunt sempre disse que ele vivera uma vida abençoada. Era verdade que Ellwood tinha facilidade com muitas coisas: as pessoas gostavam dele, era bom em esportes, bom aluno. Nunca haviam caçoado dele ou o intimidado seriamente, apesar dos óbvios motivos pelos quais poderiam tê-lo feito. Gaunt, entrementes, havia passado por sufocos até que ficou tão alto, forte e impenetrável que ninguém mais seria capaz de machucá-lo. Gaunt, na verdade, representava a única provação genuína que Ellwood enfrentara na vida. Um amor não correspondido era algo difícil de se lidar, mas Ellwood conseguia, pois Gaunt precisava dele.

Nunca compreendera o quanto, de fato. Aquela carta não era a maneira que teria escolhido para descobrir a que profundidade se entalhava na alma de Gaunt.

Roseveare havia dito a ele que esperasse alguns dias. Os dias tinham se passado, e Ellwood sabia o que fazer. Parte dele sentia que sempre fora inevitável que se visse forçado a perambular pelo Continente, vagueando sem um lar, como seus antepassados atravessando o deserto. Era a força de seu desejo de fincar raízes na

Inglaterra que tornava o fato inevitável. Era a felicidade que sentia em Preshute, o mundo desvelando-se, mágico e convidativo, diante dele. É claro que não poderia ter aquilo tudo para si.

— Ah, meu Deus! Sinto muito!

Era Pritchard. O garoto tentou fechar a porta e afastar-se sorrateiramente.

— Tudo bem, Pritchard, pode entrar.

Pritchard, desajeitado, se acomodou na cama ao lado de Ellwood e deu um tapinha em suas costas. West teria feito alguma piada, teria caçoado de Ellwood. Mas Pritchard era consistente em sua gentileza, muito embora fingisse não ser. Seu rosto, insosso e esquecível, ocultava uma determinação delicada de ser afável, de tornar a vida mais fácil para outras pessoas.

— Pronto, pronto — ele disse.

Ellwood rosnou.

— É o que garotas dizem quando tem alguém chorando — Pritchard explicou, o tom de voz defensivo.

Ellwood assoou o nariz e enxugou as lágrimas.

— Recebi uma carta de Gaunt.

— Ah. — Pritchard fez uma pausa, talvez pensando em seus dois irmãos, um dos quais havia morrido no domingo: Charlie. Ellwood suspeitava que Pritchard, em segredo, estava aliviado por ter sido Charlie a morrer, e não seu irmão mais velho, Archie, de quem era muito mais próximo.

— Ele está bem? — Pritchard perguntou, por fim.

— Não. Digo, sim. Mas não de verdade, ele não está nada bem. E você o conhece, está longe de ser uma pessoa aberta. Se está me escrevendo uma carta dessa maneira…

— … então, o quanto ele mudou?

— Sim.

O silêncio cresceu entre os dois.

— Eu me alistarei — Pritchard disse. Ellwood assentiu.

— Eu também.

— Nossas mães não ficarão felizes.

Ellwood era filho único, e a mãe de Pritchard já havia perdido um filho. Mas ele não suportaria ler mais uma carta como aquela, sentado em seu quarto aconchegante, sentindo-se impotente. Se algo medonho estava sendo feito a Gaunt, Ellwood queria que o mesmo fosse feito a ele.

CINCO

A mãe de Ellwood chorava, inconsolável, o rosto afundado nas almofadas do sofá. Ellwood se ajoelhava ao lado dela, fazendo sons suaves e tranquilizantes.

— Como *pôde*? — a mãe exclamou. — Você *prometeu*...!

— Estarei de volta antes que perceba — Ellwood disse —, e pense no quanto ficará orgulhosa de mim!

— ... apenas dezessete anos...

— Mentalmente, tenho vinte e cinco. Por favor, não chore, mãe, não vê que eu não tinha escolha? Seria vergonhoso demais, ficar terminando minhas *lições* enquanto Gaunt, Pritchard e West estão lá, lutando pelo rei e pela pátria.

Os ombros da sra. Ellwood balançavam com os soluços.

— *Nunca* perdoarei seu tio — ela falou —, encorajando-o a se alistar...!

— Ele *não fez* isso — Ellwood disse. — Apenas ajudou com a minha patente. Achei que ficaria orgulhosa.

A sra. Ellwood endireitou o corpo. Ainda tinha trinta e poucos anos. Era bonita, morena e delicada; poderia ter se casado com qualquer pessoa depois que o pai de Ellwood morrera, mas não o fez. "*Por quê, quando tenho você?*", dissera a Ellwood quando ele tinha doze anos, lisonjeando-o e assustando-o ao mesmo tempo.

— Você não é um soldado, Sidney — ela afirmou. — Você é diferente desses garotos.

— Não sou diferente — Ellwood respondeu, franzindo a testa.

— Você é... sensível.

Ellwood sabia exatamente o que a mãe não estava dizendo. Curvou a cabeça e a repousou no joelho dela.

— Pode... pode ser verdade — ele disse, as palavras de repente lhe faltando devido ao amor desesperado que sentia por ela —, mas isso não faz de mim um covarde.

— Terminar os estudos não é um ato de covardia!

— Está feito, mãe. — Ellwood se sentou ao lado dela e a tomou nos braços. — Pedirei que tirem uma fotografia de mim com meu uniforme, para que coloque na moldura da lareira — ele falou. — E mandarei cartas maravilhosas, a senhora vai ver.

— O rei e a pátria não *precisam* de você. Eu preciso.

Ellwood não conseguiu pensar em como respondê-la, então se limitou a beijá-la no topo da cabeça.

Sexta-feira, 7 de maio de 1915
Fazenda Randall,
Leatherhead

Caro Henry,

Da próxima vez que nos encontrarmos, serei um segundo-tenente nos Fuzileiros do Kennet, Terceiro Batalhão. Estou feliz por ter conseguido escolher meu regimento! (É tudo questão de quem se conhece.) Aguente firme na França, estou indo. Iremos juntos à linha de frente e será como se estivéssemos de volta à formação de cadetes.

O treinamento é exatamente como você disse, muito esforço, mas um tanto quanto pacífico. Fiz amizade com um dos cavalos e cavalgo com ele durante as tardes. Você não estava brincando quanto aos homens serem baixos, e os dentes deles me dão pesadelos. Com certeza, serão a pior coisa que verei na Guerra. Haha.

Pritchard se alistou também. Ele queria ficar no mesmo regimento que o irmão, Archie, mas Archie foi feito prisioneiro na semana passada. Acho que Pritchard ficou aliviado pelo irmão estar longe das batalhas, se quer saber; Charlie Pritchard morreu depois de ser ferido em Ypres, não sei se soube.

Na verdade, houve certa correria para o Gabinete de Recrutamento depois que vimos as listas de baixas. Dentre todos nós, apenas Roseveare ficará para trás. "A Guerra ainda estará lá quando eu tiver dezenove anos", ele disse. Não sei onde arranja tal ideia. Qualquer pessoa com meio neurônio enxerga que não é viável. Os rapazes aqui não param de falar da Grande Ofensiva no outono, que fará a Guerra ter terminado antes do Natal. Só espero que não aconteça antes de eu chegar lá! Eu me sentiria um pateta, me acabando de treinar, e chegar na França apenas para ver as celebrações de paz.

Eu soube que Sandys foi morto. Pritchard teve notícias por meio de Archie, antes de ele ser capturado. Ao que parece, Sandys levou um tiro na boca. O capitão disse que ele foi muito corajoso, embora tenha levado dois dias para morrer. Nunca entendi de fato sua amizade com ele, mas espero que você esteja bem.

Fiquei muito triste ao saber de Maitland.

O ataque com gás parece ter sido medonho, e eu gostaria de ter estado lá, com você. Na próxima, estarei. Eu prometo.

Seu amigo (apropriado),
Sidney

Terça-feira, 18 de maio de 1915
França

Ellwood,

Não seja idiota. Você não tem idade para se alistar. Volte para a escola.

Gaunt

Segunda-feira, 31 de maio de 1915
Fazenda Randall,
Leatherhead

Caro Gaunt,

Você está falando exatamente como minha mãe. Ela está furiosa comigo. Mas eu não sou criança, Gaunt, e é condescendente de sua parte tratar-me dessa maneira.

Vários ex-alunos de Preshute estão por aqui, inclusive Arthur Loring. Lembra-se dele? Cabelos louros, traços fortes, deixa as garotas encantadas por toda a cidade. Fizemos amizade conversando sobre Maitland. Os dois eram amigos na época da escola. Eu estava falando de Maitland com um dos outros oficiais, comentando como ele mencionava apenas detalhes irrelevantes ao descrever um livro ("*O conde de Monte Cristo*, um belíssimo tomo sobre uma garota que foge com sua amante do piano!"), e me dei conta, de repente, que eles nunca o conhecerão. Era tão encantador, e eles nunca saberão disso.

Quando se apagará tal glória?
O ataque indômito da história!
O mundo todo em alento.
Honrai a surtida guerreira!
Honrai a Brigada Ligeira,
Os nobres seiscentos!

Soube que Rupert Brooke morreu? Uma picada de mosquito infeccionada a caminho de Galípoli.

Ellwood

Segunda-feira, 14 de junho de 1915
Fazenda Randall,
Leatherhead

Caro Gaunt,

Loring foi hoje para a linha de frente. Sentirei muito a falta dele. A mãe de Maitland me escreveu perguntando se poderia ver as velhas cartas que ele me mandou. Eu disse que as perdi. Estou louco para chegar a Flandres, detesto toda essa espera.

Gostaria que você respondesse.

Ellwood

Quarta-feira, 23 de junho de 1915
Fazenda Randall,
Leatherhead

Cara Maud,

Espero que não se incomode por eu lhe escrever. Não tenho notícias de Henry há algumas semanas e estava me perguntando se você soube de algo. Estou treinando em Surrey, e em breve seguirei para Flandres. Espero que esta carta a alcance com bons ânimos. Mande lembranças minhas à sua mãe, por favor.

Atenciosamente,
Sidney Ellwood

Sexta-feira, 25 de junho de 1915
Londres

Querido Sidney,

É sempre um prazer ter notícias suas. Quando virá ficar conosco novamente? Talvez possa fazer uma visita quando estiver de licença.

Tenho treinado em segredo com os enfermeiros voluntários em um hospital de Londres. Disse à minha mãe que estou fazendo aulas de reforço de grego. Grego a faz pensar em Henry, o que a faz ficar calada e cheia de culpa, e não faz perguntas. Acha que é cruel de minha parte mentir? Não consigo ficar na escola, preparando-me para um estilo de vida que desaparece um pouco mais a cada nova batalha. É enlouquecedora a impotência de ler as listas de vítimas enquanto tudo o que estou fazendo são conjugações em latim. Lembra-se de minha amiga, Winifred Kempton? O noivo dela teve o crânio acertado por estilhaços em Ypres. Está em recuperação em um hospital em Camberwell, mas permaneceu cego por duas semanas. Ficou tentando romper o noivado, para salvá-la de casar-se com um inválido, o que foi bem-intencionado, mas deixou Winifred muito aborrecida.

Quanto a Henry, a perna já está curada e ele voltou para Flandres. Há cerca de um mês que nenhum combate acontece lá, então eu e minha mãe estamos muito aliviadas. Fico surpresa, contudo, por ele próprio não ter contado para você, já que sempre foram tão próximos.

Espero que me escreva quando estiver na linha de frente. As cartas de Henry são terrivelmente inexpressivas, e minha imaginação completa as lacunas com pavor.

Terei você em meus pensamentos.

Atenciosamente,
Maud Gaunt

Sexta-feira, 2 de julho de 1915
Fazenda Randall,
Leatherhead

Gaunt,

Você está me punindo por ter me alistado. Bom, isso não vai mudar nada. Não vou me curvar aos seus caprichos feito uma copeira que levou um safanão.

Ellwood

SEIS

JULHO DE 1915, FLANDRES

O cheiro era insuportável, mas ainda pior eram os pedaços de cadáveres sobressaindo nas paredes. Era evidente que os homens haviam tentado enterrá-los, mas a terra não resistira sob a chuva. Pés, mãos e rostos surgiam à sua frente conforme ele passava.

"*Ossos à beça, você nunca viu algo assim*", havia escrito em sua carta a Gaunt, descrevendo a Caverna do Eremita.

"*Você se engana*", Gaunt respondera.

— Este é seu abrigo, senhor — o soldado falou. O homem obviamente havia tingido de preto os cabelos grisalhos para poder alistar-se. — Ficará com o Capitão Gaunt. Ele é duro na queda.

— Nós estudamos juntos — Ellwood disse.

— Então já está ciente, senhor.

— Sim — Ellwood respondeu. Havia hesitado.

— Devo retirar-me, senhor — o soldado falou. Ellwood sorriu para ele e desceu as escadas.

O abrigo subterrâneo era pequeno e abafado. Estava iluminado por algumas velas presas em garrafas e cheirava fortemente a uísque. Um homem estava sentado à mesa decrépita de madeira, censurando cartas. A julgar por seu uniforme malfeito, Ellwood suspeitou que fosse David Hayes. Ele tinha um bigode elegante e vincos profundos na testa; Ellwood imaginou que devesse ter trinta e tantos anos. O homem ergueu os olhos quando Ellwood entrou.

— Olá. Você deve ser o novo segundo-tenente — ele disse.

— Sim — Ellwood respondeu. O som das armas era abafado sob a terra, parecendo não mais do que trovoadas distantes. — Ellwood.

— Primeiro-tenente David Hayes.

Ellwood sorriu.

— Já ouvi falar muito do senhor, é claro. Meu amigo, Gaunt... — Ele parou, dolorosamente ciente de que Gaunt não lhe escrevia havia meses.

— Sim, ele logo estará aqui.

Ellwood assentiu vagamente e correu os olhos pelo lugar.

— Qual dessas é a minha? — ele perguntou, indicando as bancadas de arame que serviam como camas. Hayes apontou a que parecia menos estável. Ellwood pousou a mochila nela; a bancada envergou até quase tocar o chão.

— É melhor ficar de olho nos ratos. Eles são amistosos.

— Certo.

— Conhece Gaunt há muito tempo, é?

— Anos. Ele é meu amigo mais próximo. Ao menos... — Ellwood se interrompeu, confuso. Fez-se silêncio.

— É melhor não esperar que ele continue exatamente o mesmo, entende? Estamos todos cansados e... bom, é, cansados.

— Eu sei.

Hayes pareceu descrente.

— Tudo sempre está certo com Gaunt — Ellwood disse.

Hayes pareceu querer dizer algo mais, mas sua boca se fechou e ele começou a limpar seu fuzil com um trapo.

Então, Gaunt desceu as escadas.

Era alto demais para manter as costas eretas dentro do abrigo. Seus olhos estavam vermelhos e rodeados por olheiras, profundas e arroxeadas. Mal olhou para Ellwood antes de se sentar à mesa.

— Alô, Ellwood — ele cumprimentou, servindo-se de uma caneca de uísque. Sua voz parecia rouca e áspera.

— É bom ver você — Ellwood disse, a voz baixa.

— É mesmo? — Gaunt perguntou, como se Ellwood tivesse comentado que estava chovendo. — Encontrou sua cama? Que bom. Pode sair a serviço junto de Hayes logo mais. Ele vai te mostrar o que fazer.

— Certo — Ellwood concordou. Permaneceu ao lado da mesa, sem saber o que fazer. Gaunt puxou alguns papéis e começou a trabalhar em uma carta. — Então... como tem passado?

— Ocupado.

— É bem... barrento por aqui.

— É necessário que eu escute sua análise profunda da Guerra agora, ou será que posso dar atenção a estas cartas?

— Sim... desculpe — Ellwood murmurou; Hayes se colocou em pé.

— Vamos lá, então, vou te mostrar o lugar.

•

O primeiro corpo que Ellwood viu em plenitude foi o de um francês. Estava praticamente decomposto, e seus ossos longos e brancos brilhavam sob a luz da tarde.

Ellwood parou para olhá-lo.

— Todas as divisões o deixam para a próxima — Hayes falou. — Henry tem pretendido que o enterremos faz um tempo, mas a terra está lotada.

— "Ele despertou do sonho da vida" — Ellwood recitou, admirado. Hayes o fitou, parecendo achar graça.

— Henry falou que você faria isso.

Um projétil passou uivando pelo céu. Ellwood se atirou às pranchas de madeira dispostas no chão, que estavam bambas devido aos cadáveres.

Hayes deu uma risadinha enquanto o colocava de pé. A lama que agora cobria Ellwood não era como nada que ele houvesse visto na vida; uma pasta densa que cheirava a sangue e algo vagamente químico.

— Pobre coitado — Hayes falou, pegando um graveto e raspando o grosso da sujeira. — Só trocamos de roupa a cada seis dias, sabia?

— Desculpe — Ellwood murmurou, envergonhado. Ele apertava o maxilar com tanta força que precisou tocá-lo para os músculos se soltarem. — Achei que cairia por perto.

— Com esses barulhentos, até que a coisa é fácil. Logo vai aprender a prever onde caem — Hayes disse. — É com os de pequeno calibre que você precisa se preocupar. Primeiro, silêncio, e então...

Ele fez um som suave com a boca, estendendo as mãos para imitar uma explosão.

— Este é um trecho intenso da linha de frente? — Ellwood perguntou.

Gaunt colocou a cabeça para fora do abrigo.

— Que história é essa dos Fritz nos bombardeando no meio da tarde? — ele perguntou a Hayes. — Vá dizer aos atiradores para descerem o cacete. — Ele recuou escada abaixo, murmurando algo nas linhas de *porra de paz e sossego*.

— Então, vamos lá — Hayes chamou.

Ellwood o seguiu ao longo da trincheira, tropeçando nas pernas estateladas dos homens que dormiam. Nenhum havia sequer se mexido com o som do projétil caindo. Estavam ensopados, todos eles. Ellwood observou um homem macilento encolhido na banqueta de tiro, puxando a gola do uniforme para mostrar ao amigo onde a pele fora friccionada até sangrar pela bandoleira de seu fuzil.

— ... não sara no molhado... — ele disse. O ferimento estava imundo, infeccionado.

— Há um acordo geral de não usarmos artilharia uns nos outros se não for preciso — Hayes disse. — Ei, Kane, algum atingido por esse último?

Um soldado magricela parou no meio do caminho. Havia algo salpicado em seu rosto. Ellwood o encarou, tentando descobrir o que seria.

— Três, senhor — ele respondeu. — Flegg e Rawlins, e Molony foi pego pelo fogo.

Era cérebro, Ellwood percebeu. Pedaços cinzentos de cérebro e sangue, agarrados aos cabelos e cílios de Kane, pingando do queixo.

Hayes soltou um assobio.

— Impacto direto? — ele perguntou.

— Sim, senhor.

— Molony escapou inteiro?

— Pareceu bem grave, senhor.

— Tudo bem — Hayes disse. — Daremos o troco aos Fritz.

Kane assentiu.

— Sim, senhor.

— Vá se limpar, está parecendo um açougue — Hayes disse, e seguiu na direção do ninho de metralhadoras. — Há que se sentir pena dos Fritz, na verdade — ele falou a Ellwood, por cima do ombro. — Eles não têm metade de nossa artilharia e sabem, agora, que será uma meia hora bem difícil enquanto revidamos.

— Acha que há um ataque a caminho? — Ellwood indagou, sem conseguir evitar um tremor de empolgação com a ideia de estar tão próximo da morte, de ter verdadeiramente vindo a uma guerra.

Passara a infância inteira brincando de soldado, e agora tinha *visto*, *visto* pedaços de cérebro salpicados no rosto de um homem, mais vibrante e claro do que qualquer coisa que já lera na vida.

— Duvido — Hayes disse. — Provavelmente algum coronel bundão se exibindo para o superior, são e salvo atrás das linhas alemãs.

No ninho de metralhadoras, Hayes deu várias ordens curtas e, então, fez um gesto para que Ellwood cobrisse as orelhas. As armas eram tão altas que Ellwood pôde *senti-las*, mais do que ouvir, vibrando por seus ossos de maneira eletrizante. As explosões formigavam em sua pélvis, enchendo-o de tanta euforia que quase chegava a parecer excitação sexual.

Foi dormir tarde naquela noite, com a sensação típica que se tem em internatos, de que estava ali havia um milhão de anos, e que sua casa não era mais do que um sonho estranho e indulgente.

•

Ellwood conduziu sua primeira patrulha na segunda noite. Levou seis homens para fora, até o arame farpado, que fora destroçado a balas em alguns pontos. Trabalharam tão rápido quanto possível, reforçando as estacas de ferro com arame novo.

Havia apenas cerca de sessenta metros entre eles e as trincheiras alemãs. Era estranho pensar que aquele cenário, devastado e vazio, escondia milhares de centenas de homens. Lembrava Ellwood, inusitadamente, de uma partida incrível de "Sardinhas"[6] que haviam jogado certa vez na Casa do Cemitério. Ellwood fora um dos últimos a encontrar os outros. Havia procurado por todos os lados e encontrado apenas quartos revirados. Mas, por fim, abrira a porta de um cômodo vazio e fora surpreendido por um silêncio furtivo, carregado. Ele avistou um par de sapatos se sobressaindo das cortinas e, então, foi como se seus olhos se adaptassem: de repente, pôde ver garotos escondendo-se em todos os lugares. Três estavam achatados sob o colchão; outros dois, emaranhados nos cobertores da cama. Um estava atrás do espelho e outro, ajoelhado atrás da tela da lareira. O quarto todo arfava com vida silenciosa, e Ellwood rapidamente se juntara a Gaunt sob os beirais de uma mesa dobrável. Os dois se encararam em silêncio risonho quando Bertie Pritchard entrou, exclamou "Não estão aqui!" e se foi.

Ele se lembrava de Gaunt apoiando a testa contra a sua debaixo da mesa. Quando Pritchard entrou, Gaunt cobriu a boca de Ellwood com a mão. Seus olhos estavam arregalados com riso contido.

Enquanto desenrolavam o arame bobinado, um dos soldados de Ellwood espirrou. Os homens ao redor dele instantaneamente começaram a tomar distância. Quando tornou a espirrar, o soldado foi atingido na perna por um franco-atirador alemão, e começou a gemer.

— Deus do céu, vai entregar todos nós assim — Ellwood disse.

— Eu fui atingido — o homem falou. Os dentes de Ellwood trepidavam com tamanha força que era difícil falar.

---

6 Uma variação da tradicional brincadeira de esconde-esconde na qual apenas um jogador esconde-se inicialmente e é procurado pelos demais, que se juntam ao esconderijo conforme o descobrem. (N.T.)

— Hayward, não é? — ele indagou. — Ouça. Pegou sua perna só de raspão, então seja homem e fique quieto.

— É muito sangue, senhor — outro soldado, que Ellwood achava se chamar Roberts, disse. Ellwood arrastou-se até o ponto em que Hayward estava caído e gemendo na lama. O sangue saía de sua perna em jorros carmesim. Ellwood fez pressão no ferimento com a mão, mas era inútil. Em segundos, Hayward havia sangrado até a morte.

Ellwood afastou as mãos da perna ensanguentada do soldado. Os outros o observavam. A ciência de que eram todos muito mais velhos do que ele, e que ele era um novato, surgiu em sua mente.

— Leve-o de volta, Roberts — ele ordenou. Para seu infinito alívio, sua voz estava estável. — Ficaremos na surdina por quinze minutos e, então, voltaremos a trabalhar na cerca.

Roberts arrastou o corpo de Hayward pelos braços de volta à trincheira, e Ellwood se permitiu respirar.

— "Avante, Brigada Ligeira!" — Gaunt recitou, quando Ellwood relatou o acontecido. — Bom, é melhor que o enterrem, embora eu não saiba dizer onde exatamente.

— Ele só espirrou — Ellwood disse, sentindo ser pouco esportivo atirar em um homem por ter espirrado.

— Você deve escrever a carta de condolências esta noite. Hayward? Ele tinha uma esposa.

— O que... o que devo escrever?

Gaunt encarou-o nos olhos, uma expressão morta no rosto.

— Que ele teve a morte de um soldado valente, pelo rei e pela pátria.

Ellwood desviou o rosto primeiro.

— Gaunt...

— Você ficará em serviço das quatro até o amanhecer. Escreva a carta e, depois, vá dormir.

— Ele só espirrou — Ellwood repetiu. Gaunt evitou seu olhar. Entornou a caneca de uísque e foi conferir a entrega de suprimentos.

•

Sexta-feira, 6 de agosto,
Algum lugar na Bélgica

Cara sra. Hayward,

Em nome dos oficiais e homens em minha divisão, quero oferecer-lhe meus mais profundos pêsames pela morte de seu marido, o soldado William Hayward. Ele foi atingido enquanto reforçávamos nossas defesas e teve uma morte instantânea e sem sofrimento. Tudo que posso fazer é assegurá-la de que a perda será sentida por todos, pois ele era um cavalheiro valente e um soldado corajoso. Apesar de sua morte ser uma tragédia, espero que sirva de algum conforto o fato de ele ter morrido protegendo o país.

Atenciosamente,
Sidney Ellwood, 2º Ten.

Ellwood logo aprendeu que não era a violência, mas sim a pura *feiura* que tornava a vida nas trincheiras tão insuportável. Não demorou para suas botas ficarem completamente ensopadas, e Huxton, um oficial franzino e melancólico que partilhava do abrigo, o aconselhou a não as descalçar.

— Não vai ajudar em nada, e colocá-las de volta é um inferno.

As moscas os assolavam, banqueteando-se com os mortos e vindo então pousar amigavelmente nos mantimentos dos soldados. Ficavam presas na geleia, que era sempre de ameixa e maçã. Ellwood jamais gostara de geleia de ameixa, mas, antes do final do segundo dia, estava muito seguro de que vomitaria caso visse uma ameixa diante de si. Quanto a maçãs, a substância amarga e coberta de moscas que eles comiam com pão todo fim de tarde, às cinco horas, tinha tão pouca relação com as frutas quanto os "bifes de carne" tinham com carne. O serviçal da divisão, Daniels, tentava tirar o melhor da situação e, de vez em quando, se inspirava a experimentar algo um pouco mais ambicioso do que sopa amarela e pão.

— Teremos bolo de sobremesa — ele disse. Huxton, Hayes, Gaunt e Ellwood estavam sentados em torno da mesa do abrigo.

— Que tipo de bolo? — Huxton perguntou, desconfiado.

— De ameixa e maçã — Daniels disse. Ouviu-se um resmungo de todos os homens, exceto Gaunt, que ficou em silêncio. Mal havia falado com Ellwood desde o primeiro dia. Sempre que Ellwood fazia uma pergunta, ele dava respostas monossilábicas e em seguida ordenava que assumisse alguma tarefa desagradável. Tratava Huxton como se o homem fosse senil, e Daniels tinha pavor dele. A única pessoa com quem mostrava paciência era Hayes.

— Diga que não é apenas pão e geleia, Daniels — Huxton falou.

— É um bolo — Daniels respondeu, resoluto.

— Açúcar? Ovos? Farinha?

— B-bom, não esse tipo de bolo, senhor.

— Que outro tipo de bolo existe? — Huxton indagou.

— Eu assei um pouco de pão com açúcar e geleia.

— Eu sabia — Huxton suspirou. — É pão e geleia. Quando voltar para casa, vou atirar em pães e geleia por crimes contra a humanidade.

— Devo servir, senhor?

— Vá buscar mais uísque — Gaunt falou.

— Sim, senhor. — Daniels saiu correndo.

•

Os desconfortos eram piores para os soldados que não tinham nenhum lugar seco no qual se sentar ou dormir, a não ser que um canto úmido da banqueta de tiro fosse liberado. A combinação de marchas longas e abrasadoras para ir e voltar da linha, com água de trincheira até os tornozelos, resultava em ferimentos pútridos nos pés. As unhas deles ficavam lascadas até o talo quando tentavam usar os dedos para limpar fuzis emperrados — não tinham permissão de usar gaze, como os oficiais, pois se acreditava que o material danificava as armas com o passar do tempo. Em meio à proliferação de pequenos machucados, estava a imundície: as sacas de areia, por exemplo. Quando Gaunt escrevera que estavam apodrecendo,

Ellwood não havia entendido; como a areia poderia apodrecer? Mas as sacas já não estavam mais preenchidas de areia. Era uma mistura repugnante de areia e terra suja de entranhas. Elas fediam a carne em decomposição e, às vezes, arrebentavam, banhando de sujeira e vermes aqueles que passavam ao lado. O pano de juta áspero da saca vazia era, então, usado pelos homens para todo tipo de fim, desde embrulhar queijo até enfaixar cortes.

Havia trincheiras especiais cavadas para as latrinas. Uma viga de madeira comprida era equilibrada sobre elas, e se partia vez por outra, fazendo os homens despencarem no fosso de excrementos. Quase sempre, eles faziam as necessidades em capacetes alemães, que tinham formato de tigelas, e atiravam o conteúdo por cima dos limites da trincheira à noite. Era arriscado demais tentar durante o dia, quando uma mão esticada por um mero momento poderia acabar arrancada com um tiro. As indignidades constantes entorpeciam a mente.

•

Anoitecia em uma sexta-feira. Os esqueletos surrados das árvores afilavam-se contra a luz recém-chegada das estrelas na Terra de Ninguém. De tempos em tempos, o céu oferecia vislumbres curiosos de beleza. Os soldados escreviam a respeito em suas cartas, descrevendo pores do sol às famílias em detalhes minuciosos, como se não houvesse nada a ser visto na frente de batalha exceto nuvens carmesim e raios salpicados de luz dourada.

Ellwood supervisionava uma entrega de munições quando um dos soldados se aproximou. Era um conhecido. Chamava-se Isaac Kohn, um dos únicos judeus na divisão. Ellwood o havia percebido de imediato.

— Um bom *shabat* — Kohn disse, a voz baixa e hesitante. Não havia mais ninguém por perto.

Ellwood, de alguma forma, soubera que aquilo aconteceria.

— A família de minha mãe se converteu antes da de Benjamin Disraeli — ele respondeu, com frieza, dando as costas ao homem para procurar o intendente.

Pelo canto do olho, pôde ver o sorriso incerto de Kohn vacilar e desaparecer. Ele era muito mais velho do que Ellwood, provavelmente tinha cerca de quarenta anos. Muitos dos soldados eram mais velhos do que os oficiais.

— Não quis ofender, senhor.

Ellwood se obrigou a manter a calma.

— Sem problemas, é claro. Um erro compreensível. Agora, deixe de demora e vá buscar aquela caixa de granadas.

Kohn curvou a cabeça e obedeceu. Ellwood tateou os cabelos, conferindo se ainda estavam sob controle. Seguiam intactos.

Entre o jantar e o chá, tinham cerca de três horas durante as quais podiam dormir e escrever cartas. Gaunt parecia nunca dormir. Às vezes, Ellwood voltava ao abrigo e o encontrava deitado na bancada de arame, a luz das velas refletida em seus olhos vermelhos.

No quinto dia nas trincheiras, Daniels retirou o jantar e ofereceu uma xícara de chá a todos.

— Traga o uísque — Gaunt disse, assim como fazia em todas as refeições. Daniels torceu as mãos.

— Resta só mais uma garrafa, senhor.

— O que aconteceu com todas? Você andou mexendo nelas?

— Não, senhor! Tínhamos sete, e seis foram bebidas, senhor.

— Por quem? — Gaunt exigiu saber.

— Bom, senhor, teve a que o senhor bebeu em nosso primeiro dia, e duas no dia em que o Tenente Ellwood chegou...

— Está bem, está bem, não precisa enumerá-las como se fossem crimes. Busque a última, e amanhã tomaremos rum.

— Sim, senhor. — Daniels saiu às pressas.

Hayes observava Gaunt, preocupado.

— Você deveria dormir um pouco — disse.

— Não consigo — Gaunt respondeu.

— Poderia se deitar e descansar os olhos, então — Hayes falou. Gaunt sorriu para ele; o coração de Ellwood se contorceu de ciúme.

— Sempre atento à minha saúde, David.

— Bom, eu estou cheio de energia — Huxton disse, tranquilo. Puxou da mochila um maço de baralho. — O que me diz de um carteado, Gaunt?

Gaunt fitou as cartas como se tivesse visto um fantasma e, então, para o pavor consternado de Ellwood, irrompeu em lágrimas. Os três homens ficaram observando em completo silêncio enquanto Gaunt uivava, um som insano, animalesco, as lágrimas escorrendo de seus olhos arregalados.

"*Eu errei e atingi a cabeça de Harkins*", ele escrevera na carta para Ellwood. "*Ele tinha se alistado em 1914 e nunca fora ferido. Ninguém gostava de jogar cartas com ele, porque ele sempre vencia.*"

— Henry... — Ellwood falou, estendendo a mão para tocar o ombro de Gaunt. Mas Gaunt se levantou, agressivo de repente, e se voltou em sua direção com um semblante repleto de fúria incontida.

— Não me venha com "Henry", Ellwood! Sou seu capitão, pelo amor de Deus!

— Eu... eu sinto muito, Gaunt...

— Dê o fora daqui! Vá vistoriar os fuzis!

— Mas, Gaunt...

— *Dê o fora!*

Ellwood fugiu escada acima. Uma mão putrefata havia saltado da parede da trincheira naquela manhã, e Ellwood assistiu a um soldado parar e apertá-la.

— Uma boa tarde — o homem disse, exagerando um sotaque sofisticado. Não parecia estar ciente de que alguém o observava. — O clima anda muitíssimo agradável, não é mesmo?

SETE

Já havia vistoriado os fuzis naquela manhã, portanto os soldados ficaram confusos ao vê-lo mais uma vez. Felizmente, Ellwood estava acostumado a exercer autoridade. Não o incomodava que a maioria de seus homens fosse dez vezes mais experiente do que ele: falava com confiança, como se se dirigisse a sua Casa em uma reunião na sala comunal.

— Escutem aqui — começou. — Outras divisões talvez se contentem com um arsenal imundo, mas eu quero o metal de nossas armas brilhando a ponto de cegar os boches, entenderam? Lonsdale, tire esse sorrisinho do rosto e comece a polir.

— Sim, senhor.

Ellwood fizera questão de aprender o nome de todos os homens em seu pelotão no primeiro ou segundo dia. Afinal, os soldados sabiam o nome *dele*.

Era tranquilizador comandar. Quando voltou ao abrigo, sentia-se mais firme.

— Olá — Hayes cumprimentou, sentado sobre uma caixa de munição. Estava sozinho.

— Olá. — Ellwood despiu o sobretudo e o pendurou em um prego enferrujado na parede. — Onde está Gaunt?

— Com os atiradores. Aceita um chá?

— Tem gosto de desinfetante?

— Receio que sim.

— Bom, é melhor que eu beba, de qualquer forma.

Hayes se levantou.

— Hayes?

— Sim?

— Você já o viu chorar daquele jeito?

Hayes se inquietou, jogando o peso de um pé para outro.

— Eu... prefiro não comentar.

— Deus do céu.

— Ele ficará bem — Hayes falou. — Só precisa de um pouco de descanso, nada mais. Ele está cansado. Todos nós estamos.

Cansados. Se aquilo era estar cansado, então a palavra tinha perdido o significado.

•

No dia seguinte, reuniram todos os soldados e percorreram em grupos as trincheiras labirínticas que levavam ao vilarejo. Eram oito quilômetros, e os homens carregavam mochilas que pareciam ter duas vezes seu tamanho. Os mais magros enfiavam meias sob as alças para reduzir as bolhas. Os oficiais tinham serviçais para lidar com suas bagagens, é claro. Mas os homens estavam animados por se retirarem da linha de reserva, gracejando sobre o que fariam com a filha do Kaiser se a capturassem.

Conforme se afastavam da frente de batalha, as trincheiras se tornavam cada vez mais rasas, até começarem a enxergar as planícies de lama movediça, onde apareciam esporadicamente uma mão ou pé.

— Vê aquele sujeito logo adiante? — Huxton disse, apontando dedos pálidos no lodo. — Eu vi acontecer. Ele foi atirado para fora da trincheira por um projétil, e ninguém conseguiu puxá-lo. A lama o tragou como se fosse um refresco num dia quente.

Ellwood não respondeu, mas desviou os olhos. Uma lembrança de sua resposta à carta de Gaunt, falando da lama, o fez estremecer: "*É engraçado imaginá-lo indo à linha de frente e reclamando justamente da lama*".

Gaunt marchava à frente, alongando os ombros de tempos em tempos. Ainda não dissera uma palavra a Ellwood além das ordens para que empacotasse seus pertences.

O grupo passou pelos homens que os substituiriam. Pareciam limpos e bem descansados, e os rostos de alguns brilhavam com uma empolgação que Ellwood reconhecia. Ainda não haviam estado na linha de frente.

— Como é lá em cima? — um oficial jovem e ávido perguntou.

— É o inferno — Huxton respondeu, em tom alegre.

— Excelente! — o oficial falou.

•

Quando chegaram ao vilarejo, a sensação era a de estarem de férias. Os soldados arrancaram as mochilas das costas e correram para a destilaria, onde encontraram banheiras improvisadas. Os oficiais se alojariam em uma pequena granja de dois quartos.

— Você fica no quarto comigo, Huxton — Hayes disse.

Gaunt pareceu abalado.

— Nós dois sempre dividimos o quarto.

— Sim, e você tagarela a noite toda enquanto dorme. Quero um descanso de verdade.

Gaunt pareceu conter-se para não retorquir. Empurrou Ellwood para abrir caminho e subiu as escadas. Ellwood se perguntou a que Hayes se referia; não era sabido que Gaunt falasse dormindo na época da escola.

O quarto era simples e de paredes caiadas, com dois catres encostados em paredes opostas. Pareceu a Ellwood o auge do requinte.

Banhar-se foi um êxtase. Daniels recolheu os uniformes de todos para serem lavados e lhes deu roupas limpas para usar; depois de vestido, Ellwood se sentia um ser humano mais uma vez. Os homens estavam zonzos com o alívio de terem sobrevivido, ainda que fosse apenas até o momento, e jogaram uma partida de futebol sob a luz do entardecer. Para o jantar, tiveram frango assado. Era a melhor refeição que Ellwood já provara.

Quando chegou a hora de irem para a cama, Gaunt subiu as escadas devagar, como se caminhasse rumo à própria execução. Ellwood o seguiu e fechou a porta do quarto após entrar.

— Bom... — Gaunt começou. Ele parecia péssimo.

— Nós não precisamos conversar, Gaunto — Ellwood falou, a voz branda. Gaunt sorriu. Ellwood teve a sensação de que algo se partia dentro de si.

— Obrigado — Gaunt disse. Cada um foi para a própria cama, e Gaunt apagou a vela.

•

— *Vamos, seus desgraçados covardes, subam!*

Ellwood foi arrancado de um sono incrivelmente profundo. Endireitou as costas, alerta em um instante. Gaunt se contorcia na cama.

— *Vou atirar em todos vocês! Subam!*

Ellwood se apressou até ele e o sacudiu.

— Gaunt! Gaunt, acorde!

— *Não estou brincando, eu vou atirar, eu vo...* — Gaunt abriu os olhos. Não pareceu reconhecer Ellwood, mas parou de gritar.

— Foi só um sonho — Ellwood falou. Gaunt piscou e se ergueu, arfando. — Foi só um sonho ruim.

— Elly?

— Sim, sou eu.

Gaunt relaxou o corpo, deixando-se cair junto a ele.

— Vai me esmagar assim, seu balofo. Vamos, mexa-se.

Gaunt se afastou e os dois se deitaram sob as mesmas cobertas, fitando um ao outro.

— Foi só um sonho — Ellwood repetiu. Gaunt sacudiu a cabeça.

— Não — ele disse. — Eu digo isso a mim mesmo o tempo todo, mas é tudo *muito* real.

— Eu sei. Não paro de pensar nas coisas que escrevi em minhas cartas...

Gaunt riu.

— Eram coisas bonitas. — Ele suspirou, ficando mais desperto e lúcido. — Eu gostava de imaginar você em Preshute, recitando Tennyson.

— Antes de eu ter estragado tudo quando me alistei.

Gaunt estendeu um braço e acariciou a sobrancelha de Ellwood com um polegar trêmulo. Ellwood se manteve imóvel; quando Gaunt parou, ele soltou uma respiração entrecortada.

— Eu vou morrer em combate — Gaunt falou. — Achei... achei que seria bom que você se lembrasse de mim como eu era.

— Não fale assim. Seja como for, eu gosto de você como é.

Gaunt sorriu, amargo.

— Ah, é? Embriagado e à beira das lágrimas?

— Você não está bêbado agora.

Gaunt o encarava com uma intensidade da qual Ellwood temera que não fosse mais capaz. Nas trincheiras, os olhos de Gaunt eram vazios.

— Não. Fico feliz por não estar.

— Eu achei que você me odiasse — Ellwood disse.

Gaunt o puxou para perto de si e lhe deu um beijo forte na testa. Todos os músculos de seu corpo estavam tensos e trêmulos.

— Idiota — ele falou.

Ellwood tinha o coração tão acelerado que estava certo de que Gaunt conseguia sentir os batimentos.

— Quando cheguei aqui, e você não conseguia nem olhar para mim...

— Estou um caos, Elly. Estou tão apavorado o tempo todo que não consigo raciocinar. Sinto como se minha pele tivesse sido consumida, como se eu fosse apenas um esqueleto esfarrapado ambulante, nervos sem pele... — Ele franziu o cenho e se afastou um pouco. — Desculpe. Não quero ficar falando sem parar.

— Eu não me importo nem um pouco.

— Não consigo nem *dormir* sem passar vergonha.

Ellwood tirou uma mecha de cabelos da frente dos olhos de Gaunt.

— Você não está passando vergonha — ele disse.

— Rá — Gaunt riu. O som saiu áspero. Ellwood acariciou seus cabelos, sua têmpora, o toque tão suave que mal perpassava a superfície. Gaunt deixou um suspiro trêmulo escapar.

— Você só está cansado, nada mais — Ellwood falou, tentando convencer a si mesmo. — Precisa dormir e, então, ficará novo em folha.

Gaunt moveu o rosto contra a mão de Ellwood.

— Você faz parecer tão simples.

— Tente só... ficar quieto — Ellwood continuou. — Você está tremendo. — Para demonstrar o que queria dizer, Ellwood passou uma das pernas por cima da de Gaunt, segurando-o de costas para a cama e cobrindo-o com o corpo. Tivera a intenção de aquietar o tremor dos músculos de Gaunt com o próprio peso. Não havia pensado a fundo, não havia considerado com o que sua perna faria contato. Congelou quando sentiu o comprimento enrijecido de Gaunt contra a coxa.

No mesmo instante, Ellwood se viu mais excitado do que jamais estivera em toda a vida. Esperou que Gaunt dissesse alguma coisa. Era impossível que não o sentisse endurecendo contra a própria perna.

Exceto pela respiração pesada, Gaunt ficou em silêncio. Ellwood se moveu sutilmente, até seus corpos estarem quase se esfregando, tão devagar que poderia ter parecido um acidente. Esperou que Gaunt se mexesse, ou que o afastasse. Ele não fez nada.

Ellwood colocou a mão no peito de Gaunt. Era muito mais robusto do que o seu; parecia capaz de suportar o peso todo de Ellwood se ele o pressionasse com o corpo. Não estavam olhando um para o outro, e Gaunt ainda estremecia, vibrações abruptas e irregulares. Ellwood deslizou a mão mais para baixo, até a cintura de Gaunt, que prendeu a respiração, e os quadris dele se moveram de leve, quase imperceptivelmente, contra os de Ellwood. Ellwood deixou escapar um suspiro surpreso.

Então, Gaunt o empurrou.

— Volte para a cama — ele disse. — Você se arrependerá amanhã se não dormir.

Ellwood permaneceu deitado, completamente imóvel, a barriga voltada para cima e a respiração pesada. Podia ouvir Gaunt ao seu lado, sentir a extensão quente de seus músculos ao longo de todo o corpo. Esperou que Gaunt mudasse de ideia, que o agarrasse, o puxasse para si.

Ele não o fez.

— Certo — Ellwood falou, e se sentou. — Noite, Gaunt.

Já estava de volta à própria cama quando Gaunt respondeu, a voz baixa:

— Noite.

•

Ellwood tentou, em vão, fazer contato visual com Gaunt enquanto treinavam os homens naquela manhã. Gaunt não lhe dirigira a palavra nenhuma vez.

— Uma partida de futebol à tarde, pessoal? — Huxton sugeriu durante o almoço.

Gaunt olhou de relance pela janela.

— Acho que darei uma caminhada.

— Posso te fazer companhia? — Ellwood perguntou, rapidamente; rápido demais.

— Fique à vontade — Gaunt disse.

•

Os dois caminharam em silêncio, apesar de ouvirem disparos aqui e ali o tempo todo. Não fosse por isso, poderiam imaginar que estavam de volta em Preshute, perambulando pelas planícies de Wiltshire.

— No que está pensando? — Gaunt perguntou.

— Adivinhe.

— Poesia?

— Sempre.

— Qual?

Ellwood hesitou antes de recitar. Parecia revelador demais; como se equivalesse a gritar: "*Eu amo você, estou esperando por você!*".

Mas, por fim, ele falou.

"Lá vem ela, minha sina, minha vida;
Lá vem ela, meu encanto, minha amada;
'Está chegando', clama a rosa partida;
A rosa branca lamenta, 'Ela tarda';
'Eu a ouço, eu a ouço', diz a íris florida,
E o lírio sussurra, 'Eu aguardo'."

Gaunt puxou a folha de um álamo, irritado, ao passar sob a árvore.

— Isso é *Maud*, de Tennyson, não é?

— Sim — Ellwood respondeu.

— O nome da minha irmã veio desse poema.

— Eu sei.

Gaunt resmungou e caiu em silêncio.

Então, distraídos, falaram da Guerra, dos soldados, dos projéteis. Gaunt açoitava as sebes com um graveto molhado, como se repelisse o inimigo.

— Manadas infindáveis de vítimas... a constância com que brotam os cadáveres... — ele murmurava.

— "Aquieta-te, aflito coração! e deixa de chorar" — Ellwood disse.

— Tennyson?

— Longfellow.

— Você tem sempre um poema para tudo?

— É claro.

Gaunt envolveu Ellwood com um braço e o beijou no topo da cabeça. O movimento foi tão rápido que Ellwood não teve tempo de capturar a sensação antes que terminasse. Estacou no lugar, mas Gaunt seguiu em frente, como se nada tivesse acontecido.

Haviam alcançado uma clareira quando começou a chover. Gaunt se abrigou sob um carvalho frondoso, mas Ellwood virou o rosto para os céus e riu. As gotas fartas de água o encharcaram; ele estendeu a língua para bebê-las. Os tiros distantes tornavam o gosto ainda mais doce.

Gaunt o observava. Gaunt estava sempre o observando, como se Ellwood fosse importante, algo do qual ele queria se lembrar;

mas, dessa vez, era diferente. Ele apoiou o corpo no tronco do carvalho, os dentes cerrados, a testa franzida. Parecia angustiado.

Ellwood foi abrigar-se debaixo dos galhos densos.

— Está com medo de um pouco de chuva, Gaunto?

— Apavorado — Gaunt falou, a voz grave.

Ellwood se aproximou mais, mais e mais. Deixou que o antebraço tocasse o tronco ao lado da cabeça de Gaunt.

— Eu costumava achar que você não tinha medo de nada — disse.

— Logo se vê o quanto me conhece.

Gaunt pressionava a cabeça contra a casca da árvore. Seus olhos estavam fixos nos de Ellwood.

— No que *você* está pensando? — Ellwood indagou.

Gaunt desceu o olhar atento até a boca de Ellwood e tornou a subir.

— Não posso contar — ele respondeu.

— Mostre-me, então.

Gaunt hesitou, depois puxou os quadris de Ellwood pelos passadores de cinto. Ellwood avançou com um arquejo, o rosto apertado no pescoço de Gaunt. Os dedos de Gaunt deslizaram até a frente da calça de Ellwood, tateando os botões. Ellwood não ousou se mover, aterrorizado pela possibilidade de o outro, a qualquer momento, cair em si e parar.

A mão quente de Gaunt o tocava e puxava as roupas para fora do caminho. Ellwood não pôde evitar o som espantado que lhe escapou. Em um movimento abrupto, Gaunt virou a cabeça e mordeu o pescoço de Ellwood; em seguida, inverteu as posições, escorando Ellwood contra a árvore.

Gaunt caiu de joelhos.

— Ahh — Ellwood falou —, você não precis...

Mas Gaunt o ignorou. Era surreal. Ellwood não acreditava que estava mesmo acontecendo, a boca de Gaunt envolvendo-o, tão quente e agitada... tão diferente de como ele era.

— Henry — Ellwood chamou, mas Gaunt não ergueu os olhos; continuou dando atenção a ele com uma proficiência perturbadora, como se estivesse desempenhando uma tarefa para alguém que não respeitava. A sensação era dolorosamente boa, mas Ellwood o fez parar. Ele colocou a mão na cabeça de Gaunt e o afastou gentilmente.

— Apenas... tente relaxar.

Gaunt olhou para cima, seu rosto assumindo a expressão fria e desdenhosa que Ellwood sabia identificar como constrangimento.

— Sempre me disseram que eu era muito bom nisso — ele disse.

— Você já fez isso antes?

Gaunt riu, sem humor.

— Uma ou duas vezes.

Ellwood sabia que os garotos mais velhos haviam se aproveitado de Gaunt em certas ocasiões, mas nunca se permitira pensar a fundo na questão. Sua própria experiência havia sido muito diferente. É verdade que ele ponderava a respeito de Sandys, nunca compreendendo como Gaunt se tornara amigo de alguém que o forçava a...

A não ser, é claro, que Gaunt tivesse desejado...?

— Você já fez... com alguém de quem gostava? — Ellwood indagou.

— *Gostava?* — Gaunt pareceu incrédulo.

— Alguém de quem não *desgostava,* ao menos — Ellwood insistiu. — Alguém com quem não estivesse bravo.

Gaunt cerrou o maxilar. Seu silêncio já disse muito.

— Talvez, depois de *Lantham,* seus padrões estejam simplesmente altos demais — ele falou, após uma pausa.

— Lantham não importa. Não estou dizendo que você não é bom. — (Ele era *espantosamente* bom.) — Apenas não parece estar gostando.

Gaunt franziu a testa.

— Venha cá, me deixe mostrar — Ellwood disse. Ele deixou as costas deslizarem pela casca da árvore até estar sentado na grama molhada; então, puxou Gaunt, fazendo o garoto se sentar ao seu lado, e desabotoou sua calça. O membro de Gaunt era um pouco menor que o seu. Ellwood notara isso havia muito tempo, na escola, e o achara devastadoramente bonito.

— Em *mim*? — Gaunt falou. — Mas não é possível que você queir...

Ele se calou quando Ellwood o tomou na boca. Por fim, colocou suavemente uma das mãos na cabeça de Ellwood, respirando em tremores tênues, delicados. Ele não parecia se importar com a cera nos cabelos de Ellwood, que se viu consumido por um afeto feroz. Era inebriante, saber que sua boca era capaz de tornar Gaunt — Gaunt! com seu estoicismo austero e impenetrável! — tão frágil.

— Elly... eu vou...

Ellwood ergueu a mão, exibindo o polegar para cima, afogueado.

•

— E então? — perguntou, depois de ter engolido.

Gaunt o puxou para perto.

— Maravilhoso — ele respondeu. Olhava para Ellwood como se nunca tivesse visto nada como ele. — Mas você sabe que é maravilhoso nisso, presumo.

Ellwood baixou o rosto, intensamente ciente de que ainda não tinham se beijado, mas Gaunt ergueu seu queixo com um dedo. Suas pupilas estavam dilatadas e escuras. Ele manteve os olhos abertos e inclinou-se um centímetro para frente, depois parou.

Ellwood deixou que sua cabeça pendesse na direção do outro. Eles hesitaram, a amplitude de um fio de cabelo entre seus lábios. Era estranho como parecia este o ponto irreversível, depois do que Ellwood acabara de fazer. Por um momento, teve a certeza de que Gaunt recuaria, fingiria que nada havia acontecido.

Então, Gaunt fechou os olhos e tocou os lábios de Ellwood.

Foi hesitante, curioso. Ellwood equiparou seu ritmo, com medo de assustá-lo, desconfiado de que Gaunt ficaria reticente ao beijá-lo quando Ellwood não havia tomado sequer um gole de água desde que o levara ao êxtase. Mas Gaunt ergueu a mão até o maxilar de Ellwood, segurando-o com delicadeza, e ele aprofundou o beijo.

— Eu não sabia... não achei que você fosse desse tipo — Ellwood falou, quando se separaram.

Os olhos de Gaunt cintilaram, acuados.

— Deixe-me tentar de novo — ele disse.

— Com muito prazer — Ellwood respondeu, refreando suas perguntas. Por que Gaunt queria aquilo? Havia quanto tempo queria aquilo? Teria simplesmente enlouquecido por causa da Guerra?

Gaunt retomou a tarefa com um significativo acréscimo de ardor.

Gostaria que tivéssemos mais tempo, Ellwood pensou, mas então deixou de ser capaz de pensar.

Não houve beijos prolongados para trazer sua alma de volta ao corpo. Quando terminou, Gaunt ficou em pé e se afastou. Ellwood se sentiu enrubescer enquanto abotoava a calça e o alcançava. A chuva havia cessado; estavam voltando pelo mesmo caminho que tinham percorrido antes.

Você me odeia, Ellwood pensou, observando o perfil pontiagudo e distorcido de Gaunt, como um rosto bonito no espelho de um parque de diversões. *Odeia o que acabou de fazer.*

— Qual poema nos cabe agora, Ellwood? — Gaunt perguntou, com sua voz das trincheiras, a mesma de quando ordenava que Ellwood inspecionasse os pés dos homens na linha de frente. Não era uma voz a que Ellwood estivesse acostumado.

Gaunt sempre fora amargo e, por vezes, cruel, mas não era de seu feitio esquecer que Ellwood era seu amigo. *Aquele* era um fato que, antes, os havia sustentado.

De toda forma, o poema que lhe vinha à mente era, mais uma vez, um que o delataria: Thomas Wyatt, lamentando a perda de Ana Bolena.

Foge de mim quem antes me seguiu
Passos leves e nus em meu abrigo
Quem vi antes afável, dócil e servil
Agora é feroz e não tem mais consigo...

— "A Carga da Brigada Ligeira" — ele mentiu.

— Recite-o.

— Não seja idiota, Gaunt, você odeia esse poema.

— Qualquer coisa é melhor do que esse maldito silêncio.

— Podemos *conversar*, então.

— Recite a droga do poema de uma vez, Ellwood, já que sempre o tem na ponta da língua, inferno!

Ellwood cerrou a mandíbula. Gaunt franziu a testa e empurrou as mãos mais fundo dentro dos bolsos.

— Desculpe-me — ele pediu.

Meia légua, meia légua,
Meia légua frente ao vento,
Para o vale da Morte
Cavalgaram os seiscentos

— Elly.

— O que foi, Gaunt? Estou fazendo o que me pediu. Sempre faço o que você me pede.

— É por isso que nós acabamos de...? Porque você acha que é o que *eu* quero?

Ellwood tentou rir.

— Não. Você não faz ideia do que quer. Sua cabeça é toda embaralhada.

Gaunt suspirou.

— Não deixa de ser verdade.

Ele parecia ser quem era novamente.

— Veja. Uma rabilonga — Ellwood disse, porque nada fazia sentido.

— Uma significa tristeza.

— Talvez vejamos mais uma antes de voltarmos.

— O céu estará bonito esta noite — Gaunt comentou, esticando o pescoço. — Acho que o céu é um dos poucos aspectos positivos da Guerra. Eu pagaria um xelim por ele e, no entanto, é de graça.

Ellwood queria esmurrá-lo. Queria fazê-lo sangrar e, depois, cuidar de seus ferimentos.

— Sim — ele concordou. — É um céu bonito. Gostaria de voar até ele.

— Gideon Devi estava na força aérea, antes de ser capturado.

Ellwood tentou evitar que seu semblante amargasse.

— Recebeu alguma carta dele?

— Nenhuma. Acho que não estão deixando que ele escreva.

— Bárbaros selvagens.

Gaunt fez que sim com a cabeça.

— Sim, somos selvagens, com certeza.

— Você não é um bárbaro, Gaunt.

— Talvez eu não seja nada. Talvez já seja um fantasma. Não seria engraçado, você estar caminhando pela Bélgica, falando sozinho?

— Gostaria que não fizesse brincadeiras assim.

Gaunt soltou uma risada suave, não enredada em raiva, como Ellwood esperava que fosse.

— Me desculpe, Elly, de verdade. Estou sendo tremendamente desagradável.

Ellwood deixou que seu ombro batesse no de Gaunt.

— Creio que não devesse me surpreender que seu humor esteja tão amargo na linha de frente como estava nos melhores bailes da temporada em Londres.

— Acho que prefiro estar em uma trincheira a comparecer ao jantar de aniversário de sua prima Ethel.

— Ethel é uma boa garota.

— Sem dúvidas.

— Há perspectivas muito piores do que a prima Ethel.

— Tentando me arranjar um casamento?

Ele havia se fechado novamente. Estavam falando demais, esse era o problema.

— Ah, faça como quiser, Gaunt.

Não disseram mais nada. Quando chegaram ao alojamento, seguiram por caminhos diferentes.

OITO

Gaunt e Hayes estavam sentados em um banco no jardim, conversando em voz baixa.

Ellwood se retirou cedo, assim não precisava olhar para eles, mas continuava acordado quando Gaunt finalmente chegou ao andar de cima.

Ele se virou de frente para a parede.

— Sei que você está acordado — Gaunt disse, sentando-se na beirada da cama de Ellwood. — Precisamos conversar.

Ellwood tornou a virar o corpo e o encarou. Lembrava-se de ter dito a mesma coisa a Macready.

— Está bem.

— A nossa amizade significa muito para mim — Gaunt continuou, como se declamasse algo.

Ellwood se endireitou na cama.

— Para mim também, Henry.

— Não quero me arriscar a perdê-la, por nada.

— Eu continuei sendo amigo de Maitland depois.

— E Macready? Como se saiu a amizade com *ele*?

Ellwood descartou a questão.

— Ah, foi o próprio Macready que causou aquela situação. Ele levava tudo a sério demais.

Gaunt deu uma risadinha baixa.

— E eu não farei o mesmo?

Ellwood franziu a testa.

— Você *faria*?

— Não — Gaunt respondeu, abrupto. Ellwood apoiou a bochecha contra o ombro dele. Gaunt não o afastou. — Lantham — disse.

— O que há com ele? — Ellwood indagou, surpreso.

— Você me disse que estava apaixonado. Na carta.

— Não estou apaixonado por Lantham — Ellwood disse, rápido como Pedro ao negar Cristo. — De modo algum.

Sua resposta pareceu deixar Gaunt mais apreensivo do que nunca. O garoto desviou o rosto, de forma que Ellwood podia ver apenas a extremidade de seu maxilar forte.

— Sim, mas talvez Lantham esteja apaixonado por *você* — Gaunt continuou; Ellwood conseguia sentir a frustração em sua voz, apesar de não a compreender.

— Eu duvido. Seja como for, isso foi na escola. É irrelevante.

Gaunt fechou os olhos.

— Me explique, por favor, por que é irrelevante?

— Porque é. — Ellwood estava perplexo com aquela série de perguntas. Certamente Gaunt não pensava que *Lantham* fosse um bom motivo para que se abstivessem de tocar um ao outro, não quando Gaunt desenvolvera de repente um misterioso, e até então inexistente, interesse sexual em homens. — Nós estávamos apenas... brincando. Você sabe como é.

Gaunt engoliu em seco.

— "Brincando", Ellwood?

— Sim — Ellwood afirmou. — Não era real. Estávamos apenas... passando o tempo.

— Sim — Gaunt disse. — Entendo.

Ele parecia terrivelmente cansado.

— Henry. Como foi para você, hoje, no bosque?

A respiração de Gaunt estava pesada, mas ele não ofereceu resposta alguma.

— Ajudou a esquecer a Guerra? — Ellwood pressionou.

Gaunt assentiu, com um gesto curto e brusco da cabeça.

— Pois bem.

— E depois da Guerra? — Gaunt perguntou.

— Será como se nunca tivesse acontecido. Eu prometo.

— Você promete, é?

— Sim. Não significa nada, Henry. Apenas que, de vez em quando, queremos esquecer as coisas.

Gaunt o segurou de repente pela cintura, deixando beijos em seus olhos, suas orelhas, seu couro cabeludo.

— Não vai mudar nada — Ellwood murmurou, aterrorizado que Gaunt pudesse parar. — Não significa nada.

— Está bem, *está bem* — Gaunt falou, puxando Ellwood para o próprio colo. — Inferno. Vamos esquecer tudo.

— Não significa nada — Ellwood lembrou a si mesmo.

— Pare... pare de falar — Gaunt disse, beijando o ponto em que o maxilar de Ellwood encontrava sua orelha.

Eu te amo, eu te amo, eu te amo, Ellwood moveu a boca em silêncio, em meio aos cabelos de Gaunt.

— Você já se deitou com outro homem? — ele perguntou em voz alta.

— Sim.

Com quem? *Com quem?* Sandys? Gideon Devi? Quando? Por quê? Havia querido? Por que não quis Ellwood? Por que queria Ellwood agora?

Mas essas não eram perguntas às quais Gaunt lhe devia respostas.

— Então, sabe como funciona.

— Sim — Gaunt respondeu.

•

E, de fato, Gaunt sabia, embora o sexo que ele conhecesse não pudesse ser mais diferente daquele que Ellwood aprendera com Maitland.

"*Devagar*", Maitland dizia. "*Senão vou te machucar.*"

Gaunt não parecia preocupado com a dor. Apressava etapas em que Ellwood, de bom grado, teria se demorado.

Não houve sequer discussões sobre como as coisas seriam. Ellwood sabia quais eram as suposições, sendo Gaunt tão grande e corpulento, e Ellwood, esbelto e delicado; as ideias que Gaunt tinha de sexo, no entanto, pareciam coincidir exatamente com as fantasias de Ellwood. Sempre quisera *tomar* Gaunt, *dominá-lo*, sempre fora ciumento e possessivo. Gaunt, por sua vez, assumiu automaticamente um papel bastante submisso, como se pensasse que Ellwood era tão experiente que não existia outra possibilidade.

— Não quero te machucar — Ellwood disse.

— É *parte* do processo, nada mais — Gaunt rebateu, impaciente.

— Não se fizer do jeito certo!

Gaunt pareceu dar-se por vencido diante daquilo, como se tivesse sido repreendido. Ellwood não se deu ao trabalho de reconfortá-lo. Quando acuado, ficava mais fácil lidar com Gaunt, de qualquer forma. Ficava tímido e arisco.

— Achei que você já tivesse feito isso — Ellwood falou, quando Gaunt se afastou dele com um solavanco pela segunda vez.

— Eu fiz.

— Nós não precisamos continuar.

— Eu só não fiz... desse jeito. De frente para alguém.

— Você prefere...?

— *Você* prefere?

— Não!

Gaunt fechou os olhos. Ele suava como se estivesse no ringue de boxe. Ellwood resistiu à tentação de lambê-lo.

— Talvez você não esteja pronto — Ellwood disse, preparando-se para sair de cima dele. Gaunt o agarrou pelos braços.

— Não... Elly. Eu... — Suas pupilas estavam tão amplas que os olhos pareciam inteiramente pretos. — Quero que você continue. Por favor.

•

Gaunt não olhou para ele no dia seguinte. Era como se tivesse se fartado com a visão de Ellwood quando suas pupilas haviam engolido seus olhos e ele implorara por mais. Ellwood tentou não pensar naquilo. "*Quem vi antes afável, dócil e servil, / Agora é feroz e não tem mais consigo...*"

Os versos rodeavam sua mente. Gaunt vociferava ordens para os homens e aterrorizava Daniels, como se nada tivesse mudado.

Talvez nada tivesse mudado, de fato. Mas, naquela noite, fizeram sexo mais uma vez. Foi melhor — mais lento, menos furioso — e Gaunt não se retraiu tantas vezes, fugindo de seus beijos, embora desviasse o rosto da boca de Ellwood ao menos em metade das tentativas. Ellwood não conseguia deixar de sentir que era uma demonstração desconcertante de pudor, dadas as circunstâncias. Mas o comportamento de Gaunt como um todo era tão incompreensível e errático que era impossível tentar encontrar alguma lógica. Ellwood ponderou se estaria tirando proveito do fato de o amigo claramente ter enlouquecido; se deveria desculpar-se, ir para a outra cama e esperar que Gaunt recuperasse o juízo.

Em vez disso, beijava a extensão da clavícula de Gaunt e o observava estremecer. A loucura era um jogo que ambos podiam jogar.

Gaunt se sobressaltava com sons imaginários o tempo todo.

— Ninguém vai entrar aqui — Ellwood falou.

— Você não pode garantir isso.

— Deixe de se preocupar tanto.

— É difícil quando... ahh...

•

Na última noite, contudo, Gaunt se mostrou incapaz de ficar parado. Andava de um lado para outro no quarto, fumando um cigarrado seguido do outro.

— As coisas não vão ser assim — ele disse.

— Eu sei. — Gaunt realmente pensava que Ellwood era tão depravado que não conseguiria se controlar em um *abrigo subterrâneo na linha de frente*? O que ele imaginava, que Ellwood cairia de boca na virilha dele em meio a explosões de granadas?

— E você não pode me chamar de Henry.

— Você e Hayes se chamam pelo primeiro nome.

— É diferente.

— Por quê?

— Simplesmente é. — Ele atirou o cigarro na pilha crescente de bitucas no cinzeiro.

— Está bem — Ellwood assentiu. Também não queria voltar às trincheiras, mas não via sentido algum em desperdiçar a última noite dos dois dessa maneira. — Gaunt, então. Mas você não pode me ignorar o tempo todo.

— Posso muito bem ignorá-lo, se quiser!

Ellwood se deixou afundar na cama, exasperado.

— Pode vir se deitar?

Gaunt negou com a cabeça e acendeu mais um cigarro.

— Você no mínimo precisa dormir — Ellwood disse.

— Não consigo.

— Você nem tentou!

— Não preciso tentar. Eu sei.

•

Quando Ellwood finalmente o convenceu a se deitar, Gaunt o impediu de dormir a noite toda. Ele adormecia por alguns minutos e, então, se sentava bruscamente, os olhos vidrados e arregalados. Passado algum tempo, Ellwood foi para a própria cama. Duas vezes, Gaunt acordou gritando.

O café da manhã foi modesto.

— Impossível dormir com essa gritaria toda, Gaunt — Huxton falou.

— Como sempre, Huxton, a verdadeira vítima da Guerra é você — Gaunt respondeu. Ele secou o próprio uísque. — Certo. De nada adianta adiar.

•

Retornar às trincheiras foi pior do que chegar pela primeira vez. Todo o ineditismo havia se dissipado; restava apenas a realidade lúgubre.

Gaunt passava boa parte do tempo com os soldados. Fazia patrulhas demoradas e perigosas, e praticamente todas as suas refeições eram líquidas. Quando falava, era apenas para dar ordens.

Em certa tarde, levantou-se, um tanto súbito, foi até a viga de madeira e acertou-a vigorosamente com a cabeça. Era como se seu crânio fosse um ovo que ele queria partir. Então, sem dizer uma palavra, voltou à mesa para censurar cartas. Ellwood e Hayes se entreolharam, com desconforto.

— Algum... algum problema, Henry? — Hayes indagou.

— Apenas uma dorzinha de cabeça — Gaunt respondeu.

Por vezes, contudo, seus olhos encontravam os de Ellwood, e algo em seu rosto suavizava. Era reconfortante saber que ainda existia alguma conexão entre os dois Gaunts. Afligia Ellwood que, caso essa conexão acabasse rompida, Gaunt continuaria sendo o homem severo e de olhos vazios que era nas trincheiras, muito tempo após a Guerra ter terminado.

Segunda-feira, 16 de agosto de 1915
Ypres, Flandres

Cara sra. Kohn,

É com imensa tristeza que escrevo para informá-la da morte de seu marido, o soldado Isaac Kohn. Todos os que o conheciam gostavam muito dele, que era um homem extremamente corajoso. Foi atingido por um projétil que caiu no abrigo em que ele se encontrava, matando-o junto de outros seis homens. Foi-me informado que ele estava rindo quando o projétil caiu e que não sentiu dor alguma. Ficamos muito tristes por perder um cavalheiro tão valente. Espero que sirva de consolo para a senhora que seu marido tenha entregado a própria vida pela pátria, e que nos trouxe muito orgulho.

Atenciosamente,
Sidney Ellwood, Segundo-tenente

Ellwood se perguntou se existia algum tipo de frase judaica de conforto que deveria acrescentar à carta de Kohn. Se existia, ele nunca a aprendera. Conseguia pensar apenas em salmos. Tinha uma lembrança tênue de que judeus e cristãos compartilhavam o Velho Testamento.

"*P.S.*", ele acrescentou. "*Ainda que eu ande pelo vale da sombra da morte, não temerei mal algum, porque tu estás comigo.*"

Escrever a carta de Kohn trouxe a Ellwood a sensação de estar desenraizado. Como os judeus enterravam seu povo? Kohn teria sabido.

Memórias estranhas e pairantes surgiram em sua mente: uma casa escura, espelhos cobertos com um tecido de luto preto, as mangas de uma roupa arrancadas. Um funeral ao qual comparecera quando pequeno. As imagens eram tão fantasmagóricas que ele ficou em dúvida se as havia inventado.

Não fazia diferença, de toda forma. Kohn fora explodido pela granada que atingiu seu abrigo, e o que restara dele não era o bastante para preencher uma saca de areia.

•

Passados seis dias dolorosos, estavam de volta ao vilarejo. Banharam-se. Suas roupas foram lavadas para retirar os piolhos, embora tirá-los dos cabelos fosse impossível.

Ellwood estava sentado em sua cama, lendo *In Memoriam A. H. H.*, de Tennyson, e esperando que Gaunt viesse para o andar de cima. Não tinha certeza se ele apareceria antes do jantar, mas sua paciência foi recompensada quando o garoto finalmente chegou ao quarto e sentou-se ao seu lado, a uma distância cautelosa de suas coxas.

— Temos apenas cordeiro para o jantar — Gaunt informou.

— Melhor do que carne enlatada.

— Sim.

Ellwood fechou o livro e o pousou no chão.

— Ainda não teve a poesia arrancada de si? — Gaunt perguntou.

Ellwood franziu a testa.

— Preciso dela agora mais do que nunca.

"Contemplai que nos cabe o vazio do saber
Tão somente posso crer que recairá o bem
A todos, por fim, ao longe e mais além
E findo o inverno é florido o amanhecer."

Gaunt havia fechado os olhos. Seu rosto perdeu a aparência endurecida de um capitão. Voltara a ter apenas dezoito anos.

Ele sempre havia gostado de quando Ellwood recitava poesia. Ellwood não sabia bem o porquê. Durante todo o Sexto Inferior, declamara sonetos para Gaunt; talvez fosse a única coisa que o impedira de enlouquecer por completo e confessar seu amor desenfreado e eterno por ele, e Ellwood sabia que aquilo teria deixado Gaunt extremamente desconfortável. De toda forma, Gaunt já sabia que Ellwood o amava. Por causa dos sonetos.

Gaunt apoiou o corpo contra a parede, e Ellwood prosseguiu.

"Tal é meu sonho: mas que sou, então?
Sou uma criança gritando no escuro:
Sou uma criança de medo imaturo:
Que grita em carência de outra opção."

Ele parou. Gaunt abriu os olhos.

– Que tipo de grito você acha que é? – indagou.

Ele era tão insuportavelmente bonito.

– Venha me tocar e descubra – Ellwood replicou, ousado.

Gaunt sorriu.

– Duvido ser isso o que Tennyson tinha em mente.

– Ah, não sei. Sandys não dizia que Tennyson era homossexual?

Soube de imediato que havia cometido um erro, embora não tivesse certeza de qual palavra o amaldiçoara: "Sandys" ou "homossexual". Gaunt se afastou da parede, pousando os cotovelos nos joelhos e a cabeça nas mãos.

– Henry...

– Pare.

Ellwood recuou o corpo. Era verdade, ele percebeu, o que dissera no bosque: sempre fazia o que Gaunt lhe dizia para fazer. Desde os treze anos, quando Gaunt o encontrou chorando debaixo de uma escrivaninha e disse "*Não deixe que eles o vejam*". Quando Gaunt lhe dizia para ficar quieto, Ellwood se calava. Quando dizia para deixá-lo em paz, ele o fazia. A única vez que aquilo não aconteceu foi quando se alistou, apesar da carta furiosa de Gaunt, dizendo-lhe que não fizesse aquilo.

Porém, aquilo fora também uma forma de obediência, Ellwood pensou — a um comando preexistente. Ele estava obedecendo às instruções implícitas na terrível carta de Gaunt depois da Segunda Batalha de Ypres: "*Por Deus, queria poder vê-lo de novo antes de morrer*".

Venha, a carta dissera. *Eu preciso de você*. E Ellwood, obediente como sempre, se alistara imediatamente.

Faria qualquer coisa por Gaunt; perguntou-se se o garoto sabia disso.

— "Minha poeira ao ouvir despertaria, / Tivesse eu jazido um século" — Tennyson proveu, amavelmente.

Gaunt ficou em pé e foi até a porta, mas fez uma pausa antes de abri-la.

— Você odiava Sandys — ele falou.

— É claro que sim. Ele batia em você.

— Todos batem em mim. *Você* bateu em mim.

Ellwood o encarou.

No decorrer dos anos de Grão e Passagem, Gaunt e Ellwood haviam atormentado um ao outro, deixando narizes ensanguentados e olhos roxos.

Mas ele sabia que não era a isso que Gaunt se referia.

•

MAIO DE 1914 — SEXTO INFERIOR

Era a primavera do Sexto Inferior e Ellwood estava tão apaixonado por Gaunt que seus pensamentos se mostravam descontrolados, furiosos. Gaunt estava entrelaçado em tudo que ele lia, via, escrevia, fazia, sonhava. Cada poema fora escrito sobre ele; cada canção, composta para ele, e Ellwood era incapaz de removê-lo da mente, não importava o quanto tentasse.

Pensou que talvez toda aquela dor faria seu amor amargar; em vez disso, porém, ela o arrastava ainda mais fundo, como se fosse ele Marco Antônio caindo sobre a própria espada. E era algo mágico, amar alguém a tais dimensões; era um sentimento estranho, elusivo, feito um pedaço de tecido cortado do céu.

Às vezes, imaginava como Gaunt seria quando estivesse velho e sabia, com uma certeza vertiginosa, que o amaria mesmo quando lhe faltasse cabelo e estivesse enrugado e esgotado.

Envolveu-se com Macready procurando uma distração, mas aquilo só tornou as coisas piores, como uma camisa amarrotada com apenas uma das mangas passada a ferro. As imperfeições de Macready traziam os nervos de Ellwood à flor da pele. Macready não era inteligente como Gaunt. Era fácil demais fazê-lo sorrir. Seu riso não trazia a sensação de vitória. Passadas algumas semanas, Ellwood se esqueceu dele.

— Você precisa conversar com ele — Gaunt disse. Os dois tinham descoberto como engatinhar através das treliças deterioradas do Velho Mosteiro, e estavam fumando cigarros no altar.

— Já conversei muito com ele.

Gaunt atirou no ar uma folha de papel amassada para que Ellwood pegasse. Era mais um dos poemas pavorosos de Macready.

— Não sei por que ele não para de entregar essas coisas a *você* — Ellwood falou. — Ah, está pior do que nunca: "Estou triste e tomado pela dor / Em minha vida não vejo valor". Já reparou que ele sempre rima "dor" com "valor"?

— Ele os entrega para mim porque *você* o está evitando.

Ellwood suspirou.

— Por que ele não pode simplesmente me deixar em paz?

— Porque ele está apaixonado por você! — Gaunt exclamou, afastando-se do altar para encarar Ellwood.

— É claro que não — Ellwood rebateu, desconcertado pela demonstração repentina de emoção.

— Você é cego — Gaunt afirmou, fitando-o. — Ele o ama feito um louco.

Ellwood lhe devolveu o olhar, desorientado.

— Basta ver os poemas — Gaunt continuou, quebrando o contato visual e indicando com um gesto vago o papel amassado em sua mão.

— Ele está fazendo um papel ridículo, atraindo atenção para si dessa maneira — Ellwood disse. — Não está levando isso a sério.

— Você é insensível, Ellwood.

Ellwood foi obrigado a rir da ironia de ter *Gaunt* dizendo-lhe que *ele* não tinha sentimentos.

— Insensível? Não sou eu que não consegue conversar com a própria irmã!

Os olhos de Gaunt escureceram; Ellwood soube que acabara de destruir um dos frágeis elos de confiança entre os dois. Gaunt lhe contara aquilo em segredo, enquanto voltavam embriagados de um baile de Natal em Mayfair. "*As palavras ficam presas em minha boca*", ele dissera, com a voz arrastada. "*Nunca consigo dizer o que penso...*"

— Você é um canalha — Gaunt falou.

— Por que está tão nervoso com essa questão do Macready? Não *importa*.

— Talvez *você* importe para *ele*!

Era demais. Gaunt gritar conselhos amorosos dentro de um mosteiro medieval abandonado era simplesmente *demais*.

— O que aconteceu naquele dia com Sandys, no ano passado?

Ele não sabia bem por que perguntara. As palavras lhe haviam escapado; nem sequer tivera ciência de que era uma pergunta que queria que fosse respondida.

Gaunt vacilou, retraindo-se. (Ellwood notou. Sempre notava.)

— Nada — ele respondeu, mas não havia perguntado *qual* dia, o que significava que obviamente algo acontecera, e Ellwood precisava saber, porque havia alguma verdade importante a respeito de

Gaunt escondida em sua amizade com Sandys, uma essência de sua personalidade que, Ellwood sentia, poderia fazer toda a diferença, se ao menos conseguisse descobrir o que era...

— Nada? — Ellwood indagou. O rosto de Gaunt estava inexpressivo.

— Precisamos voltar para a Casa.

— Ele fechou as cortinas. Você saiu de lá com um olho roxo.

— Não foi nada.

E, de repente, Ellwood acreditou nele. Sentiu-se quente de raiva.

— É claro que não foi nada. Nunca há problema algum com você. Você é completamente indestrutível.

Ele golpeou Gaunt no ombro, exatamente no ponto onde sabia haver um hematoma feio da última luta. Foi um golpe forte demais para ser tomado como brincadeira, mas Gaunt ainda poderia ter reagido, revidando com zombaria.

Em vez disso, ele ficou imóvel. Fora surrado no ringue no dia anterior, então tinha o rosto coberto de hematomas e cortes. Ellwood sentiu vontade de atingir ele próprio cada uma das marcas, caso alguma delas provasse ser o ponto fraco que faria Gaunt se abrir. Ellwood sorriu, como se estivesse se divertindo, e mirou um soco no hematoma no maxilar de Gaunt.

— E agora? — perguntou. — Continua inquebrável?

— Tudo certo.

— Sempre está tudo certo com você — Ellwood falou. Sentia-se furiosamente quente, uma chama em cada um de seus poros; não conseguia pensar em nada além dos próprios punhos enquanto atingia Gaunt, de novo e de novo, perguntando "*Como você está?*" depois de cada golpe.

— Está tudo certo — Gaunt repetia, a voz calma e estável. Ele nem sequer piscava. Era feito de aço; entrar naquela fortaleza era impossível. Gaunt se recusava até mesmo a aparar seus golpes: era apenas uma parede contra a qual Ellwood se atirava, e Ellwood estava desmoronando, despedaçando a si mesmo ao atacar.

— Eu não quero brigar com você, Elly!

— *Por que não?* — Ellwood pontuou suas palavras com os punhos.

E, então, algo mudou.

— *Porque não!* — Gaunt gritou. Sua voz falhou. Ele investiu com as costas da mão, de modo completamente diferente de como lutava no ringue, cuidadoso e eficiente. Foi um golpe descomedido; Ellwood sentiu o próprio nariz partir-se na metade, sem justeza, o sangue escorrendo por seu rosto. Lágrimas brotaram em seus olhos, mas ele piscou para livrar-se delas. Seu coração disparou.

Havia uma fenda na armadura. Havia algo dentro da fortaleza.

Eles encararam um ao outro, arfando, sangrando.

— Conversarei com Macready — Ellwood disse.

Gaunt riu e ajudou Ellwood a sair pela janela do mosteiro.

Nunca voltaram a falar daquilo, mas todas as vezes que Ellwood tocava o ponto plano onde Gaunt havia esmurrado seu nariz, ele se lembrava: havia algo dentro da fortaleza.

•

AGOSTO DE 1915, FLANDRES

— Aquilo foi diferente. Sandys perseguia você; eu simplesmente estava com raiva.

Gaunt apoiou a cabeça no lintel da porta.

— Ele não me perseguia — falou em voz baixa.

— Sinto muito — Ellwood disse. — Eu não devia ter falado dele, nem pensei. Sei o quanto me sinto confuso quando alguém menciona Maitland.

— Não era como você e Maitland!

— Eu sei, não quis dizer q...

— Não importa, ele *morreu*, corajosamente morto na linha de frente, ah, Deus...

Gaunt virou o rosto para a porta. Ellwood foi até seu lado, timidamente, mas não ousou tocá-lo.

— Sinto muito — ele repetiu.

Hesitante, deixou que a testa caísse entre as omoplatas de Gaunt, que oscilavam.

Quando Gaunt parou de estremecer, ele se virou. Não restava vestígio algum de emoção em seu rosto. Ele havia apagado tudo.

— Desculpe-me por isso — Gaunt falou. — A idade está me deixando melancólico.

— Você tem dezoito anos.

— Tenho? Sinto ter mais ou menos oitenta. É melhor descermos para o jantar, ou Huxton terá abocanhado tudo.

— Sinto muito por ter batido em você, Henry.

— E eu sinto muito pelo seu nariz. É uma pena, você era muito bonito antes.

— Isso ainda conta como um elogio. Vou anotar.

— Exibido.

•

Naquela noite, Gaunt gritou enquanto dormia, mas Ellwood ficou deitado na cama junto dele, dizendo-lhe que estava tudo bem, que era apenas um sonho.

No dia seguinte, Gaunt se ajoelhou diante dele em uma campina.

Não trocavam muitas palavras. Se ficassem em silêncio, Ellwood podia fingir que Gaunt o amava, e Gaunt podia fingir que... Ellwood não sabia bem o que Gaunt fingia. De toda forma, o silêncio lhes caía bem.

•

Conforme os quatro dias se aproximavam do fim, os olhos de Gaunt voltaram a ficar vazios.

— Você não pode ao menos tentar aproveitar? É uma besteira desperdiçar duas de quatro noites — Ellwood disse, quando foram para a cama na última noite.

— Aproveitar? — Gaunt repetiu.

— Distrair-se, então — Ellwood falou. — É para isso que estou aqui, não é? Para te distrair?

— Você está aqui para servir de forragem para metralhadoras.

Fazia frio, Ellwood pensou. Não havia reparado antes, mas agora ele tremia.

— Seria melhor se você não falasse assim — ele disse.

— Ora, vá dormir.

Então, foi o que Ellwood fez; Gaunt ficou acordado, andando de um lado para outro com o cigarro na boca.

•

Ele não estava presente no café da manhã.

— Henry dormiu bem? — Hayes indagou. — Não o ouvi na noite passada.

— Acredito que ele nem sequer foi para a cama — Ellwood falou.

Gaunt apareceu à soleira da porta.

— Houve uma mudança de planos. Seremos mandados para a França. Haverá uma Grande Ofensiva.

— Ótimo. Estaremos em casa a tempo do Natal, hein, garotos? — Huxton disse, saboreando seu bacon.

— Para onde, Gaunt?

— Algum lugar chamado Loos.

NOVE

Embarcaram em um trem para a França. Os homens, supersticiosos, comentavam aos sussurros a respeito da ofensiva.

— ... o sinaleiro do batalhão em Piccadilly disse que, sem dúvidas, estamos na primeira leva.

— Quem, o Ted? Ted disse isso?

— Disse que é batata.

— ... Traduza — Gaunt pediu a Hayes, enquanto subiam no vagão do trem.

Hayes compreendia o dialeto do proletariado e as gírias das trincheiras muito melhor do que os oficiais das escolas públicas.

— "Com certeza" — ele respondeu. — Malditos sinaleiros. São incapazes de ficar de bico calado? — Seus olhos dispararam para Gaunt. — *Você* soube de algo?

— Não.

O trem estava lotado, embora eles tivessem o próprio compartimento, compartilhado com os oficiais das divisões A e C.

A cabeça de Ellwood caiu sobre o ombro de Gaunt. Gaunt se retesou, mas, quando correu os olhos pelo vagão, viu que todos os outros oficiais estavam em contato físico entre si. Huxton tinha os pés apoiados no colo de Hayes. Hayes repousava a cabeça contra o braço de um oficial da divisão C. Os homens esparramavam-se uns sobre os outros. Na atmosfera hipermasculina da guerra, a hombridade não era uma grande preocupação.

Gaunt deixou que a cabeça se inclinasse até tocar a de Ellwood em seu ombro. Ellwood adormeceu e Gaunt fingiu fazer o mesmo, mas não conseguia pensar em nada além dos pontos em que se tocavam.

Se Ellwood fosse uma garota, ele talvez tivesse segurado sua mão, beijado sua testa. Teria, talvez, comprado uma aliança e unido suas vidas.

Mas Ellwood era Ellwood, e Gaunt precisava satisfazer-se com o peso da cabeça dele em seu ombro. Loos pairava sobre eles, um nome que, Gaunt tinha certeza, um dia teria um significado sombrio, mas que, no momento, era apenas um sussurro de pavor em seu estômago.

Desembarcaram na França várias horas mais tarde e marcharam quase dez quilômetros até um vilarejo próximo. Era muito maior do que aquele na região de Ypres, e os homens gritaram de deleite quando viram o bordel do exército. Houvera muitas queixas a respeito da pouca variedade de mulheres em Ypres.

Os oficiais foram até a mansão abandonada que era usada como Quartel-General. Um servente exaurido conduziu Gaunt e Ellwood até um quarto suntuoso, com uma cama de dossel enorme, e dispôs o saco de dormir de Ellwood no assoalho.

— Não será necessário — Gaunt falou. — Não me importo em dividir.

— Perfeitamente, senhor. — O servente assentiu e se retirou.

Gaunt esfregou as cortinas pesadamente adornadas da cama entre os dedos, evitando o olhar de Ellwood.

— O que me diz deste alojamento? — ele perguntou.

— Esplêndido — Ellwood respondeu, juntando-se a Gaunt. Seus ombros se tocaram.

— Vamos nos sentir como reis aqui.

— Eduardo II e Piers Gaveston — Ellwood disse.

A comparação deixou Gaunt inquieto. Ambos os homens haviam tido fins prematuros e violentos.

— Devo me apresentar ao coronel.

— E eu, tirar todas as roupas e ficar me retorcendo na cama — Ellwood anunciou.

— Não ouse.

Ellwood sorriu.

— Esperarei que volte, então.

Gaunt o afagou sob o queixo e saiu em busca do coronel.

Quando voltou, uma hora depois, Ellwood estava encolhido na bancada da janela, usando seu exemplar de *In Memoriam A. H. H.* como apoio para escrever uma carta. Parecia uma pintura, ainda mais do que de costume. Irradiava paz e prosperidade. Ele era o ano de 1912; um mundo no qual a selvageria fora expurgada do espírito humano, para toda a eternidade. Gaunt parou à porta para observá-lo.

— Olá, fantasma — Ellwood chamou, erguendo os olhos. — Está me assombrando?

— Desculpe, não quis assustá-lo.

— A Guerra terminou, ou algo assim? Você está simplesmente radiante.

Gaunt se sentou ao lado dele na janela.

— Ficaremos aqui em Descanso Operacional por três semanas — ele disse.

— Três semanas!

— Sim.

O sorriso de Ellwood foi lento e crescente.

— Três semanas em uma cama de dossel com você — ele disse.

— Se tiver sorte. Ainda posso fazê-lo ficar em seu saco de dormir.

— Não se quiser tocar em mim — Ellwood falou, e algo se moveu com um baque surdo dentro do peito de Gaunt.

— Eu quero — ele respondeu, a voz rouca.

Ellwood sorriu, baixando os cílios longos e escuros.

— É mesmo? — ele continuou, a voz tão aveludada que fez Gaunt querer esconder-se em um buraco.

Ellwood se inclinou levemente para frente. Seus lábios se encontraram, e tudo se tornou simples.

•

— Não entendo uma palavra do que ele diz — Gaunt disse, quando o velhote finalizou seu monólogo longo e irado.

— *Pouvez-vous répéter, monsieur?* — Ellwood pediu.

Gaunt revirou os olhos.

— *Repetir* não vai ajudar em nada.

Ellwood abanou a mão para calá-lo.

Tinham se acomodado em um pomar de cerejas nos jardins da mansão. Ellwood pegara algumas cadeiras maltrapilhas de chita do que deveria ter sido outrora um quarto infantil, e Gaunt pedira uma mesa nas acomodações dos serviçais. Já quase não restavam cerejas, mas algumas árvores tardias ainda esbanjavam frutas. Em intervalos de algumas horas, Ellwood abandonava Gaunt com as papeladas e enchia o próprio chapéu com as frutinhas.

— *Mais ce n'est pas possible, Capitaine, comment sommes-nous censés vivre normalement quand on pêche à la dynamite dans notre rivière...* — o velho francês falava, furioso.

— Ah — Ellwood disse, e riu. — Começo a compreender.

— Pare de rir — Gaunt falou. — Está piorando as coisas. Ele parece prestes a sacar uma guilhotina.

— Desculpe — Ellwood pediu. — *Monsieur, les hommes utilisent des explosifs pour pêcher dans la rivière?*

— *Mais c'est ce que je viens de dire!*

— Certo. — Ellwood assentiu.

— Eu deveria ter prestado atenção nas aulas de *Mamzelle* Pardieu — Gaunt disse.

— Ninguém prestava atenção nela, aquela megera — Ellwood respondeu. — Eu nunca teria aprendido francês se minha mãe não fosse amiga de Alain-Fournier. Você chegou a ler *Le Grand Meaulnes*?

— Não é o momento para isso, Elly.

— Bom, ele já morreu, de qualquer forma. Mais ou menos no primeiro mês da Guerra. Era *muito* bem-apessoado.

— Elly.

— *Les hommes seront punis, monsieur. Ne vous inquiétez pas* — Ellwood falou.

O velhote francês soltou um longo suspiro, gritou um pouco mais e, então, tocou o próprio chapéu e desapareceu.

— Vai explicar? — Gaunt perguntou a Ellwood.

— Achei que você fosse bom com línguas.

— Apenas com as mortas — Gaunt falou. — Me passe as cerejas. E tire essa expressão presunçosa do rosto.

— Meu rosto é assim — Ellwood respondeu, colocando um punhado de cerejas em cima do formulário de abastecimento de Gaunt.

— Neste caso, detesto seu rosto.

Ellwood olhou rapidamente ao redor. Não havia ninguém por perto, apenas um pelotão da Divisão A praticando com baionetas na campina além das árvores.

— É mesmo? — ele indagou, em voz baixa, e colocou o dedo indicador entre os dentes, sugando o caldo de cereja da ponta.

Gaunt tentou não sorrir, mesmo sabendo que era uma causa perdida.

— Não me distraia — ele falou. — O francês, o que ele disse?

Ellwood sorriu e recostou-se em sua cadeira.

— Ah, está bem. Pelo visto, os soldados andam *pescando com bombas*.

Gaunt quase se engasgou com o caroço de uma cereja.

— É *verdade*? — ele conseguiu dizer, por fim.

— Ao que parece, sim — Ellwood afirmou. — Queria saber se funciona.

— Não é esse o propósito das munições, tecnicamente falando — Gaunt disse.

— O quê, pescar? Não, creio que não. Elas deveriam ser usadas nos alemães, na verdade.

— Se for para sermos pedantes quanto a isso.

Os dois se entreolharam e riram. Então, sem mais uma palavra, Gaunt organizou os papéis e Ellwood juntou as cerejas em seu lenço.

•

— Parece uma pena puni-los, no entanto — Gaunt comentou, enquanto caminhavam na direção do alojamento.

— Mas não podemos deixar que explodam metade da França para pegar umas carpas — Ellwood falou, sensato. — Para além de quaisquer outras questões, não é muito eficaz.

— Aqui e agora, eu daria boa parte da França em troca de um pouco de carpa — Gaunt contestou. — Ao menos um terço dela.

— No seu lugar, eu não abordaria o assunto desse jeito — Ellwood disse. — É possível que torne a mensagem confusa.

Gaunt bateu o próprio ombro no de Ellwood, que devolveu o golpe. Eles instruíram os soldados a usar fuzis para atirar nos peixes, se fosse preciso, ressaltando que, se os franceses não *ouvissem* as explosões, não haveria reclamações.

Dois dias depois, Lonsdale os abordou com um sorriso acanhado e uma carpa fresca.

— Com os cumprimentos dos homens.

— E é por isso — Ellwood disse naquela noite, enquanto estavam deitados na cama, fartos de peixe — que certos atos não devem ser punidos.

Gaunt se virou para Ellwood e fitou seus olhos. Ellwood sorriu; uma desesperança, súbita e árida, se espalhou pelo coração de Gaunt ao pensar em Hércules, Heitor e todos os heróis dos mitos que encontraram a felicidade brevemente, apenas para que aquele não fosse o final da história.

Exceto por treinar durante as manhãs e ficar de prontidão às seis horas, eram livres para fazer o que quisessem. Jogavam partidas elaboradas de "Polícia e Ladrão" com os soldados e nadavam no rio. Ellwood fazia longos passeios a cavalo pela zona campestre.

— Penso no que seria diferente se tivéssemos um líder tão bom quanto Péricles — Gaunt comentou, certa noite.

Estavam deitados na cama, lânguidos e saciados. Ellwood fechou os olhos, sorrindo.

— Você está cansado — ele disse. — Há certo tipo de cansaço que o leva a falar de Tucídides.

— Certo tipo?

— Sim — Ellwood confirmou. — Quando se está cansado, não esgotado. Ou... quando não se consegue pensar no que dizer.

Houve uma longa pausa, na qual Gaunt inclinou a cabeça para apoiá-la na de Ellwood, em cima do travesseiro.

— Você me conhece tão bem — ele falou. Era óbvio que tentava soar irônico, mas havia calculado mal; sua voz apenas soou honesta.

— Não — Ellwood discordou. — Praticamente nada.

— Melhor do que ninguém.

Ellwood duvidava daquilo. Lembrava-se de Gaunt derramando-se em suas cartas a Gideon Devi, que o conhecia desde os nove anos de idade.

Ellwood se apoiou em um cotovelo e olhou para Gaunt, que abriu um dos olhos com desconfiança.

— O que foi? — ele perguntou.

— Me conte alguma coisa — Ellwood pediu. — Algo que mais ninguém sabe.

— Ah, vá dormir, Elly.

Ellwood voltou a deitar, sentindo-se bobo. Esquecia-se, às vezes, que Gaunt não estava apaixonado. Que aquilo era uma adição conveniente à amizade dos dois, não uma transformação.

— Eu fingia ser Perseu quando era criança — Gaunt anunciou, de repente.

Ellwood encarou o dossel acima de si. Sabia que, se dissesse qualquer coisa, Gaunt pararia de falar.

— O pai de Perseu era Zeus — ele continuou. — Mas Zeus não tinha muito interesse em Perseu, a princípio. Perseu passou a infância empobrecido, em um vilarejo de pescadores.

— Ah — Ellwood disse.

— O que quer dizer com "ah"?

— Nada. Prossiga.

— É isso. Eu fingia ser Perseu. Ninguém mais sabe disso.

Ellwood abriu e fechou a boca algumas vezes, tentando pensar no que dizer.

— Seu pai deve estar tremendamente orgulhoso por você ter se tornado capitão — ele falou, por fim.

— Sim, tremendamente. — Gaunt assentiu, a voz tensa.

— Você acha... — Ellwood começou. — ... que Perseus chegou a perdoar Zeus? Por não ter se preocupado com ele quando mais importava?

Fez-se um longo silêncio. Então, Gaunt falou.

— Não — ele disse.

•

As únicas coisas que impediam que o Descanso Operacional com Ellwood fosse o período mais feliz da vida de Gaunt eram a certeza de que ele terminaria e a ciência de que o que viria a seguir o deixaria despedaçado. Mesmo que ambos, por algum milagre, sobrevivessem incólumes à Guerra, Gaunt não sabia como conseguiria estar ao lado de Ellwood no altar e vê-lo casar-se com Maud depois daquelas semanas turvas e ensolaradas de beijos, poemas e sexo.

Sexta-feira, 20 de agosto de 1915
Londres

Querido Henry,

Peço desculpas por minha caligrafia, fiquei com os dedos cheios de bolhas por limpar penicos no hospital. Estou tão exausta que mal consigo ler e, só há pouco, encontrei tempo para "A Ética da Guerra", de Russell, que achei brilhante, é claro. Entretanto, não sei dizer se estou de pleno acordo com ele... Não sei como me sinto sobre esta guerra. Parece tacanho chamá-la de guerra de prestígio, como se o militarismo prussiano pudesse ter-se exaurido inofensivamente... Talvez assim fosse. Eu não sei, eu não sei. De toda forma, estou enviando-lhe o ensaio. Apesar de você nunca ler nada do que envio.

Você já cruzou com o Batalhão Real de Fuzileiros de Gales na linha de frente em algum momento? Pergunto pois é o regimento do noivo de Winifred, Charles. Ele está de volta à frente de batalha depois do ferimento na cabeça (agradeço por ter escrito a ela em maio, foi gentil de sua parte). Poderia contar-me como Charles parece estar, se o vir? Winifred diz que as cartas dele estão todas estranhas. Ele fica exausto demais para escrever muita coisa e não compreende as respostas dela; diz que ela usa palavras demais. Eu gostaria de poder ajudar, ela fica abaladíssima quando recebe notícias, diz que parece ler as palavras de uma pessoa completamente diferente. Se tiver qualquer notícia dele, sei que ela ficaria grata.

Você perguntou de nossa mãe e nosso pai. Papai está trabalhando demais e mamãe reclama dos serviçais: em resumo, nada mudou. Quando escrever para eles, poderia pedir que me deixem ficar nos dormitórios do hospital, por favor? Preciso acordar muito cedo para atravessar a cidade, e é uma tolice agir como se algum grande ataque sobre minha pureza fosse ocorrer se eu estiver morando em Brixton, com dezoito garotas e uma inspetora. Eles lhe darão ouvidos. Mal consigo expressar o quanto falam a seu respeito. Papai conta a história de seu ferimento na perna tão vividamente que seria de pensar que estivera presente quando aconteceu.

Sidney me escreveu um longo poema sobre um cavalo. Se eu fosse pintar um quadro da Guerra a partir das cartas dele, presumiria que é composta inteiramente de nuvens, plantações e camponesas francesas de rostos rosados. Bastante pastoral, mas me pergunto: ele pensa que não tenho ciência da brutalidade? Sidney consegue ser muito vitoriano. Seja como for, mande a ele minhas lembranças, e cuide-se.

Com amor,
Maud

"A Ética da Guerra" não era longo — ela só enviava ensaios curtos a Gaunt, pensando que ele os considerava tediosos. De alguma forma, Gaunt era incapaz de expressar o quanto valorizava o gosto de Maud, a maneira como ela abria portas em sua mente. Haviam sido próximos na infância, mas, quando ele foi estudar em Grinstead e começou a vê-la apenas em feriados, algo se rompera entre os dois, como uma forquilha se partindo. Então, viera Ellwood, inevitavelmente encantado pela independência de Maud, por sua perspicácia e beleza, e qualquer chance que restava de recuperar a amizade da infância fora perdida. Gaunt queria falar com Maud, sabia que ela era digna de sua confiança e, ainda assim, via-se completamente incapaz de ser honesto. As cartas dela faziam crescer uma solidão muda em seu interior. Guardava-as todas.

Segunda-feira, 23 de agosto de 1915
Algum lugar na França

Querida Maud,

Não acho que seria muito bom que os homens me flagrassem lendo um pacifista feito Bertrand Russell. É difícil solidarizar-se com objetores de consciência quando se está comendo carne enlatada pelo segundo ano consecutivo. Um dia desses, ouvi um homem dizer que gostaria de estrangular o "merda do sr. Russell" com uma Bandeira da União...

Tudo está bem hoje. Com Ellwood também. Nada a relatar. Escrevi para nosso pai em relação ao dormitório, o comportamento dele é absurdo.

Pobre Winifred. Com certeza Charles vai animar-se depois que tiver descansado um pouco. Darei notícias se encontrar os Fuzileiros de Gales; ainda não aconteceu.

Boa sorte com os penicos — não desista.

Com amor,
Henry

— Você passou a tarde toda calado — Gaunt falou.

Estavam deitados à margem de um lago, deixando que o sol os secasse depois de um mergulho.

Ellwood fez um som evasivo no fundo da garganta.

Gaunt lhe deu um empurrão de leve.

Ellwood cobriu os olhos com o antebraço.

— Recebi uma carta de Roseveare. Tome, pode ler. — Ele estendeu a mão para tatear na pilha de roupas próxima à cabeça e retirou de lá uma carta amassada. Gaunt se sentou para ler. Ellwood apoiou a cabeça em seu ombro, os cachos indomados pela cera após terem nadado.

Terça-feira, 31 de agosto de 1915
Kingswood Court, Surrey

Caro Sidney,

Espero que esteja bem. É muito bom receber suas cartas. Fico feliz que você e Gaunt estejam descansando um pouco.

Tivemos notícias ruins esta semana. Meu irmão, Martin, foi morto em Galípoli. Ao que parece, morreu na hora, sem sofrer, o que serve de algum consolo. Recebemos o telegrama no mesmo dia que chegou a carta de Preshute, informando-me de que sou Monitor-chefe. Minha mãe está absolutamente furiosa, quer que eu recuse, diz que a posição é amaldiçoada. Bom, não é difícil entender seu ponto de vista. Primeiro Clarence, depois Martin, ambos Monitores-chefes, ambos mortos. Fomos à cidade para tratar do velório e umas garotas me entregaram uma pluma branca. Minha mãe quase arrancou os olhos delas com as unhas. Gostaria de voltar logo à escola. É horrível estar em casa, já que minha mãe... Enfim.

Você pediu notícias dos outros. Pritchard está em Galípoli, diz que os australianos são valentes de dar medo. West, Finch e Aldworth estão todos na França, esperando que algo aconteça. Grimsey foi ferido em Galípoli. A situação dele não é nada boa, para dizer a verdade; eu o visitei no hospital em Londres. Foi acertado por estilhaços direto na virilha, então nada de filhos para ele; nada de coisa alguma, na verdade, e não é como se existisse alguma honra em um ferimento assim. Ele ficaria furioso se soubesse que lhe contei. Vão mandá-lo de volta à linha de frente quando estiver curado. Creio que ele está esperando morrer lá, na verdade.

Sinto muito por escrever uma carta tão deprimente. Logo terá início o novo ciclo na escola e, então, com certeza me animarei.

Seu amigo,
Cyril Roseveare

Gaunt dobrou a carta e a guardou de volta no bolso da jaqueta de Ellwood.

— Que grande azar, o irmão de Roseveare — ele disse.

Jamais havia gostado de Cyril Roseveare; o garoto sempre lhe parecera arrogante.

Nos momentos de maior ferocidade e crueldade de Ellwood, Roseveare nunca tentava impedi-lo. Sorria, indulgente, e compactuava com as coisas, não importava o quanto fossem injustas. Os garotos o consideravam valente por nunca reclamar de nada, mas Gaunt não chamava aquilo de valentia. A valentia deveria ser mais questionadora.

Não compreendia por que Roseveare não se alistara. Ia contra tudo o que Gaunt sabia a seu respeito.

— "Para o vale da Morte / Cavalgaram os seiscentos" — Ellwood recitou. Gaunt tentou evitar uma careta. — Acha que a morte dele foi mesmo instantânea e sem dor? — ele perguntou.

Gaunt lhe lançou um olhar longo e impassível.

— Bom, não há motivo para Cyril saber disso, creio eu — Ellwood falou, fitando os próprios joelhos.

— Ele vai descobrir por conta própria quando se alistar. Por que não fez isso ainda?

— É muito próximo da mãe — Ellwood respondeu, franzindo a testa. — Muito. Ele me contou, certa vez, quando estava bêbado com os Ardentes. Disse que tem sonhos com todos os três morrendo, e ela deixando de ser mãe.

Ellwood escondeu a cabeça nos braços. Também era próximo da mãe. Gaunt pressionou o nariz gentilmente contra seu ombro nu, e Ellwood soltou uma risada curta.

— As cartas de Pritchard andam mais alegres do que o normal — disse. — Ele fica sempre cheio de *ânimo* quando as coisas vão mal.

— Parece que as batalhas estão bem intensas em Galípoli.

— Não consigo suportar a ideia de algo acontecendo com ele.

— Ele ficará bem — Gaunt falou. — Não é do tipo que morre tragicamente jovem. É prosaico demais para isso.

Os ombros de Ellwood sacudiram-se com seu riso suave.

— Tem razão — concordou. — Ele precisa viver. Está fadado a ter seis filhos sem graça e um trabalho mais sem graça ainda.

— Exato.

Ellwood ergueu a cabeça, repousando o queixo nos braços.

— Eu costumava querer irmãos — disse.

— Eu também — Gaunt respondeu.

DEZ

Estavam treinando os homens quando Gaunt o viu. Burgoyne. Ele estava em pé ao lado do coronel, fazendo anotações em um bloco de papel.

Ellwood o encontrou quando haviam terminado.

— Você o viu? Burgoyne?

— Sim — Gaunt confirmou.

— Covardezinho asqueroso. Passará o resto da vida alegando que esteve na linha de frente, quando não fez nada além de ficar desfilando ao redor de uma mansão, comendo pernil de cordeiro.

— Talvez ele não tenha se qualificado para o serviço armado. Afinal, tem a visão ruim.

— Você enlouqueceu se pensa que ele não deu um jeito de se safar, exatamente como se safava da natação no inverno.

— Nem mesmo *eu* queria nadar no inverno. Aquela piscina era um gelo. Não lembra como a pneumonia se espalhou no primeiro trimestre?

— Ah, está bem, fique do lado dele, então. Ele queimou meus poemas.

•

Os dois foram ficando mais irascíveis e agressivos. O bombardeamento das defesas alemãs havia começado, então não havia como esquecer que o ataque era iminente. O martelar dos montadores de caixões desestabilizava os homens, que se alternavam espalhando rumores de que logo seriam todos mandados para algum lugar tranquilo na Palestina, bebendo em excesso e escrevendo cartas evasivas às famílias.

Gaunt já não dormia bem e sabia que Ellwood enfrentava o mesmo problema, embora nunca se manifestasse. Todas as noites, Gaunt sonhava com uma nuvem de ar intragável engolindo o mundo. Os tocos selvagens de árvores espalhavam-se ao seu redor no cenário vazio, devastado. De alguma forma, tinha ciência de que cem anos haviam se passado, e que estava tudo acontecendo outra vez.

O sexo tornou-se febril, apavorado, frequente, como se tentassem armazenar as recordações. Gaunt estava dolorido e não dizia nada a respeito, mas Ellwood notava mesmo assim.

— Esse não é o único tipo de sexo que me dá prazer — ele falou.

— Nunca falei que era.

— Será que você poderia parar de *sofrer* o tempo todo? Não *quero* machucar você.

— Você fala demais — Gaunt disse, virando o rosto para o lado. — Ande logo com isso, está tudo bem.

Ellwood percorreu o peito de Gaunt, explorando-o, beijando cada costela.

— Não se mexa — ele instruiu. Gaunt tentou concentrar-se, apreciar, lembrar. Mas, como sempre, no instante em que a boca de Ellwood o tocava, ele se perdia.

•

Foram semanas muito maravilhosas, mas agora Gaunt se via às voltas com uma sensação mórbida de que não notara o passar do tempo, de que estivera envolvido de forma pueril demais as desfrutando. Sentia que, se conseguisse capturar ao menos um momento feliz com Ellwood — o gosto de sua boca, talvez, ou a expressão em seu rosto quando Gaunt fazia algo que o agradava na cama —, poderia agarrar-se a isso nas trincheiras, sentir que alguma parte de si ainda sobrevivia.

No último dia antes do ataque, depararam-se com Burgoyne na escadaria.

— Olá, Burgoyne — Gaunt cumprimentou, exaurido. O rosto bonito de Ellwood estava frio e desdenhoso.

— Olá, Gaunt, Ellwood. Ansiosos para o confronto amanhã?

Gaunt foi atingido por uma piedade repentina pelo garoto desajeitado que estava um ou dois degraus acima. Burgoyne, na verdade, nunca tivera a menor chance. Era inteligente para entender que não se encaixava, mas não o suficiente para saber como mudar.

— Não, não posso dizer que esteja — ele respondeu.

— Temos um plano espetacular. Vamos mostrar aos boches quem manda!

— *Vamos*, é, Georgie Porgie? — Ellwood disse, venenoso. — *Você* por acaso subirá as trincheiras?

— Um pouco menos de atrevimento, Ellwood. Lembre-se, sou seu superior.

— Ele não está falando por mal, Burgoyne. Aquilo lá é o inferno, entende?

— Ele *não* entende — Ellwood interveio. — Aposto que nem sequer viu as trincheiras. Ficou com medo de perder esses dentes feios.

— Cale a boca, Ellwood — Gaunt falou. — Burgoyne, sinto muito, estamos com muita coisa na cabeça agora. Espero que esteja bem.

Ele agarrou Ellwood pelo cotovelo e arrastou-o escadaria acima antes que Burgoyne pudesse responder.

— Seu lambe-botas nojento! — Ellwood disse quando chegaram ao quarto. Gaunt acendeu um cigarro. — Ele *queimou meus poemas*!

— Que o diabo carregue seus poemas! Ele tem a gente na palma da mão, Ellwood, caso tenha se esquecido!

— Ele me chamou de judeu.

— Você *tem* origem judaica.

— Não faça isso.

— Ouça, ele é terrível, está bem? Não quer dizer que precisamos nos comportar igual a ele.

— Gaunt, o filho de Deus, sempre oferecendo a outra face.

— Isso é uma bobagem, você sabe que sim.

— Ele é uma viborazinha asquerosa. Provavelmente nunca *viu* um cadáver.

Um riso angustiado escapou de Gaunt.

— Ah, Deus do céu, Elly, é assim que julgamos os homens agora?

Ellwood não respondeu.

•

Naquela noite, Gaunt ficou sentado no peitoril da janela, fumando. Achou que Ellwood estivesse dormindo, até sua voz cortar a escuridão.

"Eis-me aqui, prisioneiro da noite
Esgueiro-me afora debaixo do açoite
Da culpa que surge ao primeiro raiar."

— Tennyson? — Gaunt perguntou, embora soubesse a resposta.

— Sim. *In Memoriam A. H. H.*

— Um poema escrito pela morte de um amigo.

As partes brancas dos olhos de Ellwood brilhavam como vidro sob a luz da vela.

— Vai escrever sobre mim quando eu morrer, Elly?

— Vou — Ellwood respondeu. Sua voz se adensou com a raiva súbita e inexplicável.

— Qual vai ser o nome? *In Memoriam H. W. G.*?

— Talvez. Ainda não decidi.

Gaunt emitiu um som, algo entre estar rindo e sufocando.

— Venha para a cama — Ellwood disse.

— Pois diga, ilustre poeta, como versificará estar me comendo?

— Talvez eu apenas mude seu nome para Maud e pronto.

Gaunt riu até seu corpo estar trêmulo, o tipo de riso que espeta os olhos e se retorce dentro da garganta. Ellwood não veio até ele; Gaunt não sabia como lhe pedir que viesse.

— Vá dormir, Elly — ele falou, quando retomou o controle da voz.

— Henry...

Seus olhares se encontraram. Gaunt sentia o coração bater nas orelhas, selvagem.

— Não é nada — Ellwood terminou. — Boa noite.

Toda a raiva fora esgotada. Gaunt assentiu.

— Boa noite, Elly.

E, assim, Ellwood ficou deitado na cama, fingindo dormir, e Gaunt começou a beber.

•

Às 6h30 da manhã do dia 25 de setembro, eles reuniram os homens e aguardaram. A batalha havia começado. Ficaram horas em prontidão até receberem as ordens. A expectativa deixava os homens inquietos. Até mesmo os mais temerosos entre eles tinham o desejo de finalmente *ver* a Terra de Ninguém, de cruzá-la sob a luz do dia.

Quando chegaram às trincheiras, tudo era caos. Os britânicos estavam usando gás pela primeira vez, mas o vento o havia trazido de volta, atravessando a Terra de Ninguém em direção às próprias tropas. Era impossível mover-se sem pisar nos feridos, que gemiam, miseráveis, pedindo por água. Um jovem com a compleição amarelada dos moribundos desviou o rosto deles com uma expressão ressentida, como se não quisesse ser observado. Outro homem pedia a cada soldado que por ele passava que descrevesse seu ferimento: "Por favor, eu não quero olhar!". A verdade era que seu corpo inteiro estava perfurado por fragmentos de metal, mais do que seria possível contar, como um alfineteiro. Ao lado de Gaunt, o corpo Ellwood se contraiu. Ele ainda não desenvolvera aquela indiferença implacável à dor, um pré-requisito para a sobrevivência na frente de batalha.

Gaunt ignorou os feridos que gemiam e dividiu os homens em seus pelotões. O cheiro doce e picante do gás estava por toda parte.

— Ellwood — ele chamou, antes de se separarem. Ellwood o olhou de relance. Seus ombros pareciam estreitos e juvenis, mesmo vestidos no uniforme bem ajustado. — Boa sorte.

Ellwood assentiu, sem sorrir.

— Para você também.

Gaunt desejou que a Guerra tivesse sido aquilo que Ellwood queria que fosse. Desejou que pudessem ter cruzado um campo de batalha cavalgando, brandindo uma espada ao lado de seu rei imponente.

Ele vestiu a máscara contra gás. Seus homens o imitaram. Pareciam insetos estranhos e monstruosos.

— Subam — ele comandou. Havia praticado a fala em voz alta, para que sua voz não vacilasse, para que não se lembrasse de Ypres, mas os projéteis estavam tão altos que ninguém podia ouvi-lo. O sangue martelava em sua cabeça, acompanhando o ritmo das explosões da artilharia. Gaunt brandiu sua pistola e colocou um pé na banqueta de tiro.

Seus homens o seguiram.

Eles subiram a trincheira e passaram pela cerca de arame, adentrando no gás verde e espesso. Ao redor, outros pelotões organizavam-se em blocos, como se estivessem em um desfile militar. Em colunas, marcharam adiante.

De algum lugar, metralhadoras dispararam uma chuva de projéteis.

— Abaixem-se! — Gaunt gritou. — Abram fogo de cobertura!

Todos caíram na lama e atiraram sem parar, mirando o gás impenetrável. Não havia como saberem se estavam atirando em alemães ou nas tropas que deveriam substituir. Era quase impossível enxergar através das placas turvas de vidro, e ainda mais difícil respirar. Qualquer pele exposta começava a arder.

O pelotão ao lado lançou-se ao chão e começou a disparar.

— Estão nos dando cobertura! Avancem!

Desajeitados, eles se colocaram em pé e correram em frente, mas uma granada explodiu perto de Gaunt; ele foi atirado no ar e caiu com um baque por cima de cadáveres antigos, cujas barrigas inchadas romperam-se com o impacto da queda. Sua máscara fora arrancada. A primeira inspiração atônita fez seus pulmões encherem-se de fogo, e Gaunt olhou freneticamente ao redor, à procura da máscara. Uma bala passou assobiando ao lado de sua orelha, ele se atirou em uma cratera de granada próxima, contendo a respiração.

Com um movimento fraco, um jovem soldado virou a cabeça mascarada em sua direção. Seus intestinos brilhavam, transbordando sobre os farrapos ensanguentados do uniforme.

Os olhos de Gaunt queimavam. Tendo se assentado no espaço, o gás estava mais forte dentro da cratera. Havia um pouco de água em sua mochila; tateou em busca dela, derramando-a então na manga do uniforme e, mesmo inspirando através do tecido, ainda era doloroso.

O homem puxou a própria máscara.

— Tome — ele disse. — Pegue a minha.

— Não posso fazer isso — Gaunt respondeu, tossindo.

— Eu... insisto — o homem falou, retirando a máscara e estendendo-a debilmente para Gaunt. Ele parecia ter cerca de vinte anos. Gaunt balançou a cabeça em negativa.

— Fique com ela.

— Por favor. — O homem ofegou, segurando a máscara.

Gaunt a pegou e vestiu. Ar limpo e respirável adentrou em seus pulmões em um rompante. Estimava ter inspirado apenas uma lufada completa do gás, diluído na Terra de Ninguém. Continuava tossindo e arfando, e seus olhos estavam cheios de lágrimas, mas não sofreria o mesmo destino dos soldados algerianos em Ypres.

O homem começava a sufocar. Gaunt embebeu em água um pedaço de tecido de seus pertences e o prendeu sobre o rosto dele.

— Qual o seu nome? — perguntou.

— Billy Selton. — O homem tossiu.

— Vou escrever para sua mãe, Billy.

O homem balançou a cabeça frouxa.

— Morfina? — ele pediu. Gaunt negou mas encontrou seu cantil. Ajudou Billy a erguer a máscara improvisada para que pudesse beber.

— Consegue respirar? — ele perguntou, quando a máscara estava novamente no lugar.

— Não muito — Billy respondeu. Seus olhos estavam apertados, lágrimas envenenadas gotejavam como pus. — Está doendo.

— Vou dizer para sua mãe o quanto você é corajoso.

— Está doendo — Billy repetiu. Gaunt tomou as mãos dele e as apertou. Billy começou a chorar em silêncio, como uma criança envergonhada.

— Vou contar para sua mãe — Gaunt falou. — Ela ficará muito orgulhosa de você, Billy.

— Eu vou... sobreviver? — Billy indagou.

— É claro que sim, rapaz.

Billy soltou um gemido. Quando morreu, sacudia a cabeça devagar de um lado para outro, como se tentasse discordar.

Gaunt saiu da cratera. Deduziu a direção em que estariam as trincheiras Aliadas meramente pela quantidade imensa de corpos que avistou. Eram apenas cerca de seis metros, mas pareceu a ele uma distância inimaginável. Sentia como se a vida toda tivesse se resumido a arrastar-se de bruços em meio à lama e à carnificina, como se jamais houvesse existido coisa alguma senão aquilo.

Deparou-se com um cadáver tão parecido com Ellwood que chegou a se deter para verificar, a despeito das constantes balas que passavam voando. Não era Ellwood, no entanto. Era algum outro garoto de dezoito anos e rosto bonito. A parte de trás de sua cabeça fora explodida. Gaunt sentiu uma felicidade violenta por aquele garoto estar morto, pois pareceu-lhe que teria morrido *no lugar* de Ellwood. Continuou a arrastar-se em frente e, então, alcançou a própria trincheira e se deixou cair pela beirada, estatelando-se sobre um homem deitado no chão, gemendo.

— Aah! — o homem exclamou, quando Gaunt o atingiu. Ele não estava usando a máscara contra gás. Nenhum dos homens estava. Gaunt arrancou a própria.

— Fuzileiros do Kennet, Terceiro Batalhão, Divisão B — ele disse.

— Por ali — um dos homens feridos no chão informou. Gaunt correu na direção que fora apontada. Precisava chegar ao abrigo. Precisava encontrar Ellwood.

ONZE

Logo, começou a reconhecer os feridos.

— Você está vivo! — um soldado, de nome Ramsay, disse quando ele passou.

— Ambos estamos — Gaunt respondeu. — Viu o Tenente Ellwood em algum lugar?

Ramsay negou, sacudindo a cabeça.

— Não vi nenhum dos oficiais. A coisa foi feia para o lado deles, senhor.

Gaunt saiu em disparada na direção do abrigo dos oficiais. Praticamente despencou escadas abaixo.

— Ellwood? — ele chamou.

— É você, Gaunt?

Ellwood estava à mesa do abrigo. Estava vivo. Vivo.

•

Em questão de segundos, Gaunt estava beijando cada centímetro dele que conseguia alcançar, o que se mostrava mais difícil pelo fato de Ellwood estar fazendo o mesmo.

— Você está vivo — Ellwood falou —, Henry, ah, Deus...

— Eu passei por um corpo que parecia ser voc...

— Eu vi uma granada te acertar, está ferido?

— O impacto me colocou em uma situação complicada, mas consegui escapar...

— Huxton pisou em uma mina, um pedaço dele acertou a minha manga, olhe...

— Como está David?

— Eu não sei, não consegui v... Henry, achei que você tinha morrido... — Ellwood começou a chorar. — Quero ir para casa... Nós ainda não fizemos dezenove anos, ainda podemos ir para casa...

— Não podemos, Elly. Precisamos aguentar.

— Eles vão nos mandar de volta para lá amanhã... Eu não me importo comigo mesmo, Henry, mas fiquei o tempo todo achando... Achei que você estava morto...

Gaunt o beijou. Seus olhos ardiam e continuavam a verter lágrimas; elas se misturavam às de Ellwood.

— Não pense nisso, Elly. Você vai enlouquecer se ficar pensando nisso.

— Quero ir para casa — Ellwood soluçou.

— Ora, esta, *sim*, é uma surpresa — uma voz ressoou. Gaunt se afastou de Ellwood, em sobressalto, lancetado por um pavor fugaz, vibrante, como estar diante de fogo aberto.

Burgoyne estava na escada.

— O que você está fazendo aqui? — Ellwood indagou, agressivo. Seu rosto manchado de lágrimas exibia todo o desespero amargo de uma criança raivosa.

— Você falou que eu nunca estive nas trincheiras, então pensei em fazer uma visita. Devo dizer, não esperava encontrá-lo choramingando pela mamãe, Ellwood.

— *Choraming...* Ora, seu vermezinho covarde, você arrancaria os próprios olhos se tivesse visto o que eu v...

— Ellwood, vá atrás de informações sobre Hayes. Burgoyne... — Gaunt estendeu-lhe uma mão trêmula, suplicante. — As coisas saíram bem mal lá fora.

Mas Ellwood não se retirou.

— "Saíram bem mal"? — Ele tinha os punhos apertados. Gaunt tentou posicionar-se entre os dois. — Foi uma *carnificina*. Foi criminoso. Você e todos que planejaram aquilo deveriam ser fuzilados.

— Você não entende absolutamente nada de estratégia militar, Ellwood — Burgoyne respondeu, a voz aguda.

— Talvez não, mas o seu pessoal não parece entender como metralhadoras funcionam, não quando homens saem marchando na frente delas em fileiras de dez. Essas merdas dos nossos chapéus são de pano, Burgoyne!

— Ellwood... — Gaunt alertou.

— Capacetes de aço foram fornecidos em quantidades limitadas...

— Como você se justifica? Qual desculpa patética usou para salvar a própria vidinha inútil?

— Minha visão...

— Sua visão! Pergunte a Gaunt das dores de cabeça dele!

— Basta! — Burgoyne berrou. — Eu sou seu *superior*, Ellwood!

Ellwood empurrou Gaunt, e golpeou o rosto de Burgoyne.

— Você é um covarde desprezível.

O rosto de Burgoyne estava pálido, exceto pela bochecha escarlate. Suas narinas se dilataram.

— Agredir um superior é um ato passível de morte — ele disse.

— Burgoyne — Gaunt começou, a voz falhando. Burgoyne se virou para encará-lo com a compreensão súbita de uma cobra prestes a dar o bote.

— Eu sabia que *ele* era um pervertido, Gaunt, mas não imaginei isso de *você*.

Gaunt baixou a cabeça.

— Burgoyne... — ele tentou novamente, sem muita convicção. Mas Burgoyne havia subido os degraus e ido embora.

Gaunt se deixou afundar sobre uma caixa de munição. Ellwood riu, os olhos brilhando.

— Alguém precisava dizer a ele, Gaunt.

— Nesta guerra, ele é um *deus*, Ellwood. — Gaunt enterrou o rosto nas mãos. — Você lançou a ira dos deuses sobre nós.

•

Vinte minutos mais tarde, Hayes chegou no abrigo aos tropeços. Em silêncio, Gaunt e Ellwood o abraçaram. Suas cabeças se tocaram e os três ficaram parados por um momento antes de Hayes falar.

— Huxton...

— Morto.

— Daniels também.

Gaunt se afastou e serviu três uísques.

— Deleguei Ramsay para ser nosso serviçal por ora — Hayes falou.

— Ele sabe cozinhar? — Ellwood perguntou.

— E Daniels sabia?

Hayes saiu e fez a chamada. Ao voltar, seu semblante estava soturno.

— Quantos? — Gaunt indagou.

— Cento e quatro baixas — Hayes respondeu.

— Haverá um contra-ataque amanhã.

— Coloquei Lonsdale para organizar as provisões — Hayes falou. — Teremos mais para distribuir, ao menos.

— Isso vai alegrar os homens — Gaunt disse. — Eles merecem.

Os três beberam o uísque em silêncio e começaram a escrever cartas. Conforme o tempo passava, crescia em Gaunt a consciência de que o lado direito de seu corpo fora rasgado por estilhaços. Agora que o choque da batalha havia se esgotado, a dor aumentava. Determinou-se a escrever para a mãe de Billy Selton antes de ir à estação de primeiros socorros.

Ele dedicou um longo tempo à carta, mas omitiu que as últimas palavras de Billy foram "está doendo".

O telefone tocou.

Gaunt foi até ele, devagar. Ouviu as ordens e fez algumas peguntas. Ellwood e Hayes o observavam quando ele desligou. Gaunt puxou o porta-cigarros, mas seus dedos tremiam demais para abri-lo. Hayes se levantou, abriu-o com facilidade e levou um cigarro à boca. Depois de acendido, entregou-o a Gaunt.

— Obrigado. — Gaunt puxou um trago e se engasgou quando a fumaça atingiu seus pulmões machucados pelo gás. Após recuperar o fôlego, olhou para Ellwood. — Eles querem mais informações sobre as tropas alemãs. Você e eu devemos levar três homens e capturar um prisioneiro alemão.

Houve uma pausa terrível.

— Quando? — Hayes indagou.

— Hoje à noite.

— Mas isso é impossível!

— Ellwood e eu temos inimigos nos altos escalões — Gaunt disse, soltando uma risada fraca.

— Mas é inútil, de qualquer forma — Hayes falou. Ellwood encarava a própria cama, os olhos desfocados. — Já sabemos quem são as tropas inimigas. São bávaros. O subalterno que estava aqui antes de nós disse que um deles falava inglês, e que ficavam batendo papo entre as trincheiras, conversando sobre Munique.

— Ah. — A voz de Gaunt estava fraca. — Então foi em bávaros que ficamos atirando o dia todo? Pobres coitados. É época da Oktoberfest em Munique. — Ele ergueu a caneca de uísque, infeliz, e cantou baixinho:

"Ein Prosit, ein Prosit
Der Gemütlichkeit
Ein Prosit, ein Prosit
Der Gemütlichkeit!
Oans, zwoa, drei, gsuffa!"

Ele esvaziou a caneca.

Hayes o encarou como se Gaunt tivesse enlouquecido.

— Você fala *alemão*?

Ellwood riu.

— Heinrich Wilhelm Gaunt? A mãe dele conhece o Kaiser.

— Vá procurar voluntários para esta noite, está bem, Ellwood? — Gaunt pediu. — Ganharão suprimento duplo de rum por um mês.

Ellwood assentiu. Depois que ele se retirou, Gaunt se virou para Hayes.

— Não diga a ele.

— Não diga o quê?

— Que isso é assassinato.

DOZE

— Talvez vocês consigam sair dessa — Hayes disse. Gaunt o encarou. — Bom... é possível!

— Creio que a ideia toda seja que não consigamos. — Ele deu um sorriso apertado. — Vendo pelo lado bom, ao menos você vai virar capitão.

— Não diga isso.

Gaunt deu de ombros e pressionou com a mão a mistura retalhada de lama, tecido e pele em suas costelas.

— Esse sangue é seu, ou de outra pessoa? — Hayes perguntou.

— Meu, eu acho — Gaunt respondeu. — Um punhado de estilhaços me pegou aqui do lado.

— Você precisa de um curativo. Farei a missão por você.

— Está tudo certo.

— Não banque o herói. Você está ferido.

— Não vou deixar Elly ir lá sem mim.

Hayes o examinou.

— Você não vai ceder, não é?

Gaunt riu.

— Não.

— Eu gosto de você, sabia? — Hayes falou. — É um bom homem.

— Também gosto de você, David.

— Imagino que, se não fosse pela Guerra, você nunca teria me notado.

— Provavelmente não — Gaunt concordou. — Azar o meu.

Hayes ergueu a própria bebida.

— A amizades improváveis.

Os dois brindaram.

— Se ele sobreviver, e eu, não... — Gaunt começou.

— Beba — Hayes falou, a voz dura.

•

A chuva estava forte ao cair da noite, o que, Gaunt disse aos homens, tornaria mais difícil que os atiradores os localizassem. Na realidade, mal faria diferença, exceto pelo fato de que seria deplorável morrer na lama fria e molhada. Ele distribuiu o rum e voltou ao abrigo, esperando um quarto de hora para que o álcool fizesse efeito. Ellwood estava sentado sozinho, o rosto pálido mas determinado.

— Venha, vamos olhar o mapa — Gaunt chamou. — Quando eu der o comando, você virá até aqui e atirará suas bombas na cerca. Então, quando tudo estiver limpo, eu entro correndo com os homens, apanho o Fritz mais próximo e o passo para você.

— Quanto tempo vai demorar?

— Se tivermos sorte, não mais do que dez minutos, do começo ao fim.

— Isso é bom.

— Sim.

— Henry?

Gaunt ergueu os olhos.

— Você teria me beijado, se não fosse pela Guerra?

Gaunt deixou que seus olhos percorressem a curva do maxilar de Ellwood. A escuridão marcante e caótica das sobrancelhas dele, cada pelo brotando como um milagre de sua pele lisa e morena. A curva espantosa e sedutora dos lábios. Gaunt o teria beijado, se não fosse pela Guerra? É claro que não: nunca teria aquela ousadia toda. Fora um covarde, talvez, ou talvez simplesmente quisesse manter o próprio coração intacto. Apenas o fato de saber que morreria lhe permitiu ser tão descuidado.

— Não, eu não teria — Gaunt respondeu.

Ellwood dedilhava a beirada puída do mapa.

— "Tamanha pretensão! / Como ele amaria algo tão indigno?" — disse.

A cabeça de Gaunt doía. Estava enchendo-se de água salgada, este era o motivo.

— Tennyson — ele falou.

— *In Memoriam*.

— É melhor revermos o mapa mais uma vez — Gaunt disse, porque era ridículo, absurdo, que Ellwood estivesse dizendo levianamente palavras como "amar" quando estavam se preparando para adentrar na Terra de Ninguém...

— "Prefiro por vezes me calar, / Para que meu verso continue a lhe encantar" — Ellwood continuou. — Shakespeare.

Não era o momento para Shakespeare. Era dolorosamente típico de Ellwood não ter ciência disso.

— Já temos um buraco na cerca feito pela artilharia, então suas bombas apenas limparão os detritos — Gaunt falou.

— "Meu espírito o amou e ama até então, / Feito uma pobre garota cujo coração / Anseia por alguém em outro patamar." Tennyson, de novo.

— Idealmente, capturaríamos um tenente, mas duvido que tenhamos tempo para muita seletividade — Gaunt prosseguiu, sem fazer ideia alguma do que falava.

Ellwood estava em pé; Gaunt percebeu que estava também, que haviam se afastado das velhas caixas de munição que serviam como mesa e banquetas. Ellwood correu a mão pelos cabelos e afrouxou os cachos, que ficaram espetados em ângulos estranhos. Ainda não parecia ter decidido se queria beijar Gaunt ou esmurrá-lo.

— Elly — Gaunt falou. — Elly, precisamos nos concentrar. Nós... Olhe onde *estamos*.

Mas Ellwood só tinha olhos para ele.

— Eu gostaria de poder lhe dizer em minhas próprias palavras — ele continuou. — Mas não posso. E você não quer. "O amor é meu pecado; o ódio, tua grande riqueza, / Ódio de meu pecado, ancorado em amor imoral..."

— Eu não o odeio, não seja ridículo — Gaunt disse, embora odiasse Ellwood um pouco naquele momento, por sua eloquência inútil e incompreensível, à qual não havia lugar em Loos, que lembrava Gaunt de Preshute e da Inglaterra, e de coisas nas quais ele não queria pensar, não até estar certo de que voltaria a tê-las.

— Isso foi Shakespeare. Mas, às vezes, Keats é o ideal! — Ellwood prosseguiu, sua voz tornando-se espessa com lágrimas não derramadas. Ele agarrou a cintura de Gaunt (Gaunt mordeu a língua quando as mãos de Ellwood abriram seus ferimentos), puxou-o para perto de si e, embora Hayes fosse retornar a qualquer momento, Gaunt não se importava; morreria, sabia que sim, e Ellwood o fitava como se só ele importasse no mundo.

"Ó! Deixa-me tudo, cada parte, dai a mim!
Teu ser, tua alma, por tal dádiva, piedade,
Privai-me de um átomo sequer e será meu fim!"

Ele parecia insano. Febril. O beijo que pregou nos lábios de Gaunt era violento e cheio de desespero.

— Elly... — Gaunt falou, separando-os.

— Você entende?

— Eu...

— *Você entende?*

— Mas... e quanto a Maud?

— *Maud?* — Ellwood exclamou. — Como *posso* ser mais claro?

— Bom, para variar, se você usasse suas próprias palavras, em vez de falar nessas malditas citações enigmáticas...

— Enigmáticas? Como você pode ser tão obtuso?

— Está na hora — Hayes chamou da entrada, a voz branda.

— Obrigado — Gaunt respondeu.

Ele pegou a mochila. Ellwood fez o mesmo, nenhum olhando para o outro.

— Henry — Ellwood disse, quando se aproximaram da escada. — Me prometa que vai falar disso quando voltarmos.

Gaunt não conseguia olhar para ele. Se olhasse para Ellwood agora, enlouqueceria de vez; se recusaria a lutar, se tornaria um opositor no mesmo momento, atiraria no próprio pé e no de Ellwood. Qualquer coisa para que ambos ficassem vivos.

— Quando voltarmos — ele repetiu.

— Prometa.

Gaunt pensou na carta que tentara escrever naquela noite. Havia desistido depois de quatro palavras. A folha de papel que teria contado a Ellwood o que ele sentia continuava anexa a seu conjunto de papéis. Amá-lo fora em vão porque Ellwood não correspondia o sentimento, e era em vão também agora, mesmo que ele sentisse.

— Sim — Gaunt respondeu. — Eu prometo.

•

Do lado de fora, Cooper, Allen e Kane estavam vestindo suas mochilas encharcadas.

— Muito bem, homens — Gaunt falou. — É possível que aquilo que nosso prisioneiro contar ao coronel salve a vida de centenas de milhares de soldados britânicos. Pode significar a diferença entre vencer ou perder a Guerra. Portanto, não desistiremos até pegá-lo, não importa o que aconteça, estamos entendidos? Vamos em frente, com força total!

Os soldados assentiram. Gaunt se perguntou se sabiam que era tudo um disparate irrelevante, que estavam sendo sacrificados por uma rixa escolar que havia supurado e se transformado em perversidade.

A chuva caía a cântaros. Eles subiram as trincheiras em silêncio e, engatinhando, cruzaram a Terra de Ninguém, envenenada e cravejada de cadáveres. Era uma área geralmente silenciosa, mas, naquela noite, soava o gemido dos milhares de feridos, como um barco em meio a uma tempestade.

— Agora — Gaunt instruiu.

Ellwood atirou as bombas contra o arame farpado. No mesmo instante, os alemães começaram a disparar contra eles. Cooper foi morto nos primeiros segundos, alvejado no olho. Gaunt não esperou que os destroços se dissipassem, e rolou em meio ao arame que ainda queimava. Conseguia ouvir Ellwood, Kane e Allen seguindo-o, bem como um oficial alemão gritando ordens para seus homens em um sotaque dolorosamente familiar. Ele saltou para dentro da trincheira e agarrou o alemão mais próximo pela cintura, atirando-o para cima, para Ellwood. Uma dúzia de homens o encarava com rostos surpresos, incluindo...

— *Ernst? Sind Sie das?*

Algo se partiu em seu peito. Gaunt olhou para baixo e, com uma curiosidade estranha e serena, viu que sangue brotava de seu torso.

— Henry! — Ellwood gritou.

Pobre Elly, ele pensou enquanto caía. É muito mais difícil ser deixado para trás.

II

TREZE

— Ele está morto, senhor — Kane falou, a voz urgente.

Não parecia a Ellwood que estivesse falando em inglês. Uma bala passou voando ao lado dele, e o mundo voltou a entrar em foco. O garoto alemão tentava desesperadamente escapar — o alemão que tinham conseguido em troca da vida de Gaunt. Ellwood agarrou as pernas dele com tanta força que o garoto gritou de dor. Allen e Kane passavam em disparada pelo arame farpado, e Ellwood os seguiu. As armas rugiam. Kane foi destroçado por uma granada. Ellwood nem sequer hesitou ante a visão, embora tivesse brincado com Kane no dia anterior, dado um peteleco em sua testa e o chamado de desgraçado miserável.

Allen foi atingido enquanto corria. Ele caiu na cratera de um projétil; Ellwood e seu prisioneiro vieram logo em seguida. O garoto berrou em alemão e Ellwood lhe deu um soco, fazendo-o parar.

Allen fora atingido apenas no braço e pressionava o ferimento com a mão, tentando estancar o sangue.

— E agora, senhor? — perguntou.

— Deus do céu — Ellwood disse, com a intenção de esbravejar, mas, de alguma forma, o que saiu foi uma oração; angustiada, suplicante. — Ouça — ele começou, brandindo seu fuzil diante do alemão. — *Sprichst du Englisch?*

— U... um pouco! Muito ruim!

— Bom, eu não quero morrer, você quer?

O garoto o encarou de olhos arregalados. Ellwood revirou violentamente as próprias memórias, tentando se lembrar das frases que havia usado naquele verão em Munique, mas era insuportável demais, porque Gaunt estava em cada lembrança reluzente...

— *Ich möchte leben* — ele continuou, combinando palavras às pressas. — Eu quero viver.

— *Ich auch* — o garoto respondeu, fervoroso. *Eu também*.

— *Ja* — Ellwood falou. — Então cale a boca, está bem? — Ele levou um dedo aos lábios. — Tome, Allen, segure o fuzil apontado para ele enquanto o amarro.

Foi uma tarefa rápida. O garoto alemão se tornara extraordinariamente cooperativo agora que haviam estabelecido um desejo mútuo de sobreviver. O som das armas abrandava. Ellwood tirou o próprio chapéu e o esticou para fora da cratera; de imediato, um tiro o arrancou de sua mão.

— Tem alguma granada sobrando, Allen?

— Duas, senhor.

— Ao meu comando, atire-as nos boches, e então correremos a todo vapor.

Allen concordou com a cabeça, os olhos redondos de medo. Ellwood ergueu o garoto e o acomodou sobre um ombro.

— *Spinnst du? Sie werden uns töten!*

— Bom, que outra escolha temos? Agora, Allen!

Allen arremessou as granadas com o braço saudável; eles escalaram a cratera aos tropeços e correram. O chão estava escorregadio sob a chuva, e Ellwood quase caiu duas vezes. As balas passavam zunindo ao redor deles mas Ellwood nem reparou. Apenas correu.

E, então, estavam na abertura de seu arame farpado. Passaram por ele e saltaram, entrando na própria trincheira.

Ellwood deixou o garoto alemão cair sobre as pranchas de madeira.

— Você está bem?

— *Ja* — o garoto respondeu, trêmulo. — Me... vai... machucar... agora?

— *Nein*. — Allen estava vomitando. Hayes atravessava a trincheira em disparada.

— Vocês conseguiram!

— Dois de nós.

Os olhos de Hayes saltaram de Ellwood para Allen. Ele cerrou os dentes.

— Como?

— Atingido no peito. — Um som parecido com uma risada lhe escapou, mas oscilava, imprevisível. — "Honrai a surtida guerreira! / Honrai a Brigada Ligeira, / Os nobres seiscentos!"

Hayes o fitou, consternado.

— É melhor você ir se deitar.

— Não. Gaunt... Gaunt disse que precisávamos levar o prisioneiro diretamente para o Quartel-General.

— Eu vou levá-lo.

— Foi o que Gaunt *disse* — Ellwood repetiu.

Hayes pareceu querer discutir, mas apenas assentiu.

•

Eram quase onze horas quando Ellwood e o garoto alemão chegaram à mansão. Ellwood caminhara em um estado de completa apatia e alheio a tudo, exceto pelas leves pontadas de dor em suas botas.

Um serviçal os conduziu até um salão elegante, onde o coronel sentava-se com meia dúzia de homens, fumando charutos e bebendo vinho do Porto. Burgoyne pousou o próprio copo quando viu Ellwood.

— Ah! Nosso prisioneiro alemão! Muito bem, Tenente — o coronel falou. — Traga-o para cá.

Ellwood empurrou o garoto adiante. O coronel conversou com ele por alguns minutos, em um alemão trôpego, e se voltou para os demais, radiante.

— Sim, bem como pensávamos, um regimento bávaro. Certo, é bom que tenhamos uma confirmação. Obrigado, Burgoyne, por sua sugestão. Você tem um ótimo senso de estratégia. — Ele deixou os olhos recaírem em Ellwood. — Desconsiderarei seu desalinho desta vez, Tenente, mas não serei tão indulgente se o vir outra vez com os botões não polidos. Está dispensado.

— Peço desculpas pelos botões, senhor — Ellwood disse, cada palavra cortante e precisa. — Veja bem, eu havia esperado que o Capitão Gaunt lhe entregasse o prisioneiro.

O coronel o fitou com frieza.

— Mas ele foi morto, imagino?

Burgoyne fez um som estranho. Ellwood o ignorou.

— Sim, senhor. Junto de outros dois homens. Mas fico feliz que tenha podido confirmar sua informação.

— Cuidado, Tenente. Está bastante próximo da insolência.

Ellwood apertou a própria boca com força e aguardou.

— Isso é tudo. Pode ir.

— Obrigado, senhor. — Ellwood se virou e saiu da sala.

Estava na metade do corredor quando ouviu Burgoyne.

— Ellwood! Espere!

Ele não parou de andar. Não conseguiria. O cansaço era tanto que achou que desmoronaria se parasse.

Burgoyne o alcançou nas escadas.

— Gaunt está mesmo morto?

— Sim.

— Você não... não está pregando uma peça?

Ellwood se apoiou pesadamente no corrimão, a desesperança deixando-o dormente.

— Uma peça, Burgoyne?

— Sim. Para me assustar.

Ellwood foi atingido por uma onda vertiginosa de saudades de Preshute. De destruir salas de estudo, jogar críquete e relaxar em árvores de faia, comendo maçãs roubadas.

— Não, não é uma peça, Burgoyne.

O garoto parecia completamente atônito.

— O que você esperava? — Ellwood perguntou, gentil, curioso. Estava exausto demais para odiar Burgoyne naquele momento. O ódio viria depois.

O ódio o tornaria forte, frio e deturpado, um soldado valente e furioso... mas ainda não o atingira.

— Achei que você levaria um susto e... e veria que não podia me tratar daquela maneira — Burgoyne respondeu.

— Um susto — Ellwood repetiu, inexpressivo.

Burgoyne assentiu. Sua aparência assumira um tom esverdeado estranho e cadavérico sob a iluminação fraca do corredor.

Ellwood desceu as escadas. Seu coração pesava com algo que ele não conseguia compreender; era algo grande demais. Sua mente rechaçava aquele pesar que lhe parecia a infinidade: impossível.

— Ellwood — Burgoyne chamou. Ellwood não parou. Não lhe interessava o que Burgoyne tinha a dizer: não importaria. Nada poderia importar. Tudo era incrivelmente irrelevante. Seus botões não estavam polidos. O regimento que massacrariam no dia seguinte vinha de Munique, onde as garotas usavam *dirndls* e comiam linguiça branca no café da manhã. — Ellwood, espere... *como*?

Ellwood desceu as escadas a passos pesados, esgotado.

— Ele foi atingido no peito — respondeu, sem olhar para trás. — Tivemos que... tivemos que o deixar para trás.

Tinha quase chegado à porta quando Burgoyne tornou a falar.

— Ellwood... eu... o que eu posso fazer?

Ellwood, então, parou e se virou para encará-lo.

— Nada.

Dessa vez, o garoto não o seguiu quando ele se afastou.

•

West estava no abrigo quando ele voltou. Suas orelhas grandes lhe conferiam uma aparência cômica e juvenil; Ellwood se esquecera do quanto elas se destacavam, e seu sobretudo estava desalinhado.

— Ellwood! — ele exclamou, alegre.

Ellwood praticamente desabou em seus braços. West o abraçou, apesar de parecer surpreso.

— Olá — Ellwood cumprimentou, enterrando o rosto no tecido do casaco de West. Sua voz parecia espessa e estranhamente infantil. Ele engoliu em seco antes de voltar a falar. – O que está fazendo aqui?

West o esmurrou no ombro algumas vezes, e Ellwood forçou-se a soltá-lo.

– Fomos enviados como reforços para amanhã – o garoto respondeu.

Ele tinha a mesma aparência de sempre. Havia algo de reconfortante no fato de ele parecer sempre tão *normal*, inalterado e feliz.

– Já viu algum combate? – Ellwood perguntou.

– Não. Estou ansioso. Mas nos deixaram oitenta quilômetros atrás da linha de frente e nos fizeram marchar até aqui em dois dias, então estamos só o pó da rabiola.

– Conheceu Hayes?

– Sim. Alguém precisa contar ao sujeito que o alfaiate dele é um lunático.

– Não se repara tanto depois de um tempo. Hayes é um bom homem. – Ellwood afundou-se em uma caixa de munição vazia. – Oitenta quilômetros em dois dias? Seus homens devem estar acabados.

– Sim, estão um pouco abatidos. – West pigarreou. – Hayes me contou de Gaunt.

Ellwood se serviu de uísque, sem responder. Não estava no controle da própria voz.

– Lamentei a notícia – West continuou. – Sempre gostei muito dele, apesar de ter quebrado minha clavícula.

– Você estava tentando roubar o colchão dele enquanto ele dormia! – Ellwood disse, a fúria arrancando-lhe as palavras.

– Não estou dizendo que não mereci!

Hayes entrou devagar no abrigo.

– Metade de seus homens é menor de idade e, contando o tempo de treinamento de todos juntos, tiveram cerca de oito semanas – ele falou a West.

– Sim, mas eles estão terrivelmente entusiasmados.

Ellwood apertou a palma das mãos contra os olhos.

— Terrivelmente entusiasmados! — ele repetiu. — Sim, não tenho dúvidas.

— Você deveria dormir um pouco — Hayes disse.

— Ninguém nunca diz a *você* para ir dormir um pouco? — Ellwood retorquiu.

— Eu tenho vinte e sete anos. Consigo me colocar na cama por conta própria.

Ele parecia muito mais velho.

Ellwood sacudiu a cabeça.

— Tenho que escrever uma carta aos pais de Gaunt.

— Eu faço isso — Hayes falou.

— Ele está morto por minha culpa, é o mínimo que posso fazer.

— Que coisa terrível a se dizer! — West interveio. — Com certeza não é verdade.

Ellwood não respondeu.

— Ellwood — West chamou, e ele ergueu os olhos. O rosto do garoto brilhava com uma preocupação sincera. — Já é ruim sem você pensar assim, sabe?

Ellwood considerou atirar-se de novo nos braços dele.

— Seus homens já sincronizaram os relógios? — perguntou, em vez disso.

— Ah... sim. É claro que checarei novamente antes que subamos — West respondeu, e continuou então a tagarelar ao fundo, como o fantasma de uma sala comunal em Preshute, enquanto Ellwood puxava uma folha de papel e começava a escrever. Foi como todas as outras cartas: patriótica e desonesta.

•

Às 5h30 da manhã, o telefone tocou. Hayes atendeu a ligação e anotou as ordens para o ataque.

— Bom, Capitão Ellwood, é melhor vir para cá e se inteirar das informações — ele disse ao desligar.

— Está brincando.

— Não estou.

— Minha nossa, Sidney, parabéns! — West exclamou. — Os garotos na escola ficarão loucos!

— Burgoyne — Ellwood falou, a compreensão surgindo. — Burgoyne tratou disso. Para se redimir. — Ele se sentia nauseado. Não havia comido nada desde o café da manhã do dia anterior.

— É mesmo? — West indagou. — Pelo quê? Muitíssimo digno da parte dele. Capitão Ellwood. Soa bonito *mesmo*!

— Sinto muito, Hayes. Deveria ter sido você.

— Não fale bobagens — Hayes respondeu, rígido. — Você é a escolha óbvia. *Minha* escola não me treinou para comandar um império.

— Acho que o que estamos fazendo agora é perder um império.

— Que disparate! — West disse. — Perder um império... Olhe só como os soldados nepaleses lutam! Amam a Inglaterra tanto quanto nós, qualquer um consegue ver.

Ellwood foi até o mapa.

— Avançaremos às nove — Hayes informou. — Daremos cobertura para as tropas à nossa direita.

•

Misericordiosamente, o gás fora dissolvido pela chuva, então não precisaram vestir máscaras. Todos os soldados de West pareciam ter cerca de quinze anos, e Ellwood flagrou um tentando enfiar o cartucho ao contrário na própria arma. Não era bem uma fonte de confiança.

Às nove, deixaram as trincheiras. A cabeça de West foi arrancada com um tiro antes de terem coberto um metro. Ellwood parou para olhar o cérebro do garoto. Pritchard sempre dissera que West não tinha cérebro, mas lá estava ele, cinzento, latejante e coalhado de sangue.

Depois de avançarem seis metros na Terra de Ninguém, deitaram-se no chão e abriram fogo. O barulho era ensurdecedor, entorpecente. Um pelotão de outro regimento passou marchando ao lado. Ellwood viu, como em um pesadelo irracional, que estavam sendo liderados por seu amigo dos Ardentes, Finch. Um momento depois, Finch foi atingido em cheio por um projétil.

— Continuem atirando — Ellwood falou a seus homens. Ele se arrastou até o ponto em que Finch caíra. O garoto abriu os olhos, fraco. Seu quadril esquerdo fora arrancado, bem como metade da caixa torácica.

— Alô, Ellwood — ele cumprimentou.

— Tudo bem, Finchy?

Com um solavanco estranho de intimidade, Ellwood se deu conta de que conseguia enxergar o pulmão exposto de Finch.

— Não chore, Sidney, meu velho amigo — Finch falou. Sua voz estava ofegante. Falar parecia lhe causar dor.

— Acha que consegue se mexer um pouco? — Ellwood perguntou. — Não é tão longe.

Finch fes esforço para conseguir se sentar, e soltou um gemido baixo de dor.

— Não, acredito que não.

— Eu posso arrastá-lo.

— Tudo bem.

Ellwood o pegou sob os braços e puxou.

— Não adianta, Sidney — Finch arfou. O sangue jorrava de seu peito, vivamente arterial contra o uniforme cáqui.

— Esse foi dos bons, com certeza. Você será mandado direto para casa. — Ellwood pegou a mão de Finch e a apertou.

Finch sorriu, mas pareceu não conseguir devolver o aperto.

— Ficarei feliz com isso.

— Preciso voltar para os meus homens — Ellwood disse, baixando a cabeça.

— Está bem, Sidney. Vejo você depois, na Caverna do Eremita.

— À meia-noite.

Finch começou a rir, mas o som se transformou em uma exclamação fraca de dor. Ellwood lhe deu um beijo na testa e tornou a arrastar-se até seus soldados, deixando que Finch morresse sozinho.

FOLHA DE PRESHUTE

VOL. L. — N.º 753 | 14 DE OUTUBRO DE 1915 | Preço: 6 centavos

QUADRO DE HONRA

MORTOS EM COMBATE

Adams, 2º Ten. H. R., Rgt. de Norfolk. Morto em combate nos arredores de Loos, em 26 de setembro, aos 21 anos.

Bates, Ten. O. H. L., Rgt. Real de Warwickshire. Morto em combate nos arredores de Loos, em 28 de setembro, aos 25 anos.

Blackett, 2º Ten. D. A., Guarda Fronteiriça de Gales do Sul. Morto em combate em Galípoli, em 13 de agosto, aos 19 anos.

Burkill, Cap. A. H., Rgt. de Cheshire. Morto em combate em Galípoli, em 10 de agosto, aos 22 anos.

Feetham, 2º Ten. B. E., Highlanders de Seaforth. Morto em combate nos arredores de Loos, em 26 de setembro, aos 22 anos.

Finch, Ten. J. P., Rgt. de Worcestershire. Morto em combate nos arredores de Loos, em 26 de setembro, aos 19 anos.

Gaunt, Cap. H. W., Batalhão Real de Fuzileiros do Kennet. Morto em combate nos arredores de Loos, em 25 de setembro, aos 18 anos.

Harbord, Cap. J. W., Black Watch (Batalhão Real de Highlanders). Morto em combate nos arredores de Loos, em 28 de setembro, aos 21 anos.

Lecke, Ten. C. B., Batalhão das Escolas Públicas. Morto em combate em Galípoli, em 5 de setembro, aos 30 anos.

Lyde, 2º Ten. G. G., Batalhão Real do Duque de Edimburgo (Rgt. de Wiltshire). Morto em combate em Galípoli, em 10 de agosto, aos 21 anos.

Nepean, Ten. C. G., Rgt. de Gloucestershire. Morto em combate em Galípoli, em 8 de agosto, aos 25 anos.

Prickett, 2º Ten. R. E., Highlanders de Seaforth. Morto em combate nos arredores de Loos, em 26 de setembro, aos 20 anos.

Rotherham, Cap. H. G., Rgt. de York e Lancaster. Morto em combate nos arredores de Loos, em 26 de setembro, aos 19 anos.

Spooner, Ten. R. P., Rgt. de Bedfordshire. Morto em combate nos arredores de Loos, em 26 de setembro, aos 24 anos.

Wells, Ten. W. W., Rgt. de Londres. Morto em combate nos arredores de Loos, em 28 de setembro, aos 22 anos.

West, 2º Ten. E. W., Rgt. Real de Warwickshire. Morto em combate nos arredores de Loos, em 26 de setembro, aos 18 anos.

Whitling, 2º Ten. C. M., Brigada de Fuzileiros. Morto em combate nos arredores de Loos, em 26 de setembro, aos 20 anos.

FERIDOS

Aldworth, Ten. E. H., Infantaria Ligeira de Yorkshire.

Aubrey, Cap. F. C., Batalhão Real de Fuzileiros.

Bird, 2º Ten. T. L., Corpo Real de Fuzileiros do Rei.

Carr, Ten. E. C., Rgt. Real Irlandês.

Cowley, Cap. A., Rgt. de Bedfordshire.

Charlton, 2º Ten. P. A., Rgt. de York e Lancaster.

De Sausmarez, Cap. J. M., Batalhão Real de Fuzileiros da Escócia.

Henderson, 2º Ten. N. C., Batalhão Real de Highlanders.

Loftus, Cap. R. P., Rgt. de Worcestershire.

Loring, Ten. A. O., Rgt. Real de West Surrey.

Mastroianni, Ten. A. M., Rgt. de Bedfordshire.

Nozieres, 2º Ten. C., Rgt. de Norfold.

Sheppard, Major C. R. B., Rgt. de Sussex.

Sorley, Ten. H. H. G., Rgt. de Suffolk.

Stansfeld, Ten. K. L., Highlanders de Seaforth.

Symonds, Ten. M. H., Rgt. de York e Lancaster.

Taylor, Ten. D. R., Rgt. de Dorsetshire.

I
Meia légua, meia légua,
Meia légua frente ao vento,
Para o vale da Morte
Cavalgaram os seiscentos.
“Avante, Brigada Ligeira!
Em direção às armas!”, ele disse.
Para o vale da Morte
Cavalgaram os seiscentos.

II
“Avante, Brigada Ligeira!”
Acaso alguém esmoreceu?
Embora o soldado soubesse
De um engano nesse momento.
Não lhes cabe responder,
Não lhes cabe questionar,
A eles cabe apenas morrer.
Para o vale da Morte
Cavalgaram os seiscentos.

III
Canhões à direita,
Canhões à esquerda,
Canhões à frente
Estrondos e lamentos;
Contra tiros e explosões,
Foram bravos campeões,
Para as garras da Morte,
Até seus terríveis portões,
Cavalgaram os seiscentos.

IV
Dos sabres a lâmina nua,

Brilhando em bravura crua,
Contra o atirador que recua,
Enfrentam uma horda
Com o mundo todo em alento.
Em meio à densa fumaça
A linha inimiga fracassa
Vacilam cossacos e russos
Ante o sabre que trespassa
Quebrados e sangrentos.
Então, retornam, mas não
Não aqueles seiscentos.

V
Canhões à direita,
Canhões à esquerda,
Canhões às costas
Estrondos e lamentos;
Contra tiros e explosões,
Abatidos sob os clarões.
Lutaram por suas paixões
Em meio às garras da Morte,
Entre seus temíveis portões,
Escapa o que agora resta,
O que resta dos seiscentos.

VI
Quando se apagará tal glória?
O ataque indômito da história!
O mundo todo em alento.
Honrai a surtida guerreira!
Honrai a Brigada Ligeira,
Os nobres seiscentos!

Terça-feira, 5 de outubro de 1915
Londres

Querido Sidney,

Obrigada pela carta. Não consigo expressar o quanto lhe agradeço a franqueza. Ouve-se falar tanto de homens morrendo de forma rápida e sem dor, mas meu trabalho no hospital não deixa dúvidas de que a maioria morre aos poucos, em agonia. Sua descrição, ainda que difícil de ler, foi... não creio poder chamá-la de reconfortante. Mas tenho uma mente ativa, e você deu a ela algo em que pudesse se agarrar. Sou grata.

Uma carta dele chegou ontem. Foi enviada com atraso, imagino. Incluía nosso código para um ataque iminente: "μᾶλλον γὰρ πεφόβημαι τὰς οἰκείας ἡμῶν ἁμαρτίας ἢ τὰς τῶν ἐναντίων διανοίας". Reconhece? É Tucídides, claro. "Tenho mais medo de nossos próprios erros do que dos planos do inimigo."

Foi estranho receber uma carta que prevê algo já concretizado. E, ainda por cima, de um fantasma.

Mamãe não parou de chorar desde que recebeu o telegrama. Papai parece fingir que nada aconteceu. Ambos querem que eu abandone meu trabalho no hospital, mas não suporto a ideia de abrir mão de minha pequena contribuição à Guerra. Agora que começou, que outra escolha temos a não ser tentar acabar com ela?

Sinto-me um tanto vazia e raivosa. Qualquer tipo de solidariedade faz com que eu queira reagir com crueldade. Acredito que você entenderia: era você quem o conhecia de verdade. Fomos conectados, nós três, desde o momento em que ele o encontrou. Ao menos, foi como sempre me senti. Não sei se Henry pensava o mesmo. Nunca soube o que Henry pensava de mim depois que foi para a escola. Ele era bom em deixar as coisas para trás.

Sinto muito. Estou com raiva, como falei. Trabalho doze horas por dia em um hospital repleto de soldados em vários estados de podridão e decadência; a Guerra não termina e, entretanto, não sei como é possível que ela continue. Tenho tanto medo de que você morra, ou que seja cegado, mutilado ou desfigurado. Meu medo por você é como um peso que devo carregar até mesmo enquanto durmo. Escreva-me, por favor.

Atenciosamente,
Maud

Quinta-feira, 14 de outubro de 1915
Casa do Cemitério
Colégio Preshute

Caro Sidney,

Acabo de ver a lista de baixas na *Folha de Preshute*. Sinto muitíssimo por Gaunt. (E Finch, e West, e todos os outros pobres coitados que conhecíamos de nome e rosto e que, agora, jamais voltaremos a ver.) Como tem lidado?

A escola fica muito estranha depois que a *Folha de Preshute* sai. Ninguém sabe quanto tempo esperar antes de voltar a agir como se nada aconteceu. Para os garotos mais novos, o período de silêncio decoroso parece ficar cada vez mais curto. Para os dos últimos anos, ele se alonga a cada edição. Conhecemos mais dos mortos, imagino, e olhamos ao nosso redor, uns para os outros, nos perguntando quem se juntará às fileiras no ano seguinte.

Eu gostava de Gaunt. Sei que não é a primeira palavra que a maioria das pessoas associaria a ele, mas era gentil. Soturno, forçudo demais para o próprio bem, incompreensivelmente interessado em Tucídides, mas gentil. Parece estranho que alguém tão forte tenha morrido por conta de um pedacinho de chumbo, não é? Lembro-me de pensar o mesmo de meu irmão, Clarence.

Espero que você esteja conseguindo lidar com tudo isso.

Seu amigo,
Cyril Roseveare

Sexta-feira, 22 de outubro de 1915
Algum lugar na Bélgica

Caro Cyril,

Agradeço muito por escrever.

Lutamos em Loos por seis dias, até o regimento estar tão exaurido que foram obrigados a fazer-nos recuar. Não posso dar números, é claro. Agora estamos de volta em Flandres, o que parece relaxante em comparação. Só de ouvir o chiado me tornei especialista em detectar onde os projéteis vão cair. Os soldados me apelidaram de "Sid da Sorte". Acho que, há um ano, eu teria considerado uma impertinência, mas, agora, até que gosto da ideia.

Evito pensar em Gaunt. Estou tentando fingir que ele nunca existiu. Ele dificulta muito a questão, no entanto. Aparece o tempo todo, nos lugares mais inesperados. Sempre que saio em patrulhas, há algum cadáver que se transforma nele e se vira para mim de olhos abertos. Perturbador. Então, ele entra no abrigo e fica parado ao lado das escadas, me observando. Gostaria de saber o que ele quer.

Bom, eu sei o que ele quer, na verdade. O mesmo que todos nós. Passeios de bote, assistir a aulas e beber no pub. Para sempre 1912.

Espero que os Ardentes sigam intensos. Ouviu falar que Aldworth está bem? Foi só um ferimento superficial. Claro, o ideal seria um belo braço quebrado. Isso, sim, são férias de verdade. De toda forma, há sempre a próxima vez. Estão dizendo que haverá outra Grande Ofensiva no verão.

Vivo em estado constante de ansiedade por Pritchard. Ele me escreve cartas muito animadas, mas o regimento dele está em uma situação complicada. Cada carta que recebo prova apenas que ele estava vivo uma semana antes, e enlouqueço imaginando o que pode ter acontecido nesse ínterim. A mãe dele prometeu enviar um telegrama se ele for morto ou ferido. Mal consigo expressar o quanto sou grato por você estar na Inglaterra.

Seu amigo,
Sidney Ellwood

Terça-feira, 16 de novembro de 1915
Dardanelos

Caro Sidney,

Acabei de saber do pobre Gaunt. Você deve estar arrasado. Sei que estou, por causa de West. Obrigado por contar como aconteceu, fico feliz por ter sido rápido. Estou absolutamente determinado a não sentir pena de mim mesmo. É uma sorte estarmos tão ocupados por aqui. As batalhas estão intensas, então é sempre uma correria. Sempre que vejo algo medonho, penso: Olhe só! Estou virando homem! Exatamente como Kipling prometeu que aconteceria, em *O livro da selva*, se eu fosse valente. Ficou sabendo que o filho dele foi morto em Loos? A coisa parece ter sido feia.

Fico o tempo todo escrevendo cartas para West mentalmente. Mas o pobre coitado era quase analfabeto, não? Provavelmente já não lia minhas cartas desde o começo. Eu não devia ter jogado tantas coisas na cabeça dele. Ah, não gosto mais de pensar na cabeça dele.

Sou maçante, não sou? Você é maçante também, em relação a Gaunt? Aposto que sim.

Os selvagens dos franco-atiradores turcos não param de disparar contra nós. As armas vibram feito um gato ronronando. Muito reconfortante! Digo-lhe uma coisa: a guerra não é tão animada quanto nas ilustrações d'*A história de nossa ilha*. Onde estão os estandartes? Que droga, eu quero ESTANDARTES!

Os pobres ratos adoecem por comer os mortos. Os corpos apodrecem mais rápido por aqui, sabe? Eu ficaria triste pelos malandrinhos orelhudos se eles parassem de petiscar meus suprimentos, depois de terem petiscado meus amigos.

Talvez não voltemos a nos ver; as coisas do lado de cá estão um tanto quanto sangrentas. Marquemos um encontro ao lado dos portões celestiais, o que acha? Será que estou são? West me impedia de perder a cabeça. Deus do céu, os tiros não param. Os turcos são incansáveis, resta-me admirá-los.

Sei que você está se cuidando, seu sortudo maldito. Ânimo! A única coisa a se fazer em momentos como esses é ser homem!

Atenciosamente e com amor,
Bertie Pritchard

Quarta-feira, 29 de dezembro de 1915
Hampshire

Caro Ellwood,

Por favor, não rasgue esta carta quando vir o remetente. Você tem todo o direito, mas não faça isso, por favor.

Voltei a alistar-me como soldado e estou em treinamento no momento em que escrevo. Irei à frente de batalha daqui a alguns meses. Sei que nada que eu diga ou faça pode compensar o que aconteceu, mas estou tentando.

Não consigo parar de pensar na expressão em seu rosto quando falou que não havia nada que eu pudesse fazer, na noite em que Gaunt foi morto. Acho que nunca me esquecerei, até o fim de minha vida. O fato é que eu gostava de Gaunt. Ao menos, sempre senti que ele tinha mais solidariedade por mim do que os outros garotos, mesmo tendo quebrado meu nariz no Centos. Ele nem sequer queria lutar na Guerra, para começo de conversa. Sempre lamentarei a morte dele, e como colaborei para ela.

Não espero, nem sequer peço, que me perdoe. Mas imaginei que poderia lhe trazer alguma satisfação saber que suas palavras provocaram uma mudança em mim.

Humildemente,
George Burgoyne

CATORZE

Ellwood e Hayes logo chegaram ao entendimento implícito e silencioso de que sua divisão estava amaldiçoada. Oficial após oficial chegava para substituir Gaunt e Huxton. Nenhum durava mais do que um mês.

Keary foi atingido na traqueia durante a patrulha. Fanshawe foi destroçado por um morteiro; sua cabeça voltou rolando, e os homens, em silêncio, a assistiram oscilar sobre as pranchas de madeira, apavorados. Wilding foi capturado durante uma invasão. Langhorne e D'Olier foram mortos ao mesmo tempo, quando estavam ambos de sentinela na banqueta de tiro e D'Olier acendeu um cigarro. As últimas palavras de Langhorne foram "Apague esse maldito cigarr...".

Yatman foi o que teve mais sorte. Perdeu apenas um braço.

— Você me deve um xelim — Hayes disse, enquanto os maqueiros o levavam embora.

— Não conta se o sujeito sobreviver — Ellwood respondeu.

O oficial que representava os piores medos de Ellwood foi um jovem de nome Crawley. Era um garoto delicado de dezenove anos, muito bonito, e havia lido o poema antiguerra mais recente de Ellwood, que fora publicado na *New Statesman*.

— Você é muito bom — Crawley comentou. — Eu também escrevo um pouco.

Ele mostrou a Ellwood. Eram poemas bonitinhos:

Verdejante a luz do dia que cruza o vento primaveril,
Um sonho em que ganha asas o meu coração bravio!

Era sua primeira vez nas trincheiras. Em três semanas, seus olhos estavam opacos e ele não falava mais da Inglaterra. Ellwood voltou ao abrigo certa manhã e descobriu que Crawley levara uma espingarda à boca. Registrou-se que ele fora abatido durante uma patrulha, e Ellwood escreveu uma carta à mãe do garoto ressaltando a nobreza da morte de seu filho.

Crawley foi substituído por Lansing, um dos raros homens na frente de batalha que amava matar. Ele carregava granadas o tempo todo nos bolsos, mesmo durante os períodos de acantonamento, e dava gritos de alegria quando as bombas caíam na linha alemã.

— Deus do céu! Vocês não pagariam para ouvi-los guinchar? *Kamerad! Kamerad!*

Hayes e Ellwood se entreolhavam com repulsa. Nenhum dos dois respondia. Essa reação de forma alguma desencorajava Lansing. Ele parecia, na verdade, interpretar os silêncios frequentes e prolongados como admiração. Entrava e saía do abrigo pavoneando-se, como um franguinho de peito estufado, sempre cutucando Ellwood, caçoando dele.

— Precisa de uma ajuda para carregar o fuzil, Capitão? Você tem tanto jeito com armas quanto com mulheres — ele disse, certa tarde. Ellwood, que estivera esfregando o metal de seu fuzil com um pano velho, ergueu o cano sutilmente, apontando-o para o peito de Lansing.

— Sua mãe nunca reclamou — respondeu. Lansing gargalhou.

•

— Ele não te atormenta — Ellwood comentou, mais tarde, depois de terem enviado Lansing em uma missão de exploração especialmente imprudente.

Hayes fez um som de deboche.

— Ele não acha que eu valha a pena. Não se atormenta a plebe.

— Tenho certeza de que não é esse o motivo — Ellwood replicou. Hayes torceu a boca e não respondeu. Ellwood teve a sensação incômoda de que havia se expressado mal, como todas as vezes no Grão, quando os garotos o chamavam de mão de vaca e

Gaunt falava que não diziam aquilo por ele ser judeu. Ocorria-lhe agora que Gaunt tivera a intenção de reconfortá-lo. O resultado, na verdade, fora fazer Ellwood sentir-se sozinho.

Na primeira noite no acantonamento, Lansing ficou bêbado e começou a se gabar. Debruçou-se sobre a pequena bancada, dirigindo a palavra a Ellwood. Nunca falava com Hayes se conseguia evitar.

— Você já matou um alemão? — ele indagou, o hálito denso de uísque.

— Imagino que sim — Ellwood disse.

— A sangue frio. Com a baioneta.

— Não — Ellwood respondeu. Lansing suspirou, acorcundando-se na cadeira.

— Não há nada que se compare. Nada. Você já caçou?

— Sim — Ellwood falou. Os olhos de Hayes brilharam perigosamente, observando, aguardando que Ellwood se alinhasse mais com Lansing. Ellwood se questionava, vez por outra, como Gaunt e Maitland haviam conseguido transpor a divisão de classes e conquistado a confiança de Hayes, ao passo que o homem parecia enxergar *Ellwood* em si como a personificação da opressão. Perguntava-se se era o sangue de sua mãe que o tornava tão indigno de crédito. Era o que sempre pensava quando alguém não gostava dele.

— O banho de sangue quente na pele — Lansing continuou, fitando algum ponto além da orelha esquerda de Ellwood. — Carregar a vida de alguém em suas mãos...!

— Qual batalha? — Hayes perguntou, perfurando bruscamente o devaneio de Lansing.

— Não foi em uma batalha — Lansing respondeu, sem olhar para Hayes. — Foram prisioneiros.

— Você matou *prisioneiros*? — Hayes indagou.

— Três boches a menos. — Lansing deu de ombros.

— Prossiga — Ellwood disse, tornando a voz aveludada e convidativa. — Conte-nos. Eles eram graúdos?

Hayes encrespou os lábios. Ellwood o ignorou.

— Um deles era — Lansing falou. — Tem um cigarro? Obrigado.

— Um deles era graúdo, você dizia. — Ellwood abriu e fechou seu porta-cigarros com uma sacudida. As sombras se alongavam pelo chão. À distância, ele ouvia os soldados cantando. — Deve ter sido difícil de matar.

— Não para mim. — Lansing sorriu. — E guinchou feito uma menininha quando cortei a garganta dele.

— Com a baioneta? — Ellwood perguntou.

— Não, com a faca de trincheira do próprio sujeito. — Lansing puxou uma faca de sua mochila. Tinha quinze centímetros de comprimento e brilhava fracamente sob a luz bruxuleante.

— Santo Deus — Ellwood comentou. — Uma ironia e tanto. Você deve ter ficado muito satisfeito. Sentiu pena dele?

— Pena? Ele era um *alemão* — Lansing retorquiu.

Ellwood assentiu.

— Não, é claro. Realmente, sua valentia é louvável.

Lansing até que enfim pareceu escutar a frieza na voz de Ellwood.

— Tem algo a dizer? — ele falou, a voz ficando mais baixa.

Ellwood puxou um cigarro e o acendeu morosamente na vela.

— Não — respondeu, tendo soltado uma espiral de fumaça. — De maneira alguma. Estou impressionado com o seu talento para o assassinato. Fico imaginando, será que você sabe lutar?

Lansing avançou contra ele por cima da mesa, ainda brandindo a faca. Ellwood não se moveu.

— Agora vai agredir um oficial superior, é? — ele perguntou, tragando o cigarro mais uma vez. Lansing congelou e, então, voltou a se afundar na cadeira.

— Você sabe muito bem que eu sei lutar.

— Bom. Veremos — Ellwood falou.

•

Não foi uma luta que matou Lansing, no fim das contas. Ele estava tateando dentro do próprio bolso, à procura de uma caixa de fósforos, e seus dedos se enroscaram no pino de segurança de uma granada, explodindo-o junto de dois outros homens.

Seu substituto, Carrington, chegou à divisão já a meio caminho da loucura. Ele fora parte dos titulares de Wellington no críquete; Ellwood havia disputado contra ele. Carrington tinha dezoito anos quando a Guerra irrompeu, e se alistara no mesmo dia. Agora, o batedor sorridente de dois anos atrás parecia outra pessoa. Seu cabelo havia recuado até a metade do escalpo e, a cada trinta e cinco segundos, ele sofria espasmos violentos. Também tinha o hábito perturbador de fitar o rosto de Ellwood e soltar um berro apavorado.

— Pode parar com isso?! — Ellwood gritou, na terceira vez que aconteceu, impaciente. — Você é um oficial do Exército Britânico!

Carrington fechou a boca abruptamente e levou a mão ao peito.

— Sinto muito — ele sussurrou. — Achei que era outra pessoa.

Quando fez o mesmo com Hayes, este berrou de volta. A princípio, Ellwood achou que ele estava tentando provocar Carrington, mas logo se deu conta de que o oficial tinha tanto medo de Carrington quanto Carrington tinha das próprias lembranças, quaisquer que fossem estas, que transformavam o rosto deles sob a luz das velas.

— Hayes! Controle-se!

— Ah, Deus do céu — Hayes falou, pálido e brilhando de suor. — Ele está louco. Está completamente louco.

— Eu sinto muitíssimo — Carrington disse. — Achei... achei que fosse outra pessoa.

— Os homens vão achar que nosso abrigo é assombrado se vocês continuarem assim — Ellwood disse. Não mencionou que o abrigo, *de fato*, era assombrado. Quando tentava dormir, Gaunt se sentava ao lado de sua cama, observando-o. Vez e outra, estava usando o uniforme do exército, seu peito esmagado e craquelado com sangue seco. Na maioria das ocasiões, contudo, vestia seu fraque de Preshute, o semblante inexprimivelmente melancólico.

•

— Carrington só está tentando fazer que o mandem para casa — Ellwood falou enquanto Carrington estava fora, patrulhando.

Hayes acendeu um cigarro com as mãos trêmulas.

— É isso que aguarda a nós todos, se sobrevivermos — ele disse. — A loucura.

Hayes se recusava a ficar a sós com Carrington. Andava de um lado para outro nas trincheiras enquanto Ellwood estava em serviço, e só dormia quando Carrington não estava no abrigo.

— Bobagem.

— Você está deixando seu auge para trás, Ellwood. Depois de seis meses, os nervos começam a ceder. Você vai ver.

Ellwood tamborilou os dedos na mesa.

— É esse o seu maior medo? A neurose?

Era uma conversa comum. Em 1913, talvez fosse comum perguntar a um conhecido onde ele havia estudado, ou o que fazia da vida. Em 1916, era isto: qual parte de si você mais teme perder?

Hayes ergueu os ombros num gesto contido.

— Se perder as pernas em uma explosão, vai continuar sendo *você*.

Ellwood correu uma das mãos pela testa. O rosto destroçado de Crawley aparecia com frequência em seus sonhos; os fragmentos macabros de ossos, os olhos gelatinosos, o encerramento absoluto de tudo o que Crawley fora.

— E quanto a você? — Hayes indagou. — O que tira o seu sono?

Ellwood se forçou a sorrir.

— A comida de Ramsay. Ora, Hayes, por que está fumando esses cigarros nojentos do exército? — As garotas belgas do vilarejo vendiam Woodbines. Os cigarros do exército tinham gosto de alcatrão.

— Subiram os preços no vilarejo — Hayes respondeu.

Ellwood desviou os olhos. Não gostava de discutir os preços das coisas.

— Apenas uns poucos francos — ele falou.

Hayes lhe lançou um olhar feio.

— Céus, eu lhe dou o dinheiro, se precisar, Hayes. Deus sabe que fumo bastante dos seus.

— Não preciso que você compre cigarros para mim — Hayes retrucou, com uma guinada raivosa da cabeça.

— Não seja bobo, Hayes — Ellwood continuou. — Compro coisas para meus amigos o tempo todo. Seja como for, é deprimente ver um oficial fumando essa porcaria. Imaginei que seu pagamento desse para alguns míseros maços de cigarro.

— Eu mando meu pagamento para a família da minha esposa — Hayes disse, amargo.

— Você é casado?

— Eu *fui* casado.

— Ah.

Hayes bateu o cigarro na velha latinha de carne que usavam como cinzeiro.

— Pneumonia.

— Sinto muito.

Hayes não respondeu.

— Eu... — Ellwood começou, incerto. — Eu não entendo muito de dinheiro, na verdade.

Hayes soltou uma risada cruel.

— Acho difícil de acreditar.

Ellwood se sentiu atingido. Passou a comprar maços extras de Woodbines e deixá-los na mesa, mas Hayes nunca os fumava.

•

Em abril, Ellwood pôde tirar uma licença. Foi tomar chá com Maud em Londres, sem nenhuma supervisão.

— Tem certeza de que não há problema? — ele falou, diversas vezes. Sentia-se um canalha, colocando em risco a reputação dela.

— As coisas estão diferentes de como eram — Maud falou. Ela estava, ao mesmo tempo, menos e mais bonita do que antes: apesar de abatida e cansada, Ellwood conseguia distinguir Gaunt na curva de suas sobrancelhas.

— Estou vendo — Ellwood disse. — Consegue imaginar o que sua mãe teria dito se saíssemos sozinhos em 1913?

— Eu teria sido banida para a Austrália, como as mulheres desonradas de Dickens. — Maud sorriu.

A xícara de porcelana que Ellwood segurava era muito delicada. Sentia-se forte e desajeitado demais para beber dela, como se fosse uma besta selvagem sendo treinada para o circo.

Conversar com Maud era mais fácil do que havia imaginado, devido ao trabalho que ela desempenhava no hospital. Maud não tinha ideais a respeito da Guerra, e não fez comentários sobre seu mau humor soturno quando os bolinhos foram servidos e não havia nata coalhada, apenas uma lasca anêmica de manteiga. A escassez de comida não era tão notável na linha de frente. O melhor ficava reservado aos soldados.

— Você não responde às minhas cartas — Maud comentou, quando haviam terminado de comer. Ellwood teve a impressão de que ela estivera a tarde toda pensando em como mencionar aquilo, não conseguindo elaborar nenhuma maneira mais cortês do que a verdade simples e pungente.

— Ando bastante ocupado — ele respondeu, tentando disfarçar um pouco da ferocidade que sentia.

— Henry escrevia todos os dias.

Ellwood ergueu os olhos, surpreso. Não sabia daquilo. Era assombroso saber coisas novas sobre Gaunt, como descobrir um poema de Shakespeare havia há muito perdido. Maud, no entanto, não estava olhando para ele. Seu olhar permanecia fixo nas próprias mãos, apertando a xícara de chá com força.

— Ele nem escrevia para *mim* tanto assim — Ellwood falou.

— Você é muito mais ocupado do que ele era?

— Não há nada sobre o que escrever, de qualquer forma.

— Eu penso em coisas que quero contar a você — Maud disse. — Ou será que minhas cartas o entediam?

— Não — Ellwood respondeu. — Mal noto a existência delas.

A xícara de Maud retiniu no pires quando ela apertou as mãos.

— Maud...

Ela o encarou, com o semblante tão intenso que seus traços pareciam expandir. Era como enxergar Gaunt através de um nevoeiro. Ellwood se encolheu na cadeira.

— Me perdoe, por favor — ele pediu. — Fui indesculpavelmente grosseiro. Só o que quis dizer é que é difícil lembrar que a Inglaterra existe, quando estou...

Sua voz sumiu.

— Sinto muito — Maud falou. Seus olhos se encheram de lágrimas. Ela tentou limpá-las sem que Ellwood notasse. — Eu sei. Sei o quanto as coisas estão medonhas lá. Não tenho o direito de pedir-lhe coisa alguma. De um jeito ou de outro, a culpa de Henry ter se alistado é minha.

Ellwood estendeu o braço por cima da mesa e afastou a mão de Maud do próprio rosto.

— Ele teria se alistado de qualquer jeito — assegurou. — Ele teria se alistado no mesmo instante que eu.

Maud ergueu os olhos para o teto.

— Ele sempre teve tanto ciúme de sua companhia — ela disse. — Eu costumava me perguntar se ele me odiava.

Gaunt teria odiado a ideia de Maud e Ellwood tomando chá juntos. Ellwood sentiu, de repente, ser o pior tipo de traidor do mundo, sentado junto da bela irmã de Gaunt, comendo bolinhos e divertindo-se, como se seu coração não estivesse enterrado junto do de Gaunt no solo abarrotado da França. Ele chamou a atenção da garçonete e fez um gesto, pedindo a conta.

— É claro que não — ele falou, a voz leve. — Não seja boba.

Maud franziu a testa.

— Já está indo?

— O quê? Ah, sim. Preciso comprar uma bússola no empório militar.

— Vou junto — Maud disse. — Me organizei para ter a tarde livre.

A garçonete trouxe a conta. Ellwood pagou sem olhar para Maud.

— Será entediante — comentou, depois de a garçonete se retirar.

— Sidney.

Ellwood se pôs em pé.

— Ah, pode vir comigo, se quiser.

Maud continuou sentada.

— Você não é o único que sofreu — ela disse.

— Eu sei — Ellwood concordou. — Você tem razão. Sinto muito. A verdade é que... — Ele inspirou profundamente. — A verdade é que Henry *tinha* ciúme. Ele nunca gostou da ideia de sermos amigos.

— Por que não? — Maud indagou, desesperada. — Certamente é possível entender o quanto a nossa amizade é diferente da sua com ele, não é?

— É claro — Ellwood respondeu. Não sabia como explicar. — É claro que sim. Não dê ouvidos a mim, Maud, eu...

Maud pousou a mão no braço dele, fazendo-o se calar.

— Sidney — ela disse, a voz suave.

— Não passo de um egoísta...

— Está tudo bem.

Ele piscou e piscou, até que as lágrimas cessassem. Todos na casa de chá o encaravam.

— ... fazendo um papel ridículo... — ele murmurou.

Maud o guiou gentilmente para fora do estabelecimento. Ela falou sobre o hospital enquanto caminhavam até o empório militar. Reclamou das regulações vitorianas impostas aos voluntários, destinadas a preservar sua pureza moral. Ellwood deixou que a voz sensata dela o inundasse. De vez em quando, lançava-lhe um olhar furtivo. O nariz longo e reto; os cabelos densos e claros. Seu maxilar era um tanto masculino.

— ... e enfermeiras são obrigadas a pedir demissão caso se casem — ela dizia.

— Você quer se casar? — ele perguntou.

Maud ergueu as sobrancelhas.

— Está me pedindo em casamento?

Ellwood foi pego de surpresa.

— Você quer que eu peça?

Ela manteve a cabeça reta conforme serpenteavam pela rua lotada.

— A diretora fez um discurso em minha escola antes de eu sair. Ela disse: "Apenas uma entre dez de vocês pode ter esperanças de se casar. Isso não é um palpite de minha parte. É um fato estatístico". — Maud olhou de relance para ele. — Uma entre *dez*.

Ellwood não queria se casar, mas não havia nada que quisesse, de fato; então, de que importava?

— Bom, você tem a mim — ele disse.

Maud fez uma careta.

— Não brinque. De todo jeito, você talvez não vá... — Ela se interrompeu. A palavra "sobreviver" pairou severamente entre os dois.

— Não — Ellwood disse, desolado. — Talvez eu não vá.

Houve uma pausa enquanto atravessavam a rua.

— Não tive a intenção de dizer aquilo...

— Podemos nos casar agora, se quiser — Ellwood falou, impulsivo e infeliz. — Podemos ir para Gretna Green.

Maud parecia tão desolada quanto ele.

— É mesmo? — ela perguntou. — Já que é tamanha a nossa paixão?

— Nós nos damos bem. Muitas pessoas casadas não são apaixonadas — Ellwood disse, incerto do motivo da insistência. Havia decidido aos quinze anos casar-se com Maud porque ela era inteligente, uma boa garota, e significaria que Gaunt estaria lá em todos os Natais. Só lhe ocorria agora o quanto fora um plano ridículo.

— Eu quero trabalhar na política — Maud afirmou. — Você não vai querer uma política como esposa.

Ellwood riu.

— Você nem mesmo pode votar.

Maud não respondeu. Eles chegaram ao empório militar. Ellwood comprou a bússola, e os dois se despediram como se não tivessem falado nada de mais.

Será que ela teria mudado? Será que a Guerra a teria distorcido também? Se sim, não fora apenas Maud. Enquanto andava até a estação de trem, as mulheres por quem passava eram estranhas e irreconhecíveis. As pobres estavam mais bem-vestidas e as ricas caminhavam sozinhas pelas ruas, até mesmo garotinhas. Londres parecia pertencer a elas. Todas usavam preto: Maud havia mencionado isso, que o preto se tornara sofisticado. Era tacanho comprar roupas coloridas quando os lutos surgiam com tanta rapidez.

Uma dessas mulheres confiantes o abordou quando Ellwood tomava o trem de volta para East Sussex. Ele vestia um terno leve de lã, já que sua governanta dissera que o uniforme militar precisaria ser lavado minuciosamente para remover a penca de piolhos.

— Para o General Poltrão — a mulher disse, estendendo uma pluma branca. — Que foge de trincheiras com tanta bravura!

Ellwood rosnou para a mulher, como um cachorro. Ela se afastou, assustada, deixando a pluma cair. Ele passou o resto da viagem de trem encarando furiosamente os outros passageiros. Sabia que poderia ter explicado que estava de licença, mas não sentia que devesse ser necessário. Parecia-lhe que era óbvio em seu rosto onde ele estivera.

No entanto, havia aprendido a lição. Daquele ponto em diante, só sairia de casa vestindo uniforme. As garotas sorriam. Ele não conseguia retribuir. Perguntava-se o que aconteceria com um país repleto de solteironas. Era inimaginável.

Foi a Preshute visitar Roseveare. Os garotos se aglomeraram ao seu redor.

— *Capitão* Ellwood! — eles disseram. O sr. Hammick insistiu em fazer um discurso durante o jantar, ressaltando o quanto Ellwood era motivo de orgulho para a Casa do Cemitério.

Roseveare, no entanto, não fez comentários sobre o uniforme elegante de Ellwood. Ele parecia mais magro do que antes; a gravata adornada de Monitor-chefe pendia pesada de seu pescoço.

Os dois escaparam dos garotos da Casa e adentraram nas profundezas do cemitério. Era dilacerante estar ali sem Gaunt. Ellwood sabia que Roseveare também estava arrasado pelo luto, apesar de não tocarem no assunto. Mas Roseveare usava agora três anéis de sinete: o próprio e os de seus dois irmãos. Estavam amontoados em um dedo mindinho, como se ele os estivesse guardando para quando Martin e Clarence voltassem.

— Soube de Burgoyne? — Roseveare perguntou.

— Que ele se alistou como soldado?

— Que ele foi morto.

— Ah — Ellwood disse.

Roseveare pareceu pensativo.

— Toda essa situação me ensinou os limites de meu ódio — ele falou. — Sempre pensei detestar Burgoyne, mas aparentemente não a ponto de ficar feliz por ele ter morrido.

— Como ele morreu?

— Ah, abatido sem dor em nobre combate, segundo o "Em memória". Mas Grimsey estava lá. Ao que parece, ele caiu na cratera inundada de uma granada e se afogou.

Ellwood ficou surpreso ao descobrir que também não estava feliz, apesar do ódio crescente. No entanto, era incapaz de odiar soldados. Ansiava por destruir, machucar, matar, mas não tinha certeza de quem. Possivelmente, os civis no trem, os que haviam ficado tão chocados quando ele rosnou.

— Quando você faz dezoito anos? — perguntou a Roseveare.

— No mês que vem.

A idade mínima para o alistamento fora diminuída para dezoito, e o recrutamento obrigatório tivera início em março. Ellwood tocou o topo coberto de musgo de uma lápide.

— Acha que vai morrer? — ele perguntou.

O rosto de Roseveare se entristeceu.

— Eu não sei por que falei isso — Ellwood disse. — Eu...

Roseveare balançou a cabeça.

— É melhor não pensar nessas coisas.

— Eu sinto que não consigo raciocinar direito.

Roseveare não olhou para ele por vários segundos, e Ellwood se lembrou daquela noite embrigada, não tanto tempo atrás, quando o amigo havia contado sobre seu sonho recorrente.

"É apenas um telegrama", ele dissera. "Apenas minha mãe abrindo um telegrama, e dois outros estão na mesa. O desespero é tanto que chego a acordar. Apenas um telegrama."

— Você não era próximo de Finch como eu — Roseveare falou.

A culpa se retorceu no peito de Ellwood. Quase se esquecera de Finch. Era estranho pensar que, em certo momento, teria se importado profundamente com a morte do garoto. Nem lhe ocorrera que este era mais um pesar que Roseveare carregava, junto da perda dos dois irmãos. Ellwood sempre fora egoísta. Tinha certeza de que Gaunt teria se lembrado.

— Sinto muito.

— Não sinta — Roseveare falou. — Quis dizer apenas que... não penso se vou morrer. Penso se *você* vai morrer. E Grimsey, e Aldworth.

— Há que se criar toda uma lista de nomes.

Roseveare soltou uma risada baixa.

— Sim. E minha lista está bem exaurida. Sidney, você tem o dever de ficar vivo!

Ellwood arrancou um pouco de musgo do túmulo. Não conseguia olhar para Roseveare. Já era ruim ter a certeza de que morreria, ele não precisava encarar a tristeza que causaria a seus amigos.

— Vai ficar tudo bem — ele disse. — Sou abençoado, lembra?

Roseveare não respondeu.

— Farei dezenove anos em julho — Ellwood continuou, depois de um momento. — Mais velho do que Gaunt chegou a ser. Toda a minha vida, fui mais novo do que ele. Não é engraçado?

Secretamente, ele não acreditava que chegaria a seu décimo nono aniversário. Todos sabiam que a ofensiva de verão começaria em algum ponto de junho.

— Você ainda vê o fantasma dele? — Roseveare perguntou.

Ellwood se sentou atrás da lápide e correu os dedos pelas folhas de grama. Não enxergava as cores como antes. Sabia que a grama devia ser de um verde vibrante e doloroso, mas não lhe parecia assim. Mais vívidas eram suas lembranças das mãos de Gaunt, estranhamente femininas, que Ellwood sempre pensou serem mais adequadas para tocar piano do que lutar boxe. Era como se ele estivesse pairando em algum lugar irreal, onde os vivos sumiam e os mortos ganhavam forma, e o mundo todo era vago.

— Eu não devia ter te contado isso — ele disse. — Parece que estou enlouquecendo.

— Não acho que esteja — Roseveare respondeu.

— Queria ter podido enterrá-lo, só isso. Aqui. Ele teria ficado feliz.

Os pássaros cantarolavam alegres nas folhas marrons e molhadas. Dentes-de-leão tomavam sol em meio às lápides. Como parecia vivo, tudo aquilo, e como era nobre, morrer em uma era na qual a morte trazia consigo um breve momento no centro de alguma coisa. Ser importante, em vez de ser apenas um entre milhares.

•

— Você mal me contou como são as coisas — a mãe de Ellwood disse, naquela noite. Estava esparramada em uma espreguiçadeira modelo Napoleão III, cerzindo uma meia destinada à linha de frente. Havia se juntado aos esforços de guerra com mais entusiasmo do que eficácia: estava tão orgulhosa da echarpe de lã irregular que tinha tricotado, por exemplo, que Ellwood não lhe dissera que a tinha feito ampla demais. As normas determinavam que os homens não podiam cobrir as orelhas, não importava o quanto o frio fosse de rachar.

— O que gostaria de ouvir? — ele indagou, encarando sem de fato ler seu livro de poemas de Thomas Hardy.

A mãe endireitou as costas sutilmente.

— Não sei, querido. Você sabe que pode sempre falar comigo. Somos amigos, não somos?

— Sim — Ellwood respondeu, porque era mais simples do que explicar a ela que não existia brilho em uma amizade que não era ameaçada pela violência.

— É... — Ela mordiscou o lábio inferior. Não era boa com palavras. Ellwood sempre achara aquilo encantador, mas agora o deixava furioso. — É... *muito* assustador na França?

— Eu fiquei na Bélgica, em grande parte.

Ela se corou de escarlate.

— Sim, é claro... eu sei disso — ela disse, atrapalhando-se com as palavras, o rosto ruborizado e desolado. Não sabia o que dizer, como olhar para ele, e a raiva tornava Ellwood entorpecido demais para se importar. Um estranho impulso de machucá-la invadiu seu corpo. Ele pousou o livro.

— Não, não é muito aprazível ver seus amigos morrerem — falou.

Os olhos de sua mãe se encheram de lágrimas; a raiva desapareceu. Só queria ficar sozinho.

— Mas é divertido, na maior parte do tempo — ele acrescentou. — Igual à escola. Não chore.

— Eu gostaria... Talvez você pudesse encontrar um jeito de... Seu tio poderia providenciar que... você fosse mandado a algum lugar mais seguro — ela falou. — Você não consideraria...?

Ellwood pensou, estranhamente, em Hayes. A ideia de usar de sua influência para escapar da linha de frente tornou-se repulsiva de maneira nova e inesperada.

— Eu estou bem seguro — ele disse, sabendo que seria impossível explicar. — Não é como se fizesse parte da força aérea. Fico principalmente na linha de reserva.

Sua mãe soltou um suspiro curto, como se tivesse esperado tal resposta.

— A linha de reserva — ela repetiu. — Que bom. Você sabe que... fiquei muito triste ao saber de Henry. Eu gostava muito dele.

— Ah — Ellwood disse. — Sim. Foi uma pena. Não havia o que ser feito. O que teremos para o jantar?

O rosto dela se iluminou.

— Convidei alguns amigos ótimos; com certeza o animarão. Lembra-se de Lady Emma?

Ellwood assentiu, voltando a erguer seu Thomas Hardy.

— Ah! — sua mãe exclamou. Estendeu a mão para ele. Havia furado o dedo indicador, e uma gota de sangue, grande e globular, estava na ponta. — Estou certa de que a última criada roubou meu dedal, e cá está o resultado. — Ela riu.

Ellwood sentiu um solavanco no estômago. As extremidades de sua visão escureceram e, de repente, ele estava fraco e sem fôlego.

— Sidney? Você está bem? — sua mãe perguntou.

— Eu… — Ellwood começou a falar e, então, desmoronou na cadeira, aturdido e com a escuridão tomando conta de seus olhos.

•

— É muito inusitado que ele seja tão melindroso — a mãe de Ellwood explicou aos amigos, durante o jantar.

— Deve ter sido uma picada e tanto, para intimidar um soldado. — Lady Emma riu.

Ellwood não disse nada. Não conseguia entender por que aquela gota de sangue no dedo da mãe o havia chocado tanto, ao passo que vira o cérebro de West pulsar com as últimas batidas do coração e não sentira nada além de uma curiosidade serena.

•

Em poucos dias, ansiava pelo retorno à linha de frente. Exceto por Roseveare, ninguém parecia saber o que dizer a ele. Sua mãe o observava demais, como se estivesse tentando fixá-lo na memória. Os amigos dela o fitavam com expectativa por cima dos pratos de queijo, como se pensassem que a qualquer momento ele irromperia com um relato emocionante de heroísmo e bravura.

— Meu Peter foi morto em Loos — o fazendeiro disse ao trazer o leite. — Você esteve em Loos?

Ellwood foi forçado a admitir que sim.

— Como foi?

Ele não sabia como responder. *Foi o Inferno que você temia na infância, vindo para devorar as crianças. Foi pisotear os cadáveres de seus amigos para também terminar morto. Foi a perversidade coagulada durante um século inteiro.*

Então, simplesmente encarou o fazendeiro, emudecido, até que a mãe tomou seu braço e o afastou, como se fosse um velho demente bêbado.

— Ele está muito cansado — ela se desculpara com o fazendeiro. Sim. Estava muito cansado.

QUINZE

Levou um longo tempo para dar-se conta de que estava sonhando. Estava lutando boxe, ou tentando lutar, mas seu fôlego era tão raso que cada movimento lhe parecia um soco no peito. Seu oponente — Sandys? — era rápido, implacável. Acertava golpe após golpe, cada um deles furioso e incisivo, perfurando os pulmões de Gaunt como uma broca incandescente. A dor era tão aguda que Gaunt mal respirava: arfava, tentando puxar oxigênio, mas nunca era o bastante.

— Pare — ele tentou dizer a Sandys, porém nenhum som saiu; foi quando entendeu ser um sonho. A dor continuou. Tinha ciência de uma umidade terrível no peito.

— Respire — um homem falou, e Gaunt tentou, mas não conseguia, estava sufocando.

Então, mãos fortes estavam empurrando seu corpo, apoiando-o de lado, e ele aspirou uma golfada apavorada de ar.

— Não tenha medo. — A voz do homem era calma.

Gaunt abriu os olhos. Mais uma respiração, mais uma. Seu pavor se tornou menos animal.

— Eles vão movê-lo — o homem disse, e Gaunt percebeu que ele falava em alemão.

Espere, Gaunt tentou dizer. *Espere, não estou entendendo*. Mas, quando abriu a boca, a dor o retorceu em palpitações novas e abrasadoras, e o som que lhe escapou foi um que ele reconheceu. Havia passado ao lado de homens fazendo sons como aquele, e os ignorara.

— Não tenha medo — o homem voltou a falar. — Você vai sobreviver.

DEZESSEIS

Ellwood voltou à linha de frente transbordando com uma espécie de alegria dura e vil. A Inglaterra era imunda de ignorância, e as trincheiras eram limpas em comparação.

Gosset estava em seu abrigo.

— Alô, Ellwood! Ah, devo chamá-lo de Capitão agora?

Hayes fitou Ellwood com nojo nos olhos.

— O que você está fazendo aqui? — Ellwood indagou. — Como foi que alguém acreditou que você tem dezoito anos?

Gosset abriu um enorme sorriso.

— Bom, estou quase com quinze, sabe? E o funcionário do Gabinete de Recrutamento ficou exausto de me rejeitar e minha Mãezinha, de correr atrás de mim, até que, por fim, meu tio escreveu atestando que eu *realmente* tinha 18 anos. Ele foi em pessoa ao Gabinete de Recrutamento! Muito solícito, não acha?

Às costas de Gosset, Hayes ergueu um dedo. *Uma semana.* Ellwood sacudiu a cabeça discretamente. Hayes deu de ombros.

— Ora, isso é uísque? Posso tomar um pouco? É bastante úmido aqui dentro, não? Já conheci o outro sujeito, Carrington. Ele não bate muito bem, não é?

— Berrou até não poder mais quando Gosset apareceu — Hayes informou.

— Ele é assim mesmo — Ellwood falou. — Onde ele está agora, Hayes?

— Patrulhando. Odeio mandá-lo fazer isso, o filho da puta é um risco para todos nós.

Gosset deu uma risadinha quando Hayes xingou. Ellwood o ignorou.

— Você o mandou com Lonsdale?

— Sim. A questão é que irrita os soldados, ter que bancar a babá de garotos de escola pública na Terra de Ninguém quando ganham apenas uma fração do pagamento deles.

— Bom, *eu* não sei o que fazer — Ellwood disse.

— É tudo muitíssimo interessante — Gosset falou, aparentemente imperturbado pela insanidade de Carrington. — Hayes já me explicou tudo, Ellwood, sobre as inspeções dos fuzis, o ódio matinal, os reforços na cerca de arame. Ele ficou incrédulo quando eu disse que sou um duque!

— Eu lhe falei na escola, Gosset. Não se deve sair por aí contando isso para Deus e o mundo. Aborrece as pessoas.

Gosset se acomodou em sua cadeira, alegre.

— Ah, bom, você deve ter razão. Só que eu *sou* mesmo um duque, entende?

— Posso dar uma palavrinha? — Hayes pediu.

— Gosset, vá para fora.

— Opa! Estava ansioso para dar uma explorada!

— Não toque em nada! — Ellwood gritou às costas dele.

— Bom, o que vamos fazer? — Hayes perguntou, depois que o garoto se foi.

— Se o guardião dele autorizou, não acho que *possamos* fazer alguma coisa.

— Ele é uma *criança*.

— Sim, estou vendo, Hayes.

Hayes apoiou os cotovelos na mesa.

— Ele me seguiu até as latrinas, acredita?

— Ele vai sossegar. Precisamos apenas mantê-lo vivo por... por alguns anos...

A desesperança da tarefa alastrou-se entre os dois.

— Talvez um de nós devesse atirar no braço dele — Hayes sugeriu.

— Não vou ser levado à corte marcial por causa de Gosset.

— Ele estará morto em uma semana — Hayes disse, carrancudo.

— Não. Ouça. Ele me acompanhará na patrulha hoje à noite...

— Com você? Vai tentar fazê-lo morrer de uma vez?

Ellwood estacou.

— O que está dizendo?

Hayes endireitou as costas.

— Você quer morrer.

— Não é verdade — Ellwood falou.

— Não? Então por que insiste em arremessar granadas nos Fritz sempre que vai patrulhar, mesmo que esteja apenas consertando a cerca?

— Porque quero matar... — Ele parou.

Era apenas isso. Não havia nenhuma vítima intencionada, apenas um ato.

— Seis meses, Ellwood. É quando os nervos começam a se esfiapar.

— Seus nervos parecem estar em bom estado — Ellwood retorquiu, irritado.

Hayes riu.

— É mesmo?!

— Bom, então leve Gosset com você.

Hayes suspirou.

— O garoto não vai gostar. Ele o idolatra. Não consigo imaginar por quê.

— Você certamente esclarecerá as coisas para ele nesse sentido.

Hayes bateu as cinzas do cigarro em Ellwood ao subir para buscar Gosset.

•

No último dia da divisão na linha de frente, Carrington voltou de sua patrulha parecendo mais pálido do que o normal.

— Minhas pernas estão estranhas — ele disse e, em seguida, desmoronou.

Quando Ellwood o examinou, à procura de ferimentos (Hayes se recusava a tocá-lo), pareceu-lhe completamente incólume.

— O que aconteceu com ele, Ellwood? — Gosset perguntou, ávido.

— Vá conferir as sacas de areia em Regent Street — Ellwood ordenou.

Ele e Hayes estavam constantemente tocando Gosset do abrigo. Colocavam o garoto em risco agindo assim, mas não suportavam olhar para ele.

Ellwood questionou Lonsdale sobre a patrulha. (Tinha a noção desconfortável de que gostava demais de Lonsdale. Era difícil atingir o equilíbrio correto com os soldados: se não os conhecesse e se importasse com eles, era impossível liderá-los, mas, se os amava, suas mortes constantes eram devastadoras.)

— Foi bastante corriqueira, senhor — Lonsdale respondeu. — Consertamos a cerca e voltamos logo a seguir.

— Tenente Carrington diz que não consegue mover as pernas.

— Não consegue? — Lonsdale pareceu perplexo. — Não aconteceu nada com as pernas dele.

— Algum outro acontecimento estranho?

— Bom... Um rato enorme estava remexendo nos corpos e, em dado momento, escorou um francês morto. Passou mesmo a impressão de que o francês estava se sentando por conta própria. Todos rimos um pouco, mas o Tenente Carrington ficou mais branco do que os penhascos de Dover.

Tentando não pensar no quanto gostaria de ver os penhascos de Dover, Ellwood voltou ao abrigo. Hayes estava do lado de fora.

— Ele enlouqueceu — disse.

— É fingimento — Ellwood afirmou, severo. — Não há nada de errado com as pernas dele.

Mas não importou o quanto Ellwood gritasse, nem quantas vezes o chamasse de covarde desprezível e dissesse a ele que preferiria deixar que seus homens morressem em seu lugar a se levantar e andar, porque Carrington não arredou os pés da cama.

— Eu sei — ele sussurrava. — Sei que sou um covarde. Mas não consigo mexer as pernas, Ellwood, simplesmente *não consigo.*

Ellwood ameaçou atirar nele caso não se levantasse. Carrington tentou e voltou a desmoronar. Ellwood apontou a pistola para a cabeça dele.

— É o melhor a se fazer — Carrington disse. — Sou um covarde atroz. Eu sei que sou.

Hayes entrou neste momento e arrancou a pistola da mão de Ellwood.

— Ele lutou em Mons e Artois, Ellwood, passa longe de ser um fujão!

— Não há nada errado com as pernas dele, o sujeito quer ir para casa, nada mais!

— É verdade — Carrington falou, miserável. — Eu quero ir para casa. Sei que isso é vergonhoso.

— Ele está louco, essa é a verdade — Hayes disse, e insistiu, por fim, que chamassem os maqueiros.

Carrington foi levado, murmurando "sou um covarde atroz!" em meio a espasmos.

•

Hayes censurava cartas, sentado à mesa, e Ellwood seguia deitado na própria cama. Gosset estava patrulhando, sob o olhar atento de Lonsdale.

Gaunt se apoiava na viga de madeira, vestido em seu fraque de Preshute.

Ellwood fechou os olhos, a raiva inquietando-o. Depois de alguns minutos, não conseguiu mais suportar. Sentou-se e olhou furioso para Gaunt, que simplesmente continuou a observá-lo, com calma, como se esperando que ele falasse.

— Sabia que Gaunt e eu estávamos trepando? — Ellwood disse. Cada palavra parecia queimar sua boca. Gaunt lhe deu as costas e desapareceu.

Hayes olhou de relance para a escada e pousou sua caneta.

— Não fale dele dessa maneira.

— Estou arruinando suas memórias felizes dele, é? É verdade. Nós trepávamos nos alojamentos... — Ellwood continuou, nauseado com a raiva, mas Hayes o interrompeu.

— Cale a boca. Eu não quero saber.

Ellwood inclinou a cabeça para trás e olhou para o teto.

— O que você esperava, Ellwood? Queria que eu te levasse à corte marcial?

— Não — Ellwood respondeu, a voz baixa.

— O que é, então?

— Ah, esqueça o que eu falei.

Hayes ergueu as sobrancelhas.

— O que foi? — Ellwood perguntou, agressivo.

— Só foi um acesso de raiva isolado.

Ellwood se levantou e serviu um copo de uísque para si. Era inútil tentar dormir.

— Sabia que todos para quem já contei foram gentis comigo? Gaunt dizia que eu era abençoado.

— Imagino que você geralmente seja menos crasso do que como acabou de agir.

— Por que você não gosta de mim, Hayes? Todos gostam de mim.

— Vá dormir, Ellwood.

— "Ellwood." Por que nunca me chama pelo meu primeiro nome? Você chamava Gaunt e Maitland assim.

Hayes pareceu surpreso.

— Henry leu para mim aquele trecho da sua carta, em que você dizia achar *desagradável*. "Feito uma criança ou um norte-americano", acho que foi o que disse.

— Não me lembro. Provavelmente estava tentando ser engraçado.

— É mesmo? Não acho que você teria gostado que eu o chamasse de Sidney quando nos conhecemos.

— É intimista. — Ellwood esfregou o nariz. — Gaunt nunca me chamou assim. Acho que ele não se sentia muito próximo de mim. Seja como for, acho que não me importaria se você usasse esse nome.

Eles se entreolharam por um momento.

— Preciso ir inspecionar os fuzis — Hayes disse.

•

Embora Gosset fosse apenas um segundo-tenente, Hayes e Ellwood automaticamente deixaram que ele ficasse com o próprio quarto na casa de campo dos oficiais, em vez de condenarem um ao outro a dividir o espaço com ele. Ellwood foi para o andar de cima logo após o jantar. Sentou-se na cama em que Gaunt costumava dormir e tentou escrever.

Pouco depois de tentar colocar algo no papel, Hayes bateu à porta.

— Tem um minuto?

Ellwood fez que sim, balançando a cabeça, e Hayes se sentou na cama, deixando quinze centímetros cuidadosos entre os dois. Ellwood teve vontade de dizer *Eu não me deitaria com você de jeito nenhum*, embora não fosse verdade. Teria feito qualquer coisa para ofuscar os próprios pensamentos.

— Achei algo de Henry que penso que você deveria ver — Hayes falou.

A mão de Ellwood tremia levemente quando pegou o bloco de papel que Hayes lhe estendera. Ele ergueu a capa e olhou para a primeira folha de papel, reconhecendo de imediato a caligrafia elegante de Gaunt em azul:

Meu querido, adorado Sidney,

Não havia mais nada. Apenas papel branco morto, vazio e sem significado. Uma vírgula, seguida por nada. A morte sintetizada pela gramática.

— Cadê o resto? — Ellwood perguntou, sua voz se erguendo erraticamente.

— É só isso — Hayes respondeu. — Não pensei em lhe mostrar, não até você dizer que ele nunca o chamou assim.

— Mas onde está o resto da carta? — Ellwood uivou, brandindo a página vazia enquanto ia até a janela aos tropeços. — Onde está *o resto*?

— Ele não deve ter finalizado a carta, Ellwood.

Ellwood pronunciou as palavras em silêncio. "*Meu*", apenas a palavra "*meu*" teria sido o bastante para continuar vivo se Gaunt o tivesse chamado assim pessoalmente alguma vez.

— Ele nunca me chamou de Sidney. Nem uma vez, em cinco anos. — Ele ergueu os olhos para Hayes. — O que isso quer dizer?

— Eu não sei — Hayes respondeu, sentado todo tenso na cama, as costas eretas.

— Por que ele não a terminou?

— Eu não sei.

— Ele sabia que morreria.

— Ele achou que vocês dois morreriam.

— Mas ele nunca me chamou de Sidney.

Nunca o chamara de nada daquilo. *Meu, querido, adorado. Sidney.* Ellwood inclinou o corpo contra a janela, a garganta se esticando enquanto olhava para cima.

— Se Gaunt fosse uma mulher, eu teria me casado com ele num instante — disse.

O silêncio se estendeu, desconfortável e doloroso. Ele havia avaliado mal a situação, enfim havia se enganado, e Hayes agora o denunciaria. Ellwood não conseguiu se convencer a se importar.

— *Gauntina* — Hayes falou.

Ellwood foi surpreendido pela força do próprio riso. Não sabia muito bem por que era tão engraçado, mas foi uma sensação maravilhosa rir sem amargura ou pavor.

Quando abriu os olhos, Hayes o observava.

— Henry costumava ler alguns trechos de suas cartas em voz alta — disse. — Ele as achava encantadoras, mesmo quando eram insensíveis.

A risada parecia ter feito algo se desprender na cabeça de Ellwood. Sua breve alegria se transformou no horror de descobrir alguma coisa nova sobre Gaunt e saber que havia um limite para quantas descobertas ainda poderiam ser feitas. Talvez esta fosse a última.

Ellwood se virou para a janela, para que Hayes não visse seu rosto. As lágrimas caíram sem esforço. Havia tantas delas, não paravam de cair, e Ellwood não conseguia impedi-las, não importava o quanto piscasse e respirasse.

— Ellwood.

— Estou bem — Ellwood falou. Sua voz estava normal, firme. — Está tudo certo.

— Certo — Hayes disse, parecendo aliviado. Ele não sabia que aquela era a primeira coisa que garotinhos saudosos em seus dormitórios aprendiam em internatos: chorar em silêncio.

No terceiro dia na casa de campo, o substituto de Carrington chegou. Seu nome era Watts. Ele tinha vinte e três anos, era tímido e extraordinariamente *bonito*.

Ellwood se apoiou, preguiçoso, no batente do pequeno quarto que Watts dividiria com Gosset durante o acantonamento.

— De onde você é? — ele perguntou. — Quer um cigarro?

— Ah! Obrigado. — Watts aceitou um. Ele tinha cabelo loiro encaracolado. — Sou dos arredores de Buxton.

— Que lindo — Ellwood disse, fitando seus olhos azuis, suaves e lânguidos.

Watts sorriu e desviou o olhar.

— É mesmo. Digo... obrigado — ele falou. Tinha um sotaque denso de Derbyshire que Ellwood achou desesperadamente novo e diferente.

— Bom, vou deixá-lo à vontade para descansar — ele disse. — Avise-me se Gosset o estiver deixando louco; tenho certeza de que consigo persuadir Hayes a trocar de lugar com você.

— Ah, eu aguentarei — Watts respondeu. — Digo... Não que eu esteja aguentando alguma coisa! Ficarei bem em qualquer lugar, Capitão.

— Pode me chamar de Ellwood.

Watts ergueu os olhos. Seus cílios eram muito claros.

— Ellwood — ele disse.

Ellwood sustentou o olhar por alguns segundos a mais que o necessário, então deu um toque no batente.

— Nos vemos no jantar, Watts. Vai querer tomar um banho enquanto pode. Sugiro que dê um mergulho no rio.

— O rio! Sim, farei isso. Obrigado, Capitão. Digo, Ellwood. Obrigado.

•

Hayes estava deitado na grama do lado de fora. Ellwood foi se deitar ao lado dele.

— Duas semanas — Hayes disse.

— Pare com isso.

•

O coronel começou a insistir em missões de reconhecimento, provas de resistência mental peculiarmente deploráveis nas quais homens adentravam na Terra de Ninguém sozinhos, à noite, arrastando-se de bruços até alcançarem a cerca alemã. A ideia era escutar e descobrir quantos soldados havia na trincheira alemã e o tamanho de seu esforço, a fim de avaliar a probabilidade de um ataque iminente.

Era sempre devastador ir à Terra de Ninguém, mas fazê-lo sozinho era tão solitário que os batedores tendiam a desenvolver neurastenia em questão de semanas.

Watts se ofereceu como batedor. Ele se saiu bem durante um tempo, mas as missões deixaram marcas. Ele passava horas tremendo depois de cada reconhecimento, o que despedaçava o coração de Ellwood.

Após um reconhecimento particularmente tenso, Watts voltou e vomitou do lado de fora do abrigo. Ellwood o ajudou a descer as escadas e entregou a ele uma caneca de água.

— Obrigado — Watts disse.

— Amanhã vou no seu lugar na missão — Ellwood falou.

Watts pousou a caneca de alumínio na mesa com um movimento lento e cauteloso, tentando esconder o quanto sua mão tremia.

— Não, não — ele recusou. — Eu consigo, Capitão. Digo, Ellwood. Eu consigo, não estou tentando me livrar da missão, falo sério, não estou.

Ellwood tomou a mão dele e a apertou. Watts encarou o ponto em que a pele dos dois se tocava e, então, fitou Ellwood.

— Eu sei que não — Ellwood falou.

Watts correu a língua pelos lábios.

— Watts. — A voz dura de Hayes veio da entrada do abrigo. — As munições acabaram de ser entregues; pode verificar se enviaram granadas de fuzil o bastante?

— Ele esteve a noite toda patrulhando — Ellwood disse.

Watts afastou a própria mão e se levantou.

— Está tudo bem, eu consigo — ele falou.

Hayes o observou se retirar com uma expressão pouco amigável. Quando Watts estava fora do alcance, ele se virou para Ellwood.

— Nem *pense* nisso.

Ellwood tirou seus papéis e a caneta-tinteiro da mochila.

— Pensar em *quê*, Hayes?

— Você sabe perfeitamente bem em quê. Não toque naquele garoto.

— Ele é mais velho do que eu — Ellwood falou.

Hayes colocou as duas mãos sobre a mesa instável e se inclinou para frente.

— *Ellwood.* Eu sei que você tem dificuldade para pensar em qualquer pessoa além de si mesmo, mas, por favor, tente lembrar que, diferente de você, Watts não estudou em Eton.

— Preshute. E não vejo de que isso importa.

— Pois é, você não veria mesmo, não é? — Hayes disse.

Ellwood apoiou os cotovelos na mesa.

— Vá em frente, Hayes. Vamos ouvir o que você pensa de mim, está bem? O que é que o incomoda, exatamente? Tenho um ou dois palpites, mas *detestaria* presumir que estou certo.

Os olhos de Hayes brilharam, mas ele continuou como se Ellwood não tivesse dito nada.

— Sabe o que aconteceria se alguém flagrasse vocês dois? Diriam que ele te abusou. Que a culpa foi toda dele. A velocidade com que seria levado à corte marcial e fuzilado por ousar macular o precioso capitão da escola pública...

Ellwood fitou Hayes. Nada daquilo lhe ocorrera.

— Eu não deixaria que pensassem isso — ele falou.

Hayes riu.

— É mesmo, Ellwood? Podendo escolher entre o trabalho braçal e uma carreira brilhante? Você o defenderia? Cresça.

Ellwood tentou sustentar o olhar, mas não conseguiu.

Hayes era mordaz demais, estava correto demais. Encarou sua folha de papel.

— O destacamento de faxina chegará aqui a qualquer momento — ele disse em voz baixa. — Gostaria que preparasse um chá quente antes que eles cheguem. Resolva isso, por favor. — Ele não ergueu os olhos.

Hayes deu uma risada desgradável.

— Às suas ordens, senhor — ele falou, antes de se retirar.

•

Ellwood mal voltou a olhar para Watts depois daquilo. Watts estava claramente confuso com a ausência súbita de atenção, mas não falou nada a respeito. Na verdade, passou a falar pouco, como um todo. Desenvolveu uma gagueira e fedia a uísque. Foi uma bênção quando pegou uma doença venérea de uma prostituta francesa e foi mandado para um hospital em Amiens.

— Graças a Deus — Hayes falou. — Ele me deixava nervoso.

— Digo o mesmo — Ellwood respondeu, sombrio, e Hayes, para sua grande surpresa, riu.

— Sim, dava para notar.

•

Naquela noite, Ellwood se ofereceu para sair em reconhecimento. Não se incomodava tanto quanto os outros. Adentrar na Terra de Ninguém lhe dava uma sensação curiosa de euforia.

Ele alcançou as trincheiras alemãs sem incidentes e ficou deitado na lama por meia hora, ouvindo-os tossir, bater os pés e murmurar. Quando sentiu que tinha informações que satisfariam seus superiores, começou a fazer o caminho de volta, engatinhando.

Foi então que se deu conta de que sua bússola estava quebrada, a bússola nova que havia comprado com Maud. Sempre que conseguia enxergá-la, sob a luz dos projéteis luminosos que cruzavam o céu, o ponteiro girava loucamente.

O pavor se espalhou por seu corpo em ondas trepidantes. Era o pesadelo mais aterrorizante de todo batedor: estava perdido. Se tentasse voltar às linhas britânicas, havia toda chance de que se arrastaria diretamente até a cerca alemã por acidente. Não conseguia enxergar nenhum dos pontos de referência que usava para se localizar em patrulhas: o jovem soldado alemão com o maxilar baleado que estivera decompondo-se lentamente próximo da linha deles; os três cavalos putrefatos; a velha parede de tijolos que outrora poderia ter sido o galpão do jardim de alguém. Ellwood não ousava erguer a cabeça enquanto os projéteis luminosos clareavam o céu, mas era impossível enxergar no escuro.

Seu pânico cresceu conforme a noite passou. Se não retornasse antes do amanhecer, ficaria preso ali até que voltasse a anoitecer, pois mover um músculo na Terra de Ninguém sob a luz do dia significava a morte. Cada inspiração trazia o cheiro adocicado e doentio de cadáveres. Seu maxilar começava a doer. Apertava os dentes com tanta força para impedi-los de trepidar que temeu quebrá-los. Arrastou-se pouco mais de trinta metros na direção em que esperava estar a cerca de arame inglesa, e encontrou apenas mais crateras, mais mortos. Aparentemente, conseguira traçar uma linha paralela ao longo das duas trincheiras.

•

Um nascer do sol manchado se infiltrou pelo céu. Ellwood estava completamente exposto e ainda não fazia ideia de para que direção sua trincheira estava. Ergueu a cabeça e, no mesmo instante, balas choveram sobre ele, respingando água lamacenta em seus olhos. Levantou-se de um salto e correu cerca de três passos antes de uma delas o atingir; ele então se atirou de cabeça atrás de uma pequena pilha de canadenses mortos. As balas atingiram os cadáveres com o som duro de uma mão estapeando uma tábua molhada.

Teriam sido balas britânicas? Ou alemãs? Ellwood não sabia. Não podia correr o risco de se mover para analisar o ferimento. Doía demais para ser algo sério, ele esperava. Sua língua estava espessa e seca dentro da boca.

Quando o ódio matinal começou e ambas as trincheiras passaram a atirar entre si com fuzis, Ellwood aproximou-se mais dos cadáveres. Devia haver ali uma dúzia deles. Imaginou se teriam sido amigos.

O dia passou em agonia. Sempre que se movia um centímetro, começavam os disparos, embora felizmente parecesse que os franco-atiradores não conseguiam vê-lo com clareza atrás dos cadáveres. O sol queimou suas têmporas, fazendo brotar uma dor de cabeça. Ellwood adormeceu uma ou duas vezes, apenas para acordar com um solavanco e, um segundo depois, fogo de metralhadoras.

Os canadenses fediam no calor. Ele observou seus uniformes, pensou no quanto estavam longe de casa. Seu quadril já não doía no ponto em que a bala o tinha rasgado. Ellwood não sabia o que isso significava. A dor era um indicativo imprevisível de dano.

Se não conseguisse encontrar o caminho de volta às trincheiras naquela noite, o que seria dele? Hayes sairia para procurá-lo? Era um risco inútil, considerando como era improvável que alguém confinado na Terra de Ninguém por vinte e quatro horas ainda estivesse vivo quando fosse encontrado.

O céu ficou mais frio. Mais adiante na linha, vinha o som distante de granadas. Mas, onde Ellwood se deitava, havia apenas o silêncio.

DEZESSETE

Ellwood esperou uma hora se passar após o cair da noite para se mover. Bebeu de sua garrafa d'água, o que só fez aumentar a fome. Examinou, então, a lesão no quadril. Para seu alívio vertiginoso, era apenas um ferimento de raspão, nada que uma injeção de tétano e um pouco de gaze limpa não resolvessem.

Ele inspirou bem fundo e se pôs de pé. Quando o projétil luminoso seguinte foi lançado, não se atirou no chão: virou a cabeça e examinou metodicamente o cenário ao redor.

Foi então que a viu. A velha parede de tijolos. Estava exatamente na direção oposta da que pensara que estaria.

Atirou-se na lama bem a tempo. Fuzis dispararam nele das duas direções. Ellwood se arrastou adiante, fraco de fome, desesperado de medo e determinação. Levou uma hora para avançar seis metros. Sentia-se um animal, uma presa.

Finalmente, finalmente, alcançou a parede de tijolos. Estava, na verdade, em perigo maior do que antes: os britânicos com certeza atirariam nele quando se aproximasse da cerca de arame.

Ellwood olhou para seu relógio. Os grupos responsáveis pelo arame sairiam em quinze minutos. Ele aguardou.

Lonsdale chefiava o primeiro grupo. Ellwood reconheceu sua voz e rastejou lentamente até os três cavalos mortos.

— Lonsdale — ele sibilou.

O grupo parou de se mover, cada homem imobilizando-se ante o pavor de um som desconhecido na Terra de Ninguém.

— Lonsdale — Ellwood repetiu.

— Quem está aí? — Lonsdale sussurrou.

— Capitão Ellwood. Venha me buscar, não posso me aproximar sozinho, ou as sentinelas atirarão.

— Capitão...! — Lonsdale falou. Ele foi de bruços até Ellwood. — Achamos que tinha batido as botas, senhor!

— Eu também — Ellwood disse, e o seguiu de volta até a cerca. Os homens sorriram para ele, alguns tocando seus braços para demonstrar o próprio alívio. — Sigam em frente — ele instruiu, deslizando então através da abertura no arame, de volta à segurança de sua trincheira.

Hayes estava com as sentinelas.

— Ellwood?

Ellwood se colocou de pé, oscilante.

— Alô, Hayes. Perdi muita coisa?

Hayes avançou um passo, encarando Ellwood como se ele fosse um fantasma.

— Você está vivo — ele disse.

— Parece que estou.

Hayes apenas continuou a fitá-lo.

— É melhor eu ir ao posto de primeiros socorros — Ellwood falou. — Estou sentindo o tétano esquentar direitinho no meu quadril.

— Está ferido?

— Nada de mais. — Ellwood mostrou a ele o arranhão.

— Não é tão ruim — Hayes disse.

— Eu sei — Ellwood falou. — Sem chances de impressionar as garotas com isso.

Hayes riu, intenso e repentino. Ele avançou mais um passo determinado e deu um tapa nas costas de Ellwood.

— Fico feliz por ter se safado.

•

Gosset não parava de abraçá-lo.

— Ah, *como* estou feliz — ele disse. — Foi muito emocionante? Você matou alguém? Fico imaginando se ganhará uma medalha. Não seria excelente?

— Não concedem medalhas por se perder na Terra de Ninguém, Gosset — Ellwood explicou, desvencilhando-se do abraço.

Hayes riu baixinho, de sua cama.

— Eu poderia falar a seu respeito para o amigo do meu tio. Ele é general. General Haig, já ouviu falar?

Hayes riu ainda mais alto.

— Sim, ouvi, na verdade — Ellwood respondeu. — *Não* fale de mim para ele, por favor. Deus do céu.

— Ah, está bem. Ele é muito importante, sabe? Sabia que Hayes foi capitão temporário enquanto você estava morto? Se saiu tremendamente bem.

— Cale a boca, Gosset — Hayes disse, não achando mais graça.

— Capitão *temporário*? — Ellwood perguntou.

— Iam mandar outra pessoa para assumir na semana que vem — Hayes respondeu.

— Isso... — Ellwood olhou de soslaio para Gosset. — Gosset. Conferiu as sacas de areia recentemente?

— Nesta tarde.

— Vá conferir de novo.

Gosset suspirou.

— Devemos ter a trincheira mais organizada da Bélgica — ele disse, mas fez conforme as ordens.

Ellwood se virou para Hayes.

— Capitão *temporário*? Mas que disparate!

Hayes se endireitou na cama.

— Eu mandei homens irem atrás de você.

Ellwood o encarou, surpreso.

— Mandou? Uma decisão bastante irresponsável.

— Bom, eu estava morto de medo com a perspectiva de ter apenas Gosset como companhia.

Ellwood riu e deu mais uma mordida na costeleta.

— É verdade que ele durou mais do que o esperado.

— Ele vai ficar bem — Hayes disse. — O tio dele é amigo do General Haig, não sabia?

•

O substituto de Watts se chamava Thorburn, e nem sequer piscava quando projéteis explodiam perto dele.

— Esse vai durar — Hayes comentou. — Nervos de aço.

Talvez tenha sido o contraste com Thorburn o que fez Ellwood notar a péssima situação dos nervos de Hayes. Ellwood derrubou uma caneca da mesa, que caiu no chão de terra batida com um baque surdo. Hayes se atirou ao chão e cobriu o pescoço com as mãos.

— Foi só uma caneca, Hayes — Ellwood disse, encarando-o.

Hayes se sentou devagar. Todo o entorno de suas íris estava branco.

— Desculpe — ele falou, rouco.

— Está se sentindo bem?

— Sim — Hayes respondeu. — Que horas são? É melhor eu ir. Veja se Ramsay pode me trazer um pouco de chá, está bem?

— Hayes. Sente-se. Ainda faltam dez minutos para você entrar em serviço.

Thorburn entrou no abrigo.

— Os boches malditos prenderem uma corda com um sino no nosso arame e não param de tocá-lo — ele informou. — Está fazendo as sentinelas perderem a cabeça.

— Birutas! — Hayes exclamou.

— Está quase escuro — Ellwood disse. — Sairei em meia hora para cortar a corda.

— Creio que atirarão em você — Thorburn respondeu, parecendo desinteressado.

Ellwood suspirou e foi inspecionar o sino, deixando Hayes pálido e com o semblante nauseado no abrigo.

No acantonamento, Hayes e Ellwood continuavam a dividir um quarto. Hayes dormia no chão. A cama o fazia sonhar que estava se afogando na lama.

Ellwood acordou certa noite com o som de Hayes chamando seu nome sem parar, tão baixo que jamais teria escutado antes da Guerra: costumava ter o sono pesado. Ele abriu os olhos, confuso, e encontrou Hayes ajoelhado ao lado de sua cama, a cabeça nas mãos.

— Ellwood... Ellwood... Ellwood...

— Hayes? O que está acontecendo?

Hayes ergueu o rosto para ele, os olhos desenfreados.

— Estou enlouquecendo.

Ellwood se sentou e jogou as pernas para fora da cama. Estava muito cansado. O acantonamento era o único lugar em que podia contar com mais de duas horas de sono por vez.

— Do que você está falando? — ele perguntou. — Que horas são?

Hayes afundou o rosto no colchão de Ellwood.

— Hayes — ele chamou. Hayes murmurou algo, mas Ellwood não entendeu. — O que disse?

Hayes voltou a se endireitar e olhou para Ellwood, embora, sinistramente, não parecesse capaz de *vê-lo*.

— Fico feliz por Henry ter morrido — ele disse. — Prefiro que tenha morrido do que perdido a cabeça.

Ellwood estava estupefato. Ainda não tinha acordado por completo; não conseguia pensar em nada para dizer.

Hayes avançou de repente e agarrou os joelhos de Ellwood.

— Você vai me matar se eu enlouquecer — ele falou. — Eu vi. Com Carrington. Você vai atirar em mim.

— Não seja idiota.

— Estou perdendo a cabeça — Hayes continuou, erguendo os olhos suplicantes para ele. — Vou me acovardar, eu sei que vou. Vou levar os soldados a algum lugar, perder a coragem e fazer com que todos acabem mortos. Não posso me dar ao luxo de enlouquecer, Ellwood, tem pessoas que dependem de mim, eu não posso...

Ellwood ficou em pé e se distanciou.

— Controle-se.

— Você não sabe como foi, com John e Henry. Eles chegaram fortes, jovens e otimistas...

— Gaunt nunca foi otimista — Ellwood disse, contra a própria vontade.

— Desmoronando... ver a sanidade de alguém escapando pelos dedos...

Ellwood havia admirado Gaunt por sua impenetrabilidade, mas também se perguntara de que ela *servia*. Qual era a utilidade de resguardar-se a ponto de ninguém conseguir entrar e nada conseguir sair? Observando Hayes convulsionar contra a cama, ele compreendeu, como nunca antes, por que poderia ser necessário para um homem manter-se inteiro à força.

— Sabemos quanto tempo demora para se recuperar de um braço quebrado — Hayes dizia. — Sabemos quanto tempo se leva para morrer com um ferimento no estômago. Mas quanto tempo Carrington vai... quanto tempo eu vou...?

— Você está bem, Hayes. David. Você está bem.

— Não estou, não estou, não estou.

Ellwood caiu de joelhos ao lado dele e, hesitante, colocou a mão nas costas do homem. Hayes apoiou a cabeça na cama e ofegou.

— David.

Hayes ergueu os olhos.

— Você não está louco — Ellwood afirmou. — Não acha que eu lhe diria, se estivesse?

Hayes fechou os olhos, inspirando profundamente.

— Você não acreditou que Carrington tinha enlouquecido — disse. — Achou que ele fosse covarde.

— Bom, com certeza, não é o seu caso.

— Cada barulho que escuto faz minha espinha se arrepiar.

— Acho que você tem tanto medo de perder o juízo que está se enlouquecendo por conta própria — Ellwood falou.

— Todos os meus sonhos são com acidentes de viação. Não sei por quê. Atropelamentos com charretes. Ou batidas de trem.

— Você não pode enlouquecer. Apostou três xelins comigo que duraria até o fim da Guerra.

Hayes riu um pouco, um som sufocado, e Ellwood afastou a mão. Havia passado tanto tempo tentando derrubar as defesas de Gaunt. Não sabia como reconstruir as paredes.

— Se eu escrever para o coronel, podemos mandá-lo para um curso de treinamento por algumas semanas. Você pode descansar um pouco.

— Os soldados não *descansam um pouco* quando enlouquecem. Nós simplesmente os deixamos na linha de frente até que sejam mortos — Hayes retorquiu.

— Bom... É diferente — Ellwood falou.

— É mesmo?!

— Eles têm menos chances de morrer do que nós, antes de mais nada.

— Deus do céu, conversar com você é um alívio e tanto.

— Me deixe escrever ao coronel — Ellwood pediu. — Você se sentirá muito melhor caso...

— *Não.*

Fez-se silêncio.

— Você queria ir à guerra, quando era criança? — Hayes perguntou.

Ellwood sorriu.

— O tempo todo. Eu roubava caçarolas das cozinhas para usar como capacete.

Hayes assentiu. Parecia mais calmo agora. Levantou-se e se sentou na cama. Ellwood se acomodou ao seu lado.

— Eu achei que seria corajoso — Hayes disse.

— Você é corajoso. Está sendo corajoso.

Eles se entreolharam. Ellwood falou devagar, deliberadamente:

— Você está bem. Está tudo bem.

Hayes fechou os olhos e soltou um suspiro trêmulo.

— Desculpe.

— Você está bem.

— Sim. Eu sei. Eu estou — Hayes concordou. Ele abriu os olhos e deu um sorriso fraco. — Obrigado.

— Não há de quê.

•

Os soldados ficaram excepcionalmente afeiçoados a Gosset. Chamavam-no de "o Pequeno Duque". Ainda que Ellwood o achasse irritante, valia a pena assistir a Hayes ferver de raiva quando Ramsay entregava ao garoto a tigela de sopa amarela com um reverente "Vossa Alteza".

Não poderia durar, é claro. Gosset foi morto por um projétil que arrasou a trincheira enquanto ele estava em serviço de sentinela.

– Algum felizardo acabou de herdar um ducado – Hayes comentou, quando foram olhar o que restara do corpo.

Em junho de 1916, receberam ordens para que deixassem Ypres. Haveria mais uma Grande Ofensiva. Eles encheram as mochilas e marcharam em direção ao Somme.

DEZOITO

SETEMBRO DE 1915, LOOS

Quando se viu lúcido, Gaunt estava em um hospital alemão improvisado em um vilarejo bombardeado, atrás das linhas inimigas. Estava deitado sobre o lado direito do corpo, com um bloco espesso de gaze amarronzada cobrindo o buraco em seu peito, e cada inspiração era igualmente excruciante e ineficaz.

— Não consigo respirar — ele disse a uma enfermeira que passava. Ela o olhou, sem compreender, e Gaunt percebeu que havia falado em inglês. — Não consigo respirar — tentou novamente, dessa vez em alemão.

Ela veio até ele em um instante, chamando o médico. Espetou-o no pulmão para permitir que mais ar entrasse, e Gaunt gritou em agonia.

— Dê morfina a ele — o médico falou.

— Estamos ficando sem...

— Ele precisa.

A enfermeira ministrou a morfina, afastando os cabelos de Gaunt de seus olhos. Ele tentou puxar oxigênio, arfando e debatendo-se ante a dor, que parecia bloquear todas as outras sensações, exceto o medo.

Então, a morfina caiu como uma cortina entre ele e seu peito.

O tempo passou. Gaunt ficou deitado em transe, deixando-se ser tomado pelas palavras em alemão. Se fosse pela vontade da mãe, ele teria crescido em Munique. Aqueles seriam seus soldados, morrendo ao seu redor. Ele teria atirado contra Ellwood — nunca teria conhecido Ellwood.

— Alô — um jovem oficial cumprimentou, vindo sentar-se ao seu lado.

Gaunt o fitou em silêncio, surpreso. Era o homem que vira na trincheira, o que lhe havia dito que não tivesse medo, mas Gaunt percebia agora que se enganara ao achar que era seu primo Ernst.

— Alô — Gaunt disse. — Você me resgatou.

— Foi mesmo — o oficial respondeu. — Quem é Ernst? Você fala alemão bem.

— Meu primo. Ernst Grisar.

O oficial abriu um grande sorriso.

— Eu conheço Otto Grisar!

— Sim, eles são irmãos.

— Sou Lukas Hohenheimer.

Eles apertaram as mãos.

— Agradeço muito por ter salvado a minha pele — Gaunt falou. — Achei que fosse o fim.

— Como eu poderia deixá-lo quando você olhou em meus olhos daquela maneira?

— A maioria não teria se dado ao trabalho.

— Também não fez mal o fato de seu sotaque ser de Munique.

Gaunt sorriu.

— Sempre soube que viria a calhar algum dia.

— Aquele homem que vocês capturaram na incursão — Hohenheimer disse. — Ele ficará bem?

Gaunt se sobressaltou. Uma punhalada de dor atravessou a morfina.

— Eles escaparam?

— Dois deles, sim — o oficial respondeu.

— Quais?

— Como vou saber?

Gaunt cobriu os olhos com um braço.

— Um amigo? — Hohenheimer perguntou.

— Sim.

— Lamento.

— Ele é abençoado — Gaunt disse, forçando as palavras a saírem. — Ele está bem, tenho certeza. E não se preocupe com o seu homem. Estará mais seguro em um de nossos centros de prisioneiros de guerra do que você na frente de batalha.

Hohenheimer veio visitá-lo todas as tardes em sua folga de quatro dias das trincheiras. Ele dava cigarros à equipe e chamava Gaunt de "Heinrich Grisar".

O resultado foi que Gaunt era tratado tão bem como qualquer alemão, e eles não o deslocaram para a barraca de prisioneiros de guerra.

Ninguém sabia o que pensar de sua presença ali. Gaunt falava alemão com sotaque bávaro e respondia a "Heinrich". Não fosse por seu uniforme cáqui, ninguém saberia que era o inimigo.

A Batalha de Loos seguia furiosa, abastecendo o hospital com um fluxo constante de homens gravemente feridos. Um dia após Hohenheimer retornar à linha de frente, a cama ao lado da de Gaunt foi preenchida por um segundo-tenente jovem chamado Alex Pfahler. A lateral de seu corpo havia sido rasgada por um morteiro, então Alex ficava virado para a esquerda, em um estupor de morfina.

Ele e Gaunt encaravam-se por horas a fio, comunicando-se por meio de piscadas. Mal trocaram palavras na primeira semana, exceto para explicar novos códigos. Era uma intimidade nascida da dor.

— Se eu fechar os olhos por cinco segundos, estou pensando em uma banheira quente — Pfahler falou.

Gaunt piscou uma vez, dizendo que sim.

— Se eu piscar com o olho direito, quer dizer que o homem que trouxeram vai morrer em menos de uma hora — Gaunt disse.

— Não me faça rir. — Pfahler fez uma careta. — Rir dói.

Sinto falta de Munique, Pfahler piscava, quinze vezes por dia.

Espero que Ellwood esteja vivo, Gaunt piscava em resposta.

— Uma amizade e tanto, a sua — Pfahler se pronunciou, depois de algumas horas de silêncio.

— Você não faz ideia.

Seis dias depois, Hohenheimer voltou para relatar que o homem que haviam matado perto da trincheira alemã não era um oficial, mas sim um soldado.

— Seu amigo deve ter escapado.

Gaunt fechou os olhos, a culpa invadindo seu alívio. Aquilo significava que Kane ou Allen estava morto, e ele gostava dos dois.

— Eu preciso voltar — ele disse.

— Nem diga coisas desse tipo. Quer que eu seja levado à corte marcial? O que acha que acontecerá comigo se você fugir daqui?

— Eu sou inglês. Não posso ficar.

— Você também é alemão. Espere o fim da Guerra em algum assentamento.

Gaunt apertou o rosto contra o travesseiro.

— Esperar o fim da Guerra ...! Talvez sejam anos!

— Não pode ser — Hohenheimer falou. — Não podemos continuar assim.

Gaunt não respondeu. Começava a pensar que a Guerra continuaria até que a Terra de Ninguém cobrisse o mundo todo e os últimos dois homens vivos atirassem um contra o outro de suas valas na lama. Teria Eduardo III sabido, quando declarou guerra à França no século XIV, que ela duraria 116 anos?

— A enfermeira diz que você anda tendo pesadelos — Hohenheimer disse, o tom de voz casual.

O coração de Gaunt se apertou de vergonha. Sabia que atrapalhava o sono de todos ali na enfermaria. À noite, ele se sentava de supetão na cama, gritando com os mortos. O movimento repentino rasgava seu ferimento no peito, de modo que, aos gritos atormentados, seguiam-se uivos de dor. Eram os únicos momentos em que os soldados na enfermaria o ouviam falar em inglês: "*Subam, seus desgraçados covardes! Vou atirar em todos vocês!*".

— Sinto muito — ele disse.

— Acredito que não haja muito que você possa fazer a respeito.

— Tento ficar acordado.

— Não é uma solução muito boa a longo prazo.

— Não. — Gaunt suspirou. — Os pesadelos não são tão ruins quando estou na linha de frente.

— Excelente. Vamos mandá-lo de volta para os inglesinhos agora mesmo, para que possa atirar contra nós em paz.

— Eu agradeceria.

A cada novo paciente, ele perguntava como ia a batalha. Inconclusiva, eles diziam, e sangrenta. Hayes e Ellwood estavam o tempo todo em sua mente. Sandys lhe dissera certa vez que oficiais britânicos duravam em média apenas três meses antes de acabarem mortos ou feridos.

Quando a Batalha de Loos terminou, no dia 8 de outubro, a Alemanha havia vencido, embora os homens na ala de Gaunt estivessem exaustos demais para se alegrarem com a vitória.

Pfahler e Gaunt tiveram as doses de morfina reduzidas conforme o hospital se enchia de pacientes. Para se distraírem da dor, conversavam.

— Como é do lado de lá? — Pfahler perguntou.

— É o inferno — Gaunt respondeu. Então, pensou um pouco. — A comida é melhor.

— É verdade que os oficiais de vocês recebem carne três vezes por dia?

Gaunt pensou nas "costeletas" que detestara nas trincheiras. Os racionamentos alimentícios alemães significavam muito pão de centeio e batatas.

— Sim — ele disse. — É verdade.

Pfahler suspirou de inveja.

— Não deixo de pensar em uma refeição que comi em 1912, em um pequeno albergue perto de Ausburgo. Era simples, mas ainda assim excelente. Sonho com ela, mas sempre acordo no momento em que pego o garfo.

— "Pois ele provou do néctar sagrado, / E saboreou o divino licor" — Gaunt citou, em inglês.

Pfahler franziu o nariz.

— É perturbador quando você faz isso.

— Faço o quê?

— Torna-se inglês de repente.

— Eu *sou* inglês.

Pfahler revirou os olhos. Era um homem profundamente patriota, e parecia pensar que a insistência de Gaunt em relação à própria nacionalidade equivalia a pouco mais do que uma fase.

— Diga-me, Kapitän Grisar-Gaunt...

— É apenas Gaunt.

— Quem *você* acha que vencerá esta grande guerra?

— Espero que nós.

— E, com "nós", você quer dizer...

— Os britânicos, é claro. Os Aliados.

— Impossível. Eles não podem vencer.

— Não vejo os hospitais de campo *britânicos* reutilizando gaze — Gaunt falou, levando a mão ao curativo marrom medonho no próprio peito.

— Ela foi desinfectada!

— Não *parece* certo.

— Mas, veja bem, é por isso que vocês perderão. Os ingleses são um povo solidário demais, relaxado demais. E a Alemanha tem o melhor exército de toda a história da humanidade.

— Isso não nego.

— Pois então?

— Creio que simplesmente não *quero* que vocês vençam.

Pfahler levou um dedo ao canto da boca sorridente, jocoso.

— Ah, mas *deveria* querer. Todos deveriam. Sob um Império Alemão, haveria séculos de prosperidade. Nós ensinaríamos ao mundo como ter êxito.

— Quanta altivez. Com certeza ficaríamos todos gratos por tal instrução.

— Sempre haverá um império, Kapitän. Por que não um império alemão? Com nossa arte, nossa medicina, nossos filósofos? Temos muito a oferecer.

— Acho que estamos todos tão ocupados *oferecendo* que nos esquecemos do quanto *tomamos*.

Pfahler tentou dar de ombros e fez uma careta de dor.

— Duvido que os bárbaros tenham se incomodado com os romanos depois que conseguiram as estradas e as termas deles.

— Pelo contrário — Gaunt retorquiu. — Acredito que eles ficaram extremamente incomodados.

— Ah, é inútil falar com quem não entende de história.

Gaunt fechou os olhos. A morfina tornava a vasta amplitude da história algo mais lógico do que o presente caótico, que ainda não havia se moldado e adquirido significado. Em sua mente, via impérios ascenderem e caírem como a ondulação das marés, perpetuamente, cada sociedade atirando às cegas as próprias tragédias e falhas em costas estrangeiras. Parecia inevitável e, ainda assim, da perspectiva de praias de areia, devastadoramente corrosivo.

Pfahler morreu uma semana mais tarde, piscando para Gaunt: *Sinto falta de Munique. Sinto falta de Munique.*

•

Hohenheimer estava fora quando o Oberst veio inspecionar o hospital. O pulmão de Gaunt havia melhorado a ponto de ele poder ficar deitado de costas, um progresso particularmente bem-vindo, dadas as escaras que agora salpicavam o lado direito de seu corpo. Estava deitado de olhos fechados, tentando atingir um equilíbrio entre o ato de pensar, que era desagradável, e o de dormir, que era horripilante.

— O que aquele inglesinho faz aqui? Por que não está com os outros prisioneiros de guerra? — veio uma voz retumbante.

— O Tenente Hohenheimer o trouxe, senhor — uma enfermeira explicou. — Ele é alemão.

— Então por que está usando cáqui? — A voz estava mais alta agora; o Oberst viera examiná-lo. — Olá, inglesinho — ele cumprimentou, em um inglês vacilante. — O que você tem?

— Levei um tiro no pulmão, senhor — Gaunt respondeu em alemão.

— Ho! O traidorzinho queria lutar pelo lado errado, é? Você é tão alemão quanto eu.

— Não, senhor — Gaunt falou, abrindo os olhos. — Sou inglês.

O Oberst era comicamente similar ao coronel do Batalhão Real de Fuzileiros do Kennet. Oficiais superiores, ao que parecia, eram personagens universais.

— Você devia estar morto. — Ele olhou para o médico. — A gente não costuma resgatar inglesinhos com ferimentos fatais nos pulmões, não é, doutor?

— A Convenção da Haia provém diretrizes claras quanto ao tratamento de prisioneiros... — o médico começou.

— Ah, a Convenção da Haia! Ninguém mais respeita isso, não é? Há um trem de saída para um *Offizierslager*. Coloque-o lá.

— Ele não está bem o bastante para viajar, senhor — o médico disse.

O rosto do Oberst ficou completamente vermelho.

— Coloque-o naquele trem. *Agora*.

E, assim, Gaunt foi parar no chão de um vagão de trem repleto de oficiais britânicos cabisbaixos, rumo a um campo de prisioneiros de guerra na Alemanha.

DEZENOVE

Os colegas de prisão de Gaunt o carregaram com cuidado até seu dormitório; colocaram-no em uma cama que lembrava tanto aquela que ocupara em Preshute que sua mente, distorcida pela morfina, o induzia o tempo todo a pensar que, de fato, estava de volta à escola.

— Elly? — ele perguntava a cada vez que alguém aparecia, antes de lembrar que Ellwood estava na frente de batalha e ele, em um campo de detenção.

— Temo que não, colega — Nicholson disse da segunda vez que aconteceu.

Ele estivera em Sherborne um ano acima de Gaunt, que o conhecia vagamente. A maioria dos duzentos oficiais britânicos na prisão havia frequentado os mesmos vinte e poucos internatos. Os outros quatrocentos prisioneiros eram franceses ou russos.

— Henry? — ele ouviu alguém chamar, depois de algumas horas. — Henry Gaunt?

Gaunt tentou se sentar, mas não conseguiu.

— Sim?

Um jovem indiano de rosto bonito se ajoelhou ao lado da cama dele.

— *Gideon?* — Gaunt perguntou.

— É *mesmo* você! Henry! — Gideon Devi debruçou-se sobre o corpo de Gaunt. — Meu Deus, como estou feliz em vê-lo!

Gaunt se encolheu de dor.

— Ah, ei, não estou te machucando, estou?

— Só estou um pouco dolorido no pulmão. Como veio parar aqui?

— Algum bárbaro ardiloso derrubou meu avião.

— Parece muitíssimo glamoroso.

— Isso aí não está com uma cara muito boa, Henry, você está bem? — Devi perguntou, puxando um pouco a camisa de Gaunt para examinar seu ferimento.

— Tudo certo.

Devi lhe lançou um olhar exasperado; Gaunt sorriu.

— Dói pra diabo — ele falou.

— Melhor. — Devi sempre havia *obrigado* Gaunt a falar, de maneira um tanto contundente, ao passo que Ellwood apenas fazia perguntas sutis e incertas, e batia em retirada assim que Gaunt o olhava torto. — Ouvi dizer que havia um gigante ferido aqui dentro, gritando todas as vezes que alguém entrava, então precisei investigar. Também fico neste dormitório.

— Será como se estivéssemos de volta à Casa em Grinstead.

Devi sorriu.

— Mais do que você imagina. É impressionante o quanto um internato inglês pode preparar alguém para a prisão. Tem um sujeito dizendo que gostaria que os pais o tivessem mandado para cá em vez de Preshute. Ele chama Preshute de "Casa da Tortura".

— Não consigo nem dizer como fico feliz em te ver — Gaunt falou. — Ando enlouquecendo dentro da minha cabeça.

Devi subiu na cama, de frente para ele.

— Como está seu amigo Ellwood?

Para a própria humilhação, Gaunt começou a chorar. Devi desviou discretamente os olhos, estendendo-lhe um lenço.

— Eu não sei — Gaunt respondeu, quando já havia recuperado o controle da voz. — Ele ainda está na linha de frente. Não recebi nenhuma carta.

— Não temos permissão para enviar nem receber correspondências — Devi disse.

— Mas a Convenção da Haia...

Devi riu.

— Sim, Henry? A Convenção da Haia? Prossiga.

— Não. Entendi a mensagem.

Um homem esguio que usava óculos irrompeu no quarto, coberto de sujeira.

— Ei, Devi, é sua vez lá embaixo. Olá, você acordou o gigante.

— Este é Henry Gaunt. Éramos amigos em Grinstead.

— Mundo pequeno. Sou Oliver MacCorkindale. É um prazer conhecê-lo, Gaunt. Está planejando ficar muito tempo aqui?

— Eu preciso voltar para a linha de frente — Gaunt respondeu. Ele olhou para Devi. — Elly fica descontrolado quando está infeliz. Vai acabar morto a troco de nada.

Devi e MacCorkindale trocaram olhares.

— Bom, ele não tem muita utilidade agora — MacCorkindale falou.

Gaunt o encarou, confuso. Estavam falando de Ellwood?

— Não, mas é forte como um touro quando está saudável. E sabe falar alemão — Devi respondeu.

— Sabe, é? Muito interessante.

— Do que vocês dois estão falando? — Gaunt indagou.

Devi pegou seu lenço da mão de Gaunt e se ergueu da cama com um pulo.

— Nada ainda, Henry. Foque em se curar. Ei, MacCorkindale, que tal fazer um pouco de companhia a ele? Vocês dois são malucos por grego, terão muito sobre o que conversar.

Ele deslizou para fora do quarto.

— Aonde ele vai? — Gaunt perguntou.

MacCorkindale ofereceu-lhe um erguer de ombros evasivo.

— Você gosta de literatura clássica, é? — perguntou, acomodando-se no chão ao lado da cama de Gaunt e tirando os óculos do rosto para limpá-los.

— Bastante.

— Não nos permitem usar papel: uma semana de confinamento na solitária se for encontrado com um pedacinho que seja. Uma coisa eu lhe digo, nunca esperei que recitar a *Ilíada* fosse me trazer tanta popularidade.

— Nada de livros?

— A Cruz Vermelha manda alguns de tempos em tempos, mas, por algum motivo, é sempre *Adam Bede*, de George Eliot. Todo sujeito aqui deve ter lido *Adam Bede* uma dúzia de vezes. Não é nada mau, mas triângulos amorosos ficam exaustivos depois de um tempo.

— O que vocês *fazem* o dia todo?

— Inventamos uma brincadeira bastante animada de saltar cadeiras, que jogamos no refeitório. E, é claro, todos tentam fugir.

— Alguém já escapou?

— Daqui? — MacCorkindale sorriu abertamente. — Ainda não.

VINTE

— *Subam, seus desgraçados covardes! Vou atirar em todos vocês!*

— Henry!

Alguém o chacoalhava.

— Elly? — Seus olhos entraram em foco.

Dos onze homens no dormitório, metade lhe lançava olhares fulminantes de suas camas.

— Não, sou eu. Gideon.

Gaunt, com muita dificuldade, conseguiu se sentar na cama.

— Eu sinto muitíssimo, acordei todo mundo?

— Isso não importa — Devi disse.

O homem na cama ao lado da de Gaunt bufou.

Gaunt levou as mãos ao coração, que batia tão rápido quanto em Ypres.

— Me ajude a chegar ao corredor, Devi. Dormirei lá.

— Não fale absurdos! Você está ferido!

Gaunt começou a se erguer.

— Calma aí! — Devi alertou.

— Continuará acontecendo. Ninguém conseguirá dormir enquanto eu estiver por perto. Não me faça implorar.

Devi fez uma expressão exasperada e, então, ajudou a carregar Gaunt para fora do dormitório. Ele arrastou seu colchão e a coberta fina até o corredor congelante.

Gaunt se deitou e encarou a parede.

— Henry.

Ele não respondeu.

— Henry, não é nada de que se envergonhar.

Em algum momento, Devi se retirou. Gaunt refletiu que Ellwood teria ficado ao seu lado a noite toda, esperando que ele falasse. Mas as partes gentis de Ellwood eram mais pacientes do que Devi, assim como as tendências brutais de Ellwood eram mais cruéis e violentas. Devi era honra e encanto até o âmago. Ellwood era feito de contradições ferozes.

•

Na manhã seguinte, Gaunt descobriu que seus pesadelos lhe haviam conquistado a inimizade de um jovem amargo de nome Windeler. Ele pisou propositalmente na barriga de Gaunt ao descer as escadas para responder à chamada. Gaunt arfou de dor.

— Desculpe, amigo — Windeler disse. — Não vá começar a gritar feito uma menininha de novo.

Gaunt não falou nada. Ellwood sempre fora rápido para pensar em réplicas sagazes, mas Gaunt encontrava refúgio no silêncio — no silêncio e nos próprios punhos. Havia anos que ninguém o insultava sem acabar esmurrado. Mas, no momento, mal era capaz de ficar de pé, que dirá desafiar Windeler para um duelo.

E havia ainda o fato de que, em segredo, concordava com o desdém de Windeler. Sua impotência diante dos pesadelos o apavorava quase tanto quanto os pesadelos em si.

Devi o ajudou a voltar para o dormitório depois da chamada matinal.

— Aquele tal de Windeler não pareceu gostar muito de mim — Gaunt comentou.

— Ah, Windeler é boa pessoa — Devi falou.

Gaunt havia esquecido a propensão do amigo a gostar de todos. Como mecanismo de defesa, era incrivelmente eficaz. Em Grinstead, Devi sorria para aqueles que o atormentavam e ria de suas piadas maldosas, até que os tiranos começavam a sentir que *ele*, na verdade, era a audiência que procuravam, e escolhiam atormentar outro alguém para diverti-lo.

Gaunt fora terrivelmente maltratado em Grinstead. Havia chegado, aos oito anos de idade, ainda agarrado a seu urso de pelúcia Steiff. Uma inspetora bem-intencionada selara seu destino ao declarar em alto e bom som que ele era idêntico ao Pequeno Lorde Fauntleroy. Não havia quase nada que garotinhos em 1904 detestassem mais do que o Pequeno Lorde Fauntleroy, aquele paradigma da masculinidade feminilizada, com seus longos cachos louros e o hábito repugnante de chamar a mãe de "Querida". Gaunt tornou-se odiado logo de cara. O precioso urso de pelúcia foi enfiado em um vaso sanitário e Gaunt, trancado em todos os tipos de armário e caixa, nos quais permanecia por horas antes de ser encontrado por Devi. Os professores, consequentemente, o puniam por faltar às aulas; afinal, era claro, ele não poderia revelar por que não estivera presente em Aritmética. Não era um *dedo-duro*.

Ainda assim, a despeito de todas as noites desoladas que passara soluçando baixo em seu travesseiro, havia amado Grinstead. Em Londres, saía para passeios calmos em torno do Hyde Park com Maud e sua babá. Em Grinstead, ele e Devi escalavam árvores até as copas, subiam em faias e carvalhos e até mesmo, em certa tarde estonteante, com muito esforço, se alçaram pelas laterais longas e sem galhos de uma sequoia-gigante. Os garotos eram cruéis em surtos imprevisíveis, mas muitas vezes ficavam satisfeitos em deixá-lo juntar-se às elaboradas brincadeiras de construção de fortes. À noite, ficavam acordados, conversando até que a inspetora se lançasse sobre um bode expiatório, o arrastasse para fora pela orelha e batesse nele com um sapato.

Era maravilhosamente divertido.

E então, é claro, havia Devi, com quem ele passeava pelos campos vastos, praticando violência — pois até mesmo Devi, com o bom humor que lhe servia de escudo, enxergava que o atributo mais seguro a se desenvolver em Grinstead era a força. Os dois passavam longas tardes de sábado tentando nocautear um ao outro. Quando Gaunt fez onze anos, os garotos de sua idade já não o amedrontavam. Na verdade, nada aparentava amedrontá-lo. Ele começava a adquirir aquele inexprimível revestimento de desenvoltura forjada que aos poucos recai sobre todos os garotos que vivem em internatos entre os oito e dezoito anos.

Quando chegou a Preshute, ainda portando a aparência efeminada e doce de Lorde Fauntleroy, foi introduzido a todo um novo mundo de dominância e poder. Solitário sem Devi (o pai de Gaunt havia estudado em Preshute e se recusara categoricamente a mandar o filho para Eton com seu amigo), Gaunt suportou os equivalentes sexuais de ser trancado em armários e perder aulas. Mas, assim como escalar árvores com Devi havia equilibrado as coisas em Grinstead, Ellwood entrara para sua vida em Preshute com tamanho brilho que as sombras foram dissipadas. Ellwood, como Devi, havia nadado em meio a um frenesi de poder e crueldade, e emergira incólume. Gaunt tinha certeza de que o Ellwood de treze anos visara Maitland como um possível protetor e se enfiara sob suas asas com ardilosa habilidade. Devi também sempre havia dado um jeito de transformar as próprias fraquezas em vantagens. Os garotos de Grinstead nunca deixaram de chamá-lo de "Marajá", mas Devi, com maestria, os convencera de que era uma alcunha carinhosa e até mesmo respeitosa, em vez de um insulto.

Para Gaunt, tanto Ellwood como Devi eram fascinantes, embora ele soubesse que jamais aprenderia a utilizar o charme como arma, como ambos faziam.

Mas a tática de Gaunt – esmurrar as pessoas até que o respeitassem, mesmo a contragosto – não tinha utilidade agora. Tudo o que podia fazer era esperar que Windeler escolhesse atormentá-lo de maneiras às quais era imune. O boxe o deixara bastante acostumado a aguentar golpes físicos, mas seus pesadelos eram difusos e dolorosos, e Gaunt não gostava de pensar em como era vulnerável a ataques nesse sentido.

•

MacCorkindale lhe fazia companhia no dia em que Gaunt encontrou um guarda pela primeira vez. Ele tinha cerca de dezessete anos e a cabeça grande demais para um corpo penosamente magro. Teria sido bonito, talvez, se não estivesse tão malnutrido.

— Capitão Gaunt?

— Sim?

— Você não compareceu à chamada — o guarda disse, em inglês, com um sotaque forte. MacCorkindale apoiou os cotovelos na cama ao lado e fitou o pobre garoto.

— É claro que não. Alguém do *seu* pessoal deu um tiro no pulmão dele, não foi?

O guarda claramente não entendeu o significado das palavras de MacCorkindale, mas não havia dúvidas quanto a seu tom de voz.

— Você deve comparecer à chamada — ele insistiu, áspero. — Do contrário, haverá punições.

— Sinto muito — Gaunt respondeu em alemão. — Estou ferido, vê? É bem complicado tentar sair da cama.

— Você fala alemão!

— Minha mãe é bávara.

O guarda se transformou. Sorriu, radiante.

— Baviera! Uma região tão bonita.

— Sim. Qual o seu nome?

— Oberjäger Christian Lüneburg.

— Sinto muito que nos conheçamos nestas circunstâncias, Oberjäger Lüneburg.

— Virei até você para fazer a chamada até que esteja melhor.

— Isso é muito gentil de sua parte.

Lüneburg olhou de relance para MacCorkindale.

— O que é isso? — ele perguntou, em inglês, apontando com o queixo para uma lata de pêssegos vazia, na qual MacCorkindale misturava gordura e cera de abelha com o cabo de seu barbeador.

— Uma pomada, para as escaras de Gaunt — MacCorkindale respondeu.

Gaunt traduziu, e o rosto de Lüneburg se suavizou.

— Você está sentindo dor? — ele indagou a Gaunt. — Posso pedir que chamem o médico.

— Ele virá nesta tarde. Estou sendo bem-cuidado. Obrigado.

Lüneburg sorriu e se retirou.

— Céus. Você sabe *mesmo* falar alemão — MacCorkindale disse.

— É verdade que você fez uma pomada para as minhas escaras?

MacCorkindale riu.

— Não. Mas pensei bem rápido, não foi?

— Para que é isso, então?

— Apenas cure esse seu peito, Gaunt. Depois, vamos conversar.

•

Vários meses se passaram antes que Gaunt fosse capaz de descer para a chamada sem ajuda. No meio-tempo, conseguiu estabelecer uma noção bastante firme do funcionamento da prisão. Não demorou a descobrir que MacCorkindale havia resumido tudo com exatidão. Os homens passavam o tempo galopando pelo refeitório, hostilizando os guardas, lendo e relendo *Adam Bede* e, sobretudo, bolando fugas elaboradas.

Fishwick estava deixando o cabelo crescer em longos cachos louros. Ele e um francês que falava alemão fluente planejavam fingir serem um casal saxônico. A ideia era que Fishwick mostraria estar tão desesperadamente apaixonado por seu companheiro que os guardas seriam gentis demais para questioná-los.

Woodbridge estava construindo um par de patins de gelo para poder cruzar o fosso, na próxima vez que o lugar ficasse coberto de gelo. O fosso era a grande desvantagem do campo de detenção Fürstenberg, que Gaunt logo deduziu ser a última parada para a maioria dos fugitivos incorrigíveis, homens que já haviam escapado de três ou mais prisões. Ainda assim, os prisioneiros não se desencorajavam. Durante o período que Gaunt levou para se recuperar, três oficiais foram alvejados tentando cruzá-lo a nado, incluindo um sujeito criativo que havia pintado o próprio rosto para parecer uma vitória-régia e nadado de costas, quase alcançando a outra margem antes de ser pego. Nenhum dos oficiais era ferido fatalmente. Eram apenas colocados na lista de espera para a solitária, embora quase sempre acabassem transferidos para outra prisão antes que pudessem cumprir a pena. Era algo típico: a solitária era a punição outorgada com maior frequência e, por assim ser, estava vastamente sobrecarregada. Na verdade, não era nem um pouco solitária, e os homens nas celas abafadas passavam o tempo de maneira muito semelhante àqueles que vagavam livremente: relendo *Adam Bede*. (Em determinado ponto, uma remessa de livros da Cruz Vermelha chegou, e os homens a atacaram com uma empolgação frenética quando viram que continha outro romance de George Eliot: *Felix Holt*. Todos ficaram devastados ao descobrir que houvera um erro no material. As duas dúzias de livros eram, na verdade, exemplares de *Adam Bede* com as capas de *Felix Holt*.)

Cada tentativa de fuga feita por um inglês precisava ser aprovada pelo oficial sênior britânico, um vitoriano com jeito de Kipling e de nome Evans, que coordenava as fugas para garantir que uma tentativa não colocasse outra em risco.

Gaunt esperara mais animosidade entre os britânicos, os franceses e os russos, mas não havia nenhuma. Os britânicos eram os fugitivos mais ativos, mas os franceses e russos estavam sempre dispostos a ajudar. Os franceses eram invariavelmente bons em surrupiar itens. Os russos eram austeros e vorazes, mas generosos com seu álcool caseiro. Soldados dos três países se uniam sob a total indiferença pela autoridade alemã.

As noites foram ficando mais longas, e a cota de óleo dos prisioneiros não aumentou, portanto só tinham o suficiente para manter as luzes acesas até as nove da noite.

— Sinto que estou de volta à merda do primeiro ano — Devi falou.

— Não podemos continuar assim — MacCorkindale afirmou. — Há bastante óleo nas lamparinas que iluminam os corredores. Pegaremos um pouco de lá.

E foi o que fizeram, drenaram o óleo noite após noite, até que o Kommandant os descobriu e designou homens para vigiar as lamparinas.

— Só precisamos de astúcia, nada mais — MacCorkindale disse.

Ele desenvolveu um método simples e rotineiro para roubar o óleo bem debaixo do nariz dos alemães. Os pobres guardas já estavam sobrecarregados, então nunca havia mais de um em cada corredor. Primeiro, Devi se demorava de forma suspeita perto de uma lamparina em uma das extremidades do corredor. O guarda avançava em sua direção, deixando a lamparina no extremo oposto completamente acessível para ser esvaziada por MacCorkindale. Surpreso pela escuridão súbita, o guarda se virava bruscamente à procura de um responsável, e, nesse ínterim, Devi roubava o óleo da segunda lamparina. O guarda, então, era deixado em breu total.

Gaunt ainda passava todas as noites no corredor, estremecendo na escuridão insone. Devi e MacCorkindale o ajudavam a voltar para a cama de manhã, embora geralmente não antes de Windeler o ter chutado nas costelas. Gaunt não se importava muito com isso. O que odiava era quando Windeler debochava dele com uma voz aguda: "*Ai, minha nossa, estou com tanto medo de subir a trincheira, queria que minha mamãe estivesse aqui para me dar um beijo antes de eu ir...*"

Os únicos momentos em que fazia aquilo era quando não havia mais ninguém por perto. Ambos sabiam perfeitamente bem de que lado os outros oficiais ficariam. Gaunt não dizia nada.

Lüneburg vinha confirmar sua presença nas chamadas às nove da manhã e às seis da tarde. Quando ninguém mais estava no quarto, ele se apoiava na cama de Gaunt e puxava conversa.

— Você parece faminto — Gaunt falou.

Lüneburg mordeu o lábio.

— É uma coisa estranha, Kapitän, quando os prisioneiros são mais bem alimentados do que os guardas.

— Passe aqui na hora do almoço amanhã. Não ando com muito apetite, ficaria feliz em dividir.

Lüneburg pareceu cauteloso.

— Não posso lhe dar nada em troca.

— Eu sei.

O guarda coçou atrás da orelha, um gesto amável e constrangido.

— Na primeira vez que o vi, achei mesmo que você parecia gentil — ele disse.

•

MacCorkindale ficou enojado ao descobrir que Gaunt estava dividindo suas refeições com um guarda.

— Você é um oficial britânico. É seu dever fazer a vida dele infeliz.

— A vida dele já é bastante infeliz sem a minha colaboração.

— Ele é nosso *captor*.

— Não estou dizendo que não seja. Mas é descortês zombar de garotos esfomeados. — Ele fora até o refeitório naquele dia e ficara estarrecido ao ver os oficiais atirando ostensivamente as provisões alemãs no lixo em favor dos suprimentos muito superiores da Cruz Vermelha, que apenas prisioneiros recebiam. Os guardas haviam fitado com olhos encovados a comida desperdiçada, impotentes e famintos.

— Foi *descortês* da parte deles atacar com gás em Ypres e invadir a Bélgica.

— Lüneburg não invadiu a Bélgica.

— Posso jurar, se você estivesse na Alemanha quando a Guerra começou, teria se alistado do lado deles.

— Me deixe em paz, MacCorkindale. Eu lutei nessa guerra maldita, não foi?

•

Foi apenas em março que ele se viu capaz de caminhar com algum grau de confiança. Em abril, o médico o declarou oficialmente curado.

— Então está novinho em folha? — Devi perguntou durante o almoço.

— Inapto para combate, aparentemente. Como se fizesse alguma diferença. Se eu voltar à Inglaterra, sem dúvidas me mandarão para a linha de frente.

— Como você lida com lugares apertados? — Devi indagou.

— Fico confortável. Por quê?

— Bom, quer sair daqui, não é?

— É claro.

— Venha comigo.

Gaunt não havia comido suas provisões alemãs. Ele as embrulhou em um guardanapo e as entregou discretamente para Lüneburg enquanto saía. O rosto ávido do guarda se iluminou de empolgação. Lembrou a Gaunt o ardor resplandecente que tomava conta de Ellwood quando falava de Tennyson.

Devi o conduziu até o porão dos serviçais. Estava vazio, exceto por algumas velhas capas de colchão abarrotadas sob as escadas.

— Obviamente, você deve jurar segredo etc., etc. — Devi falou.

— Eu juro.

Devi mexeu em uma lasca de madeira na parede, e uma passagem minúscula se abriu no revestimento.

— Venha — ele sussurrou.

Gaunt se abaixou para atravessar e Devi fechou a porta quando passaram.

Estavam em um entrepiso de tijolos nos alicerces do prédio. MacCorkindale, tendo despido seu casaco, suava feito um minerador de carvão enquanto operava um conjunto de foles rudimentar produzido com uma jaqueta de couro velha. O ar vindo da jaqueta saía por uma das mangas, passava por uma série de latinhas cortadas e adentrava em um pequeno buraco na parede de tijolos.

— Vocês estão cavando um *túnel* para fora?

Devi e MacCorkindale assentiram com entusiasmo.

— Excelente, hein? — Devi disse. — Você adivinhou?

— Mas... o fosso!

— Estamos visando passar por baixo dele, fundo o bastante para que o túnel se sustente.

— Um trabalho lento pra diabo — MacCorkindale acrescentou.

— Mas o que faremos quando sairmos? Eles soltarão os cães atrás de nós.

Devi sorriu para MacCorkindale.

— O que foi que eu disse, Mac? Sabia que ele estaria dentro.

— Vai nos ajudar? — MacCorkindale perguntou.

— É claro que vou ajudar — Gaunt afirmou. — Eu preciso voltar à linha de frente.

— Esta é a corda — Devi falou.

Ele foi até o buraco e deu um puxão em um cordão longo e fino. Depois de um tempo, um recipiente raso e esmaltado emergiu, repleto de terra. Ouviu-se um som que lembrava ratos andando pelas paredes e, alguns minutos depois, Nicholson serpeou para fora do buraco, os pés aparecendo primeiro e cobertos de sujeira. Ele se sentou de imediato no chão e colocou a cabeça entre os joelhos.

— Como está o ar? — MacCorkindale indagou.

— Impossível que esteja bom — Nicholson respondeu. — Minha cabeça está latejando de tanta dor.

— Bom, Gaunt, quer experimentar? — Devi perguntou.

Nicholson ergueu o rosto, curioso.

— Olá, é o gigante ferido! Você é um de nós?

— Gostaria de ser.

— É um pouco apertado — Devi disse. — Precisa se arrastar cerca de vinte e dois metros. Temos colheres e copos para cavar. Tente manter a boca fechada, vai ajudá-lo a durar mais.

— Ora, não vai ser bom que ele entre logo de cara, não acha, Devi? — MacCorkindale perguntou.

— Ah, sempre fica tudo certo com Gaunt — Devi garantiu.

— Sim — Gaunt falou, devagar. — Eu consigo.

Nicholson parecia incerto.

— Eu não gostaria de descer lá com meio pulmão.

— Vou ficar bem — Gaunt disse, deitando-se de costas, com a cabeça na direção do buraco.

— Acomode seus braços — Devi instruiu. — Não vai conseguir mexê-los muito depois que entrar.

Ele levou as mãos ao peito. Nicholson lhe entregou a bacia esmaltada vazia, conectada à corda, e, cautelosamente, Gaunt começou a adentrar no túnel de costas.

O ar era denso e úmido. Sentiu um pânico instintivo, constrito. Não era a mesma coisa que ser trancado em um armário, pois o chão o comprimia e o restringia como um caixão. Estrados quebrados estavam fincados a esmo na terra de poucos em poucos metros, à guisa de suportes, o que servia apenas para realçar a natureza amadora da iniciativa.

— Não... não vai desmoronar em mim, vai, Gideon? — ele perguntou, quando já não conseguia ver a luz tênue do entrepiso.

— Se desmoronar, puxe a corda feito louco e nós o arrastaremos para fora pelos pés — Devi disse.

— Talvez seja melhor você voltar — MacCorkindale falou. — Comece com os foles.

— Está tudo certo — Gaunt respondeu, avançando devagar pelo túnel.

"Eu sei que está tudo certo", Ellwood disse, a fumaça flutuando de sua boca extraordinária, ambos parados na Ponte da Raposa. "Mas você está bem?"

Pensar em Ellwood o incitava a mover-se mais rápido. Em pouco tempo, chegara tão fundo nas entranhas da terra que o ar estava rançoso. Seus pulmões pareciam rasgar-se a cada vez que tentava respirar.

As condições melhoraram quando alcançou o final do túnel, pois o longo tubo de latinhas terminava ali, e breves tragos de ar respirável eram soprados dele. Gaunt tateou no escuro, procurando as ferramentas de escavação. Sua mão pousou em uma velha caneca de lata. Ele a tomou e a mergulhou na terra. O ângulo de seus braços era extremamente desconfortável. Encher a caneca levou quase dez minutos. Ele a esvaziou na bacia esmaltada e recomeçou o processo.

Maitland estava enterrado assim, ele pensou. Maitland já vagara pelas colinas de Wiltshire, sentindo a chuva em seu rosto e o ar em seus pulmões, mas agora estava deitado, imóvel, em uma cama infindável de terra. O sol jamais voltaria a encontrá-lo. Maitland, que tanto havia amado Ellwood e, ainda assim, fora gentil com Gaunt. Gaunt se deu conta de que sequer sabia o que o garoto pensava em fazer depois da Guerra. Talvez o próprio Maitland não soubesse.

— Você ainda é muito próximo de Ellwood? — Maitland lhe perguntara na primeira noite que passaram fora das trincheiras.

— Sou, sim.

O garoto mergulhou a ponta de um dedo na cera de uma vela e a transformou em uma bolinha.

— Eu tenho muito carinho por Sidney — ele disse.

— Sei que vocês tinham uma amizade especial na escola.

Maitland sorriu.

— Sim. Contudo, nunca suplantei você nas afeições dele.

— Ellwood o idolatrava — Gaunt falou. — Ficou devastado quando você foi embora.

— Ah, Ellwood gosta de brincar de emoções — Maitland continuou, observando-o fixamente. — Fazer isso o distrai do que realmente importa.

Gaunt não havia perguntado o que Maitland queria dizer com "o que realmente importa". Pensara saber: pensara que significava Maud.

Ele golpeou a terra úmida, cada pancada punindo seus pulmões. *Tolo. Um tolo cego, inútil e covarde; todos aqueles sonetos no Sexto Inferior...! Todos aqueles meses que poderiam ter tido!*

Finalmente, a bacia esmaltada estava cheia de terra. Gaunt deu um puxão na corda e ela foi puxada, passando ao longo de seu corpo. Ele seguiu logo depois. Não fazia ideia de quanto tempo passara ali, mas era como se a cabeça fosse espremida por um aro de ferro apertado. O túnel parecia diminuir conforme ele se arrastava de volta, e Gaunt tinha plena consciência de que a qualquer momento alguma parte podia desmoronar e impedi-lo de escapar. O ar se tornava cada vez pior, e respirar começou a ficar difícil. *Vou morrer aqui*, ele pensou, e todos os seus músculos se retesaram de uma só vez; estavam repletos de um desejo insano de se esticar, tão poderoso que Gaunt tentou estender os braços à força. Era impossível. Só havia espaço para manter os cotovelos colados às laterais do corpo.

— Ah, meu Deus! — ele exclamou em voz alta.

— Não entre em pânico — uma voz veio do final do túnel.

— Não consigo respirar, não consigo me mexer!

— Fique calmo — a voz continuou.

— Não consigo respirar!

— Controle-se! — Era Devi.

No escuro, Gaunt assentiu, balançando a cabeça. Ele era um oficial do Exército Britânico. Precisava manter o controle.

Retomou o ritmo pelo túnel, lento e gradual. O ar melhorou. A luz perfurou a escuridão. Por fim, alguém agarrou seus tornozelos e o puxou.

Tinha saído.

— Ah, Deus — ele disse.

— Coloque a cabeça entre os joelhos — Nicholson instruiu.

Gaunt obedeceu, puxando lufadas de oxigênio enormes e trêmulas.

— Henry, seu monstro, veja só como cavou rápido! Eu levo uma hora e meia para encher a bacia — Devi falou.

— Ah, Deus — Gaunt repetiu.

Devi colocou um braço em torno dele.

— Está bem, companheiro?

A pergunta o estabilizou.

— Eu... Sim. Tudo certo. — Ele ergueu a cabeça. MacCorkindale, Nicholson e Devi o olhavam com admiração. — É... um pouco apertado, só isso.

— A pior parte é sempre quando se está quase saindo — Nicholson disse.

— Quanto tempo passei lá dentro?

Parecera uma semana.

— Quarenta e cinco minutos. — Devi lhe deu um apertão. — Você é quase uma toupeira, Henry. Agora que está cavando, sairemos daqui em meia hora.

A minúscula porta de madeira abriu-se, e Archie Pritchard entrou. Era o irmão mais velho do amigo de Ellwood, Bertie Pritchard, e estivera na Casa do Cemitério dois anos à frente deles. Charlie Pritchard havia sido um tirano, e Bertie Pritchard (na opinião de Gaunt, embora Ellwood discordasse) era um idiota, mas Archie fora um aluno bolsista. Era plácido e calado, modestamente popular – uma proeza e tanto, levando em conta seus cabelos ruivos e as sardas.

– Olá, Gaunt, é você?

– Pritchard-mor!

Eles se abraçaram como velhos amigos, apesar de mal terem se conhecido na época da escola. Mas havia algo de Preshute nele, e vê-lo era tão reconfortante para Gaunt quanto teria sido ver a própria mãe.

– Ei, tem alguma notícia de meu irmão? – Pritchard perguntou.

– Ele estava bem em setembro, mas ando um tanto desinformado desde então.

Pritchard mexeu nos cabelos, distraído.

– Desde que perdemos Charlie em Ypres, tenho agido feito uma mãe coruja com Bertie. Ele é tão tapado, entende? Provavelmente ainda não entendeu de qual lado o fuzil dispara.

– Ânimo – Gaunt disse. – Ele ficará bem.

Pritchard sorriu.

– Com sorte, estarei de volta à linha de frente para tomar conta dele em breve. O que achou do buraco?

– Ah, bom, bem *esburacado*.

– Ele entrou um pouco em pânico ao sair – MacCorkindale comentou. – Eu *disse* a você que deveríamos tê-lo feito começar com os foles, Devi.

– Bobagem – Devi respondeu. – Você o subestimou. Henry é o homem mais forte que eu conheço. – Ele enganchou um braço em torno do pescoço de Gaunt e beijou a lateral de sua cabeça. – O indestrutível Henry Gaunt. Bom, quem vai assumir os foles enquanto eu entro?

– Vou lhe mostrar como funciona, Gaunt – MacCorkindale disse, enquanto Devi meneava o corpo para dentro do túnel com facilidade, como um peixe entrando na água.

Nicholson encheu uma capa de colchão velha com a terra que Gaunt havia escavado.

— Teremos que roubar mais capas em breve.

Pritchard e MacCorkindale gemeram.

— Os guardas fazem tanto alvoroço quando algo desaparece — Pritchard falou.

— Bom, onde *você* sugere que escondamos mais onze metros cúbicos de terra?

— Metros cúbicos? Não me faça rir. Se aquele túnel tivesse um metro de largura, eu passaria as tardes lá dentro, fazendo piqueniques — Pritchard disse.

— Ei! — Devi gritou de dentro do túnel. — Chega de brincadeira, mandem um pouco de ar para cá!

MacCorkindale mostrou a Gaunt como os foles funcionavam. Revelou-se que aquela estranha pomada de cera de abelha e gordura que MacCorkindale havia misturado servia para revestir as costuras da jaqueta de couro, tornando-a hermética. Era uma proeza notável de engenharia, embora Gaunt tivesse ficado completamente sem fôlego em poucos minutos de operação, os pulmões doendo como se tivesse corrido um quilômetro.

— Você está um pouquinho pálido, Gaunt — MacCorkindale comentou.

— Estou bem — Gaunt respondeu, apesar da escuridão granulosa que invadia sua visão.

— Ah, deixe de bancar o mártir. Vá se deitar um pouco.

Gaunt se retirou, agradecido, e foi deitar-se no gramado do lado de fora dos quartéis por algumas horas, apreciando o céu.

Lembrou-se do Professor Larchmont ensinando-os sobre a Batalha de Poitiers. Ele a havia descrito em detalhes fascinantes e minuciosos, e interrompera o relato exatamente quando parecia que o Príncipe Negro estava em grandes apuros.

"Mas, senhor! O Príncipe Negro está vivo?", West indagou. O Professor Larchmont arregalou os olhos.

"Eles estão todos *mortos*, West. Isso foi há *centenas de anos*."

Ante a vasta expansão da história, os medos de Gaunt minguaram, transformando-se em insignificância.

•

No dia seguinte, dentro do túnel, as paredes pareceram fechar-se em torno de Gaunt. Ele achou ter sentido o cheiro doce e enjoativo do gás, aquele odor estranho e parecido com o de abacaxi, e não conseguiu sair rápido o bastante; quanto mais rápido tentava se mover, mais inteiramente preso ficava, até que moveu as pernas com violência demais e fez chover torrões de terra sobre si. Seria enterrado vivo. Lembrou-se de histórias de cadáveres descobertos com as unhas quebradas, curvadas para trás, e longas marcas de arranhões dentro do caixão. Ilogicamente, tentou se sentar, mas já não raciocinava, estava se afogando; não era mais do que um par de pulmões, ansiando por ar.

— Henry! — Devi exclamou da boca do túnel. — Não entre em pânico!

Mas Gaunt não conseguia. Debateu-se em meio ao caos até que Devi entrou no túnel, em seu encalço, e o arrastou para fora pelos tornozelos.

Pritchard estava nos foles. Quando Gaunt não parou de ofegar, o bofeteou. O choque acalmou Gaunt, que voltou a respirar.

Devi o observava como se nunca o tivesse visto.

— Deus do céu, Henry, você está com uma cara péssima.

— Está tudo certo — Gaunt falou, embora a declaração não se sustentasse, já que ele começara a chorar.

Ouviu o abrir e fechar da porta. Não precisou olhar para saber que Devi e Pritchard haviam se retirado. Ficou grato a eles pelo tato.

•

Naquela noite, Pritchard veio sentar em seu colchão no corredor.

— Eu perdi a cabeça — Gaunt falou, surpreendendo-se com a própria franqueza. Mas Pritchard estivera em Ypres. Ele compreendia.

— Você vai ficar bem.

— Não sou de utilidade para ninguém aqui. Gritei feito uma menininha porque achei ter sentido cheiro de gás.

— Ah, eu fiquei imaginando se seria isso. Você também esteve em Ypres, não é?

Gaunt assentiu.

— Foi uma batalha bem feia — Pritchard disse.

— Eu consegui escapar inteiro. — Gaunt suspirou. — Gideon fica me olhando como se eu tivesse enlouquecido.

— Ele está desatualizado. Você sabe como o tempo funciona nas trincheiras. Seis meses é uma geração inteira. Qualquer um que tenha lutado em 1914 não faz ideia de como as coisas estão lá agora.

— Se eu ao menos conseguisse dormir...

Pritchard riu.

— Já ajudaria um pouco, não é?

A porta do dormitório se abriu e Devi apareceu. Gaunt sentiu a vergonha imobilizá-lo.

— Ouça, Henry... — Devi começou.

— Você não quer que eu continue ajudando com o túnel.

Devi pareceu aliviado.

— Sabia que você entenderia.

Gaunt olhou de relance para Pritchard, que suspirou.

— Seus pulmões estão péssimos, de qualquer forma — ele disse. — Mesmo se você estivesse... mais descansado.

Gaunt sabia que, se falasse, sua voz o trairia. Ele balançou a cabeça e voltou a se deitar no colchão.

— Como você está, Henry? — Devi perguntou, um pouco tímido.

Gaunt só conseguiu engolir em seco.

— Está tudo certo — Pritchard falou. — Vamos voltar para a cama.

Gaunt marchara de encontro ao fogo aberto, mas era covarde demais para manter o controle dentro de um túnel. Ocorreu-lhe a ideia, vacilante e intangível, de que talvez preferisse ter morrido em Ypres a descobrir tamanha fraqueza em si mesmo.

VINTE E UM

— Certo, Gaunt, você terá que fazer o papel de Heitor — MacCorkindale disse.

— Você falou que *eu* podia ser Heitor — Nicholson reclamou.

— Isso foi antes de eu descobrir que Gaunt é adepto do classicismo. Heitor é quem tem mais falas, depois de Aquiles.

— Posso fazer o papel de Aquiles?

MacCorkindale lançou a Nicholson um olhar fulminante.

— *Eu* sou Aquiles.

— Eu não quero fazer o papel de Heitor, na verdade — Gaunt interveio. — Não conheço a *Ilíada* tão bem quanto você pensa, MacCorkindale.

— Podemos fazer a Guerra do Peloponeso em outra hora, Gaunt. No momento, por demanda popular, será a *Ilíada*. E você precisa fazer o papel de Heitor: você fala grego melhor do que os outros.

Nicholson resmungou.

— Ahhh, não vamos representar a peça em *grego*, vamos?

— Algum problema, Nicholson? — MacCorkindale perguntou, com frieza.

— Não, não. Prossiga.

Gaunt recitou para os outros atores, relutante, o que conseguia se lembrar da *Ilíada*, ensinando-os suas falas oralmente. Ajudava a passar o tempo. Assim como as apresentações, que recebiam plateias significativas. Gaunt pensara ser loucura de MacCorkindale, insistir numa apresentação em grego, mas logo entendeu a lógica. Os franceses e os russos haviam estudado o grego antigo mais do que o inglês, e podiam desfrutar mais da *Ilíada* em seu idioma original. As apresentações proporcionavam uma oportunidade para a prisão toda se reunir no refeitório, o que facilitava o planejamento de fugas. Enquanto algumas pessoas de fato assistiam a Gaunt e MacCorkindale encenarem a luta final entre Heitor e Aquiles ("Não é preciso bater em mim de verdade", MacCorkindale reclamou), em grande parte compartilhavam informações, bússolas artesanais, mapas desenhados à mão e mantimentos. Até mesmo os homens que pretendiam passar a Guerra em segurança ficavam muito satisfeitos em ajudar os outros na fuga.

A cada dois ou três dias, um novo plano terminava em fracasso. Lovell se esgueirou pelo esgoto e ficou com a cabeça presa em um cano. Campbell roubou madeira serrada de um carpinteiro visitante e construiu uma ponte sobre o fosso. A ponte desmoronou no instante em que pisou nela. Robinson e Harley drogaram dois guardas com um sonífero que haviam comprado dos russos. Vestidos com os uniformes dos guardas, eles passaram pelo fosso, mas foram pegos no vilarejo próximo quando o padeiro puxou conversa com eles e reconheceu os fortes sotaques ingleses. A prisão ficou muito amargurada com este último fracasso: era sempre uma alegria quando prisioneiros cruzavam o fosso com sucesso.

— Apenas espere a Guerra terminar — Pritchard disse a Gaunt. — Se estivesse em casa, provavelmente acabaria trancafiado por neurastenia, de toda forma. Gideon diz que você continua berrando e fazendo um escândalo todas as noites.

— Um amigo leal e encantador, esse Gideon. Como vai o túnel?

— A maré está a nosso favor.

Gaunt ergueu as sobrancelhas.

— Ah, má escolha de palavras. Nada de água, até então, graças a Deus. Estamos vedando feito loucos.

Gaunt tentou relaxar. Devi e Pritchard tinham razão. Ele seria um risco grande demais em qualquer tentativa de fuga. Esvaía-se em um ataque de pânico com muita facilidade. Quando Windeler sussurrou "Quem é Ellwood? Sua namorada?" certa manhã, depois de Gaunt ter passado mais uma noite enredado em pesadelos tensos e cheios de suor, ele se viu subitamente incapaz de respirar. Archie Pritchard estava ao seu lado em um instante, esfregando suas costas e murmurando para ele.

— Calma, rapaz, está tudo bem — ele falou, até que a escuridão turva tivesse escoado da visão de Gaunt e seu coração, desacelerado.

— E se for mais uma Guerra dos Cem Anos? — ele perguntou, quando conseguiu falar.

— Nada que possamos fazer, se for o caso — Pritchard respondeu, erguendo os ombros, embora Gaunt pudesse ver que a ideia o inquietava. — Você é sempre agradável assim?

Gaunt riu.

— Sou.

— Olhe, isto vai animá-lo: uma caixa da Cruz Vermelha chegou hoje de manhã.

— Eu já li *Adam Bede*.

— Deveria tentar de novo. Li duas vezes este mês e gosto mais a cada vez. Mas, seja como for, ouvi dizer que havia jornais na remessa.

Gaunt se sentou. *Jornais!* Jornais traziam listas dos mortos. O medo tomou conta de seu corpo assim que imaginou (como fazia com tanta frequência) ver o nome de Ellwood no Quadro de Honra. *Ellwood, 2º Ten. S. L., Batalhão Real de Fuzileiros do Kennet. Morto em combate, aos 18 anos...*

Ele seguiu Pritchard às cegas até o refeitório, que estava mais caótico do que de costume. Evans, o oficial sênior britânico, lia em voz alta, lenta e metodicamente, a lista de mortos de um exemplar do *Times*. Conforme mais e mais homens entravam no salão, tendo perdido o início da lista, gritos se propagaram pelo cômodo: "E quanto a Ainsworth? Capitão J. Ainsworth?" ou "Ei, já ouvimos os 'G'? Alguém soube de um Goodwin? Segundo-tenente?".

— Shhh — os outros ralharam.

— Prentis, H. W., Tenente — Evans leu. Pritchard agarrou o braço de Gaunt com tanta força que o machucou. — Quaid, C. K., Soldado.

Pritchard soltou Gaunt. Estava pálido, a testa suada. Era estranho pensar em *Bertie Pritchard* importando tanto para alguém.

— Quer dizer apenas que ele não morreu mais ou menos na última semana, é claro — Pritchard disse.

— Já é alguma coisa — Gaunt replicou, sabendo que não descansaria até ter vasculhado o jornal em busca do nome de Ellwood com os próprios olhos.

— Ei, ninguém está lendo isto aqui. — Pritchard pegou uma revista do chão. Pareceu desapontado ao ver a capa. — A *New Statesman*. Bando de pacifistas.

— Mas talvez nos dê alguma informação.

Gaunt era um ávido leitor da *New Statesman*. A revista fora avessa à Guerra desde o início. Ele sentia uma admiração relutante e confusa por objetores de consciência; suspeitava que eram mais corajosos do que ele, mas, ainda assim, não conseguia evitar o ressentimento. Eles, ao menos, sobreviveriam à Guerra.

Ele e Pritchard se recolheram até a extremidade do cômodo e se debruçaram sobre as páginas, fartando-se de informação. Foi apenas ao folhearem aquela revista que Gaunt se deu conta de como realmente estavam isolados, de como o mundo lá fora se tornara nebuloso.

E, então, ele viu algo que fez seu coração dar um salto.

— Pare.

Pritchard estava prestes a virar a página, dizendo:

— É só poesia.

De fato, era só poesia. Um longo poema, lírico e elegante. Estrofes de quatro versos.

"Qual vai ser o nome? In Memoriam H. W. G.?"

"Talvez. Ainda não decidi."

Gaunt conhecia a poesia de Ellwood. Havia lido tudo o que ele escrevera em Preshute; conhecia o modo onírico e delicado com que Ellwood transformava a natureza em palavras. Ele a vira mudar quando a Guerra irrompeu, inflando-se de heroísmo e da promessa de glória militar.

Ela havia mudado outra vez. Agora, não havia mais formosura pré-rafaelita, nem otimismo pueril algum. Ellwood escrevia coloquialmente, com explosões chocantes de beleza relutante vez por outra. Apesar de o poema ter as iniciais de Gaunt, não havia quase referência alguma a ele – não que Gaunt conseguisse distinguir, pelo menos. Duas estrofes eram dedicadas à descrição de um coronel repreendendo o poeta por seus botões não polidos; três delas, ao corpo desfigurado de um duque massacrado; uma, a um suicídio melancólico. O poema, como um todo, parecia marchar de um lado a outro com uma raiva inquieta, agressiva. Gaunt reconhecia aquela raiva. Era o que impulsionara Ellwood a reunir meia dúzia de amigos e espancar Sandys até torná-lo irreconhecível. Era a mesma fúria com a qual Ellwood havia golpeado Gaunt no Velho Mosteiro. Ódio inconsequente e abrasador percorria cada palavra de *In Memoriam H. W. G.*, mas em apenas uma estrofe Gaunt conseguia identificar alguma alusão verdadeira a si mesmo:

Os corpos se partem e agradeço à minha sorte
Pela bala que encontrou em meu alvo sua sina.
Os gritos me acompanham pelas valas da chacina,
Assisto em meus sonhos a seu sangue e sua morte.

— Ele acha que estou morto — Gaunt falou.

— De fato, parece que sim — Pritchard concordou. — "S. E." É Ellwood, não é?

Estruturalmente, o poema era Tennyson, até a última sílaba. Mas as palavras — a raiva — só podiam ser Ellwood.

— Deixe-me ajudar com os foles — Gaunt pediu.

— O quê?

— Eu sei que não posso cavar. Deixe-me ajudar com os foles, vou bombear feito louco e, assim, sairemos mais rápido.

— Henry, amigo, não tenho certeza se...

— Ele acha que eu estou morto! Não posso ficar aqui à toa, esperando que a paz seja declarada, se é que será algum dia, enquanto ele...

Pritchard o olhou com compreensão.

— Tudo bem. Falarei com Gideon, se você tem certeza de que consegue dar conta.

— Eu consigo — Gaunt afirmou. — Eu consigo.

E conseguiu. Seu peito doía por horas depois de operar os foles: uma dor áspera e perigosa, que trazia a sensação de que algo ia mal. Ele não se importava. Era mais forte do que os outros e, quando estava nos foles, a qualidade do ar no túnel era melhor. Elcs conseguiam trabalhar por mais tempo, fazer mais progresso. O túnel crescia em comprimento, embora MacCorkindale reclamasse que a umidade da terra era suspeita.

— Devemos cavar mais fundo. Não queremos que o fosso o inunde.

— Isso poderia significar meses a mais de trabalho! — Gaunt protestou.

— É mais rápido do que começarmos um novo túnel do zero quando este ceder — MacCorkindale disse.

Então, escavaram mais fundo, onde o ar era pior, e Gaunt bombeou com mais força do que nunca.

Começaram a reunir materiais para a fuga. Os guardas conduziam buscas nos quartos com frequência, mas os prisioneiros haviam descoberto mil maneiras de disfarçar os itens contrabandeados. Tudo o que deveria ser sólido estava oco e escondia algum item proibido. Um francês fez bússolas minúsculas para eles, e MacCorkindale copiou mapas no vão do sótão. O espaço era um segredo da prisão: alguns meses antes, um diligente jovem russo havia conseguido contrabandear um revelador fotográfico e construiu uma câmera a partir de uma caixa velha de sapatos. Os franceses proporcionaram uma distração enquanto ele se infiltrava no escritório do Kommandant e fotografava todos os mapas. (Os franceses sempre ficavam satisfeitos em oferecer distrações. Esta, em particular, consistiu em cinco franceses histriônicos acusando raivosamente o Kommandant de insultá-los ao permitir que serviçais franceses trabalhassem em um feriado católico, que Gaunt descobriu depois ter sido inventado. Enquanto o Kommandant se defendia, mais e mais franceses se aproximaram, e a multidão se tornou cada vez mais volátil, até que os gritos sanguinários de "*Liberté! Egalité! Fraternité!*" e ameaças de uma revolução com toda a prisão envolvida podiam ser ouvidos até mesmo no tunelamento do porão.)

As fotografias dos mapas foram deixadas para referência no vão do sótão, e fazia parte de todos os processos de fuga arranjar papel e passar horas copiando os desenhos no escuro. Os alemães ficavam perplexos com a quantidade enorme de mapas caseiros precisos que circulavam pela prisão.

Quando veio a primavera, os guardas relaxaram algumas de suas medidas mais draconianas. O fosso degelara, o que significava que não precisavam mais patrulhá-lo durante a noite toda para pegar os bandos de homens que tentavam fazer a travessia esquiando. O banimento da liberdade condicional foi suspenso, então Gaunt, Pritchard e Devi saíam em longas caminhadas todas as tardes, fazendo o reconhecimento de sua rota de fuga. Antes de cada excursão, eram obrigados a assinar uma ficha prometendo não escapar. Ninguém jamais quebrava a promessa. Fazê-lo significaria ganhar o desprezo dos colegas de prisão, afinal que tipo de oficial dava sua palavra de honra simplesmente para quebrá-la?

Quando prisioneiros eram pegos, sempre eram levados ao escritório do Kommandant, onde tinham seus suprimentos confiscados e trancados em um grande cofre de metal. Devi elaborou um plano para recuperar esses tesouros roubados, convocando a ajuda de franceses e russos. Quando Hammond e Awdry foram pegos (haviam se escondido em barris de roupa suja, mas Awdry levara consigo tantas latinhas de alimentos que o fundo de vime se partiu sob seu peso), foram levados ao escritório do Kommandant, e Devi colocou seu plano em ação.

Ele começou, é claro, com uma distração francesa.

VINTE E DOIS

— *Sale type! C'est indigne! C'est insupportable!*

Devi e Gaunt aguardaram no corredor, em um ponto cego deixado por uma lamparina cujo óleo fora drenado como de costume. Observaram o Kommandant sair do escritório, cauteloso, e dar de encontro com um francês estapeando o rosto de um guarda com sua luva.

— *Was nun?* — o Kommandant perguntou, parecendo não dormir havia dias.

— *Ce barbare m'insulte, monsieur* — o francês afirmou, altivo.

— *C'est vrai!* — seu amigo exclamou.

— *Jamais de la vie je n'ai subi un tel outrage!*

Evans, o oficial sênior britânico, se adiantou.

— Acalmem-se. Qual é o problema?

— Eu não disse nada! — o pobre guarda alemão protestou.

Ante a isso, os três franceses balbuciaram de uma só vez com indignação, suas vozes se sobrepondo.

— *Menteur!*

— *Et dire que vous vous prétendez civilisé!*

— *Ah, c'est raté, ça!*

— É evidente que você fez *alguma coisa* para afligir estes cavalheiros — Evans disse. — Tanto a Convenção da Haia como as leis da decência humana sugerem que sejamos tratados com respeito, senhor, embora seja *verdade* que somos seus prisioneiros.

— Eu não disse nada! Eles se ofendem com qualquer coisa! — o guarda bradou.

Os três franceses inflaram o peito, exclamando que jamais haviam ouvido tamanha injustiça, que não pediam nada além de um pouco de educação básica, mas o que se podia esperar de um país cheio de visígotos barbáricos...

— *Ruhe!* — O Kommandant interrompeu. — Estou farto das suas reclamações. Leve-os às celas.

— Me recuso a ir para as celas com este porco — um dos franceses disse, num inglês desdenhoso. — Pode nos acompanhar você mesmo, Kommandant, ou enfrentar uma revolução!

O Kommandant repuxou os bigodes. As ameaças de revolução sempre o inquietavam, pois a verdade era que, embora quaisquer prisioneiros insurgentes acabassem em algum momento levados à corte marcial e fuzilados, certamente havia em Fürstenberg homens desesperados o bastante para assassinar o Kommandant e todos os seus guardas antes disso.

— Muito bem — ele concordou. Junto do guarda, agarrou os franceses pelos braços e os conduziu pelo corredor.

— Acho que o caminho está livre — Evans disse. Gaunt e Devi dispararam para o escritório vazio do Kommandant. Hammond e Awdry sorriram ao ver o que acontecia. O cofre de metal estava aberto, tendo acabado de ser carregado com as inúmeras latas de carne de Awdry. Gaunt e Devi o ergueram com dificuldade e o levaram até o alojamento russo mais próximo, onde um jovem oficial de Moscou aguardava com algumas ferramentas rudimentares. Conforme ele desmontava o cofre de metal, homens entravam em grupos de dois ou três, pegavam aquilo de que precisavam do tesouro e desapareciam.

Quando o Kommandant percebeu o acontecido, não restava um fragmento sequer do cofre ou dos suprimentos. A prisão foi revistada de uma ponta à outra, mas nada foi encontrado, exceto por alguns engodos que os homens haviam escondido em lugares óbvios: debaixo dos colchões ou nas cisternas dos banheiros.

Os tuneladores conseguiram todos os materiais de que precisavam para escapar — todos, exceto documentos de identidade alemães.

— Complexo — MacCorkindale disse. — Achei que encontraríamos no cofre algo que pudesse ser usado.

— Como os outros os conseguiram? — Pritchard indagou.

— Não conseguiram, em grande parte — MacCorkindale respondeu. — E, consequentemente, foram pegos.

— A secretária do Kommandant seria nossa melhor aposta — Gaunt sugeriu.

— Eu já tentei. — Devi suspirou. — Ela tem um coração de gelo.

— É mesmo? — Gaunt nunca pensara daquela forma. Toda vez que passava por Elisabeth, a bela e jovem secretária do Kommandant, ela lhe oferecia um sorriso.

— Famosamente frígida — Nicholson afirmou. — Precisaremos pensar em outra maneira.

Eles continuaram tramando, mas a mente de Gaunt se distanciou. Elisabeth era esguia e tinha cabelos escuros. Era amiga de Lüneburg. Gaunt resolveu perguntar a ele a respeito.

— O que você quer saber? — Lüneburg indagou.

— Qualquer coisa. — Ele fez uma pausa. — Ela é comprometida?

Lüneburg lhe lançou um olhar sugestivo.

— Não.

— Hmm — Gaunt disse.

— É uma boa garota.

— Tenho certeza de que é mesmo.

— Já conversei com ela a seu respeito. Ela o acha gentil.

— Isso explica os sorrisos — Gaunt falou.

— Em parte, talvez.

•

Na ocasião seguinte em que Gaunt passou por Elisabeth, ele parou e conversou com ela por alguns minutos em alemão, depois entregou-lhe sorrateiramente uma maçã e uma barra de chocolate. A interação foi o suficiente para confirmar sua suspeita: Elisabeth gostava dele.

Observando os dentinhos brancos da garota mordiscarem o chocolate, ele pensou em Ellwood.

— Gostaria de juntar-se a mim para uma caminhada amanhã? — ele convidou. A garota ficou corada, o rosto furiosamente vermelho.

— Sim... tudo bem — ela respondeu, falsamente descontraída.

Gaunt deixou que seu olhar se abrandasse ao fitar a garota. Era uma sensação estranha, dar-se conta de como era fácil, como era aceitável. Ele precisava ser muito cauteloso quando olhava para Ellwood.

No dia seguinte, caminharam de braços dados e ele fez perguntas sobre sua família. Ela parecia encantada em respondê-las, e apoiava o corpo pesadamente no dele.

— Olhe — Elisabeth falou. — Uma vista linda, não é?

Ela tinha olhos ágeis e castanhos. Era suave onde Ellwood era firme, mas tão delicada quanto ele. Seus cabelos longos e escuros pousavam nos ombros, em ondas frouxas. Seus lábios não eram muito bem definidos. Gaunt se perguntou, cientificamente, como seria beijá-los.

Seria fácil, ele pensou.

— Você é um homem muito gentil — Elisabeth disse. Fazia frio, e suas palavras saíram em pequenas nuvens.

— Não sei se isso é verdade — Gaunt respondeu.

— Eu não sinto... que você seria indelicado comigo.

Ele inclinou o maxilar de Elisabeth para cima. Era pequeno como o de um gato. Não se encaixava em sua mão, e Gaunt não sentiu nada.

— Posso beijá-la? — ele perguntou. Ela assentiu, ofegante.

Havia beijado garotas antes. O verão de 1914 fora um turbilhão de bailes e festas. Ellwood muitas vezes desaparecia com uma ou outra beldade da alta sociedade, ressurgindo meia hora mais tarde, os lábios manchados de vermelho e os olhos brilhando. Gaunt não queria ser deixado para trás.

Mas nunca havia beijado uma garota assim: sóbrio, em um bosque. Pareceu real. Era entorpecedor. Sua pele estava adormecida; não reagia, não importava como Elisabeth a tocasse.

— Você é tão bonito, Heinrich — ela sussurrou.

— Me chame de Henry.

— Henry.

Foi pior. O sotaque dela, o tom de voz, era simplesmente pior. Gaunt levou a boca à dela mais uma vez e se perguntou como um beijo podia ser tão diferente de outro, quando era uma ação tão simples.

A dor em seus pulmões era indiscernível da angústia quando Elisabeth o envolveu com os braços.

— Henry — ela chamou. — Qual o problema?

— Está tudo certo.

Ela aproximou o próprio rosto do dele. Por mais estranho que fosse, Gaunt não se incomodou.

— Você pode me contar.

— Está tudo certo.

— Mulheres são boas ouvintes, Henry.

— Não... não me chame assim.

Ela pareceu surpresa, mas continuou a distribuir beijos nos pontos em que conseguia alcançá-lo. Era tão *fácil.* Eram assim as coisas para os outros homens? Eles se permitiam aceitar a gentileza, quando as mulheres a ofereciam tão amavelmente?

— Esta guerra terrível — Elisabeth falou, a voz intensa de preocupação. — Eu lamento tanto.

Ela secou as lágrimas dele com os dedos.

— Eu estou apaixonado... — Gaunt disse. Deveria ter se sentido envergonhado pela maneira como sua voz falhou, mas não conseguia, não com o rosto de Elisabeth tão próximo que não tinha como um não olhar para o outro.

— Isso é maravilhoso, Heinrich. Ela é uma felizarda.

— Ah, Deus.

— Eu não me incomodo — ela falou. — Não me incomodo.

— Sinto muito.

— Está tudo bem, shh, apenas me beije. Estou aqui.

Estaria Ellwood vivo? Ele estava quando aquele poema fora publicado na *New Statesman*. Mas Gaunt tinha visto o que acontecia a jovens poéticos nas trincheiras. Ia além de corpos explodidos pelos projéteis. Talvez ele nem sequer continuasse sendo Ellwood, mas alguma versão vazia de si mesmo, raivosa e medonha. Talvez estivesse morto. Era provável, na verdade. Estava morto, ou mutilado, ou sofrendo, ou...

— Shhh — Elisabeth disse. Ela chorava agora, e Gaunt a abraçou, apertando-a junto do corpo, afundando o rosto em seus cabelos para reconfortá-la.

— Desculpe-me, não tive a intenção de aborrecê-la.

— Meu irmão está na linha de frente — ela falou. Ele a apertou com mais força. — A garota que você ama... ela está em segurança?

— Não — Gaunt respondeu.

— Está na linha de frente?

— Sim.

— Uma enfermeira?

— Não quero falar disso.

Elisabeth balançou a cabeça contra seu peito, assentindo. Ele se perguntou se seria capaz de casar-se com ela. Ela apoiaria a cabeça escura em seu ombro quando estivesse cansada. Ele seguraria sua mão em restaurantes. Seria romântico quando tocassem um ao outro. As pessoas admirariam o afeto entre os dois.

Quando ele e Ellwood eram gentis entre si, havia uma sensação de deslumbramento. A ternura era hesitante e temporária, como uma borboleta pousando na mão de uma criança.

— Temo que não tenha sido muito bom para você — ele disse.

Elisabeth sacudiu a cabeça e sorriu.

— Amanhã — ela falou. — Amanhã será melhor, agora que compreendemos um ao outro.

Era verdade que ela o compreendia, ao menos um pouco. Voltaram ao centro de detenção, e Elisabeth deixou que ele a beijasse no corredor de seu escritório.

Até que era agradável, Gaunt pensou.

Em meio a Elisabeth, operar os foles, apresentar-se em várias peças gregas e reler *Adam Bede*, o tempo passou depressa.

Não contou a ninguém que estava se encontrando com Elisabeth. Viam-se de poucos em poucos dias, em um ponto sossegado. Não conversaram muito depois daquele primeiro dia. Gaunt a despia com uma calma impassível, que ela parecia encarar como um sinal de boa educação.

— Eu não quero engravidar — ela falou, quando chegaram perto de fazer sexo.

— Não precisamos fazer nada — Gaunt respondeu, disfarçando o próprio alívio.

Às vezes, ela perguntava sobre Ellwood.

— Vocês são noivos?

Gaunt riu.

— Não. Não é nada disso.

— Mas certamente querem se casar?

— Isso nunca me passou pela cabeça.

— Mas ela deve...

— Não quero falar disso.

Certa vez, Gaunt a chamou de Elly por acidente.

Ela congelou.

— É assim que minha mãe me chama — ela disse. — Fale de novo, por favor.

— Eu preciso ir. É quase hora do jantar.

— É esse o nome dela?

— Eu não quero falar disso.

— Sou uma boa ouvinte, Heinrich.

Ele a beijava melhor agora, porque gostava dela.

— Você é muito boa, Elisabeth. Mas eu... simplesmente *não posso*.

— Você não confia em mim.

— Não confio em ninguém.

— Isso é terrível!

— É mesmo?

— Sim — Elisabeth afirmou. — Deixará a própria cabeça cheia de mágoas se não se abrir.

— Pequena poeta. Eu ficarei bem.

Dizia a si mesmo que a estava seduzindo para conseguir os documentos de identidade, mas, quando ficava deitado à noite sem dormir, evitando os próprios sonhos, sabia que era apenas uma desculpa. Ele a estava beijando por causa do que Ellwood havia dito no abrigo, por meio de Keats, Shakespeare e Tennyson. Gaunt sentia que havia uma decisão a ser tomada, e precisava acumular mais informação antes de fazer isso.

Infelizmente, quanto mais tempo passava com Elisabeth, mais aparente ficava como era inútil tentar desejá-la. Podia apreciar sua beleza de modo artístico, como se ela fosse uma escultura em um museu, mas era um tipo vazio de admiração, sem textura. Se o amor era saltar de um penhasco na esperança de voar, havia uma parede em frente ao precipício, uma parede que nunca estivera ali com Sandys, ou Ellwood, ou mesmo Devi, que Gaunt adorara perdidamente aos treze anos. Ele não sentia medo algum perto de Elisabeth, porque não havia nenhuma chance de cair. Era afeiçoado a ela, mas jamais lhe diria "Privai-me de um átomo sequer e será meu fim!".

Estavam em plena primavera, e fragmentos de informação sobre a Guerra escoavam para o interior do centro de detenção. Notícias de Verdum deixaram os franceses tensos e hostis. Os ataques com gás nas redondezas de Loos no final de abril intensificaram os sonhos de Gaunt. Ele acordava arfando muitas vezes, a mão de Devi em seu ombro para lembrá-lo de onde estava.

Pouco tempo após a morte de Lorde Kitchener no mar, em junho de 1916, o túnel foi completado. Devi, Pritchard, MacCorkindale, Nicholson, Gaunt e Evans se reuniram no porão para planejar.

— É um empreendimento desafiador — Evans falou. — Precisaremos programá-lo com muita cautela.

— Não podemos esperar muito — MacCorkindale disse. — O túnel pode desabar a qualquer momento.

Gaunt se remexeu, desconfortável. Não entrava no túnel desde a ocasião em que perdera a cabeça, achando ter sentido o cheiro de gás.

— Vocês já reuniram seus suprimentos? — Evans perguntou.

— Sim — Nicholson respondeu. — Tudo, exceto documentos de identidade.

Evans suspirou.

— É uma pena. Tornaria tudo muito mais fácil.

Gaunt pigarreou.

— Eu acredito que possa consegui-los.

Todos se viraram para olhá-lo.

— Eu... — Ele fez uma pausa. — ... fiz amizade com a secretária do Kommandant.

— Mas que grande safado você é! — Nicholson exclamou. — Certo, neste caso, temos tudo de que precisamos, creio eu.

Evans assentiu.

— Quando tiverem seus documentos, agendarei a fuga para a oportunidade mais próxima possível.

Eles discutiram mais algumas tecnicalidades e Evans inspecionou o túnel. Gaunt estava distraído pelos olhares indecifráveis que Devi lhe lançava.

Por fim, a reunião terminou. Saíram todos da sala secreta do porão em intervalos de dez minutos.

Pritchard e Devi o aguardavam no dormitório. Pritchard estava deitado na cama de Gaunt, e Devi se apoiava laconicamente na parede. Ele sorriu quando viu Gaunt, mas esperou até a porta estar fechada para falar.

— Então — começou —, está se deitando com Elisabeth, é? Como consegue? Faz de costas e com os olhos fechados?

Gaunt cruzou os braços.

— Ela é muito bonita.

— Ah, com certeza — Pritchard falou. — Eu não negaria.

— Mas *você*, por outro lado — Devi se dirigiu a Pritchard —, não é um maricas.

Gaunt sentiu uma espécie de solavanco no corpo, como se estivesse sendo arrastado para trás, para dentro de um pesadelo.

— Não — Pritchard concordou —, não sou. Ainda assim, Henry, foi gentil da sua parte aguentar firme, pelo bem do rei e da pátria.

Gaunt não sabia o que fazer com o próprio rosto, com as próprias mãos, havia esquecido como *respirar*. Contudo, mesmo em meio ao pânico crescente que sentia, notou que nem Pritchard nem Devi pareciam enojados. Na verdade, ambos pareciam como sempre: Devi, risonho e travesso; Pritchard, calmo e reconfortante.

— Não sei do que estão falando, mas isso não tem graça — Gaunt reclamou.

Ellwood teria sabido o que dizer. Ellwood teria feito a piada perfeita, e ninguém jamais teria voltado a tocar no assunto. Mas Gaunt era desajeitado e pouco eloquente, e não sabia como usar as palavras para livrar-se de acusações.

— Ah, não precisa ficar com a cara tão aborrecida — Pritchard disse. — Você não é o único invertido que já colocou os pés no mundo. Eu sou amigo de Aldworth.

— Aldworth...!

— Sim, nunca foram caçar juntos, em Kent? — Pritchard indagou. — Ele tem uma mira excelente.

— Eu, é... Não existe um *clube* secreto, ou coisa do tipo! — Gaunt replicou. Tarde demais, deu-se conta do que havia admitido.

Devi parecia triunfante.

— Acho que a verdadeira questão é: de quem você gosta mais? — ele perguntou, alegre. — De mim ou de Archie? Porque eu sou mais alto. E acho mesmo que minha altura deveria ser levada em consideração.

Gaunt abriu a porta com um puxão e saiu do quarto, batendo-a às costas. Mas não conseguia pensar. Estava congelado. Depois de algum tempo, a porta se abriu e Pritchard colocou a cabeça para fora.

— Não seja bobo — ele disse. Gaunt o seguiu, tornando a entrar no dormitório, e afundou-se na cama de frente para a própria.

Devi sentou-se ao lado dele, colando os dois corpos.

— Devo dizer, é muito engraçada a ironia de ser *você* quem fez a rainha de gelo ficar derretida.

Gaunt se afastou, abrupto.

— Gideon. Vá à *merda*.

Devi abriu um sorriso ainda maior e se voltou para Pritchard.

— Ele não é de usar palavras de baixo calão, mas, quando acontece, é porque está bravo *mesmo*.

— Hmm. — Pritchard foi acomodar-se do outro lado de Gaunt. — Por que está bravo, Gaunt? Não gostou do pudim que comemos no jantar?

— Ele está apaixonado — Devi disse. — Ei, Gaunt, lembra-se de quando me beijou em Grinstead?

— Eu não fiz isso!

— Para a peça da escola — Devi explicou, inclinando-se para poder sorrir para Pritchard por cima do corpo de Gaunt. — Ele foi a Julieta do meu Romeu. Usou uma peruca com longos cachos. Estava lindíssimo.

— Se me lembro bem, eu insisti que o beijo fosse cenográfico — Gaunt falou. Era verdade. Usando um belo vestido e uma peruca, ele fingira sofrer, mas sabia que não seria capaz de atingir o equilíbrio adequado de nojo se precisasse beijar Devi. Havia recusado categoricamente. Por fim, foi definido que Devi tomaria o rosto de Gaunt nas mãos e colocaria os polegares nos lábios dele, beijando assim os próprios dedos. Gaunt concordara a extremo contragosto.

— Você *realmente* foi uma Julieta rabugenta — Devi disse. — Deixava a srta. Fairfax desesperada. Seja como for, eu fazia uma boa ideia do que estava acontecendo.

— Ah, você fazia, é? — Gaunt perguntou, a voz fraca. Não parava de esperar que... não sabia muito bem o quê. Algo terrível.

— Sempre soube que você era um pouquinho esquisito.

— Como...? *Você* é...?

Devi pareceu horrorizado.

— Ah, meu Deus, não! Não. Não! Não sou... não.

— Certo, tudo bem, Gideon, ninguém aqui acha que você é um depravado — Gaunt falou, irritado.

— Não, não quis dizer que... É só que... sou indiano. Já tenho problemas até demais na minha vida por causa disso.

— Não é ilegal ser indiano. — Gaunt encarou os próprios punhos, cerrados sobre seu colo.

— Sim, sim, pobrezinho de você.

— Em lugar nenhum é ilegal — Pritchard comentou. — Aldworth pretende se mudar para o Brasil.

Gaunt pensou nos campos escuros atrás da Casa do Cemitério, o cavalo de calcário entalhado na colina, Ellwood em seu fraque esvoaçante, dizendo "*A Inglaterra é mágica*".

— Ou, então, você poderia tentar hipnose — Devi sugeriu.

Gaunt se deixou cair de volta na cama e cobriu o rosto com os dois braços.

— Ouvi falar que não funciona — Pritchard disse, como se Gaunt não tivesse se movido.

— É claro que não, se você não *acreditar*.

— Vou esmurrar vocês — Gaunt falou. — Os dois. Não estou nem aí.

— Imagino que ele talvez possa superar quando crescer — Devi continuou, ignorando-o.

— Duvido — Pritchard disse. — O que acha, Henry? Você me parece incorrigível. Você e Ellwood.

Gaunt resmungou.

— Henry, esse tal de Ellwood é mais bonito do que eu? — Devi perguntou. Então, se dirigiu a Pritchard: — Não é possível que ele seja.

— Não olhe para *mim* — Pritchard falou. — Não sirvo para fazer esse tipo de julgamento.

— Se um amigo meu vai enrabar outros homens, gostaria que ele tivesse bom gosto.

— Creio ser um pensamento razoável.

— Deus do céu! Vocês podem calar a boca?! — Gaunt exclamou.

— A gente o deixou irritadinho — Devi disse.

— *Você* o deixou irritadinho — Pritchard corrigiu.

— Não estou irritadinho!

Devi se deitou na cama, ao lado de Gaunt. Um momento depois, Pritchard fez o mesmo. Ambos colaram o corpo no dele.

Gaunt engoliu em seco. Sabia o que significava estarem tocando-o tão prontamente.

— Você acha mesmo que consegue aqueles documentos para nós? — Pritchard perguntou.

— É claro que sim — Devi falou. — Ele é Henry Gaunt, Grande Sedutor de Homens e Mulheres do Mundo. Ora, Henry, não acha que pouparia tempo se simplesmente se deitasse com o Kommandant?

— Eu preferiria levar um tiro no pulmão a voltar a falar sobre qualquer parte dessa conversa — Gaunt respondeu.

— Ah, deixe de se gabar de seus ferimentos de batalha — Devi disse. — Todos acham você muito corajoso, não precisa insistir na questão.

Pritchard não voltou a mencionar o assunto. Devi fazia piadas, mas Gaunt notava que ele era cauteloso: tomava muito cuidado para garantir que suas brincadeiras nunca fossem entreouvidas; e, para a imensa surpresa de Gaunt, ele descobriu que as tolerava. Chegavam a lhe trazer alívio. Ter algo que pensara ser tão grave tratado de forma leve e jocosa... era animador. Sentia que se livrara de alguma coisa, algum peso que não sabia carregar. Seu humor melhorou. Ele se esquecia do motivo, às vezes, e então se lembrava: *Não tenho segredos com Archie e Gideon.*

•

Elisabeth levou alguns dias para conseguir documentos de identidade para eles e, nesse meio-tempo, tentou convencer Gaunt a ficar. Ele estava seguro no centro de detenção, ela observou. Gaunt se comoveu por ela se importar não com o risco que encarava, contrabandeando documentos, mas com aquele que ele próprio encararia retornando à linha de frente.

— Sentirei sua falta — ele falou, com honestidade.

Começara a entender melhor a relação de Ellwood com Maud através da que havia desenvolvido com Elisabeth. Uma amistosidade que não levava a lugar algum. Um emaranhado de nós em seu coração estava se desfazendo, e as coisas pareciam muito mais simples do que antes.

Se Ellwood estivesse ali, a simplicidade teria sido ainda maior.

VINTE E TRÊS

Após terem recebido os documentos, Evans lhes disse que poderiam escapar na noite seguinte. A lua estava em quarto crescente, o que tornaria mais difícil avistá-los quando emergissem do túnel, e teriam a cobertura adicional de uma plantação de cevada que haviam feito na saída.

O dia que antecedeu a fuga fez Gaunt lembrar-se muito do anterior à Batalha de Loos. Tivera a mesma sensação inquieta de expectativa, embora fosse uma experiência mais agradável, porque estava mais empolgado do que nervoso. Foi estranho passar pela rotina do dia como se tudo estivesse normal. Ele prometeu ajudar Hinton a decorar suas falas em grego no dia seguinte. Dividiu a comida com Lüneburg, levou Elisabeth ao bosque e a beijou. Não ousou se despedir.

Todas as vezes que seus olhos cruzavam com os de um de seus colegas de fuga, não conseguia evitar um sorriso.

— Lembra um pouco os banquetes que fazíamos de madrugada na escola, não é? — Devi falou.

— Nem de longe tão inocente quanto eles.

— Muito mais atrevido.

— Bem menos bolo.

Devi riu. Parecia levemente fora de si.

— Vou comer bolo até *não conseguir mais*, Gaunto. Você vai ver só.

Foram para a cama no horário habitual. Gaunt se acomodou no corredor, como sempre, e aguardou.

Faltando vinte e cinco minutos para a uma da manhã, Evans o sacudiu, despertando-o de um sono delicioso e sem sonhos.

— Está na hora, meu garoto — ele disse.

Gaunt foi o primeiro a chegar ao porão. Os outros vieram, um de cada vez, carregando suprimentos. Eles vestiram as roupas sujas do túnel e embrulharam os pertences em jaquetas à prova d'água, amarradas com cordões.

— Gideon deve ir primeiro — Nicholson sugeriu. — A ideia foi dele.

Todos concordaram. Daria a Devi a maior chance de conseguir escapar.

— Seguirão juntos depois de terem saído? — Evans perguntou.

— Eu, não — Nicholson respondeu. — Tentarei a sorte com os trens. *Eine Fahrkarte nach Münster, bitte!*

— O restante de nós vai a pé — Devi acrescentou. — Se alguém falar conosco, Gaunt dirá que sou um louco e que estão me escoltando até um hospício perto de Emsdetten. Vou babar um pouco; vai dar tudo certo.

— Todos aqui estarão torcendo por vocês — Evans disse. — Providenciei para que alguns homens respondam em seus nomes no *Appell* da manhã; deve ganhar algumas horas para vocês.

Eles ajudaram Devi a amarrar a mochila. Gaunt deu a ele um sorriso apertado.

— Você vai ficar bem, Henry — Devi disse. — Você sempre se sai bem.

— Não se preocupe comigo.

Devi se ajoelhou e entrou no buraco.

MacCorkindale estimou que levaria cerca de vinte minutos para Devi atravessar o túnel. Aguardariam quinze antes que outro entrasse, para assim não agitar a estrutura.

Quinze minutos se passaram sem incidentes; Nicholson estava amarrando a própria mochila quando Pritchard falou.

— Ouçam!

Havia um ronco baixo vindo do buraco.

Gaunt não hesitou. Atirou-se no chão, enfiou a cabeça no túnel e gritou.

— Gideon!

Ao longe, a voz de Devi respondeu.

— Socorro!

— Gaunt, espere — MacCorkindale disse. — Se o túnel estiver sendo inundado...

Gaunt entrou no túnel de bruços.

— Estou indo — ele exclamou.

— Estou preso — Devi exclamou de volta. — A água está subindo!

— Tente se soltar, estou indo!

O túnel tinha a forma de um V acentuado. A julgar pelo barulho, havia desmoronado próximo à superfície, e a água estava entrando, acumulando-se no ponto mais baixo e subindo a partir dali. Conforme Gaunt descia, o caminho ficava cada vez mais íngreme.

— Henry...!

A voz de Devi estava fraca. Seu rosto irrompeu nas lembranças de Gaunt, como um fogo de artifício.

— Lembra-se das fortalezas de capim que construíamos em Grinstead, Gideon? — ele perguntou, desesperado.

Devi não respondeu.

— Lembra-se do frenesi quando havia torrada como petisco no lanche? Lembra-se... lembra-se do dia que nós escalamos a sequoia?

Silêncio. Gaunt seguiu em frente. Era difícil encontrar oxigênio o bastante no túnel para falar e se mover ao mesmo tempo.

— Consegue me ouvir?

A terra estava úmida e, de repente, molhada. Havia alcançado a água, água lamacenta e congelante. A escuridão era total e o ar, praticamente impossível de respirar.

— Gideon! — Gaunt exclamou.

Não houve resposta. Ele estimava que o túnel seguia por mais vinte e três metros, todos inundados. Devi estava preso em algum ponto, afogando-se em um buraco estreito demais para mover os braços. Devi, que o ensinara a trepar em árvores.

Gaunt inspirou profundamente, o ar fétido fazendo sua cabeça girar, e se lançou no túnel submerso.

Em Preshute, fora capaz de segurar a respiração por vários minutos, mas, desde seu ferimento, até mesmo subir escadas o deixava sem fôlego. O ar no túnel era tão ruim que a inspiração recém-tomada para se preparar mal serviu de algo. Em segundos, seus pulmões latejavam. Ele continuou em frente, meio nadando, meio cavando. Devi estava ali em algum lugar, tudo o que precisava fazer era chegar até ele.

Sentia-se estranhamente lúcido, apesar da dor no peito. Era muito mais fácil ser corajoso pelos amigos do que por si próprio.

A escuridão lenta da água não se abrandou. Não era o tipo de escuro ao qual os olhos conseguem se adaptar. Gaunt avançou. A água pressionava suas orelhas. Sentia-se muito calmo. Seu corpo não estava frio nem quente. Moveu-se adiante com firmeza, como um soldado.

Com a mão, sentiu algo duro e emborrachado. Era uma bota. A mente de Gaunt teve um sobressalto, e ele tateou até que as mãos recaíram no que achou ser um tornozelo. A perna se moveu levemente, em um chute — Devi estava vivo.

De súbito, dando-se conta de que não tinha oxigênio para tirar os dois dali em segurança, Gaunt começou a retroceder com todas as forças, puxando a perna de Devi. Depois de uma breve luta, o corpo do amigo começou a se mover.

Não havia espaço no túnel para que Gaunt se virasse. Rastejava para trás, subindo um aclive, arrastando um corpo pela água. Deveria ter sido impossível. Talvez tivesse sido, se Gaunt se permitisse, por um segundo que fosse acreditar ser o caso. Ele, contudo, simplesmente seguiu puxando. A água tornava o corpo de Devi quase sem peso. Precisou de todo o seu autocontrole para não abrir a boca e inspirar. O desespero cresceu em seu peito. Ficava cada vez mais difícil mover os membros, que zumbiam com a necessidade desesperada de oxigênio.

E, então, a mão de alguém agarrou seu tornozelo e puxou.

Alguém viera atrás dele. Gaunt redobrou o aperto em Devi, e a mão o puxou ainda mais, até que, de repente, sua cabeça emergiu da água, e ele inspirou uma golfada vertiginosa de ar.

— Continue — ele arfou.

— Certo — Pritchard disse.

Gaunt o ouviu continuar rastejando para trás. Puxou Devi penosamente para fora da água. Soube o exato instante em que a cabeça do amigo estava livre, pois ele engasgou e tossiu como uma vítima de gás.

— Ele está vivo! — Pritchard falou, às suas costas.

— Continue — Gaunt repetiu.

Era evidente que Devi ainda não era capaz de se mover por conta própria, e Gaunt, portanto, continuou a arrastá-lo para trás. A força total da gravidade tornava o esforço muito mais difícil. Contudo, não demorou para ouvir a voz do amigo.

— Estou bem agora.

— Precisamos sair logo — Gaunt disse. — Não quero estar aqui quando o negócio todo desabar.

Ele sentiu Devi se ajustar e, então, serpear para trás, os pés chutando o rosto de Gaunt.

— Quanto falta, Archie? — Gaunt perguntou.

— Estou vendo a luz — Pritchard respondeu.

— A água está subindo — Devi falou.

E, então, Gaunt conseguiu ouvir outras vozes no porão, incluindo — seu coração vacilou — o inconfundível som do idioma alemão.

VINTE E QUATRO

— Henry — Devi chamou, com urgência. — Esconda a bússola na boca.

Com muita dificuldade, Gaunt retirou do bolso a minúscula bússola caseira. Era plana, pouco maior do que uma bola de gude. Ele a prendeu entre a bochecha e os dentes.

Ouviu-se um berro e o som de algo sendo arrastado. Pritchard fora puxado do túnel pelos tornozelos. Gaunt continuou a arrastar-se para trás e, então, pela segunda vez, sentiu alguém agarrá-lo pelos pés e puxar.

Estava fora do túnel, piscando sob a luz tênue do porão secreto. Lüneburg o havia puxado, e ele lançou a Gaunt um olhar traído antes de se inclinar novamente até a entrada do túnel para procurar Devi.

Lüneburg não era o único alemão no porão.

— *Steh auf* — o Kommandant vociferou.

Gaunt se pôs de pé, oscilante. Nicholson e MacCorkindale estavam de frente para a parede, as mãos na cabeça. Evans, Gaunt ficou feliz em ver, provavelmente havia escapado antes de eles serem pegos. Pritchard deu-lhe um sorriso rápido.

— Uma sentinela ouviu você gritando no túnel — disse.

— *Sei still!* — o Kommandant exclamou, apontando um fuzil para Pritchard, que ergueu as mãos, apaziguador.

Houve um som de corpos se debatendo e, logo depois, Lüneburg reapareceu, seguido de perto por Devi, cujo semblante parecia cinzento.

— *Er braucht einen Arzt* — Gaunt disse, falando cuidadosamente com a bússola na boca. — Ele precisa de um médico.

— Calado!

— Lüneburg — Gaunt insistiu. — *Ajude-o.*

Mas Lüneburg apenas o encarou, furioso, e puxou Devi, obrigando-o a ficar de pé.

O Kommandant manteve a arma apontada para eles enquanto os conduzia até seu escritório. Todos se enfileiraram em frente à mesa. Pritchard segurava Devi com um braço ao redor da cintura para mantê-lo em pé.

— Não os revistarei se me derem sua palavra de honra de que entregarão todos os seus suprimentos — o Kommandant falou.

Um por vez, eles prometeram. Gaunt já não tinha mais escrúpulos com mentiras. O Kommandant não estava se comportando como um cavalheiro ao impedir que Devi visse um médico.

Eles tiraram as mochilas e viraram os bolsos do avesso. Nicholson até mesmo tirou as moedas dos sapatos. Foi esperto da parte dele, Gaunt pensou; todos sabiam que mantinha a maior parte de seu dinheiro em forma de papel, colado com fita às costas.

— Onde conseguiram isto? — o Kommandant perguntou, em inglês, brandindo os documentos de identidade.

Todos ficaram em silêncio.

— Onde conseguiram estes documentos? — o Kommandant repetiu, a voz ficando mais alta.

— Eu os arranjei — Gaunt respondeu.

— Com quem?

— Temo que não possa lhe dizer. É uma questão de honra.

O Kommandant pareceu querer agredir Gaunt, mas se conteve.

— Apenas um alemão poderia ter lhe dado isto. Certamente, Kapitän, você compreende por que tal informação é necessária a mim.

— Eu entendo completamente. Lamento não poder ajudar — Gaunt disse, com sinceridade.

O Kommandant se voltou para Lüneburg.

— Ouvi relatos de que Kapitän Gaunt dá comida a você.

— Não foi Lüneburg — Gaunt falou, apressado. — Isso eu posso garantir.

— Ora — MacCorkindale interveio. — Se já acabou de nos interrogar, podemos levar Gideon a um médico?

— Calado! — O Kommandant agitou seu fuzil diante do homem.

— Veja bem... — ele começou.

— Cale a boca, Mac — Gaunt disse.

MacCorkindale ficou em silêncio.

— Você me dirá quem lhe deu estes documentos! — o Kommandant ordenou.

— Não direi — Gaunt respondeu. — Lamento honestamente por desapontá-lo.

— Vocês não receberão remessas da Cruz Vermelha! Serão colocados em confinamento solitário!

Gaunt tentou não sorrir. Ambas as ameaças eram vazias. A solitária era a punição automática por uma tentativa de fuga, afinal de contas, e Evans providenciaria que a comida da Cruz Vermelha fosse contrabandeada para eles, bem como fazia por todos os fugitivos britânicos.

— Ah, vamos logo com isso — Nicholson disse.

O Kommandant o golpeou na cabeça com o fuzil. Todos começaram a falar ao mesmo tempo.

— Mas ora! — MacCorkindale exclamou. — Que atitude suja, brutal!

— Porco alemão — Pritchard xingou, o rosto avermelhando-se sob as sardas.

— Esta é uma clara violação da Convenção da Haia — Gaunt disse.

— Não nos esqueceremos disso quando a Guerra terminar — Devi falou.

— *Seid still!* — o Kommandant bradou.

— Acalmem-se, homens — Gaunt pediu. — Acho que ele está ficando nervoso.

Todos pararam de falar. Nenhum deles queria levar um tiro, embora soubessem que o Kommandant não ousaria ferir ninguém fatalmente. Era provável que acabasse enviado à linha de frente, caso o fizesse.

— *Bleib wo du bist* — o Kommandant falou.

— Que idioma encantador é o alemão — MacCorkindale comentou.

— Pare de hostilizá-lo — Gaunt disse.

O Kommandant lançou a MacCorkindale um olhar venenoso antes de puxar Lüneburg de lado. Eles conversaram em voz baixa por alguns minutos. Gaunt tentou escutar o que diziam, mas os murmúrios sediciosos de Nicholson e MacCorkindale o impediram.

Fosse lá o que tivessem discutido, Lüneburg pareceu mais furioso do que nunca depois.

— Vocês irão à solitária agora — o Kommandant informou.

— Um tanto lisonjeiro — Devi disse, enquanto eram conduzidos pelo corredor. — Passamos à frente da fila de espera.

— Acredito que o túnel tenha *mesmo* impressionado — Pritchard falou.

— Talvez impressionasse, se não tivesse cedido — Gaunt disse. — Você está bem, Gideon?

— Estou ótimo. Gosto de um bom mergulho.

— Santo Deus, Gaunt, aquele guarda está fuzilando você com os olhos. O que *fez* a ele? — Nicholson quis saber.

— Creio que o traí. — Ele desacelerou para poder falar com Lüneburg. — Você está com raiva de mim — disse em alemão.

— Fique quieto.

— Sinto muito se lhe causei problemas.

Lüneburg fez um som terrível, que Gaunt imaginou ser uma tentativa de risada.

— Problemas? Você me fez ser mandado à linha de frente.

— Ah — Gaunt disse, a culpa escancarando-se em seu peito.

Lüneburg apertou os dentes e voltou a olhar para frente. Parecia muito mais velho do que antes e, ao mesmo tempo, muito mais novo.

— Não é tão ruim — Gaunt falou. Tivera a intenção de tranquilizar, mas o olhar que Lüneburg lhe lançou foi fulminante. — Bom, está bem, não é um piquenique. Mas você dará conta. Todos dão.

— Ah, sim — Lüneburg respondeu, amargo. — Todos dão conta.

Gaunt não conseguiu pensar em nada a dizer. Sentia-se como se tivesse atirado em Lüneburg, ou o esmurrado quando estava com a guarda baixa. Deixou o olhar se dirigir para o chão.

•

O confinamento solitário estava, como sempre, apinhado. Era uma fileira de celas sem janelas, cada uma feita para abrigar um prisioneiro, mas preenchida com três em vez disso. Todos deram vivas quando eles entraram.

— Deu errado? — um escocês de nariz grande perguntou.

Gaunt se lembrava vagamente de ele ter sido pego abrindo buracos nas paredes de seu dormitório, parte de algum plano intrincado de fuga que envolvera, entre outras coisas, cogumelos envenenados e uma enorme quantidade de canos de chumbo.

— O túnel desabou — MacCorkindale respondeu.

— Túnel? Vocês se esqueceram do fosso?

— Completamente. Alguém devia ter nos lembrado.

Foi preciso libertar cinco homens para abrir espaço. Devi e Pritchard, para a satisfação de Gaunt, foram colocados na mesma cela que ele. Não havia nenhum móvel, apenas um balde e um cobertor.

— Eu realmente lamento muito, Lüneburg — Gaunt disse, quando o guarda os trancou. — Desejo sorte a você. Talvez voltemos a nos encontrar, depois da Guerra.

Lüneburg engoliu em seco.

— Contarei a Elisabeth o que aconteceu — ele falou. — Você não voltará a vê-la.

— Mande a ela meu afeto.

Gaunt observou Lüneburg se retirar.

— Não se preocupe com o seu alemão — Devi disse. — Ele ficará bem.

— É mesmo? — Gaunt perguntou.

— Terá mais comida na linha de frente, ao menos — Pritchard falou. — Parece que ele está precisando.

Gaunt pensou no corpo pequeno e magro de Lüneburg sendo atingido por um projétil; estremeceu, e decidiu nunca mais pensar nele.

•

Eles retiraram as bússolas da boca e as compararam entre si. Ambas funcionavam corretamente.

— Ora, foi uma rapidez de raciocínio e tanto — Pritchard falou.

— Gostaria de ter pensado em esconder um mapa comigo — Devi disse. — Deixei na mochila. — Ele suspirou e inspecionou a cela. — Bom, é quase tão agradável quanto os alojamentos do primeiro ano em Eton, para dizer a verdade.

— Um tanto mais agradável do que Preshute — Pritchard acrescentou. — Nada de garotos mais velhos para nos enfiar em barris e nos rolar colina abaixo.

— Seu irmão Charlie atirava em nós com balas de festim — Gaunt disse.

Um olhar sonhador perpassou o rosto de Pritchard.

— Sim — ele assentiu. — Ele era intenso, não era?

— Gostaria de não estar tão *molhado* — Devi reclamou. — Precisaremos nos aconchegar para nos aquecer.

— Eu não vou tocar em nenhum de vocês dois — Pritchard falou. — Estou seco, caso não tenham notado.

— Venha cá, então, Henry — Devi disse. Gaunt se sentou ao lado dele, e Devi passou um braço ao seu redor. — Você salvou minha vida, seu maluco desgraçado.

— O Archie aqui salvou nós dois.

— E nenhum de nós escapará tão cedo — Pritchard comentou, melancólico.

Devi sorriu.

— Não tenha tanta certeza.

— O quê? Anda cavando buracos nas celas no seu tempo livre?

— Não — Devi respondeu. Ele se aproximou mais de Gaunt, para que seus corpos se aquecessem. Gaunt achou comovente Devi não ter receio de fazer contato físico com ele. Por outro lado, se o que o amigo disse era verdade, ele sempre soube que Gaunt era homossexual e jamais o tratara de maneira diferente.

— Você está fazendo aquela cara — Pritchard disse. — Aquele olhar de Sherlock Holmes, de quem está tramando alguma coisa.

— Eles nos deslocarão para outro centro de detenção — Devi replicou. — Sempre fazem isso. De trem. Digamos apenas que eu pensei bastante em trens e nas oportunidades que eles oferecem.

— Quantas *vezes* você tentou escapar, Gideon? — Gaunt perguntou.

— Esta é minha oitava tentativa. Patético, não é?

— Oitava? Quais foram as outras sete?

Devi contou nos dedos.

— Seduzi uma enfermeira; saltei de um barco; joguei areia nos olhos de um guarda e me esgueirei enquanto ele chorava; saí de fininho durante uma rebelião; me escondi em uma carroça de esterco, por sinal muito desagradável, não recomendaria; escalei as paredes... No primeiro centro de detenção, simplesmente saí andando com tanta confiança que ninguém me impediu. Fui capturado depois de seis dias, morto de fome, graças ao excesso de preocupação de uns estudantes.

— Deus do céu — Gaunt falou. — Você está *mesmo* disposto a voltar para a linha de frente.

Devi deu de ombros.

— Serve para ocupar o tempo.

Pritchard acomodou-se sob o cobertor.

— Certo, cheguei a algumas conclusões novas sobre *Adam Bede* — ele anunciou. — Acomodem-se, pois tenho muito a dizer.

VINTE E CINCO

Permaneceram na solitária por duas semanas. Em três dias, estavam fartos uns dos outros. Pritchard reclamava do cheiro do balde e Gaunt explicava em minúcias como o Império Britânico se autodestruiria após a Guerra, independentemente de quem vencesse.

— Não seria pavoroso? — Devi comentou, com um sorrisinho gracioso. — Imagine só, a Índia governada por indianos. Que horror!

Devi estava sempre sorrindo. Seu bom humor implacável os enlouquecia.

— O poder da mente — ele dizia, empolgado, cerca de oito vezes por dia. Gaunt passou a recitar Tucídides. Pritchard o chamava de intelectual insuportável. Gaunt dizia a ele que suas teorias de *Adam Bede* não tinham fundamento. Pritchard lhe dava um soco, Gaunt o esmurrava de volta, e Devi promovia uma tarde de silêncio.

Harry Windeler visitava uma vez ao dia e lhes contrabandeava comida — Gaunt presumiu que Evans o havia obrigado a obedecer. Sem suas visitas, teriam passado fome, pois as provisões alemãs eram tão irrisórias que Gaunt não fazia ideia de como alguém poderia depender delas para viver.

Independentemente do quanto brigavam, Devi ou Pritchard o acordava gentilmente quando Gaunt tinha um pesadelo.

— Acalme-se, rapaz — Pritchard dizia. — Está tudo bem.

Pritchard não dormira no mesmo dormitório que Gaunt e Devi, e, por isso, Gaunt não sabia que ele era sonâmbulo. Quase todas as noites, erguia-se do chão e ficava parado em uma banqueta de tiro imaginária, montando guarda contra franco-atiradores.

— Loucos, vocês dois — Devi comentava, tranquilo.

Na segunda semana, haviam superado a agressividade e alcançado uma tranquilidade pacífica. Brincavam para passar o tempo, incluindo fazer perguntas uns aos outros.

— Acha que Bertie está vivo? — Pritchard questionou Gaunt.

— Como eu poderia saber? — Gaunt replicou. — É um jogo de porcentagens, não é? Dezoito por cento dos oficiais são mortos, segundo o que li.

— Bertie é sempre o primeiro a se colocar na linha de fogo, o idiota — Pritchard disse. — Apostaria que está tentando conseguir uma Cruz Vitória. Ele é burro feito uma porta.

— É por causa de todas aquelas bolas de bilhar que West arremessava nele.

— Ah, deixem de melancolia — Devi interveio. — Minha vez. Henry, vamos lá, você nunca foi apaixonado por mim?

Gaunt suspirou.

— Gideon.

— É por eu ser indiano?

— Não me importo que você seja indiano.

— Eu não faço o seu tipo?

A expressão venenosa de Gaunt pareceu entregá-lo. Devi gargalhou.

— Eu sabia! Sempre achei que esse tal Ellwood devia ser um tanto parecido comigo.

— Acho que ele tinha ciúme de você, na verdade — Gaunt disse.

Devi se envaideceu.

— Bom, é claro que sim. Eu vim primeiro.

— Não vamos torturar Henry em excesso — Pritchard falou.

— Uma para você, Gideon — Gaunt propôs. — Archie e eu queremos encontrar Ellwood e Bertie. E você, por que quer tanto voltar para a linha de frente?

— Você já entrou em um avião? — Devi indagou.

— Não.

A boca de Devi se estendeu em um sorriso juvenil.

— É a sensação de liberdade mais maravilhosa do mundo. Sinto falta dela. Pense só: somos as primeiras pessoas na história que podem *voar*.

Eles se exercitavam tanto quanto podiam, preparando-se para a próxima fuga. Devi explicava o plano a eles durante as manhãs, quando os guardas estavam mais relaxados e menos propensos a entreouvir.

— Todos se concentram em sair da prisão, mas a parte mais perigosa de qualquer fuga é atravessar a Alemanha — Devi afirmou. — É nesse ponto que as pessoas morrem de fome, ou levam tiros de fazendeiros. Estaremos em desvantagem por não termos muitos suprimentos. Tenho algumas pastilhas de carne-seca escondidas na costura das ombreiras, mas não vão durar muito.

— Algum de nós tem dinheiro? Talvez Henry possa comprar algo para comermos — Pritchard sugeriu.

— Estaremos usando uniformes da prisão — Gaunt contrapôs.

Devi balançou a cabeça de um lado para outro.

— Não. Evans deu um jeito de convencer o Kommandant de que os oficiais britânicos têm um uniforme "confortável" que, em essência, é um traje à paisana. Nos darão roupas assim para nos trocarmos antes da viagem.

— Evans é um tesouro nacional — Gaunt disse.

— Sem dúvidas.

Foi exatamente como Devi disse. No dia que antecedeu a transferência, um guarda trouxe a eles uma muda de roupas que parecia quase normal.

— A parte complicada é que não temos chapéus adequados — Devi disse, enquanto se vestiam.

— Não podemos fazer nada — Pritchard replicou.

— Isso significa que precisaremos viajar durante a noite. Tudo bem, tenho certeza de que conseguiremos. Henry, como estão os pulmões? Pular de um trem em movimento não é brincadeira.

— Ah, está...

— Tudo certo — Pritchard e Devi completaram, ao mesmo tempo.

Gaunt riu.

— Ellwood costumava me dizer: “Sei que está tudo certo, mas você está bem?”.

Devi inclinou a cabeça.

— Ele te entende, então. — Ele fez uma pausa. — Fico feliz.

No dia seguinte, foram retirados às pressas de Fürstenberg por um par de guardas de aparência exausta. Era uma experiência bizarra, atravessar o fosso sob o qual haviam passado tanto tempo cavando.

Havia catorze deles sendo transferidos para outro centro de detenção. Devi sussurrava com Nicholson enquanto eram conduzidos até a estação de trem.

— *Seid still!* — um dos guardas gritou.

Devi inclinou a cabeça, submisso, e ficou em silêncio, mas Gaunt pôde ver pelo brilho nos olhos de Nicholson que o amigo havia conseguido explicar o plano a ele, que rapidamente o transmitiu para os outros prisioneiros, até Gaunt estar certo de que todos tinham ciência.

O trem os aguardava na estação. Estavam divididos em dois grupos de sete. Gaunt, Devi, Pritchard, MacCorkindale e Nicholson se posicionaram para que fossem todos colocados no mesmo vagão, junto do escocês de nariz grande (Liddell) e um jovem francês furtivo chamado Templon. Devi fitou os olhos dos dois, um de cada vez, e ambos assentiram com um gesto diminuto.

Gaunt, Devi e Pritchard tomaram os assentos mais próximos da janela. O guarda os ameaçou com a arma até estarem todos sentados.

— A jornada será muito mais agradável se prometerem não fugir — ele disse. Todos ficaram em silêncio. O guarda suspirou. — Se derem suas palavras de que não fugirão, eu posso guardar minha arma.

— Já leu *Adam Bede*? — Pritchard perguntou ao francês. — Um romance excelente.

Liddell respondeu por ele.

— Pobres coitados, tudo o que tinham para ler era Flaubert.

O rosto de Templon se iluminou.

— *Vous parlez de Flaubert?*

— *Seid still!*

— Ora — MacCorkindale disse, em tom sensato. — Será uma viagem exaustiva se precisarmos ficar em silêncio o tempo todo.

— De que parte da Alemanha você é? — Gaunt indagou.

— Dresden — o guarda respondeu, desconfiado.

— Linda cidade.

— *Donc aucun d'entre vous n'a lu Flaubert?* — Templon perguntou.

— Não quero parecer rude, mas você não sabe falar nem um pouco de inglês? — Nicholson questionou. Templon o encarou, irritado.

— E você não sabe falar nem um pouco de francês? — ele replicou, friamente.

— Henry sabe falar grego antigo — Devi afirmou.

— Não, não sei. É uma língua morta.

— *Seid still!*

O trem acelerou. Estava indo em direção ao sul, levando-os cada vez mais longe da Holanda neutra.

A cabeça de Devi pendeu sobre o ombro de Gaunt e ele fingiu dormir. Gaunt sabia muito bem que o amigo fingia, pois Devi mastigava comida imaginária quando dormia de verdade; fazia isso desde pequeno. Gaunt ficou olhando pela janela, perguntando-se o que aconteceria se quebrasse a perna ao pular dela. Seu coração estava tão acelerado que sentia os batimentos no rosto.

O trem parou em uma estação. Devi continuou fingindo que dormia, mas Gaunt percebeu que seus músculos estavam retesados.

Quando o trem voltou a se mover, ele se endireitou, afastando-se de Gaunt, estalou o pescoço e se dirigiu ao vagão como um todo.

— Está frio, não acham?

Era o sinal. Ao mesmo tempo, todos os sete ficaram de pé e tentaram puxar as bagagens do compartimento superior, exclamando em concordância: "Muito frio!", "Está congelando dentro desse trem!", "Imagine só, estamos em junho!".

O guarda gritou, ordenando que se sentassem, mas mal se podia ouvi-lo com a comoção. Em meio ao caos, ninguém reparou quando Devi e Gaunt empurraram a janela.

Devi encontrou o olhar de Gaunt e sorriu.

VINTE E SEIS

Eles se atiraram ao mesmo tempo, deixando-se cair do trem que se movia devagar, e pousaram no campo. Pritchard veio logo depois, encolhendo-se ao cair, assim como Devi aconselhara, e rolando até parar. Ficaram imóveis até que o trem tivesse passado, pois sabiam que havia um guarda com fuzil posicionado no último vagão.

Quando o trem desapareceu de vista, os três se levantaram, cruzaram os trilhos e começaram a correr rumo a oeste. Era este o momento em que tinham maior chance de serem pegos, Devi alertara. Tudo dependia de quanto tempo seus colegas prisioneiros conseguiriam ganhar no trem. Correram em disparada. A liberdade, a euforia e o medo lhes conferiram velocidade.

Finalmente, Devi anunciou que podiam desacelerar um pouco.

— Precisamos achar algum lugar onde nos esconder até que anoiteça — ele disse. Seguiram correndo em um ritmo mais comedido, tranquilizados pelo fato de o trem não ter retornado em busca deles. Depois de quase uma hora de trote estável, alcançaram um pinheiral. Devi levou um dedo aos lábios; encontraram uma vala isolada, distante de quaisquer trilhas.

Falavam apenas em sussurros enquanto afundavam em agulhas de pinheiro para descansar. Era de conhecimento comum que alemães adoravam caminhadas pelos campos, especialmente aos domingos, e muitos oficiais britânicos já haviam sido pegos por alguma família que passeava durante a tarde. Estavam com sede, mas era arriscado demais procurar uma nascente antes do anoitecer. Ficaram deitados, amontoados, de olhos fechados.

Uma das preocupações de Gaunt era que seus pesadelos pudessem entregar a localização do grupo, mas, para sua surpresa, eles não surgiram enquanto dormia na floresta. Suspeitava que fosse pela mesma razão de seu sono ser melhor na frente de batalha do que longe dela: o suspense o impedia de se recordar.

Acordaram quando o sol se pôs. Era verão, o que significava uma bênção mista: não sofreriam com a neve, mas as noites seriam curtas. Precisariam fazer um bom progresso, e não contavam com mapa algum, apenas bússolas. No entanto, tão logo encontrassem o nome de algum lugar, poderiam orientar-se. MacCorkindale insistira que todos memorizassem o nome de cada vilarejo e cidade da região, pelo que eles agora se sentiam extremamente gratos. Caminharam para oeste, atravessando o pinheiral, e pararam ao encontrar um riacho. Lá, encheram as latas de tabaco com água, já que nenhum dos três levava garrafas consigo.

Caminharam a noite toda em silêncio, parando apenas quando o sol nasceu. Então, encontraram um lugar silencioso para se abrigarem e voltaram a dormir.

Quando acordaram, estavam esfomeados. Pritchard havia atado vários quilos de chocolate da Cruz Vermelha ao torso com seu cinto, e Gaunt enfiara nas mangas uma quantidade considerável de pastilhas Horlicks de leite maltado. Teria comido a reserva inteira como café da manhã, mas cada um deles se serviu de apenas quatro pastilhas — duas de leite, duas de carne — e cem gramas de chocolate.

Então, esperaram que o longo dia de verão terminasse. Dezessete horas de luz do sol. Com calor, impacientes e forçados ao silêncio, esperaram. Dormiam em turnos, mas era difícil, mesmo quando jogavam os braços sobre os olhos para bloquear o sol.

Na segunda noite, passaram por um letreiro. Pritchard subiu nos ombros de Gaunt e acendeu um fósforo para conseguir lê-lo. Eles reconheceram o nome. Se seus cálculos estivessem corretos — o que não era uma certeza, de modo algum —, tinham mais de cento e sessenta quilômetros a serem andados.

No segundo dia, os pés de Devi começaram a sangrar. Ele acompanhou Gaunt e Pritchard durante a noite, mas, quando o sol nasceu e o grupo parou em um campo de grama alta, ele tirou as botas com um gemido. Seus pés estavam cobertos de bolhas brutais.

Pritchard e Gaunt se entreolharam. Nas trincheiras, a diferença entre um homem morto e um vivo eram, muitas vezes, as condições de seus pés.

— Minhas meias são mais grossas — Pritchard falou, em voz baixa. — Vão ajudar.

Assim, eles trocaram as meias. Foi um processo repulsivo e que não faria diferença alguma, mas animou Devi, e Gaunt supôs que teria sido aquela a intenção de Pritchard.

Eles criaram diversas regras: não cruzariam nenhum vilarejo antes das onze da noite, evitariam trens e cidades, a não ser que estivessem à beira de um colapso, e sempre seguiriam os conselhos daquele que estivesse mais cauteloso no momento.

No terceiro dia, encontraram o primeiro alemão. Cruzavam uma estrada rural, pouco depois do pôr do sol, e um homem passou por eles em uma bicicleta. Ele parou quando viu Devi. Os três pareciam sujos e estranhos, vestidos como estavam, em trajes idênticos e lisos, sem chapéus. Todos os pontos poderiam ser explicados com bastante facilidade, no entanto, se Devi não fosse indiano.

— Boa noite — Gaunt cumprimentou, em alemão.

— De onde vocês são? — o homem perguntou, desconfiado.

— Munique, originalmente. Estou ajudando meu primo a levar este lunático para o hospício em Emsdetten.

Quando Gaunt gesticulou em sua direção, Devi resmungou com ferocidade e rangeu os dentes. Pritchard o segurou com força pelo braço.

— Ele é perigoso? — o homem indagou.

— Só quando está bravo, com fome ou cansado. Os três pontos se aplicam, no momento.

— Bom, boa noite. — O homem voltou a subir na bicicleta e pedalou tão rápido quanto podia.

— É irônico — Devi comentou, depois de o homem se afastar —, dado que, de longe, sou o mais são de nós três.

Não havia quase nada que temessem mais do que cães, especialmente depois de serem perseguidos por uma matilha em um vilarejo escuro, no sexto dia. Conseguiram escapar vadeando um rio, o que fez as bolhas de Devi se romperem. Ele estava com tanta dor agora que precisaram reduzir consideravelmente o ritmo. Devi nunca reclamava, e seu humor nunca fraquejava, muito embora já não tivessem mais chocolate e a cada dia que se passava o suprimento de pastilhas de carne e leite escasseavam. Comiam frutas de arbustos quando encontravam e, no quarto dia, Devi havia apresentado algumas tiras de toucinho que guardara "como surpresa". Contudo, a fome lhes pesava intensamente, deixando-os fracos, irritáveis e com a cabeça dolorida.

— Se eu ficar com um pouco mais de fome, deixarei de ser humano — Pritchard falou. — Precisamos mandar Henry para um vilarejo com um pouco de dinheiro.

— Arriscado demais — Devi replicou. — Ele parece um condenado imundo.

— Nunca chegaremos à Holanda — Gaunt disse. — Vamos morrer à beira da estrada, como a Pequena Vendedora de Fósforos.

— Ah, deixe de reclamar — Devi falou. — Toda aventura tem seus desconfortos.

— *Desconfortos?* — Pritchard repetiu, incrédulo. — Não há como continuarmos assim, Gideon!

— Alguma coisa tem que aparecer — Devi disse. — Sempre aparece.

Ele estava certo. Naquela noite, encontraram uma plantação de batatas. Era cedo demais para estarem formadas, mas os tubérculos ainda não tinham apodrecido. Encheram a jaqueta de Pritchard com eles e comeram a primeira refeição verdadeira em mais de uma semana. Foi incrível o quanto afetou suas perspectivas. De repente, a Holanda parecia tão próxima que praticamente podiam tocá-la.

— Se formos pegos, precisaremos nos livrar delas — Devi alertou. — Com a questão do racionamento de comida dos alemães, provavelmente não gostarão de ladrões de batatas.

Os pés de Devi doíam tanto que ele precisava se apoiar em Gaunt e Pritchard quando andavam.

— Mas não estamos muito longe — ele dizia, alegre. De toda forma, agregava ao realismo do disfarce.

Circundaram uma casa de fazenda na décima noite, perigosamente próximos. Era um risco, mas a alternativa seria caminhar em torno de uma colina inteira, e os pés de Devi precisavam ser levados em consideração. Pensavam ter alcançado uma segurança considerável quando uma bala passou ricocheteando pelas árvores ao redor.

— Alto lá! — um homem berrou. — Quem está aí?

— Corram — Pritchard disse.

Eles agarraram Devi pela cintura e dispararam em meio às árvores. O homem soltou o cachorro atrás deles, mas estava escuro, e Pritchard avistou um pequeno muro que podiam escalar. Uma vez que o haviam cruzado, continuaram em disparada, arrastando Devi entre si até estarem tão exaustos que seria impossível prosseguir.

— Foi por pouco. — Pritchard arfou.

— Fomos na direção certa, ao menos — Devi falou, irrefreavelmente otimista.

Em mais de uma ocasião, foram flagrados enquanto descansavam durante o dia, mas em todas as vezes Gaunt conseguiu que se safassem na base da conversa.

Haviam ultrapassado Emsdetten agora, e aproximavam-se da fronteira holandesa. Atravessar a divisa não era uma tarefa simples; os três sentiam quão amargo seria fracassar já tão longe. A comida tornava a ficar escassa.

— Teremos muito para comer na Holanda — Devi afirmou.

Não ousavam conversar muito entre si, já que seria desastroso serem ouvidos falando inglês. Em estradas mais cheias, Gaunt fazia monólogos em alemão, fingindo ralhar com Pritchard. A tática se provou surpreendentemente eficaz para repelir perguntas de estranhos.

A boa sorte os deixou imprudentes.

Andavam havia duas semanas, e esperavam conseguir cruzar a fronteira naquela noite. Impacientes, começaram mais cedo do que seria adequado. O sol mal havia se posto quando voltaram à estrada.

Ainda estava claro quando fizeram uma curva e se depararam diretamente com um soldado alemão. O homem acabara de sair de uma cabaninha de madeira na encosta da estrada. Gaunt tinha visão de outros soldados lá dentro.

— Boa noite — Gaunt cumprimentou, dando-se conta, de repente, de que nenhum deles se barbeava ou tomava banho havia semanas.

— Quem são vocês? O que estão fazendo aqui?

— Estou ajudando meu primo a acompanhar este lunático a um hospício próximo de Overdinkel. Faria a gentileza de nos indicar o caminho até a fronteira holandesa?

— Vocês têm documentos?

— É claro — Gaunt respondeu, o coração apertando. — Se não estou enganado, a divisa fica logo além dessas árvores, não é? Devo dizer que ficar carregando um demente é um trabalho árduo.

O soldado puxou a arma e a apontou para ele.

— Documentos.

Vários outros soldados emergiram da cabana, também armados.

— *Ein Problem, Heinrich?* — Pritchard indagou em voz baixa.

— *Nein, nein* — Gaunt disse, apalpando os bolsos, tentando pensar. Ele sentiu Devi apertar seu braço. Sabia que o amigo estava tentando comunicar algo, mas não o quê.

Felizmente, não demorou para que ficasse claro. Com um grito de guerra estridente, Devi se soltou de Gaunt e Pritchard e avançou contra os soldados alemães.

Gaunt e Pritchard não hesitaram. Dispararam em direção às árvores, deixando Devi para trás.

VINTE E SETE

JUNHO DE 1916, RIO SOMME

Ainda dentro do trem escutavam a artilharia vindo do Somme. O vilarejo onde desembarcaram fervilhava de movimento, e o rugido das armas proporcionava um som ambiente estrondoso. Thorburn desapareceu instantaneamente no bordel dos oficiais. Hayes e Ellwood estavam a caminho do alojamento quando Ellwood foi arrebatado por um grupo de homens jovens.

— Sidney!

— Olhem só, é Ellwood!

— Como você está, meu velho?

Bertie Pritchard e Loring o colocaram nos ombros; Roseveare, Grimsey e Aldworth gritavam ao redor dele.

— É um reencontro de Preshute!

— Passou por maus bocados?

— Roseveare já tem umas seis francesas atrás dele, o canalha...

— Como estão seus homens? Será que aceitariam uma partida de futebol?

— Parece que Lantham está em algum lugar por aqui, está lembrado de Lantham?

— As armas não são maravilhosas? Chegam a nos fazer ter pena dos pobres bárbaros!

Ellwood olhou de um rosto amigável para outro, sentindo-se encher de uma alegria desenfreada que foi imediatamente eclipsada pelo desespero. *Estavam todos aqui.* Todos os seus amigos, juntos em um mesmo lugar, como se comparecendo a um casamento horripilante. Saltitavam ao seu redor feito filhotes de cachorro, envoltos em uma aura de perdição, e Ellwood sabia que cada um havia se dado conta da mesma coisa.

Hayes se manteve sutilmente de lado, seu desconforto quase cômico diante daqueles garotos animados de escola pública, roupas imaculadas e oratória perfeita.

— Este é Hayes — Ellwood apresentou, uma nota de desespero na voz, aproveitando que Pritchard estava brigando com Grimsey e havia afrouxado consideravelmente o aperto em sua perna. Loring lutava para erguê-lo, e Ellwood rolava pelos ombros exuberantes dos amigos como um saco de batatas.

— Olá, Hayes — Roseveare cumprimentou, com gentileza. — Sou Roseveare. É terrível ser o único que não conhece ninguém, não é? Onde você estudou?

Era exatamente a coisa errada a se dizer. Os braços de Hayes se retesaram com ainda mais força.

— Na escola municipal de Lewisham.

Ellwood viu — e sabia que Hayes também vira — a expressão de surpresa em Roseveare e, na sequência, a oscilação rápida de seu olhar conforme assimilava o uniforme deplorável de Hayes e, por fim, compreendia.

— Ah. Certo — ele disse. — Temo não a conhecer.

Ellwood se debateu para descer de Loring e Pritchard.

— Hayes é fantástico. Não sei o que seria de mim sem tê-lo como amigo.

Hayes corou.

— Seu pobre coitado — Roseveare falou. — Imagine só, além de suportar as trincheiras, precisar aguentar *Ellwood*!

— Ele não é tão ruim — Hayes replicou.

— Precisa contar para mim como ele é no exército, quero saber de tudo. Ele trapaceia jogando cartas? É um sujeito desonesto. Você deve ficar esperto, Hayes.

Hayes abriu um sorriso torto.

— Não sei quanto às cartas, mas ele quase arrancou meus olhos com um soco porque perdeu uma corrida de tesourinhas.

— Você tinha trapaceado! — Ellwood exclamou.

— Tesourinhas? Quem falou em tesourinhas? — Pritchard interveio. — Eu tenho a tesourinha campeã de meu batalhão. Ozymandias, Rei dos Reis! Contemplai, grandiosos, e desesperai--vos! — Ele puxou um lenço dobrado e o abriu com reverência, mas havia apenas uma mancha cascuda dentro. — Ah, Grimsey! Você deve tê-la esmagado quando trombou comigo! Que selvageria.

— Meu serviçal é um cozinheiro excelente — Loring falou. — O que acham de todos jantarmos juntos?

— O que me diz, Hayes? — Ellwood indagou.

Hayes colocou as mãos nos bolsos.

— Não tenho certeza se...

— Venha — Roseveare disse, com seriedade. — Qualquer amigo de Sidney é nosso amigo também.

— Bom, tudo bem, então — Hayes assentiu, um tanto tímido.

Ellwood nunca riu tanto como naquela noite. Estavam em plena forma, gritando para se fazerem ouvir com a cacofonia constante da artilharia. Loring persuadiu Aldworth a contar como fora ferido em Loos; uma narrativa divagante que culminava com Aldworth sendo acidentalmente apunhalado com uma baioneta por um de seus próprios soldados enquanto tentava explicar a eles como usá-la. Pritchard fez todos chorarem de rir ao descrever Galípoli, que, em suas histórias, parecia menos uma batalha e mais uma comédia ambientada na Turquia, aos moldes de *Três homens em um barco*, de Jerome K. Jerome. Até mesmo Grimsey sorriu, embora também tivesse estado lá, e retornado outra pessoa. Ellwood contou a eles que Hayes gritava piadinhas para os alemães.

— Era *você*? — Loring perguntou. — Minha nossa, Maitland o idolatrava.

Hayes ardeu de satisfação. Quando se retirou por alguns minutos, todos os garotos se inclinaram para questionar Ellwood.

— Ora, é mesmo verdade que ele trabalhava em uma fábrica antes de tudo isso?

— Ele é muito inteligente, não é?

— Acha que ele se ofenderia se eu recomendasse um novo alfaiate?

— Sim — Ellwood respondeu, categórico.

— Ah, tudo bem — Loring falou. — Mas ele nunca se tornará capitão com uma aparência dessas.

— Bom, ele é o melhor oficial na divisão — Ellwood afirmou.

Mais tarde naquela noite, Lantham apareceu. Ellwood havia esquecido o quanto ele era bonito.

— Olá, Sidney — Lantham cumprimentou, a voz gentil. — Acabei de descobrir que serei seu segundo-tenente. Que coincidência, não é?

— O que está fazendo aqui, Maurice? — Ellwood indagou. — Você tem só dezesseis anos.

— Farei dezessete em agosto.

— Mas você nem sequer gostava do treinamento de cadetes. Que história é essa?

Lantham baixou os olhos de cílios compridos.

— Umas garotas me deram uma pluma branca na cidade. Senti-me tão mal que fui me alistar na mesma tarde.

— Eu gostaria de arrastar essas garotas até as trincheiras pelos cabelos — Ellwood falou, sombrio.

— Ah, estão apenas fazendo a parte delas, todos temos que fazer a nossa, Ellwood. Creio que é terrivelmente difícil para as garotas. Estão perdendo os irmãos, pais e amados, e há tão pouco que podem fazer a respeito.

— São Maurice, o misericordioso — Ellwood disse, desalinhando os cabelos acobreados e sedosos de Lantham.

O garoto corou cheio de raiva.

•

Descobriram, mais tarde, que Lantham ficaria no mesmo alojamento que eles. Ellwood e Hayes foram de imediato dividir um dos dois quartos, deixando Lantham com Thorburn.

— Mais um que o idolatra? — Hayes indagou, quando estavam a sós. — O que é que você *fez* naquela escola?

Ellwood não respondeu. Estava preocupado que tivesse agido de forma um pouco cruel com Lantham. Por alguma razão, nunca chegara a responder às cartas dele.

— Você pareceu se dar bem com Roseveare — ele comentou.

— Sim — Hayes respondeu, vago.

— Cyril é um cavalheiro — Ellwood disse. — Por completo.

Hayes não teceu comentário algum a respeito, o que Ellwood achou preocupante.

Estivera certo de que Hayes teria opiniões quanto ao uso da palavra "cavalheiro". Mas o homem simplesmente ficou sentado na cama, franzindo a testa ao descalçar as botas.

— Quer compartilhar os pensamentos? — Ellwood convidou.

— Você disse a eles que somos amigos.

— Ah — Ellwood falou. Seu rosto ficou quente. Ele se deixou afundar na cama de frente para Hayes. — Desculpe. Não era para ter dito?

Hayes dobrou o sobretudo no encosto de uma cadeira, colocou o travesseiro no chão e se deitou. Ellwood apagou a vela com um sopro.

— Henry me pediu que cuidasse de você — Hayes disse.

Ellwood se acomodou sob os cobertores. Tentou imaginar a conversa, mas nada lhe veio à mente. De alguma maneira, nunca conseguia imaginar Gaunt falando a seu respeito. Sua sensação sempre fora a de que, quando não estava lá, Gaunt se esquecia de sua existência.

— Foi por isso que mandou homens atrás de mim quando eu me perdi.

— Eu os teria mandado atrás de qualquer um. Mas fiquei feliz quando você voltou — Hayes respondeu.

Houve uma longa pausa. O som da artilharia intensificava o silêncio. Ellwood se perguntou se ainda estaria vivo em vinte e quatro horas.

— As coisas serão bem intensas quando subirmos lá — ele disse.

— Sim, creio que tenha razão.

— O coronel diz que o arame farpado será pulverizado com as explosões, que os sobreviventes sairão com as mãos erguidas quando atacarmos.

Hayes soltou um suspiro pesado.

— Disseram o mesmo em Loos — ele falou.

— Parece injusto, não é? Nossos pais puderam viver a vida inteira sem passarem por nada assim.

— Construindo, com toda a diligência, o mundo que levou a isso.

— Acredito que eles achavam ter os próprios problemas — Ellwood disse.

— Ninguém jamais considera a própria vida fácil.

E, então, ficaram em silêncio, tentando não pensar em quais horrores inconcebíveis os aguardavam, quando o bombardeio cessasse e os homens fossem ordenados a avançar.

VINTE E OITO

O barulho ao se aproximarem da frente de batalha era inimaginável, mas as cotovias ainda planavam no céu pesaroso, e papoulas escarlate pendiam das extremidades das trincheiras de comunicação. Como sempre, quando sua mente não encontrava nada a que se agarrar, apegava-se a Tennyson.

Meu coração ao ouvir despertaria
Quer fosse ele terra no leito do chão;
Minha poeira ao ouvir despertaria
Tivesse eu jazido um século, então,
Sob seus pés meu reviver floresceria
Em roxo e vermelho com sua canção.

Com Gaunt morto, não havia ninguém com quem Ellwood conversasse sobre poesia. Ele mantinha os versos em sua mente. Imaginava que ressurgiam agora devido ao modo estranho como a força das explosões fazia o chão se mover. Era como se a terra tivesse um coração que batia, que pulsava para ser salvo, urgentemente vivo. Perguntou-se qual a última vez que a Europa sentira tamanha destruição. *Waterloo,* pensou. O solo havia jazido morto por um século, mas agora despertara, exigindo sangue.

O coronel se dirigiu aos batalhões antes de saírem.

— Vocês têm suas ordens. Sigam calmos e firmes, e não parem até alcançarem Berlim! — Ele galopava de um lado para outro, montado em uma égua castanha lustrosa. A cena fez Ellwood pensar em caçadas outonais em East Sussex, em inspirar o ar frio e úmido e saber que, de noite, haveria chá e bolo ao lado da lareira. — Não creio que encontrarão muita oposição. Vocês estão ouvindo nossos projéteis, sabem dos terrores que eles estão causando a nossos amigos alemães. Poucos ingleses tiveram a oportunidade de conquistar tamanha honra a tão pouco custo. Marchem de cabeça erguida para a vitória, por si, por seu rei e pelo Império!

Os homens deram vivas enérgicos. Grande parte dos batalhões era formada pelo Exército de Kitchener, jovens e ávidos garotos que nunca tinham visto a batalha.

Quando se aproximaram da linha de frente, contudo, até mesmo os mais animados se calaram. Ellwood se lembrou do que Gaunt dissera sobre o disparo das armas: como trazia a sensação de estar no centro do universo. Ia além disso, no Somme. Era como assistir ao universo partir-se ao meio.

Ele havia escrito uma carta para a mãe na noite anterior.

Quarta-feira, 28 de junho de 1916
Algum lugar na França

Querida mãe,

Haverá uma batalha formidável amanhã. Tenho certeza de que ficarei bem, mas quis mandar uma palavrinha para dizer que a amo. Estou apenas sendo supersticioso, na verdade. Estamos bombardeando os pobres Fritz incansavelmente há quase uma semana, e é provável que eles estejam desesperados para renderem-se.

Agradeço muito pela comida que mandou, os soldados gostaram em especial do abacaxi enlatado. Eu te amo. Nos veremos em breve.

Seu filho,
Sidney

Tinha certeza de que a carta não traria conforto algum à mãe. Acostumara-se com a ideia de que morreria. Não havia nada mais em que pensar. Desejava apenas que não precisasse ver nenhum de seus amigos morrer antes que acontecesse.

Lantham caminhava ao seu lado, o semblante pálido. Ellwood se lembrou de que o garoto nunca gostara da Noite de Guy Fawkes por causa dos fogos de artifício.

— Ânimo, companheiro — ele disse. — Estamos fazendo história.

Os músculos do pescoço de Lantham estavam retesados, como os de um animal tentando escapar de uma corda.

Foram retidos na trincheira de apoio.

— O ataque foi adiado — veio um rumor da linha de fogo. — Adiado por quarenta e oito horas.

O coração de Ellwood se apertou. Seus soldados haviam se preparado para uma batalha, não para a agonia da expectativa.

Dois de seus homens se suicidaram naquela noite. Ellwood não sentiu compaixão por eles. Morreriam de qualquer maneira, afinal, e lhe parecia egoísta contribuir com o sentimento generalizado de desespero que se impregnava nas trincheiras.

Roseveare veio visitá-los no abrigo. Pálido e irrequieto. Era sua primeira batalha. Ellwood não conseguia decidir se desejava que Bertie Pritchard também tivesse vindo, ou que o próprio Roseveare não houvesse aparecido. Era difícil olhar para ele e recordar todos os anos que haviam passado juntos, sem saber a violência que os aguardava.

— Gostaria que começasse logo — Roseveare falou.

— Tente não pensar nisso — Hayes disse.

— Sim, é uma boa ideia — Roseveare concordou. Ele ficou andando de um lado para outro no abrigo. Thorburn lia um jornal velho, como se não tivesse uma única preocupação na cabeça. Lantham permanecia sentado na cama, encolhido e com o olhar vazio. Ellwood e Hayes censuravam as cartas fatalistas que os homens haviam escrito para as próprias famílias. Era uma tarefa deprimente, ainda mais quando precisavam cobrir com caneta preta todas as referências ao pavor sombrio deles. O medo não era bom para o moral dos civis. Ellwood se perguntou como as viúvas da Grã-Bretanha interpretariam os enormes borrões das canetas de censura, se imaginariam coisas muito piores sob a tinta preta do que as versões abafadas da realidade que os soldados descreviam.

— Você joga futebol? — Hayes perguntou a Roseveare. Ellwood sorriu para ele. Sabia que Hayes não se importava, que só queria distrair Roseveare, cujos dedos tremiam enquanto atravessava o abrigo sem parar.

— Sim — Roseveare respondeu. — Meus irmãos e eu jogávamos em casa. Os dois estão mortos agora. Mons e Galípoli. Meu Deus, gostaria que começasse logo.

— Eu jogava com os garotos na rua de casa — Hayes continuou. — Já viu garotos jogando nas ruas de Londres? Éramos praticamente selvagens, agora que paro para pensar.

— Não. Cresci em Surrey. Embora sinta ser de Wiltshire, por causa da escola. Acham que o arame realmente foi destruído pelos projéteis?

— Sim, com certeza — Ellwood falou. — Também me sinto assim. A escola sempre significou mais uma casa para mim do que minha mãe.

— Se minha mãe tivesse dinheiro, podem ter certeza de que não o teria gastado pagando estranhos para me criar — Hayes disse.

— Ah, mas não são estranhos! — Roseveare replicou, e seus olhos entraram em foco. — São seus colegas. Seus amigos. Você não imagina o quanto amávamos aquilo, mesmo quando era horrível.

Ellwood balançou a cabeça, em concordância.

— Sei que não é justo que algumas crianças sejam mandadas a palacetes para serem educadas, quando outras ficam praticamente sem nenhum estudo. Mas é difícil desaprovar um lugar que me trouxe tanta alegria.

Roseveare sorriu, sonhador.

— Acho que nunca serei tão feliz quanto fui cavalgando por Preshute com os Ardentes.

— Eu odiava aquele lugar — Lantham se manifestou, para a surpresa de todos.

Roseveare e Ellwood se viraram para observá-lo.

— Eu acordava com os garotos falando de mim. Ficava deitado, completamente imóvel, e os escutava dizer as piores coisas que se pode ouvir alguém falar.

— Ah, todos nós passamos por isso — Roseveare replicou, desinteressado.

— Era formação de caráter — Ellwood falou; jamais esqueceria as coisas que Burgoyne dizia a seu respeito, quando tinha 13 anos.

— Vocês bateram em mim — Lantham disse. Seus olhos foram de Ellwood para Roseveare. — Vocês dois. Amarraram-me em uma cadeira e me bateram a noite toda.

Hayes praguejou em voz baixa, mas Roseveare riu com ternura.

— Eu tinha me esquecido disso. Deus do céu, como éramos cruéis! Lamento muito, Lantham. Não sabia que você se ofenderia tanto.

— Fazíamos isso com todo mundo — Ellwood acrescentou. — Assim como fizeram com a gente. Era formação de caráter.

Lantham negou com a cabeça.

— Aquilo não ajudou a formar meu caráter mais do que *isto* aqui. Aquilo me destruiu.

Um projétil especialmente sonoro fez a lâmpada que pendia do teto oscilar num frenesi.

— Jesus Cristo — Roseveare falou. — Só queria que começasse logo.

•

Na noite de 30 de junho, eles receberam as ordens. Atacariam às 7h30 da manhã seguinte.

Thorburn riu quando soube.

— Em plena luz do dia — ele disse. — Será divertido.

Ellwood passou a noite toda na cerca de arame, que notara ser espessa demais para que eles atravessassem. Sabia o que acontecia com tropas que acabavam amontoadas durante ataques diurnos. Na escuridão da noite, levou Hayes e alguns soldados para golpear o arame usando luvas de couro, saltando para dentro da trincheira sempre que projéteis caíam perto deles. Os alicates de corte do exército eram cegos e malfeitos, e os homens se mostravam desmotivados com as baixas que sofriam enquanto trabalhavam. Quando amanheceu, Ellwood ficou consternado ao descobrir que a cerca ainda parecia terrivelmente grossa.

— Precisamos entrar — Hayes disse. — Eles estão nos vendo.

— Só mais dez minutos — Ellwood insistiu. Mas logo precisou admitir que os franco-atiradores estavam disparando com precisão inquietante, e eles retornaram para o abrigo.

— Bávaros — Hayes informou, tamborilando os dedos sobre a mesa. — Ouvi um sinaleiro dizer. São eles que estamos bombardeando. A mãe de Gaunt não era de Munique?

Um pedaço de calcário caiu nos cabelos de Ellwood enquanto os projéteis ressoavam. Ele chacoalhou a cabeça para retirá-lo. Parecia-lhe que fora outra pessoa que tinha se embebedado com os primos de Gaunt em 1913; algum jovem mais feliz, de mais sorte.

Às 5h30, colocaram-se de prontidão. Os homens estavam indescritivelmente bêbados.

— Creio que seja melhor assim — Hayes falou. As armas estavam tão ruidosas que Ellwood às vezes quase se esquecia delas. Era impossível distinguir qualquer explosão individual. Lantham, que havia dois dias inteiros não parava de tremer, parecia marcadamente indisposto. Seus olhos estavam vermelhos e inflamados, e ele havia mordido as unhas até o talo.

— Não consigo raciocinar — ele disse a Ellwood. — Não consigo raciocinar.

— Está tudo bem, Maurice, companheiro. Não há necessidade de raciocinar agora.

Às 6h45, as armas chegaram ao ápice. Minas imensas explodiram, revirando toda a Terra de Ninguém e criando formatos que Ellwood pensou, de forma bizarra, parecerem-se com ovos de Páscoa. Uma onda de bom humor desconexa recaiu sobre ele: era tudo ridículo. Um minuto depois, ela desaparecera, substituída por uma resignação deprimente.

— Ah, Jesus Cristo! — Lantham exclamou, os olhos esbugalhados no rosto de maneira obscena, como os de um cavalo que Ellwood certa vez assistira morrer após um grave erro de salto. Ele não parecia saber o que dizia.

— Está tudo bem, Maurice, está tudo bem — Ellwood repetia, em vão. Lantham inclinou a cabeça em direção aos céus, cada músculo penando para se imobilizar.

Ellwood providenciou uma bola de futebol e a mostrou a seus soldados.

— Vejam, o que vamos fazer é caminhar em frente, devagar. Sempre que virem a bola, chutem. Quem a chutar até os boches ganha. Entenderam?

Alguns deles deram sorrisos fracos.

— E se eles a chutarem de volta para nossa trincheira? — Lonsdale indagou.

— Neste caso, receio que terão vencido a Guerra. Não sou eu que faço as regras. — Ellwood sorriu. Fingir o fazia sentir-se mais corajoso.

Às 7h20, as armas cessaram. Os homens estavam em silêncio, exceto por um som baixo e áspero de rangidos, que Ellwood logo percebeu vir de Lantham. Ele estava apertando os próprios dentes como um cachorro louco. Ellwood o forçou a beber um pouco de uísque, o qual o garoto parecia totalmente incapaz de engolir.

Às 7h25, aguardaram na linha de fogo. Roseveare havia retornado à própria divisão. Ellwood estava com a curiosíssima sensação de ser invertebrado, como se seu corpo inteiro estivesse cheio de água turbulenta. Hayes agarrou Ellwood e o envolveu em um abraço apertado. Ellwood devolveu o gesto com a mesma força. Por um momento, voltou a sentir-se vertebrado.

Às 7h29, ele levou o apito à boca, os olhos fixos em seu relógio de pulso. Embora Lantham gemesse, Ellwood não podia ajudá-lo agora.

Às 7h30, assoprou o apito e subiu na banqueta de tiro. A batalha começou.

VINTE E NOVE

Gaunt ouviu o som de um tiro e um grito terrível, mas não parou, assim como Pritchard. Os soldados estavam em seu encalço, atirando a esmo na direção deles, mas os dois não haviam passado incontáveis horas na Terra de Ninguém a troco de nada. As árvores lhes forneciam cobertura e, assim, eles correram, ombro a ombro, para longe da estrada.

A adrenalina esporeou Gaunt a princípio, mas logo seu corpo esfomeado começou a doer de cansaço. Exatamente no instante em que achou que precisaria parar e entregar-se, Pritchard tocou seu braço.

— Eles desistiram — falou, ofegante. — Ouça.

Gaunt parou. O bosque estava em silêncio.

— Gideon...

— Eu não sei — Pritchard disse.

Eles encararam um ao outro.

— Ele não ia querer que voltássemos — Gaunt afirmou.

— Não — Pritchard concordou.

Outra longa pausa.

— Há muitos lugares em que se pode levar um tiro sem morrer.

— Sim — Gaunt falou.

— Devemos...

— Sim.

Eles avançaram. Estava escuro agora. Depois de cerca de uma hora, avistaram a linha férrea que sabiam passar ao longo da fronteira. Eles a acompanharam, escondendo-se em arbustos. Quando tinham plena certeza de que não havia ninguém por perto, saíram agachados da vegetação rasteira e cruzaram os trilhos.

— A lua está nascendo — Pritchard falou.

Se não atravessassem a fronteira na próxima hora, teriam que esperar até a noite seguinte e, era quase certo, seriam pegos nesse ínterim. Os soldados provavelmente já teriam descoberto quem eram a essa altura, e a honra que receberiam por capturar três oficiais britânicos foragidos seria um poderoso incentivo para que continuassem a busca.

— Temos que atravessar agora, custe o que custar — Gaunt disse.

Estava imensamente grato pelo quanto a tarefa consumia de seus pensamentos. Não restava espaço para pensar em Devi, naquele grito.

Gaunt estudara aquela parte do mapa obsessivamente. Sonhara com aquele pequeno riacho que marcava a fronteira holandesa. Quando o viu, exatamente onde o mapa havia pontuado que estaria, encheu-se de uma gratidão crescente pelo oficial russo anônimo que roubara os mapas e fizera cópias, tantos meses antes, não para que pudesse ele próprio escapar, mas para que outros conseguissem.

É claro, havia uma sentinela caminhando de um lado para outro ao longo do riacho. Estava sozinha, no entanto. Gaunt e Pritchard entraram em uma vala e uniram as cabeças.

— Ele está com o fuzil pendurado nas costas — Gaunt falou. — Demorará um pouco para atirar em nós.

— Tem certeza de que esta é a fronteira?

— Praticamente. Saberemos depois de atravessar aquele riacho atrás dele.

— Podemos ir rastejando. Evitar sermos notados.

Gaunt discordou com a cabeça.

— Sem chance. É uma disparada ou nada.

— Certo. No três.

Gaunt contou até três; eles saíram da vala em um rompante.

— *Halt!* — a sentinela gritou, lutando para apoiar o fuzil no ombro.

Gaunt e Pritchard passaram por ele a toda velocidade. Gaunt tinha certeza de que nunca correra tão rápido na vida. Estava se aproximando da linha de chegada de uma corrida que começara nove meses antes, em Loos. Ellwood estava na outra ponta, e Gaunt não pararia até tê-lo alcançado.

Desceram a margem aos tropeços enquanto a sentinela começava a atirar. Torrões de terra explodiram diante deles. Como sempre acontecia ao ver-se em meio a disparos, Gaunt se sentiu estranhamente lúcido. Os tiros estavam tão próximos que pareciam distantes e abafados.

Ele cruzou o riacho e subiu a margem oposta. Pritchard deslizava em frente, de bruços, e Gaunt se deixou cair de quatro no chão. A sentinela estava a menos de seis metros de distância deles, podia enxergá-los facilmente sob a luz da lua.

Mas não se ouvia mais disparos. Quando teve certeza de que seus ouvidos não lhe pregavam uma peça, Gaunt se virou e olhou para a sentinela.

Que havia baixado a arma.

Estavam na Holanda.

TRINTA

Às 7h20 do dia 1º de julho, as armas enfim cessaram fogo. Pela primeira vez em uma semana, Ernst Grisar conseguia escutar a própria respiração. Nas profundezas das trincheiras de calcário, famintos e sedentos, os alemães haviam aguardado o fim do bombardeio. Foram poucas as baixas sofridas. Os estilhaços explodiam inofensivos acima deles. Vez por outra, partes das paredes da trincheira eram derrubadas, soterrando soldados. Mas estes logo eram desenterrados, mais ou menos intactos. Muitos dos projéteis, talvez metade, nem sequer haviam explodido.

Agora, tinham parado. O ataque era iminente. Ernst e sua equipe de atiradores engatinharam até as metralhadoras na linha de fogo, hesitantes. Ernst espetou um periscópio por sobre a beirada da trincheira.

Nada.

— Por que não avançam? — o soldado Weigand indagou.

Ernst lançou-lhe um olhar ansioso.

— Não sei. Não conseguirão passar pela cerca, de qualquer forma. — O bombardeio deixara o arame inteiramente incólume. Ernst duvidava que mesmo um coelho conseguisse atravessar.

Weigand não pareceu convencido.

— Depende de quantos tentarem.

— Estamos em posição de vantagem. Não seja tão medroso.

Na realidade, o próprio Ernst se sentia um tanto fraco. Estavam famintos. Embora tivessem ficado, em grande parte, a salvo dos projéteis, o barulho levara os homens à beira da loucura. Quanto a dormir, era algo que se provava completamente impossível havia dias. E, agora, precisariam encarar um ataque cuja escala se equiparava, no mínimo, à da assustadora artilharia. Pela terceira vez desde que saíra do abrigo, Ernst verificou sua munição. Nesse ponto, ao menos, estavam bem abastecidos.

Durante dez minutos, a paisagem ficou em silêncio. Pássaros planavam tranquilos ante o azul profundo do céu.

— Por que não avançam? — Weigand voltou a perguntar.

— Fique quieto — Ernst disse. — Você terá sua chance de atirar nos Tommies.

Weigand se remexeu, inquieto.

— É essa espera. Parece uma armadilha.

E parecia. O cenário estava anormalmente calmo. Por um momento, Ernst cogitou a ideia de simplesmente saltar para a Terra de Ninguém e atirar-se aos céus. As trincheiras opostas pareciam vazias. Aquele era um pedaço de terra muito desagradável. Talvez os ingleses não o quisessem, no fim das contas. Ernst certamente não o queria.

E, então, cabeças começaram a surgir do talho profundo nas trincheiras britânicas.

— Fogo! — Ernst ordenou, e a metralhadora soltou um suspiro de balas, virando as cabeças para trás.

Contudo, mais cabeças apareceram; os homens saíam das trincheiras e ficavam presos aos montes nas pequenas lacunas da cerca britânica. Ernst nem sequer precisava mirar. Cada bala acertava carne, pois o solo fervilhava com ela. Era como atirar em uma multidão. Não: as pessoas teriam se dispersado em uma multidão, mas aqueles homens caminhavam em frente, calmos, marchando por cima de seus companheiros abatidos antes de também serem atingidos. Era absurdo.

— Não é possível que este seja o plano deles — ele falou.

Weigand não podia ouvi-lo com o barulho da metralhadora. Outra onda de homens havia saído da trincheira; as armas os derrubaram como uma foice ceifando grama. Era risível. Ernst nem imaginava a magnitude da situação. Lembrou-se da mãe passando o dedo indicador ao longo dos montantes das janelas, limpando a sujeira. *Vush.* Uma centena de homens atingidos. *Vush.* Uma centena de homens atingidos. Eles simplesmente não paravam de surgir. Não haviam avançado mais do que três metros, pois os cadáveres dificultavam a passagem.

Deve ser a Inglaterra toda, ele pensou. *As mulheres virão a seguir e, depois, as crianças, e nós mataremos até o último deles.* Pensou em seu primo Heinrich, e no amigo dele, Ellwood, que o haviam visitado em Munique não tanto tempo atrás. Um garoto vivaz, alegre, que rira de deleite com o relógio mecânico em Marienplatz. Haviam ido caminhar nas montanhas e, quando alcançaram o pico, Ellwood estendera os braços como se fossem asas.

— Terra de Goethe, Schubert, Wagner, arrebate-me!

— Ignore-o — Heinrich havia dito, indulgente. — Ele só está se exibindo.

Ellwood se deixara cair na grama, um sorriso extasiado no rosto.

— Não somos os garotos mais felizes do mundo?

Ernst se forçou a afastar a recordação. Não eram garotos que marchavam em sua direção, mas soldados que o matariam no instante em que transpusessem a cerca. Outra vez, e mais outra, carregou a munição e derrubou os homens que avançavam e continuavam, inabaláveis, implacáveis como o mar. Eles nem sequer corriam, mas caminhavam devagar para seu fim, como...

Não havia comparação. Nenhum animal no mundo teria suportado aquilo. Nenhuma criatura teria se atirado nos braços da morte com tanta consciência, com tamanha desesperança. Os lábios de Weigand se moviam, rezando. Lágrimas manchavam seu rosto.

Quando vão parar? Sem dúvidas, algum general estava nesse mesmo instante telefonando para a linha de frente, dizendo: "Mandem-nos parar, é um massacre, não há nada a ser ganho, talvez possamos salvar um ou dois batalhões?".

Ele não fazia ideia de quanto tempo estava atirando, quantos homens matara. Soldados tinham começado a encontrar as aberturas na cerca alemã. Os atiradores os abatiam vagarosamente nas passagens estreitas. Eles caíam sobre os corpos daqueles que haviam avançado antes, e os homens que vinham atrás pisavam em seus cadáveres antes de também serem mortos. Ernst não conseguia pensar neles como humanos. Humanos não morriam daquela maneira, em bandos. Começavam a parecer-lhe formigas, e ele, uma criança as esmagando com os dedos. Era a única maneira de conseguir continuar recarregando a munição, agora que enxergava os rostos vítreos e aterrorizados. Um projétil foi detonado à sua direita, explodindo uma onda de soldados britânicos que quase havia alcançado a linha alemã. Quando os detritos se dissiparam, Ernst notou, com uma calma aterradora, um par de mãos arrancadas de um corpo, ainda agarrando a cerca.

— Oberleutnant Grisar? — Um soldado estava parado atrás dele.

— Sim?

— Perderam dois oficiais na Divisão A. Fui enviado para buscá-lo como substituto.

Ernst seguiu o soldado pelas trincheiras até a Divisão A, mergulhada em caos devido a uma granada certeira. Ele ordenou que os feridos fossem retirados e, então, os homens voltaram para a banqueta de tiro com seus fuzis, dando seguimento ao massacre sinistro. Aqui e ali, os britânicos atravessavam buracos na cerca, marchando inexoravelmente adiante. Estes eram mortos, e mais surgiam. Havia inúmeros deles. Logo seria uma questão de combates corpo a corpo. Ernst tinha acabado de conferir se sua baioneta estava acoplada em segurança quando um oficial britânico surgiu na trincheira.

Ele estava completamente fora de controle, coberto de sangue, e parecia não sentir medo algum. Apontou a baioneta primeiro para um alemão, depois para outro, como se estivessem todos à sua mercê. Um dos homens de Ernst ergueu a própria baioneta para matá-lo... e, de repente, Ernst o reconheceu.

— *Halt!* — ele exclamou, e avançou um passo. — Ellwood?

Ellwood o olhou, atônito, como se tivesse visto um fantasma. Havia algo de diabólico nele, como se fosse um corpo repleto de fogo, desesperado para queimar.

— Não vou me render, Ernst — ele disse, a voz aguda. — Você terá que me matar.

TRINTA E UM

Uma caminhada de meia hora os levou até uma cidade.

— E se ainda estivermos na Alemanha? — Pritchard perguntou.

Apesar do que acontecera com a sentinela, Gaunt também tinha seus receios.

— Acha que devemos avançar mais? — ele indagou.

— Não sei se consigo — Pritchard admitiu. — Estou com tanta fome que acho que vou desmaiar.

— Então, vamos bater e perguntar — Gaunt concluiu. — Se nos pegarem, pelo menos conseguimos chegar bem longe.

Ele não acrescentou "*E, então, descobriremos o que houve com Gideon*". Sabia que os dois chegaram ao mesmo pensamento.

Pritchard assentiu. Aproximaram-se de um pequeno chalé de pedras, com velas acesas nas janelas, e bateram.

Um homem de pijamas abriu a porta. Ele os fitou com enorme desconfiança. Dado o quanto Gaunt e Pritchard pareciam selvagens a essa altura, Gaunt não podia culpá-lo.

— Esta é Overdinkel? — Gaunt perguntou em alemão.

— *Jawohl.*

— Estamos na Holanda?

— *Jawohl* — o homem repetiu.

Gaunt não pôde impedir que sua alegria e alívio transbordassem em uma gargalhada. Ao seu lado, Pritchard soltou um som risonho atípico. O holandês os encarou como se fossem loucos.

— Nós escapamos da Alemanha — Gaunt explicou. — Somos oficiais britânicos. Tem alguma comida que possa nos vender?

Uma mulher apareceu à porta.

— Britânicos? — ela perguntou.

— Sim.

— Entrem, entrem!

Gaunt e Pritchard a seguiram para dentro do pequeno chalé. Fogo dançava na lareira. Pritchard parecia incapaz de controlar as risadinhas.

— Vocês têm alguma comida? — Gaunt indagou mais uma vez, pois, de repente, sentia que suas entranhas estavam desmoronando. — Temos dinheiro. — Ele arrancou a sola da bota para reaver o pequeno abastecimento de moedas.

O holandês o dispensou.

— Não, não — ele afirmou em alemão —, vocês são nossos convidados. Sentem-se, sentem-se!

Gaunt estendeu o dinheiro, insistente.

— Sentem-se! — o holandês vociferou.

Como estudantes, Gaunt e Pritchard obedeceram. Rindo, fitaram a mulher que trazia cerveja, bacon frio, pão e três ovos grandes para cada um. Para Gaunt, poderia muito bem ser maná dos céus. Ele pensou ser capaz de comer três vezes aquela quantia, porém, tendo terminado os ovos, sentiu enjoo e precisou parar. Comia com tamanho foco que, apenas quando baixou o garfo, registrou que a mulher falara com ele.

— Faria a gentileza de repetir? — ele pediu, como se a polidez de suas palavras pudesse contrapor a selvageria com a qual havia devorado os ovos.

— Seu sotaque não parece inglês — ela disse.

— Ah, sou inglês, pode acreditar — Gaunt afirmou.

— Pergunte se podemos passar a noite aqui — Pritchard pediu.

Gaunt perguntou. O holandês negou com a cabeça.

— Devemos entregá-los à Guarda da Fronteira.

Gaunt se enfureceu.

— E ficar preso em uma cela até que a Guerra termine? De jeito nenhum!

— Não há outra maneira.

Gaunt explicou a situação a Pritchard, que deu de ombros.

— Não se preocupe, Gaunto. Escaparemos de qualquer centro de detenção holandês. Quero tomar um *banho*.

— Certo. — Ele se voltou para o holandês. — Tudo bem. Podem nos levar à Guarda da Fronteira.

Eles agradecerem ao homem e à esposa pela comida e tentaram pagar-lhes mais uma vez. Nenhum dos dois aceitou o dinheiro.

A luz do luar estava forte.

Gaunt continuava deleitando-se com a sensação estranha de saciedade depois de tantas semanas de privação. Eles cruzaram um pátio calcetado e entraram na delegacia. Gaunt e Pritchard avistaram alguns colchões no chão e foram se deitar sem falar com ninguém. Que o holandês explique, Gaunt pensou.

Adormeceram no mesmo instante.

•

Na manhã seguinte, um simpático guarda holandês trouxe um balde de água morna, sabão em barra e duas navalhas. Os dois se lavaram tão bem quanto possível. Quando Pritchard se despiu, Gaunt ficou alarmado ao ver quão magro ele estava.

Sentiam-se melhor depois de se barbearem, mas continuavam contando apenas com as roupas rasgadas e enlameadas para vestir. As chances de aparentarem ser qualquer coisa além de prisioneiros foragidos eram nulas.

— Tomaremos o trem para Hengelo agora — o guarda informou.

— Ah — Gaunt respondeu, o tom de voz pesaroso. — Iremos para Amsterdã, na verdade.

— Temo que isso não seja possível.

— Imaginamos que você diria isso — Gaunt continuou, com extrema polidez. — Contudo, não escapamos da Alemanha para ficar matando tempo em Hengelo. Tenho certeza de que entende.

— Minhas ordens são para levá-los a um centro de detenção em Hengelo.

— Compreendo muito bem como isso deve ser difícil para você. Infelizmente, iremos para Amsterdã, com ou sem sua companhia.

O guarda pareceu aflito. Era evidente que não tinha a autoridade para atirar neles, mas, ainda assim, sua mão se contraiu, parecendo querer alcançar o fuzil.

— Algum problema, Henry? — Pritchard indagou.

— O pobre rapaz quer nos levar para Hengelo.

Pritchard pareceu solidário.

— Detesto desapontá-lo.

— Eu também. Devemos fingir concordar para que ele nos leve à estação de trem?

— Sim, parece o mais gentil a se fazer. Ele parece transtornado.

Gaunt se dirigiu ao guarda.

— Tudo bem. Leve-nos para Hengelo.

O guarda pareceu imensamente aliviado. Depois de um desjejum agradável (embora inacabado), durante o qual Pritchard surrupiou do bolso do guarda um informativo com os horários de trem e mostrou a Gaunt que havia um saindo para Amsterdã em menos de uma hora, o guarda os conduziu de volta à praça do vilarejo.

— O pai de Roseveare é diplomata em Amsterdã — Pritchard falou, quando o guarda estava alguns passos à frente dos dois. — Ele vai nos ajudar.

A estação era minúscula, mas havia um telefone. Gaunt insistiu, de forma educada, mas agressiva, que lhe permitissem fazer uma ligação; contudo, fez com que Pritchard conversasse com a embaixada. Pritchard havia sido um bom amigo de Martin Roseveare, que fora abatido em Galípoli. Em pouco tempo, ele conseguiu contato com a embaixada e explicou a situação.

— Desligue — o guarda falou. — Nosso trem chegou!

— Ah, nós não vamos pegar esse trem — Gaunt respondeu.

— O quê? — O rosto do guarda empalideceu.

— Pegaremos o trem das nove e dez para Amsterdã. Já está tudo combinado.

O guarda olhou de relance para o fuzil, desamparado.

— Veja bem, não faça isso — Gaunt disse. — Ficarei feliz em ligar para seu superior e explicar a situação.

— Mas vocês precisam ser levados ao centro de detenção em Hengelo — o guarda insistiu, infeliz.

Pritchard desligou.

— Ora, ele está com uma cara deplorável, Henry. O que você estava dizendo?

— Não é minha culpa o maldito ser *tão dedicado* ao trabalho. Chegue para lá, está bem? Vou ligar para este centro de detenção do qual ele não para de falar.

Depois de ser transferido, Gaunt explicou em termos claros e resolutos que sentia muito por incomodar quem quer que fosse, mas que ele e Pritchard encontrariam seus amigos na Embaixada Britânica, em Amsterdã, naquela manhã. Repetiu a informação diversas vezes, conforme cada guarda com quem falava transferia a ligação para o próprio superior, até que, por fim, ele estava na linha com um major.

— Sim, sim, está bem — o major respondeu, impaciente.

— Importa-se de confirmar isso ao guarda? Ele parece profundamente desesperado com a perspectiva de desobedecer às ordens.

O guarda soltou um som fraco de protesto.

— Tome — Gaunt passou o telefone para ele e, então, juntou-se a Pritchard no banco da estação.

— Todo aquele tempo no meio do mato nos faz dar valor a algumas coisas, como móveis, não é? — Pritchard disse.

— Sim — Gaunt concordou. — Bancos são invenções maravilhosas.

Era fácil serem otimistas, agora que estavam seguros e alimentados. Devi estaria em seu ambiente natural. *Não parecia justo*. Ao pensar na palavra "justo", Gaunt soltou uma risada infeliz. Pritchard o olhou de soslaio e, parecendo entender exatamente o que se passava em sua cabeça, desviou o rosto.

O guarda veio juntar-se a eles, parecendo irritado e ressentido.

— Sinto muito por tê-lo enganado dessa forma — Gaunt disse a ele. — Porém, você sabe que só teríamos causado mais problemas se tivéssemos fugido de Hengelo.

O guarda suspirou, mas não respondeu.

Depois de estarem acomodados confortavelmente em um vagão de segunda classe no trem, Pritchard anunciou que estava com fome de novo.

— Ele não deveria nos alimentar? — perguntou, indicando o guarda.

— Bom, ele já fez isso.

— Estou faminto. Vamos para o vagão-restaurante.

Os dois se levantaram e saíram sem alertar o guarda, que os seguiu aos tropeços, murmurando insultos. Ignorando-o, usaram o dinheiro na bota de Gaunt para comprar champanhe e sanduíches. Gaunt ofereceu o champanhe ao guarda, que respondeu com apenas um olhar raivoso.

— Sobra mais — Pritchard disse.

Havia comido apenas metade do próprio sanduíche. Gaunt fitou o pão, sabendo que acabaria descartado ou devorado por algum funcionário ferroviário esfomeado.

— Gostaria que Gideon estivesse aqui — ele falou.

Pritchard não olhou para ele.

Completou a taça de champanhe dos dois, embora não fosse necessário.

— Aquele desgraçado é resistente — Pritchard disse, depois de terem brindado. — Despencou de um avião e caiu em pé, não foi?

— Não acho que tenha sido bem assim.

— O que quer que tenha sido, ele sobreviveu. Uma bala é moleza, depois disso.

Ambos conseguiam ouvir o otimismo forçado em suas palavras. Não voltaram a mencionar Devi. Não havia nenhum propósito.

•

O sr. Roseveare aguardava por eles na estação.

— Santo Deus! — ele exclamou quando os viu. — Parecem à beira da morte! Bom, venham, venham. Tem um táxi esperando por nós.

— Eu tenho ordens para... — o guarda interveio.

O sr. Roseveare entregou-lhe uma nota nova em folha.

— Sim, obrigado, eu assumo a partir daqui.

O guarda encarou o dinheiro, perplexo.

— Mas...

— Agradeço muito — Gaunt disse. — Desculpe-nos por qualquer problema que tenhamos causado.

E, então, o sr. Roseveare os conduziu até um táxi. Sua aparência estava impecável, como todos os Roseveare. Gaunt, em comparação, sentiu-se descuidado e desajustado.

— Devem estar morrendo de fome. Parecem um par de esqueletos. Vocês vão ficar aqui, no conforto, por algumas semanas, e vamos poder engordá-los.

— Não tivemos nenhuma notícia da Guerra — Pritchard falou. — Como está indo?

O rosto do sr. Roseveare se entristeceu.

— Eu não me preocuparia com isso no momento.

— Por quê? O que aconteceu?

— Certo conflito no Somme, nada mais — o sr. Roseveare respondeu. — Baixas um tanto pesadas do nosso lado.

Gaunt sentiu o estômago despencar. Ao seu lado, Pritchard ficara imóvel.

— Quão pesadas?

O sr. Roseveare olhou pela janela do táxi.

— Quase sessenta mil britânicos mortos apenas no primeiro dia.

— Sessenta mil? — Gaunt repetiu, incrédulo.

— Estão dizendo que foi o maior desastre militar na história da Grã-Bretanha — o sr. Roseveare continuou, a voz leve.

Pritchard, como sempre, foi mais delicado do que Gaunt.

— Seu filho estava lá, senhor?

— Sim. — Ele fez uma pausa. — Ainda não tive notícias dele. — Um sorriso peculiar e desagradável surgiu em seu rosto.

Gaunt e Pritchard ficaram em silêncio por um momento.

— Lamento muito por Martin e Clarence — Pritchard falou. — Martin e eu éramos próximos.

Para o choque de Gaunt, os olhos do sr. Roseveare se encheram de lágrimas. Gaunt vira soldados chorarem, é claro, quando estavam em choque, destroçados e para além dos limites de resistência. Mas ver desmoronar — tão rápido, com tanta facilidade — um diplomata de cinquenta e poucos anos, vestido com elegância, não era um efeito da Guerra que Gaunt houvesse previsto. Não tinha se dado conta de que as fendas se espalhariam tão longe, ou que seriam tão profundas.

Ele e Pritchard desviaram os olhos enquanto o sr. Roseveare enxugava as lágrimas.

— Tenho muito orgulho deles, é claro — ele falou, a voz embargada. — Muito orgulho. Como diz o ditado: *Dulce et decorum est pro patria mori.*

Pritchard lançou a Gaunt um olhar de advertência, como se prevendo que o amigo começaria a declamar sobre objetivos da guerra, traição dos generais e armamentos modernos como crimes contra a humanidade. Mas nada poderia estar mais distante de sua mente. Enquanto o sr. Roseveare guardava o próprio lenço, Gaunt pensou apenas em como seria cruel desiludi-lo.

— Qualquer um de nós, com certeza, ficaria feliz em morrer pela Inglaterra — ele disse.

— Sim, exatamente — o sr. Roseveare assentiu. — E Cyril vai... tenho certeza de que... ele ficará bem.

— O senhor... o senhor teve alguma notícia do meu irmão? Bertie? — Pritchard perguntou.

O sr. Roseveare balançou a cabeça em negativa.

— Não, lamento. Estará nos jornais. Ah, chegamos.

•

O sr. Roseveare os hospedou em um hotel imponente no centro de Amsterdã e lhes entregou passagens para um barco que partiria para a Inglaterra no dia seguinte.

— Os dois terão direito a Condecorações Militares, creio eu.

— Que excelente — Pritchard disse, explorando o banheiro. — Ah, minha nossa, isso, sim, é um banho de *verdade*!

— Virei encontrá-los à noite para o jantar no restaurante. Peçam o que quiserem; a embaixada cuidará da conta.

— Muito obrigado — Pritchard agradeceu.

— Não há de quê. Nós, antigos garotos de Preshute, precisamos ajudar uns aos outros, não é?

Involuntariamente, Gaunt pensou em Hayes. Se Hayes tivesse escapado de um campo de prisioneiros de guerra, teria sido mandado ao centro de detenção em Hengelo e ninguém teria feito nada a respeito.

Perguntou-se se Hayes ainda estaria vivo. Havia um limite para a sorte de um oficial subalterno.

Pritchard se voltou para Gaunt.

— Não vamos olhar os jornais hoje. Não vou suportar. Quero um banho e uma boa refeição. Não aguentaria vê-lo no Quadro de Honra agora.

Gaunt assentiu.

— Certo. Verificaremos amanhã, no barco.

— Sessenta mil baixas — Pritchard falou.

Gaunt se forçou a suprimir o medo que sentia. Era incrível a variedade de texturas diferentes que o medo podia assumir. Pensou que preferiria encarar metralhadoras a olhar os jornais e encontrar o nome de Ellwood lá, tão permanente como uma lápide.

— Pode tomar banho primeiro — Pritchard ofereceu.

— Obrigado.

— Acha que Gideon…?

— Amanhã. No barco. Não vamos pensar em nada disso até lá.

— Sim — Pritchard concordou. — Tem razão.

TRINTA E DOIS

Ellwood estava queimando. Morreria junto do fogo em seus ossos, pois, quando este se extinguisse, não restaria mais nada. Tudo era cinzas.

À distância, percebeu que Ernst o fitava com um pesar estranho, arrasador. Então, algo nos olhos dele mudou. Ele abriu a boca para falar...

A parte de baixo de seu rosto foi arrancada por um tiro. Roseveare estava de pé na beirada da trincheira. Os olhos de Ernst se arregalaram ao sentir o espaço vazio em que antes ficava sua boca.

Roseveare estendeu a mão para Ellwood, que a agarrou, afastando-se com um salto dos alemães surpresos. Roseveare o içou da trincheira, o fez atravessar a cerca e o conduziu à relativa segurança da cratera de uma mina. Ellwood caiu sobre um torso sem cabeça encharcado de sangue. Ao lado de Roseveare, um corpo carbonizado se agitava sem força, sua vida já sem sentido, apenas dor.

Roseveare e Ellwood se encararam, emudecidos.

— Estão todos mortos — Roseveare enfim falou.

— Sim.

— Todos os meus homens.

— Todos os meus também.

— Precisamos voltar para a linha. — Roseveare ergueu os olhos.

— Nossas ordens são para seguir em frente.

— Para o inferno com nossas ordens, Ellwood! Não podemos avançar, é impossível! Estão todos mortos!

— *Nós* não estamos mortos. Nossas ordens são para avançar.

— Ellwood...

— "Não parem até alcançarem Berlim", o coronel disse.

Ele ficou de pé e começou a escalar.

— Se você vai, eu também vou — Roseveare decidiu, também subindo a cratera.

Ellwood parou.

— Não seja idiota.

Roseveare ergueu o queixo, teimoso e determinado, e Ellwood, pela primeira vez, assimilou o que significava ser um daqueles preciosos nomes na lista mental de Roseveare.

— Fique aqui — Ellwood disse.

Roseveare fez que não.

— Um por todos e todos por um.

Eles se agarraram à terra molhada e, então, ao sinal de Ellwood, continuaram a subir. Rastejaram de bruços na direção das trincheiras alemãs, atravessando novamente a mesma abertura no arame de onde tinham saído. Um punhado de soldados britânicos se engajava em combate corpo a corpo com alemães. As balas passavam por Ellwood e, de alguma forma, ele sabia que não o atingiriam — ou, talvez, que não faria diferença se atingissem. Quando se pôs de pé, um garoto alemão avançou contra ele. Ellwood o apunhalou com a baioneta. No treinamento, atacavam sacas de areia, mas as sacas não tinham costelas. Sua lâmina ficou presa nos ossos do garoto. Ellwood precisou puxá-la como se sacudisse uma chave presa na fechadura. O garoto ficou observando-o, aturdido, a boca se abrindo e fechando como a de um peixe. Por fim, Ellwood disparou seu fuzil na barriga do garoto, e a força do coice arrancou a baioneta do corpo dele. O garoto desabou, agarrando o ventre.

— *Mutter* — ele disse.

Mas outro alemão havia tomado seu lugar. Ellwood descartou a mochila para poder se mover com mais facilidade e atingiu no olho o soldado que se aproximava. O capacete deste se desprendeu quando ele caiu para trás, revelando uma cabeça careca, e Ellwood teve um vislumbre doloroso de uma família, em silêncio, passando um telegrama de mão em mão. Ele afastou o pensamento. Estava com calor demais. Arrancou o novo capacete de aço que usava e o atirou ao chão, junto da mochila. Baixava o corpo e aparava os golpes; era como treinar no quartel; era matar como fora feito em Azincourt, e matar o banharia, o tornaria limpo. *A Inglaterra é mágica. Nada pode fazer isso valer a pena.* Sua mente começou a vaguear loucamente pelo tempo, e ele pensou em Rei Artur – entranhas caindo de corpos – na Guerra dos Cem Anos – seu fuzil escorregadio com sangue...

TRINTA E TRÊS

Gaunt nunca vivenciara um banho tão paradisíaco. A água quente era ilimitada, e ele, portanto, encheu a banheira duas vezes, esfregando o corpo até sentir que ficaria em carne viva. O sr. Roseveare havia conseguido um conjunto limpo de uniformes para se trocarem e, quando saiu do banheiro, Gaunt sentia-se homem novamente.

— Não teve pressa, hein? — Pritchard comentou.

— Você tem é sorte de eu ter saído — Gaunt replicou. — Estava prestes a comprar o lugar e morar lá por toda a eternidade.

Depois que Pritchard estava limpo e vestido (ainda parecia terrivelmente magro, assim como Gaunt — ambos precisaram fazer novos buracos nos cintos para sustentar as calças), foram caminhar pela cidade. O sr. Roseveare havia deixado dinheiro a eles na recepção, e os dois paravam de hora em hora para comer, pois estavam sempre famintos. A escassez de comida era extrema; muitas vezes, precisaram visitar várias padarias até achar uma com pão.

— Misturaram a farinha com serragem — Pritchard disse, e olhou para o pão que acabara de morder, triste.

— Eu nem me importo — Gaunt falou.

Eles se encolheram com o chiado dos bondes, que lembrava o som dos projéteis. Observaram tulipas, pinturas de Rembrandt e garotas andando de bicicleta, e não conversaram muito.

O jantar no restaurante do hotel foi um evento magnífico, se comparado ao pão de serragem. Ali também a escassez não pudera ser evitada, mas percebia-se logo que o hotel era familiarizado com o mercado paralelo. Havia bife – duro e fibroso, mas, ainda assim, bife – e batatas com manteiga de verdade.

– Aproveitem – o sr. Roseveare disse. – Batatas custam ouro, hoje em dia.

Os sabores eram quase intensos demais depois das semanas à base de pastilhas de carne.

Gaunt comeu menos da metade de seu bife, embora estivesse maravilhoso.

O sr. Roseveare queria saber em detalhes da fuga, e os encheu de champanhe para soltar suas línguas.

– Esse tal Gideon Devi parece ter sido o cérebro da coisa toda – comentou.

– Ele foi, na verdade – Pritchard assentiu.

– E, por fim, se sacrificou para que vocês tivessem uma chance! – A expressão do sr. Roseveare ficou séria. – A guerra faz aflorar o melhor dos homens.

Gaunt conteve sua resposta.

– Ela nos une – Pritchard respondeu, diplomático.

– O serviçal de Clarence me escreveu para contar como Clarence realmente morreu – o sr. Roseveare disse, rodopiando seu vinho. – Nada daquela conversa-fiada de "instantaneamente e sem sofrimento" para reconfortar as mulheres. Disse que Clarence teve o quadril e a perna arrancados a tiros na Terra de Ninguém, mas não gritou por medo de atrair maqueiros para a morte. Mordeu o braço para se conter. Eles encontraram as marcas dos dentes.

As mãos de Gaunt tremiam demais para segurar a taça de champanhe. Ele a pousou e escondeu as mãos no colo. Pritchard também parecia muito pálido, a pele contrastando fortemente com os cabelos vermelhos.

– Ele foi tão corajoso – o sr. Roseveare continuou. – Apenas vinte e dois anos. Eu fiquei... tão orgulhoso... Perdoem-me. – Ele secou os olhos.

– Às vezes, penso que a Guerra é mais dura para os pais do que para os soldados – Pritchard falou.

Gaunt sabia que era mentira, mas também teria mentido se aquilo lhe tivesse ocorrido. Em vez disso, tudo em que conseguia pensar era na Terra de Ninguém à noite, quando os projéteis luminosos a clareavam e o mundo todo parecia estar contido ali. O bife e o champanhe o enojaram. Havia algo de intangível que tornava a louça fina e a prataria pegajosas, algo mais podre do que a lama das trincheiras. Ao lado, Pritchard deixou o garfo cair no próprio prato. Gaunt ainda sabia o nome de todos os homens em sua bateria. Onde dormiriam esta noite? Quantos ainda restavam?

— Minha esposa acha que pode conversar com eles — o sr. Roseveare disse, encarando um ponto distante. — Ela está na Inglaterra, e frequenta, sabem, essas sessões *mediúnicas*. Talvez ela *possa* falar com eles, não sei… — Sua voz falhou, e ele pigarreou. — Rogo que nunca precisem enterrar um filho — continuou. — Muito menos dois. — Ele abriu a boca para prosseguir e a fechou em seguida.

Gaunt e Pritchard o observaram, impotentes. Era evidente que pensava no terceiro e último filho, ainda não contabilizado.

Depois de um momento, o homem balançou a cabeça e sorriu.

— Mas quero saber mais de suas aventuras. Vocês comentaram sobre um túnel. Que fim teve isso?

TRINTA E QUATRO

Roseveare caiu, com o rosto contorcido e agarrando o ombro.

— Ellwood. Me ajude — ele chamou.

Ellwood parou, mas apenas por um momento. Jogou o fuzil no chão, tomou Roseveare nos braços e correu.

Não era tão longe, no fim das contas. Apesar da imensidão da Terra de Ninguém, em função das vidas perdidas ali, a região continuava sendo um trecho de terra pouco mais amplo do que um campo de rúgbi. Ellwood tinha ciência das balas escassas que vinham na direção deles: os alemães estavam evitando matar homens que recuavam. Em minutos, estava de volta à trincheira britânica. Maqueiros andavam de um lado para outro na linha, transportando homens para a estação de primeiros socorros.

— Você está bem? — ele perguntou a Roseveare.

— Sim. Consigo ir andando daqui.

Ellwood foi até a banqueta de tiro.

— Ellwood!

— O que foi?

— Você não pode voltar para lá. Pelo amor de Deus, espere até escurecer!

Ellwood nem sequer tentou compreendê-lo. Simplesmente tornou a subir para a Terra de Ninguém e se pôs a procurar por soldados que talvez sobrevivessem. Aqueles que encontrava, arrastava de volta às trincheiras. Metade morreu no caminho, mas Ellwood não podia parar. *O sangue de Hayes respingando em seus olhos. O corpo de Pritchard destroçado. Meu nome é Ozymandias, Rei dos Reis...*

Grimsey tinha se apoiado atrás de uma pequena colina de corpos e terra dilacerada. Havia perdido um dos braços e, com o outro, disparava tiros da pistola, um seguido do outro, embora havia muito exaurido as balas.

— Deixe-me em paz — ele disse a Ellwood. — Quero morrer.

Na trincheira, Grimsey foi imediatamente colocado sobre uma maca.

Gaunt se apoiava na parede da trincheira, desolado, vestindo o fraque de Preshute. Ellwood não conseguia olhar para ele. Voltou a subir.

Perdera a conta de quantos trajetos havia feito quando foi atingido no rosto por uma porção de estilhaços. A sensação foi de ter sido atingido na cabeça por uma bola de futebol. Ele tropeçou e caiu no chão, derrubando o homem ferido que carregava. Alguma coisa cobria seu olho esquerdo; Ellwood não conseguia enxergar desse lado. Suas mãos estavam imundas, espessas de sujeira e sanguinolência. Ele as havia usado para estancar ferimentos, enfiar intestinos de volta em barrigas, arrastar homens mutilados através da lama cravejada de cadáveres até as trincheiras. Usou-as, agora, para tocar o próprio rosto.

Não parecia seu rosto. Mas sim um talho de carne quente.

O homem ferido que carregava gemeu, e Ellwood caiu em si. Içou o homem e continuou a arrastá-lo, desorientado pela perda de metade da visão. Desabou mais três vezes até chegar à trincheira. Na terceira, caiu de cara em um corpo. Cuspiu da boca o sangue do homem morto e avançou, cambaleante.

Quando por fim alcançou o posto médico, foi aliviado de sua carga. Fez menção de se afastar.

— Aonde acha que vai? — um médico de aparência exausta perguntou.

Ellwood fez um gesto vago indicando a linha de frente. O médico o agarrou pelo braço e o guiou até uma área de grama vazia, ao lado de um homem que havia perdido as mãos em uma explosão.

— Eu estou bem — Ellwood disse. — Não estou sentindo nada.

— Você sentirá — o médico replicou. — Perdeu metade do rosto.

Ao menos, era o que parecia que ele dissera, mas Ellwood tinha certeza de que havia escutado mal. Estava cansado. Deitou-se na grama e encarou o azul profundo do céu, as cotovias voando em círculos.

"*Desvanece na luz do sol que a encanta, / Desvanece em sua luz e se apaga*", ele pensou. Não sentia dor alguma.

TRINTA E CINCO

— Pelo amor de Deus, Henry!

— Desculpe — Gaunt arfou. — Desculpe.

Os lençóis estavam molhados de suor. Pritchard acendeu dois cigarros, passando um para Gaunt.

— Obrigado — Gaunt agradeceu. — Sinto muitíssimo. Ficarei acordado por um tempo para que possa dormir.

— É inútil. Tudo o que farei é ficar vigiando na merda da banqueta de tiro.

Fumaram os cigarros em silêncio.

— Será melhor quando estivermos de volta à linha de frente — Gaunt disse, por fim.

— E o que faremos quando a Guerra terminar? Nunca mais vamos pregar os olhos?

Gaunt riu.

— Como se a Guerra fosse terminar algum dia!

— Alguém já te disse que seu pessimismo é uma forma de egoísmo?

Gaunt o fitou, surpreso.

— Não.

— Bom, é verdade — Pritchard falou.

Encolhia-se junto ao pé da cama, o queixo apoiado sobre os joelhos.

Na solitária, Devi teria acordado. Teria dito algo ilógico, como "Ânimo, companheiros!", e Pritchard e Gaunt teriam se unido odiando-o temporariamente.

Era possível levar um tiro na cabeça e sobreviver. No pulmão, na barriga. Gaunt vira homens morrerem por ferimentos aparentemente inofensivos nas pernas, e os vira sobreviver a explosões violentas. Não fazia sentido algum conjecturar sobre o destino de Devi, e, ainda assim, era impossível evitar.

— Vamos andar um pouco — ele falou. — Se eu precisar atirar em Harkins nos meus sonhos mais uma vez, não sei o que será de mim.

— Está bem.

Eles se vestiram e saíram para as ruas silenciosas de Amsterdã.

— O que houve com Harkins? — Pritchard indagou. — Eu juntei as peças, mas não todas.

— Eles não queriam subir a trincheira. Gás.

— Em Ypres.

— Sim. O engraçado é que todos foram atingidos depois que subimos, então que diferença faz?

— Atirar em seus conterrâneos sempre vai parecer errado, é claro.

Gaunt riu novamente.

— Mas eu *sempre* atirei nos meus conterrâneos.

— Alemães, você quer dizer.

— Sim.

Os dois ficaram observando a luz de um lampião refletida nas águas calmas do canal.

— Por ora, isso basta — Gaunt falou.

— A noite de Amsterdã, junto de um amigo.

Não voltaram a conversar. O encanto pacífico da noite os absorveu por completo.

Um amanhecer cinzento nasceu; os sons da vida recomeçaram. Eles não voltaram ao hotel: não tinham nada que quisessem levar consigo. Perambularam vagamente até a estação e embarcaram no trem para Hoek van Holland.

— Acha que deixaremos de sentir fome algum dia? — Pritchard perguntou.

Eles foram até o vagão-restaurante e compraram sanduíches farinhentos de carne.

— Que tipo de carne? — Gaunt questionou.

— Carne — o homem que vendia os sanduíches respondeu, e não se aprofundou no assunto.

Em Hoek van Holland, embarcaram na balsa que os levaria à Inglaterra, desde que não encontrassem submarinos alemães.

Não havia muitas pessoas na balsa. A viagem através do canal era perigosa. Gaunt e Pritchard foram primeiro à cantina para comprar mais comida e, em seguida, ao saguão central, que estava deserto. Uma mesinha baixa se agigantava no centro do salão, coberta de jornais tanto holandeses como britânicos.

Ambos se detiveram nas proximidades, observando os jornais como se pudessem ganhar vida e disparar contra eles a qualquer momento.

— Não quero que minha mãe precise me dar a notícia — Pritchard disse.

— Bertie talvez nem sequer tenha ido ao Somme. Até onde se sabe, pode ser que esteja pegando um bronzeado na Palestina.

— Sessenta mil baixas — Pritchard lembrou. — Devem ter mandado uma imensidão de tropas para a França.

— Que tal eu procurar por Bertie e você, por Ellwood? — Gaunt sugeriu.

Pritchard soltou um suspiro de alívio.

— Sim, boa ideia.

Havia vários exemplares do *Times*. Eles se sentaram e olharam um para o outro antes de pegarem os jornais. Gaunt folheou até o Quadro de Honra. Tomava páginas e mais páginas. Ele encontrou os nomes que começavam com "P" e procurou por Pritchard. Seus olhos recaíam continuamente em nomes de garotos que conhecia de Grinstead, de Preshute, dos bailes que participara no verão de 1914.

Pritchard estava sentado a seu lado, fazendo sons exclamatórios baixinhos que o distraíam.

— Hugo Elliot! Já fui caçar com ele, tinha uma égua cinzenta lindíssima... Percival Ellis... Gaunt, você o conheceu? Estava na

Casa do Rio, no seu ano, acho. Tocava piano como um anjo. Eu ficava ouvindo-o nas salas de ensaio. Era espantosamente modesto.

Gaunt mal prestava atenção. Já havia encontrado o nome que procurava.

— Archie — ele disse, a voz rouca.

— Desculpe — Pritchard falou. — Desculpe. É que são tantas pessoas que conheço. — Uma pausa. — Ellwood não está aqui.

A luz do sol que atravessava as janelas sujas parecia estranha, irreal.

— Tem certeza? — Gaunt perguntou.

— Positivo. Procurarei em "Feridos".

Não ocorreu a Gaunt alegrar-se. Existiam variáveis demais. Ellwood poderia ter sido abatido em uma batalha anterior. Poderia estar fatalmente ferido.

Entrementes, ele precisava contar a Pritchard. O nome o fitava em texto pequeno e preto. Era apenas tinta e, ainda assim, a coisa mais cruel que Gaunt já vira.

— Archie — ele repetiu, mas Pritchard continuou a tagarelar, sua voz aumentando, entusiasmada.

— Clement Edwards! Ele estudou comigo na preparatória. Gostaria que dessem mais informações do que apenas "ferido". Conheci um sujeito que escorregou nas pranchas de madeira antes de uma batalha feia e quebrou o tornozelo. Foi listado como ferido, exatamente como meu irmão Charlie, que levou um tiro fatal na barriga.

— Archie...

— Ellwood, Cap., Batalhão Real de Fuzileiros do Kennet.

— O quê?

— Ele está ferido.

Gaunt não conseguia respirar.

— Me mostre.

Pritchard entregou o jornal, deixando o dedo indicador sobre o nome de Ellwood. Gaunt pronunciou as palavras em silêncio. Ellwood, Cap., Batalhão Real de Fuzileiros do Kennet. Ferido.

— Você encontrou Bertie? — Pritchard indagou.

Gaunt encontrou os olhos de Pritchard e assentiu.

— Ele... ele está ferido?

Gaunt fez que não com a cabeça.

Pritchard estendeu a mão em silêncio. Gaunt passou o jornal e apontou o trecho que dizia: "Pritchard, Segundo-tenente Herbert Wollaston, Batalhão Real de Fuzileiros da Escócia, morto em combate, em 1º de julho, aos 18 anos".

Pritchard baixou o jornal. O barco os embalava como se fosse um berço.

— Sinto muito — Gaunt falou.

Pritchard não respondeu. Estava imóvel, tão imóvel que Gaunt achou que não estava respirando. Colocou a mão em seu ombro.

— Minha mãe ficará muito... chateada — Pritchard disse.

— Sinto muito — Gaunt repetiu.

— Está... está tudo bem — Pritchard respondeu, a voz leve e sem fôlego. — Ah, olhe, eles têm os placares de críquete indiano. Consegue ler, Henry? Eu... Não estou enxergando...

As lágrimas o tinham cegado. Em voz baixa e firme, Gaunt leu os placares de críquete.

FOLHA DE PRESHUTE

VOL. LI. — N.º 763 | 12 DE JULHO DE 1916 | Preço: 6 centavos

QUADRO DE HONRA

PUBLICAREMOS COM PRAZER

DETALHES ENVIADOS POR PAIS OU AMIGOS.

MORTOS EM COMBATE

Aldworth, Capitão e Adjunto Edmund Hamo, Batalhão Real de Fuzileiros da Irlanda, morto em combate em 1º de julho, aos 19 anos.

Birley, Tenente George, Fuzileiros de Northumberland, morto em combate em 1º de julho, aos 23 anos.

Blumenfeld, Segundo-tenente Leslie Frederick Chamberlain, Fuzileiros de Lancashire, morto em combate em 1º de julho, aos 20 anos.

Cathcart, Segundo-tenente Lancelot Owen, Regimento de East Lancashire, morto em combate em 1º de julho, aos 26 anos.

Davidson, Tenente (Capitão Temporário) James Ainslie, Regimento de Londres, morto em combate em 1º de julho, aos 22 anos.

Ellis, Segundo-tenente Percival, Infantaria Ligeira de Somerset, morto em combate em 1º de julho, aos 18 anos.

Elmhirst, Tenente Francis, Companhia da Brigada de Metralhadoras, morto em combate em 1º de julho, aos 27 anos.

Farlow, Tenente Ronald, Força Aérea Real, morto em combate em 1º de julho, aos 20 anos.

Holmes, Segundo-tenente Guy Geoffrey, Guarda Fronteiriça Real Escocesa, morto em combate em 1º de julho, aos 21 anos.

Lantham, Segundo-tenente Maurice Morton, Batalhão Real de Fuzileiros do Kennet, morto em combate em 2 de julho, aos 16 anos.

Pritchard, Segundo-tenente Herbert Wollaston, Batalhão Real de Fuzileiros da Escócia, morto em combate em 1º de julho, aos 18 anos.

Robinson, Capitão Cecil Lionel Charles, Regimento de York e Lancashire, morto em combate em 1º de julho, aos 26 anos.

Spooner, Segundo-tenente I. Robert, Frota Real Auxiliar, morto em combate em 1º de julho, aos 22 anos.

Yule, Soldado Richard Alexander, Regimento de Middlesex, morto em combate em 1º de julho, aos 19 anos.

MORTOS EM DECORRÊNCIA DE FERIMENTOS

Bell, Segundo-tenente William Percy, Regimento de Suffolk, morto em decorrência de ferimentos em 3 de julho, aos 18 anos.

Davies, Capitão Alistair Westcott, Frota Real Auxiliar, morto em decorrência de ferimentos em 10 de julho, aos 28 anos.

Fairbanks, Capitão Edward John, Regimento de Leicester, morto em decorrência de ferimentos em 5 de julho, aos 22 anos.

Goode, Segundo-tenente Philip Francis Ewbank, Batalhão do Rei (Liverpool), morto em decorrência de ferimentos em 3 de julho, aos 20 anos.

Gordon, Tenente Clifford Thomas, Regimento de Middlesex, morto em decorrência de ferimentos em 8 de julho, aos 23 anos.

Hugo, Tenente Charles Woodhouse, Regimento de Dorset, morto em decorrência de ferimentos em 9 de julho, aos 22 anos.

Long, Tenente Lawrence Archibald, Regimento Real de West Surrey, morto em decorrência de ferimentos em 2 de julho, aos 20 anos.

Lovegrove, Capitão Rollo Christie, Regimento de York e Lancaster, morto em decorrência de ferimentos em 7 de julho, aos 20 anos.

Meyrick, Capitão Edward Mann, Batalhão Real de Engenharia, morto em decorrência de ferimentos em 10 de julho, aos 28 anos.

Pittar, Segundo-tenente Lawrence Dale Montagu, Batalhão Real de Fuzileiros, morto em decorrência de ferimentos em 2 de julho, aos 18 anos.

Rosing, Capitão James Devereux, Regimento de Middlesex, morto em decorrência de ferimentos em 4 de julho, aos 21 anos.

Streatfeild, Tenente Cedric D'Aubigne, 5º Batalhão de Lancashire, morto em decorrência de ferimentos em 6 de julho, aos 19 anos.

MORTOS

Cathcart, Tenente Roland Henry Richard, Regimento de S. Lancashire, morto em 10 de julho em decorrência de pneumonia após ferimentos recebidos em 1º de julho, aos 22 anos.

Iles, Cabo Gerald Vincent, Regimento de Cambridgeshire, morto por doença em serviço ativo em 30 de junho, aos 29 anos.

Kinloch, Capitão Errol Musgrave, Corpo Médico do Exército Real e Cavalaria Voluntária de Essex, morto em Londres após uma operação em 5 de julho, aos 30 anos.

FERIDOS

Allington, Ten Cel. A. W., Rgt. de West Kent.

Ashfield, Ten. G. M. Rgt. Real de West Kent.

Barnes, Maj. H. N., Fuzileiros de Lancs.

Bartlett, Ten. S. H., Rgt. de Northants.

Belben, Cap. A. P., Rgt. de Fronteira.

Bellhouse, Ten. H. U. S., Batalhão Real de West Kent.

Brown, 2º Ten. B. C., Rgt. de North Staffs.

Buchanan, Cap. C., Guardas.

Burt, Ten. L., Guarda Fronteiriça de Gales do Sul.

Butler, Gen Bda. W. B. R., Ordem de São Miguel e São Jorge.

Cameron, 2º Ten. G. M., Rgt. Real de Sussex.

Campion-Lock, Ten. F. M., Rgt. Real de Sussex.

Charlesworth, 2º Ten. H. B., Batalhão da Rainha (Rgt. Real de West Surrey).

Coke, 2º Ten. S. W., Rgt. Leal de North Lancs.

Cornwall, 2º Ten. M. T., Rgt. de Hampshire.

Dent, 2º Ten. L. T., Middlesex (incrp. Força Aérea Real).

Dexter, Ten Cel. C. S., Cavalaria da Índia.

Donnison, 2º Ten. C. H., Frota Real Auxiliar.

Ellwood, Cap. S. L., Batalhão Real de Fuzileiros do Kennet.

Farrow, Cap. J., Rgt. de Norfolk.

Formby, Ten. A. F., Frota Real Auxiliar.

Fox, Cap. R. G., Rgt. de Cambs.

Gardiner-Lewis, Cap. J. V., Artilharia da Guarnição Real.

Geoghegan, Ten Cel. T. S. H., Fuzileiros de Lancs.

Godfrey, Cap. N. A. C., Highlanders de Argyll e Sutherland.

Gray, Ten. R. J., Frota Real Auxiliar.

Grimsey, 2º Ten. H., Rgt. de S. Lancs.

Grosvenor, 2º Ten. G. M., Rgt. Real de Sussex.

Hancock, 2º Ten. J. W., Batalhão Real de Fuzileiros de Munster.

Harper-Paul, Cap. C. W., Frota Real Auxiliar.

Herbert, 2º Ten. V. R., Frota Real Auxiliar.

Hilder, 2º Ten. F., Brigada de Fuzileiros.

Holland, Cap. L. A., Corpo Real de Fuzileiros do Rei.

Howell, Cap. W. E. M., Rgt. Real de Berks.

Leach, Ten. T. C., C. R. F. R.

Letts, Ten. T. E. T., Guarda Fronteiriça Real Escocesa.

Lowth, 2º Ten. J. L., Infantaria Ligeira de Oxford e Bucks.

Lushington, Cap. e Adj. R. J., Regimento Leal de North Lancs.

Mallinson, 2º Ten. D. M., Artilharia da Guarnição Real.

Mansell, Cap. J. B., Batalhão da Rainha, incrp. C. R. F. R.

Mansergh, Cap. e Adj. G. C. R., Rgt. de South Staffs.

Milford, 2º Ten. G. T., Rgt. Real de Warwick.

O'Shea, 2º Ten. S. E., Força Aérea Real.

Parsons, Maj. N. A., Frota Real Auxiliar.

Pegler, Cap. E. M., Rgt. de Cheshire.

Penlington, 2º Ten. P. V., Exército Indiano, Oficiais da Reserva, incrp. Cavalaria.

Philpott, Ten. D. G., Rgt. Real de Berks.

Pratt, Cap. T. G. C., Rgt. de Londres.

Preston, Ten. E., Guarda Fronteiriça Real Escocesa.

Rees, Ten. L. T. N., Artilharia da Guarnição Real, incrp. Força Aérea Real.

Ridley, Cap. O. V., Rgt. de West Yorks.

Rodman, 2º Ten. G. A. N., Rgt. de Londres.

Rose, Ten. A. C. V., Infantaria Ligeira de Oxford e Bucks.

Roseveare, 2º Ten. C. M., Rgt. de E. Yorks.

Schiele, Ten Cel. J. C., Batalhão Real de Fuzileiros, incrp. West Yorks.

Shelmerdine-Jessop, Maj. W. H., Artilharia da Guarnição Real.

Sillem, Soldado C., Corpo Médico do Exército Real.

Simpson, Ten Cel. H. B., Rgt. de Manchester.

Skene, Cap. R., Rgt. de Manchester.

Smith, Ten. C. F., Infantaria Ligeira de Durham.

Spence, Ten. R. G. W., Infantaria Ligeira de Somerset.

Swayne, Maj. R. H., Rgt. de Londres.

Tucker, Ten. R. D., Batalhão dos Morteiros.

Tuckerwell, Ten. F. R. B., Rgt. de West Yorks.

Waldergrave, Ten. J. B., Brigada de Fuzileiros.

Wallis, 2º Ten. E. G. C., Granadeiros da Guarda.

Watson, 2º Ten. L. B., Brigada de Fuzileiros.

Westmacott, 2º Ten. G. A. N., Rgt. de Londres.

Woollcombe, Ten. G. M., Rgt. Real de West Kent.

Wordsworth-Block, Maj. W. H., Artilharia da Guarnição Real.

Wright, Ten Cel. A. W., Rgt. de West Kent.

DESAPARECIDOS

Campion, 2º Ten. T. M., I. L. de Somerset.

Cooper, 2º Ten. G. F., F. R. A.

Gunner-Pratten, Ten H. R., F. A. R.

Mallet, 2º Ten. A. W., F. A. R.

Saville, 2º Ten. L. A. N., do Rei (Liverpool).

FERIDOS E DESAPARECIDOS

Harbinson, 2º Ten. J. M. V., Corpo de Metralhadores.
North, Ten. J. N., do Rei (Liverpool).
Shaw, Cap. P. B., Rgt. Real de Berkshire.

PRISIONEIROS DE GUERRA

Bardsley, Maj. A. J., Artilharia Voluntária da Índia.
Calver-Prescott, 2º Ten. C. H., F. A. R.
Newington, Cap. G. C., Rgt. Real de Warwickshire.
Spicer, Maj. F. L., Rgt. de Hampshire.

EM MEMÓRIA

SEGUNDO-TENENTE HERBERT WOLLASTON PRITCHARD

Morto no Somme em 1º de julho, aos 18 anos.
É difícil acreditar que Bertie Pritchard possa mesmo estar morto. Ele foi, sem dúvida alguma, o garoto mais alegre que conheci na vida. Um verdadeiro soldado por natureza, fosse no campo de batalha ou fora dele. Sua simplicidade e jovialidade, e sobretudo sua lealdade aos amigos, garantem que ele deixará saudade a todos que o conheceram. Embora suas cartas tenham continuado a demonstrar seu típico bom humor até o momento em que foi abatido no Somme, as mortes, primeiro de seu irmão Charlie Pritchard, em Ypres, e, depois, de seu amigo Edgard West, em Loos, o afetaram imensamente. "Não paro de pensar em peças para pregar em West e, então, me lembro", ele me disse certa vez. Excerto de seu 2º Ten.: "Seu filho foi atingido por um projétil praticamente no mesmo minuto em que saiu da trincheira. Terminou em um instante". Bertie Pritchard era um inglês genuíno e, como tal, teria se orgulhado de sacrificar a vida pelo país.

C. M. ROSEVEARE

SEGUNDO-TENENTE PERCIVAL ELLIS

Morto no Somme em 1º de julho, aos 18 anos.
Acredito que eram os olhos de Percival que o tornavam tão magnético. Quando qualquer pessoa falava, ele observava com toda a atenção, independentemente do quanto o comentário feito fosse desinteressante. Sob seu olhar inabalável, sentíamo-nos à beira do extraordinário e, de fato, ele trazia à tona o melhor das pessoas. Foi idolatrado por todos que o conheciam, pois era o mais grandioso entre nós: gentil, capaz de causar gargalhadas, honesto e valente. Sua modéstia é particularmente digna de nota. No Sexto Inferior, ele foi um dos três escolhidos para apresentar-se no Palácio de Blenheim para o Duque de Marlborough (Percival era um pianista excelente). Ao lhe perguntarem quando o concerto seria, ele não apenas informou datas

incorretas como também se recusou a dizer a qualquer um onde poderiam adquirir os ingressos. Consequentemente, nenhum de seus amigos pôde comparecer ao concerto.

"Como foi?", perguntamos quando ele voltou e fez uma careta discreta.

"Os outros foram bem", ele disse.

Apenas mais tarde descobrimos que o Duque de Marlborough ficou tão impressionado com sua apresentação que o convidou a ficar no palácio para o Natal. Este é apenas um exemplo da modéstia quase agressiva de Percival. Ele parecia incapaz de compreender a amplitude do próprio valor. Eu esperava que a idade adulta ensinasse a ele o quanto nós o amávamos.

Ele foi atingido na cabeça enquanto liderava com valentia seu pelotão em um ataque, e viveu apenas o bastante para pedir que outros recebessem socorro antes dele próprio.

A Guerra era detestável para Percival, que sofreu muito com questões relacionadas a assassinato e medo. Em última instância, ele lutou por amor à paz. É impossível para mim imaginá-lo na frente de batalha. Meramente vê-lo em um uniforme cáqui já era absurdo. Prefiro lembrar-me dele como melhor o conheci: um garoto modesto de olhos carinhosos, rindo com os amigos enquanto cruzava estradas rurais, na volta de uma partida de futebol.

T. A. SCOTT

SOLDADO RICHARD ALEXANDER YULE

Morto no Somme em 1º de julho, aos 19 anos.

Embora Richard tivesse vindo de uma família tradicionalmente militar e fosse conhecido por sua coragem, recusou-se a aceitar uma posição como oficial quando chegou a hora do alistamento.

"Não é uma atitude democrática", ele falou. Isso não será surpresa para ninguém que tenha comparecido a um de seus encontros noturnos para discutir o socialismo e aquilo que ele denominava "a questão das classes". Em suas opiniões políticas excêntricas, Richard era intensamente sério, mas não era uma pessoa solene. Muito pelo contrário: era um companheiro maravilhosamente divertido e alegre, sempre fazendo piadas e compondo limeriques perspicazes. Tinha o dom de conseguir conversar com qualquer pessoa, e os zeladores e jardineiros eram especialmente afeiçoados a ele. Estava encaminhado para Cambridge quando se alistou, determinado a lutar "como homens fazem".

Ele levou a jocosidade travessa consigo para a frente de batalha:

"Detestamos nosso Cabo", escreveu, pouco antes de sua morte no Somme. "Espirramos sem parar sempre que ele aparece, até ele ficar nervoso e se afastar." Manteve o bom humor até o fim, e incentivava imensamente seus homens. De um excerto de seu Capitão: "Um homem dez metros atrás dele caiu em uma trincheira inundada, e seu filho se virou e disse: 'Pelo amor de Deus, homem, não beba essa água!', e, ao voltar a cabeça para a frente, viu-se atingido no meio da testa. Foi uma morte nobre e gloriosa".

P. W. G. MCKAY

CAPITÃO E ADJUNTO EDMUND HAMO ALDWORTH

Morto no Somme em 1º de julho, aos 19 anos.

De alguma forma, eu acreditei que Edmund Aldworth seria um dos felizardos. Ele já havia estado sob ataque (fora ferido em Loos) e sobrevivido, e transmitia uma impressão constante de autoconfiança que fazia aqueles em sua companhia sentirem que não havia nada com que se preocupar. Aldworth lembrava-me muito um menino-rei e, de fato, os garotos da Casa da Colina o idolatravam como se ele fosse seu monarca. Eu estava entre os admiradores, mas fui afortunado o bastante para vê-lo quando estava sozinho, quando seu rosto resguardado relaxava em um sorriso alegre e o verdadeiro Aldworth podia ser avistado. Era zeloso e destemido. Eu e muitos outros ansiávamos por ser como ele: calado, valente e gentil. Reconforta-me saber que ele morreu na hora — "atingido na cabeça quase no mesmo momento em que deixamos as trincheiras". Todos nos solidarizamos muito com sua família e compartilhamos do orgulho por sua morte nobre.

C. M. ROSEVEARE

PRIMEIRO-TENENTE LAWRENCE ARCHIBALD LONG

Morto devido a ferimentos da Batalha do Somme em 2 de julho, aos 20 anos. Poucas pessoas conheciam o segredo do otimismo de Lawrence. Ele me disse certa vez: a cada noite, antes de dormir, escrevia três coisas boas.

"Passo o dia em busca da minha lista noturna", ele escreveu, uma semana antes do Somme. "Aqui está a de hoje: 1. O chá ainda estava quente quando chegou aos homens, 2. Recebi sua carta e 3. Vi um pintassilgo rodopiando ao nascer do sol. É impossível ficar desanimado com três coisas dessas, ainda que a ofensiva iminente seja tão sangrenta quanto os homens temem."

Mesmo não fazendo intrinsecamente o tipo soldado, ele se alistou assim que pôde, pois sentia que a guerra era uma forja na qual os homens poderiam tornar-se fortes. Sei que, se tivesse sobrevivido, sua teoria teria se provado verdadeira. Seu capitão escreve: "Ele levou uma bala no pescoço e, ao cair, gritou: 'Sigam em frente, garotos!'. Eu o tinha notado liderar os soldados até uma área particularmente turbulenta, e meu espanto foi por alguns deles terem sobrevivido. Na verdade, todos os oficiais no regimento foram atingidos. Ele sobreviveu por dezoito horas. Sentirei muito e pessoalmente sua falta". Tenho certeza de que Lawrence teria encontrado três coisas boas na própria morte. O certo é que Preshute pode se orgulhar muito dele, bem como da forma como abdicou da vida pela pátria.

J. M. ROPER

SEGUNDO-TENENTE LESLIE FREDERICK BLUMENFELD

Morto no Somme em 1º de julho, aos 20 anos.
Ele foi abatido, no dia 1º de julho, ao liderar seus homens rumo ao ataque. O único oficial sobrevivente de sua bateria escreve: "Seu filho foi o primeiro a cair: eu ofereci ajuda, mas ele me disse para que seguisse em frente com meus homens; então, o vi levantar-se e esforçar-se para avançar, mas, de novo, foi ferido e caiu. Não pude encontrá-lo dessa vez, é evidente que foi soterrado em uma das trincheiras ou crateras. Teve uma morte gloriosa liderando seus homens, e jaz com muitos outros de sua divisão *(cont. pág. 12)*

TRINTA E SEIS

Assim como todos em sua ala, Ellwood era assolado por pesadelos. Diferentemente dos outros, no entanto, seus pesadelos não eram ruidosos. Despertava deles pasmo e calado, quatro ou cinco vezes a cada noite.

Andava febril com poesia. À noite, desgarrava-se de seus sonhos para encontrar o próprio caderno e registrar as palavras que jorravam de sua mente. Não precisava editá-las. Elas pousavam exatamente onde deveriam no papel. De manhã, quando a luz se espalhava pelo quarto e os enfermeiros voluntários entravam para trocar seus curativos, ele relia as páginas e mal se lembrava de as ter escrito.

Maud veio visitá-lo. Trouxe um jogo de palavras cruzadas e um exemplar de *Marlborough e outros poemas*, de Charles Sorley.

— Ele foi morto em Loos — ela falou.

Loos: a palavra conjurou uma visão instantânea do peito de Gaunt, despedaçado por chumbo.

— Assim como o filho de Kipling — Ellwood disse.

Maud riu, surpresa.

— Sim — ela concordou. — E, com isso, a lista de vítimas está completa, acredito.

Ellwood colocou os poemas na mesa de cabeceira. Sabia que não os leria.

Tinha consciência de que parecia um grande herói, contanto que sua cabeça continuasse enfaixada. Mas Maud não era como as garotas com quem ele fora a bailes no verão de 1914, que teriam achado seu ferimento glamoroso. Sentia os olhos dela percorrendo o curativo. Maud era experiente demais para não reconhecer a lesão pelo que era: desfiguradora.

Ellwood desviou o rosto.

— Quer ver? — ele indagou. — Posso tirar as ataduras.

— Tenho certeza de que seu médico preferiria que não as tirasse — Maud respondeu.

Covarde, ele pensou, e uma imagem piscou diante de seus olhos: dois soldados canadenses que encontrara certa vez na Terra de Ninguém, a pele de suas mãos desprendendo-se em camadas amarelas e escorregadias, ainda agarrando os lenços brancos com os quais haviam tentado render-se.

— Como preferir — ele disse. — Por que veio até aqui, se não foi para ficar chocada?

— Chocada? Acha que não vejo minha quota no hospital?

Ellwood começou a escrever no caderno; palavras mecânicas, automáticas. O movimento da caneta era tranquilizador. *Loos*, ele escreveu. *Beaumont-Hamel. Ypres*. Ele as escrevia com frequência, até se tornarem tão familiares que tinha certeza de que as escrevera errado.

— Eu vim porque estava preocupada com você.

— Veio conferir o estrago — Ellwood falou, sua caneta atravessando o papel —, mas, agora que está aqui, não suporta ver. Um casamento *e tanto*, o que teremos, se você não consegue sequer olhar para mim.

Fez-se uma longa pausa. *Ypres*, ele escreveu, variando a altura e o comprimento de cada letra.

— Eu não vou me casar com você — Maud falou.

Ellwood riu.

— É claro que não. — As ataduras em seu rosto eram levemente ásperas sob seus dedos. — Sei perfeitamente bem por que você gostava de mim, e isso já não existe mais.

— Sim — Maud concordou, friamente. — Creio que seja verdade.

— Obrigado pelos poemas — Ellwood disse. — Talvez eles compensem o olho que perdi. Onde terá ido parar? Acha que ele estourou?

— Pare com isso — Maud falou.

A infelicidade dela se retorceu no coração de Ellwood, uma mudança bem-vinda à raiva dormente e penetrante.

Maud havia outrora inspirado nele sentimentos de proteção. Parecia que aquele cavalheirismo se esvaíra em algum lugar na França. Era incapaz de sentir o antigo afeto por ela, por mais que desejasse senti-lo.

— O que aconteceu com o corpo de Henry? — ele continuou. *Ypres*, a escreveu. *Loos. Beaumont-Hamel.* — Você pensa nisso? Se ele foi enterrado... ou deixado para apodrecer?

— Você não é o único que lamenta a perda dele. — A voz dela estava baixa. — Ele era meu *irmão*.

Ellwood riu, deixando que todo seu escárnio corresse livre pelo som. Maud ficou em silêncio por tanto tempo que Ellwood achou ter tido êxito; que ela tivesse partido. Mas, quando virou a cabeça, viu que continuava sentada ali, repousando a mão no livro de poemas de Sorley.

— Você sempre me fez sentir que não era inteligente — ela disse, ao notá-lo olhando em sua direção. — Vocês dois. Eu *sou*. Há um lugar aguardando por mim em uma universidade em Berlim, quando tudo isso acabar.

— Ber*lim*?

— Tenho o direito de me interessar pelo país da minha mãe. É uma ótima universidade — Maud falou, a voz erguendo-se na defensiva, como se tivesse antecipado a desaprovação.

— Tenho certeza de que sim — Ellwood disse. Engoliu em seco. — Meus parabéns.

Maud franziu a testa.

— Obrigada — ela respondeu. Seus dedos se mexiam inquietos na capa de tecido do livro de poesia. — Eu só... não entendo por que você tem sido tão... tão relutante em sermos amigos.

— Case comigo — Ellwood falou. Sentia calor demais. Gostaria que ela fosse embora, para poder arrancar as cobertas de si.

— Sidney... — Maud começou.

Estava sentada à sua direita. Se ele olhasse para o outro lado, ela não enxergaria a metade de seu rosto que fora perdida.

— Eu sou rico — ele prosseguiu. — Você pode trabalhar na política, eu não me importo. Esconderei meu rosto em todas as fotos. Eu era muito bonito antes. Continuo sendo, deste lado. — Ele tocou a barba por fazer na bochecha direita. — Case-se comigo.

— Você não quer se casar comigo.

— Planejo me casar com você desde os meus quinze anos. *Alguma coisa* precisa acontecer como planejei.

Maud pegou o livro de poemas de Sorley, abriu-o em uma página aleatória e o fechou em seguida.

— Você é um poeta — ela disse. — Quem é meu poeta preferido?

— Tennyson — Ellwood respondeu.

Ela deixou escapar um som estranho, interrompido.

— Não — falou. — Masefield. Você está pensando em Henry.

— Henry detestava Tennyson.

— Impossível — Maud replicou. — Era tudo o que ele lia durante as férias.

Ellwood encarou as palavras em seu caderno, os pensamentos agarrando-se uns aos outros até não haver nada a ser pensado.

— Case-se comigo — ele repetiu.

— Não — Maud respondeu.

Seu punho se apertou ao redor do papel, arrancando-o da costura.

— Então, me deixe em paz — ele falou.

Não olhou para Maud enquanto a garota recolhia os pertences.

— Voltarei no meu próximo dia de folga.

— Não se dê ao trabalho.

Ela não o fez.

•

Ele fingia dormir sempre que a mãe o visitava. Ela chorava demais. Suas lágrimas o deixavam indescritivelmente raivoso.

Arthur Loring veio visitá-lo uma vez. Era seu único amigo que sobrevivera incólume ao Somme. Ele se sentou ao lado da cama, os olhos bonitos vasculhando o rosto enfaixado de Ellwood. Estava tão minuciosamente inteiro e ileso que Ellwood não conseguia decidir se queria trepar com ele ou estraçalhá-lo. Talvez sua antipatia tenha ficado aparente: Loring não voltou.

— Ele está com inveja — o oficial na cama ao lado falou, depois de Loring ter se retirado. Seu nome era Cornish.

Um projétil havia explodido numa cratera cheia d'água onde ele estivera cuidando de um amigo ferido, nas proximidades de Mametz Wood. A água fervera, escaldando e matando seu amigo, mas deixando Cornish com apenas algumas manchas cerosas de queimaduras de terceiro grau.

— Inveja? — Ellwood repetiu.

Cornish indicou com o queixo a porta que Loring havia acabado de cruzar.

— Seu amigo. Ele vai precisar voltar para lá.

O lábio de Ellwood retorceu-se de desdém.

— Nem todos nós somos folgados que ficam se escondendo em crateras.

Cornish não tornou a dirigir-lhe a palavra depois daquilo.

Às vezes, Ellwood ia até a janela e assistia às mulheres passarem, pedalando em bicicletas. *Que agradável*, pensava, desejando acidentes e abortos na vida delas.

Londres era quente e preguiçosa, como se estivesse de férias.

Os fantasmas eram piores lá. Gaunt já não era mais o único. Pritchard e West o repreendiam quando ele começava a cair no sono, e os soldados de seu pelotão estendiam-lhe mãos suplicantes e sangrentas.

Nunca, nunca pensava nos homens que havia atingido com sua baioneta. Aquela lembrança existia em um fosso, do qual Ellwood passava longe, evitando-o na expectativa de que algo crescesse e o cobrisse, algo menos sangrento.

— Quando poderei voltar? — ele indagou ao médico, que apenas riu. Tinha seus cinquenta e poucos anos e nunca estivera na França. Ellwood o encarava com o mais profundo desprezo.

Ellwood fora agraciado com uma Condecoração Militar. A fita foi costurada em seu pijama. Parecia irônico que a parte dele que antes teria ficado extasiada ao ver a medalha era precisamente aquela que havia sido destruída para obtê-la.

Seus poemas eram publicados em jornais. As pessoas os devoravam, fartando-se com o terror. Escreviam avaliações elogiosas, como se a Guerra fosse uma nova peça deliciosamente sinistra no West End. Ellwood se questionava quem seriam os avaliadores: homens velhos demais para se alistarem? Mulheres? Homens cujas atividades jornalísticas tinham sido consideradas essenciais aos esforços de guerra? Como conseguiam se perdoar?

Fosse como fosse, ele não se importava com os poemas. Simplesmente cortava fora os pedaços carbonizados e necrosados de sua alma e os vendia.

•

Acordou em certa tarde iluminada e encontrou Gaunt observando-o. Suspirou. Quando Gaunt aparecia durante o dia, seus pesadelos eram sempre piores.

Gaunt usava um terno claro no qual ele nunca o vira, e sua expressão era mais resguardada do que melancólica. Parecia terrivelmente magro. Ellwood franziu a testa. Estendeu-se e tocou o tecido macio da manga de Gaunt. Parecia uma mescla de lã e algodão. Ele afastou a mão, como se tivesse sido queimado, e tocou a campainha para chamar a enfermeira voluntária. Ela apareceu, apressada (Ellwood nunca chamava ninguém, para que a atenção da equipe não se desviasse dos pacientes com ferimentos mais graves que os dele).

— Está tudo bem, Capitão Ellwood?

Ellwood não tirou o olho de Gaunt, cujas sobrancelhas se franziam, preocupadas.

— Não. Esta ala é assombrada. Gostaria de ser transferido, por gentileza.

— Eu não sou um fantasma, Elly — Gaunt falou, a voz branda.

— É inaceitável ter fantasmas desfilando por aí dessa maneira. Gostaria de um novo quarto agora mesmo.

— Você não está falando do Capitão Gaunt, está, senhor?

Ellwood a encarou, depois voltou a olhar para Gaunt, que sorria.

— Você... você também consegue vê-lo?

— É claro — a enfermeira disse.

Ela tentou tocar sua testa, mas Ellwood afastou a mão e recuou em direção aos travesseiros, sentindo-se fraco.

— Acho que isso é tudo, obrigado — Gaunt se dirigiu à enfermeira, que se retirou.

Gaunt tornou a observar Ellwood, a expressão em seu rosto parecendo conter mil coisas de uma só vez.

— Olá, Elly — ele disse. — Como tem passado?

III

TRINTA E SETE

Ellwood o encarou. Gaunt o encarou de volta. Ellwood não conseguia pensar. Não conseguia *pensar*. Só enxergava, vez após vez, o sangue escuro que havia brotado no peito de Gaunt; ouvir suas últimas palavras, em pérfido *alemão*.

Olhar para Maud e não sentir nada era uma coisa; que o mesmo acontecesse com Gaunt era insuportável.

— Eu vi a bala te acertar — Ellwood falou. Sentia como se Gaunt, de alguma forma, tentasse lhe pregar uma peça. — Seu peito inteiro afundou.

— Tive um pouco de sorte. Lembra-se do meu primo Ernst?

Ellwood apertou os dentes para que o riso histérico formando-se em sua garganta não escapasse.

— Sim — ele respondeu.

Não contou a Gaunt o que acontecera com seu precioso primo alemão. Que Gaunt descobrisse por conta própria, já que era imune à morte.

— Eu achei tê-lo visto na trincheira antes de ser atingido — Gaunt disse. — Não era ele, mas o sujeito com quem falei foi acometido por uma pontada de compaixão e me levou a um hospital alemão a tempo. Eu teria morrido se não fosse por ele, sem dúvidas.

— O bom e velho Ernst. — Ellwood pegou seu caderno. Abriu-o em uma nova página, mas não conseguia formar palavras. Arrastou a caneta ferozmente de um lado para outro, criando um talho escuro de tinta no papel.

— Depois, fui mandado para um campo de prisioneiros de guerra — Gaunt continuou.

Talvez fosse um novo tipo de pesadelo. Ou, talvez, Ellwood estivesse morto.

Algumas pessoas acreditavam que se alcançava o paraíso com o corpo nas condições em que estava no momento da morte. Cuidadosamente, evitou imaginar como Pritchard estaria no horripilante ossuário do pós-vida.

— Você nunca vai adivinhar quem estava lá, no mesmo dormitório que eu: Gideon Devi!

Ellwood ergueu os olhos num instante. Gaunt o observava como se estivesse esperando por sua atenção; como se tivesse mencionado Devi a fim de atraí-la.

O olhar de Ellwood voltou a cair para a página.

— Deve ter sido um alívio, ter alguém de quem você é tão próximo — ele falou, mantendo a voz cuidadosamente inexpressiva.

— Foi — Gaunt concordou e, então, fez uma pausa. — Ele levou um tiro quando fugimos. Ainda não consegui descobrir... — Ele parou de falar. Ellwood não estava olhando. — Seja como for — Gaunt prosseguiu, pigarreando —, tenho certeza de que ele está bem.

Ellwood fez um som de deboche.

— A guerra fez de você um otimista, é?

Conseguia sentir o peso da atenção de Gaunt.

— Eu nunca fui tão próximo dele quanto de você, sabe? — Gaunt disse.

Gaunt nunca dissera algo assim.

— Por favor, se isso for só um sonho, me belisque — Ellwood pediu.

Gaunt lhe deu um beliscão. A única reação de Ellwood foi fitar o próprio braço no ponto em que Gaunt o tinha tocado. Ocorreu-lhe, pela primeira vez, que aquilo poderia ser *real*. Que Gaunt poderia realmente estar sentado, ileso, ao lado de sua cama no hospital.

Era uma possibilidade que se desdobrava de um milhão de maneiras.

Hayes surgiu em sua mente. Ellwood evitava pensar nele, porque ainda não era certo que sobreviveria. Foi o que Thorburn lhe dissera, em uma carta curta e profissional:

Sábado, 8 de julho
Algum lugar na França

Ellwood,

Passamos por maus bocados aqui, não posso lhe dar números, obviamente. Hayes está em estado crítico; teve o quadril pulverizado. Não sei se você soube que Lantham foi condenado ao pelotão de fuzilamento. Qualquer um podia ver que era neurastenia; é um escândalo, mas ele não subiu às trincheiras no dia 1º de julho, então o General Haig autorizou. Todos os homens desviaram os tiros, é claro. Eu o liquidei com a pistola e disse à família que ele foi morto em combate. Se lhe perguntarem como foi, invente alguma coisa, está bem? "Atingido na cabeça" serve, não deixa de ser verdade.

Espero que esteja bem.

Atenciosamente,
Cap. Thorburn

Ellwood havia amassado a carta e a enfiado sob o colchão. Quando a sra. Lantham veio visitá-lo no hospital, descreveu a ela, em detalhes sucintos e imaginados, como Maurice morrera corajosamente em combate.

— Hayes foi destroçado — ele disse, agora.

Gaunt apalpou um dos bolsos, procurando o porta-cigarros, a expressão em seu rosto indecifrável. Ele ofereceu um a Ellwood, deu de ombros quando o outro negou com a cabeça, e acendeu o cigarro. No mesmo instante, a fumaça o fez engasgar. Ellwood se sentou, alarmado, mas Gaunt ergueu a mão.

— Ordens do médico — ele explicou, rouco. — Para expandir minha capacidade pulmonar.

Depois de algumas tragadas, ele parou de tossir e voltou a olhar para Ellwood.

— Eu soube de Hayes. Ele vai sobreviver?

— Não sei — Ellwood respondeu.

Gaunt assentiu e, então, riu. Era uma risada amarga. Foi aquela amargura, mais do que qualquer coisa, que convenceu Ellwood de que era verdade, de que Gaunt realmente estava ali. Ellwood queria amá-lo, mas seu coração parecia feito de arestas e, em vez de afeição, uma raiva sufocante cresceu sob suas costelas. Ele não sabia por quê, nem como impedi-la. Suas mãos tremiam, tamanha era a vontade de quebrar o que quer que fosse.

— Alguma outra novidade para me contar? — Gaunt indagou. — Soube que você pediu minha irmã em casamento, e com bastante insistência. Fico feliz por ter conseguido voltar a tempo de acompanhar a cerimônia.

— Ela disse não. E você estava *morto* — Ellwood respondeu.

A caneta tremia em sua mão. A ideia de Gaunt ressentir-se dele por tentar preencher o vazio que o transpassara naquela noite em Loos...! Sua mente corria atrás de palavras para escrever, mas não havia nada, apenas uma fúria paralisante. Ele não conseguia expressá-la. A sensação estava presa dentro de seu corpo.

Gaunt estendeu a mão e tocou a fita da Condecoração Militar costurada na frente de seu pijama. Ellwood contraiu os músculos, relaxando somente quando Gaunt se afastou.

— Você é um herói, Elly? — Gaunt perguntou, a voz baixa.

— Hoje em dia estão entregando essas coisas para qualquer um que espirre nos alemães — Ellwood falou. — Não significa nada.

— Você recebeu menções honrosas, ouvi dizer. Salvou a vida de seis pessoas.

Ellwood soltou um suspiro exasperado.

— Metade delas morreu no posto médico.

— Levou uma bala de brinde, presumo?

— Um pouco de estilhaços — Ellwood respondeu.

— Nunca gostei muito do lado esquerdo do seu rosto, de qualquer forma.

— Eu perdi um olho — Ellwood disse, esticando o queixo.

Gaunt não respondeu, puxando um longo trago do cigarro. As pessoas tinham maneiras diferentes de esconder o horror, Ellwood aprendera. Loring havia matraqueado, inquieto, a respeito de uma peça que vira no West End, examinando as ataduras sem parar, como se achasse que poderia removê-las com os olhos. Gaunt, pelo visto, escondia sua repulsa nascente com cigarros.

— Quer ver? — Ellwood perguntou, sentindo-se como na Terra de Ninguém, quando conduzia seu pelotão até se aproximarem das linhas inimigas, mais do que seria seguro ou sensato.

— Apenas se...

— Está horrendo — Ellwood falou. Era extraordinário como sua voz parecia leve, tranquila, ao passo que seu coração martelava o peito com tanta intensidade que parecia querer escapar por entre as costelas. — Eles andam escondendo espelhos de mim, mas eu persuadi uma das enfermeiras a me emprestar um. — Ele remexeu nas ataduras com as unhas embotadas. — Só consegui ver de relance, antes que o tomassem de mim. É impressionante, Gaunt, de verdade.

— Elly — Gaunt começou, mas Ellwood não o deixaria fingir que nada havia mudado. Arrancou a gaze de sua pele pegajosa.

— Ah, tenho certeza de que já viu coisas piores — ele disse a Gaunt, que desviou os olhos, o covarde, *o covarde* —, mas é sempre estranho quando o mutilado é alguém que você *conhece*, não é? *Olhe para mim.*

Gaunt ergueu o rosto e encarou Ellwood, paralisado de horror. Seu olhar percorreu a massa purulenta de ferimentos.

Ellwood não tinha ilusões quanto à própria aparência. Sonhava com ela, na verdade, com a protuberância de pele disforme e liquefeita onde seu olho ficava, com o ponto em que seu maxilar esquerdo fora despedaçado e o cirurgião tentara reatar seu rosto. Tinha ciência de que parecia uma boneca de cera esquecida no sol. O que mais odiava era a faixa curta de cílios que cruzava o ferimento quase na vertical, como pernas de aranha surgindo de uma fissura. Estavam infectados, porque ele não parava de tirar as ataduras à noite para tentar arrancá-los com os dedos.

— Cá está — Ellwood falou.

Algo que outrora talvez fosse tristeza inchou e tomou conta de sua garganta.

Ele escavava as profundezas de sua mente em busca dos fragmentos de um poema de Rupert Brooke, mas não encontrou nada. Desejou estar morto.

Gaunt o encarou em um silêncio terrível.

— E então? — Ellwood questionou. — O que acha? Não estou bonito? Te deixei sem palavras?

— Eu fui reprovado no exame médico — Gaunt disse, ainda o encarando.

Ellwood sentiu o estômago despencar.

— O quê?

— Parece que o cirurgião alemão que me reconstruiu não fez um bom trabalho. — Gaunt fez uma pausa, finalmente tirando os olhos do horror que estava o rosto de Ellwood. — Embora eu deva assumir parte da responsabilidade, imagino. Ele me orientou a repousar por um ano, e não posso dizer que tenha seguido o conselho à risca.

— Você não vai voltar?

Gaunt negou com a cabeça.

Devagar e com cuidado, Ellwood voltou a afixar as bandagens. Com um aperto dolorido no peito, notou que Gaunt pareceu relaxar quando voltou a cobrir o rosto.

No período de Descanso Operacional, certa vez Gaunt havia acariciado sua sobrancelha — a que já não existia — e lhe dito que estava "mais bonito do que nunca". Gaunt sempre havia amado a beleza.

Um pensamento súbito e horrível ocorreu a Ellwood.

— Você está morrendo? É por isso que foi reprovado no exame médico? — ele perguntou, alisando o último pedaço de gaze nevada sobre a testa.

— Não — Gaunt respondeu.

Ellwood expirou.

— Isso é bom — ele disse. — Isso é muito bom. Você parece bem. Um pouco magro, talvez.

Gaunt riu.

— Você devia ver Archie Pritchard.

Ellwood agarrou sua caneta e a arrastou de um lado para outro, de um lado para outro, forçando-se a focar a mancha de tinta que se ampliava no papel.

— Lamento pelo que houve com Bertie — Gaunt disse, o que era algo egoísta a se dizer, Ellwood pensou.

Lamento, as pessoas diziam, e então suas consciências ficavam tranquilas e Ellwood era deixado com as lembranças.

— Quem? — Ellwood perguntou, com uma risada sórdida.

— Parece ter sido uma batalha terrível.

A caneta entornava tinta como a lâmina de uma baioneta. Não era uma comparação que Ellwood fizera antes, e ele lamentou por ter chegado a essa conclusão.

— Não restou o suficiente dele para enterrar — viu-se dizendo, embora não tivesse planejado falar coisa alguma. — Eu voltei para procurar. Encontrei algo que talvez fosse um pedaço do rosto dele, mas não havia como ter certeza.

Gaunt ficou em silêncio.

— Dizem que estou com neurose — Ellwood prosseguiu. — Uma tolice completa. Não *suporto* ficar aqui, quando Lonsdale e Thorburn e Ramsay e... e todos os outros... ah, por Deus...

O inchaço em sua garganta interrompeu as palavras, mas não cresceu além daquele ponto. Ele fechou a boca e parou de mexer a caneta. Sua raiva arrefeceu, tornando a submergir em seu sangue.

— Me sinto um enorme patife, deitado assim, com todo o luxo — ele disse. Desejou que Gaunt falasse algo, ou que fosse embora, ou que prometesse nunca ir embora. — Mas, ao mesmo tempo, não consigo expressar o quanto fico feliz por estar longe de tudo aquilo. Tenho nojo de mim mesmo, mas é verdade. Já ouviu falar de alguma coisa mais covarde?

— Entendo exatamente o que você quer dizer — Gaunt respondeu. Ele entendia? As palavras recaíram no coração de Ellwood como um bálsamo. — Também me sinto assim. Fico envergonhado por isso, mas quando me disseram que meu peito não cicatrizou da maneira certa, fiquei tonto de alegria. E não esqueça que passei nove meses são e salvo em um centro de detenção para prisioneiros, lendo *Adam Bede*.

— Ela já escreveu melhores — Ellwood disse, a voz fraca. — Não tinham *Middlemarch*?

— *Adam Bede* é um romance excelente — Gaunt replicou. — Eu o li quatro vezes.

Ellwood, para a própria surpresa, riu.

— Santo Deus.

Gaunt riu também, os olhos suaves e penetrantes.

— É bom ver você, Elly.

Ellwood desviou o rosto, porque era doloroso contemplar algo tão maravilhoso sem saber se teria permissão de mantê-lo consigo.

— Irei para casa em alguns dias — ele falou. — Para Thornycroft. — Encarou fixamente o próprio caderno e manteve o tom de voz descontraído. — Minha mãe ficaria feliz em vê-lo.

Pelo canto do olho, Ellwood viu Gaunt sorrir.

— Seria bom eu visitá-la, então — ele respondeu.

A dor latejou dentro da cabeça de Ellwood, profunda, como se alguém estivesse arrancando um punhado de seus nervos óticos.

— Deus do céu. Minha cabeça...

— Não fale mais nada.

— Está bem — Ellwood concordou. Uma exaustão tomou conta de seu corpo e, para o próprio constrangimento, ele falou, sem pensar: — Não vá embora.

— Eu não vou — Gaunt disse. — Não vou a lugar algum.

TRINTA E OITO

Ellwood havia adormecido. Seus cabelos escuros estavam viscosos de suor. A sobrancelha direita arqueava-se, elegante, exatamente como nas lembranças de Gaunt.

Não havia se permitido imaginar o reencontro com Ellwood, porque estivera convencido demais de que ele nunca aconteceria. Jamais lhe ocorrera que, caso acontecesse, Ellwood não ficaria feliz em vê-lo.

Não se iludia a pensar que os danos de Ellwood se limitavam ao ferimento no rosto. Mais amedrontador do que as ataduras era o vazio no olho que restava. A sensação que tinha era a de que Gaunt estava olhando para um estranho, um estranho que não o amava, que nunca o amaria.

Na cama do hospital, Ellwood se agitou levemente, vivo, real, mais encantador do que nunca. Gaunt fechou os olhos.

— Henry — veio a voz de Ellwood. Mais branda do que antes. Gaunt abriu os olhos e viu que Ellwood o observava. — Você parece... Você está bem?

— Tudo certo — Gaunt respondeu, automaticamente.

— Eu sei que está tudo certo. — Ellwood franziu a testa. — Mas você está bem?

Gaunt sorriu em meio a uma longa expiração de fumaça, a esperança fluindo por seu corpo.

— Sim — ele disse.

•

— Mas você acabou de voltar — Maud disse. Ela se levantou e parou ao lado da cadeira, a mão apoiada no encosto.

— Quero sair da cidade — Gaunt falou.

— Você não pode ir a Thornycroft. Nossa mãe ficará transtornada.

— Você e nossa mãe ficaram bem satisfeitas em me despachar da primeira vez.

Maud empalideceu.

— Nós não sabíamos — ela disse. — Ninguém sabia, naquela época, o quanto era horrível. Eu sinto muito.

Gaunt foi até a estante de livros e começou a puxar os que levaria consigo. A biblioteca em Thornycroft tinha um bom estoque de romances e poesia, mas era literatura clássica que Gaunt queria: Plutarco, Xenofonte e Tucídides, homens que haviam provado que as angústias dele próprio eram milenares, que era possível sobreviver a elas. Eram lúcidos, os gregos. Não enfeitavam o mundo com romance e cavalheirismo, não atraíam tolos de coração poético para a perversidade.

— Você entende que eu lamento? — Maud indagou.

E Gaunt entendia, ou, ao menos, sabia que era inevitável que ambos dessem tudo de si nos esforços de guerra uma vez que a batalha tivesse começado. Fariam qualquer coisa para acelerar o processo.

— Eu teria me alistado de qualquer forma — ele respondeu.

— Foi o que Sidney disse. — Houve uma pausa e, quando Maud voltou a falar, parecia à beira das lágrimas. — Você não está feliz em me ver?

Gaunt pousou seu exemplar de Heródoto e se voltou na direção dela.

— Maud...!

— E então? Está? Sabe que a primeira coisa que me falou foi "Como Elly está"? Todos esses meses, eu o velei, e você...

— Eu precisava saber se ele estava vivo.

— Henry... — Maud inclinou a cabeça para o teto, tentando não chorar. — Eu tenho lido Edward Carpenter.

Gaunt ficou imóvel. Ouvira falar de Edward Carpenter, é claro, embora nunca tivesse ousado ler nenhuma de suas obras, livros como *O sexo intermediário*, que defendia que o amor homossexual seria, na verdade, mais puro e mais nobre do que o romance heterossexual.

— É algum filósofo maricas, não é?

— Eu não vou me casar com Sidney — Maud falou. — Você pode parar de me *odiar*.

— Não seja ridícula — Gaunt replicou. — Por que eu a odiaria?

— Eu não compreendia, a princípio — ela prosseguiu, piscando rapidamente e ainda com o rosto erguido para o teto. — Não tenho certeza de que compreendo agora. E vocês dois foram muito cruéis.

— Eu não faço ideia do que você está falando, Maud. Talvez você precise descansar um pouco.

— Não vou me casar com ele — ela repetiu, movendo a cabeça para fitar os olhos do irmão.

— Faça como quiser — Gaunt disse. — Eu nunca tentei controlar você. A mim esse tipo de coisa pouco importa.

— Eu não me *importo*, Henry — Maud falou. — Não me importo que você seja...

Ela se interrompeu, corando. O corpo inteiro de Gaunt estava dormente e formigando. Ele sabia que a mãe estava em algum lugar da casa, talvez perto o bastante para ouvi-los. Tinham apenas uma serviçal agora, mas ela estava longe, na cozinha.

— Eu não me importo — Maud repetiu.

Gaunt inspirou profundamente, trêmulo, e pensou em Devi e Pritchard.

— Talvez as coisas possam ser mais claras se você disser o que quer dizer — ele falou.

— Você... você está apaixonado por Sidney.

Gaunt riu, um pouco vacilante. Maud parecia ter esperado que ele negasse. Quando isso não aconteceu, ela avançou um passo.

— É verdade, não é?

Gaunt assentiu. Uma lágrima escorreu pelo rosto de Maud e respingou no carpete.

— Você poderia ter me contado — ela disse.

— Como eu teria feito isso?

— Foi cruel da parte de Sidney. É humilhante, sentir que se tem um lugar junto de alguém, quando não é verdade.

Gaunt se voltou para a estante.

— Não é verdade? Ele a pediu em casamento.

Ele sentiu os braços da irmã o envolverem. Maud apoiou a cabeça entre suas escápulas.

— Vocês são... cuidadosos? — ela perguntou.

— Sim.

— E você tem certeza de que não é apenas... apenas a escola, e o exército?

Gaunt encarou vagamente a pequena pilha de textos clássicos que fizera. As lombadas eram velhas e desgastadas. Maud moveu o rosto contra o tecido de seu terno, gentil. Aos poucos, Gaunt cobriu as mãos dela com as próprias.

— Eu tenho certeza — ele respondeu.

— Isso me deixa apavorada por você — Maud falou. Ela tomou distância e foi posicionar-se ao lado da cadeira. — Não é justo, tampouco é certo.

De repente, os membros de Gaunt pareceram vazios. Ele apertou a ponta dos dedos na edição de Heródoto, revestida de tecido.

— Sim, é uma abominação — disse, com a voz calma, embora soubesse que não era verdade. Sabia que não podia ser. Era a parte mais limpa de seu ser, a mais pura.

Maud se voltou, cambaleante.

— Não foi o que eu quis dizer — ela falou.

Gaunt se virou para olhá-la.

— Não?

— Não — ela respondeu. — Não.

Os dois se entreolharam por um momento.

— Não — ela insistiu, mais uma vez.

— Gostaria de poder ter te contado.

— Não esconda mais coisas de mim.

— Não esconderei — Gaunt falou, uma sensação de leveza aos poucos tomando conta de seu corpo, como um amanhecer.

— Não vou me casar com ele — Maud repetiu. — Ele não me quer, não mais do que eu o quero. Duvido que ele tenha querido, em algum momento.

Gaunt contorceu a boca em um sorriso malsucedido. Estava dolorosamente ciente de sua disposição a abandonar a própria vida por Ellwood, quando Ellwood talvez já houvesse exaurido seu amor por Gaunt, intenso como um fósforo em sua brevidade.

— Ah, acredito que ele tenha. Talvez ainda queira, não sei dizer. — Ele esperou um pouco, sem encarar a irmã nos olhos. — Eu ficaria destruído se você se casasse com ele.

— Eu sei — Maud assentiu. — Não farei isso.

— Temo ter sido um irmão terrível para você.

— Convença nosso pai a me deixar ir para Berlim depois da Guerra, e terá se redimido.

Gaunt foi até ela e a puxou para perto de si, beijando-a no topo da cabeça.

— Μεγαλοψυχίη το φέρειν πραέως πλημμέλειαν — ele disse. *É magnânimo sofrer a indelicadeza com serenidade.*

— Συγγνώμη τιμωρίας κρείσσων — Maud respondeu. *O perdão supera a vingança.*

— Seu lugar é em Oxford, não Berlim — Gaunt falou. — Isso foi Tales?

— Pítaco.

— Ah. Preciso revisar os sábios do século VI.

— Vai mesmo para Thornycroft agora? — Maud perguntou. — Não poderia ficar até segunda-feira?

Gaunt pensou em Ellwood, rabiscando loucamente em seu caderno. Maud parecia pequena, como se já soubesse qual seria a resposta.

— Tudo bem — ele concordou. — Mandarei um telegrama a Elly para informar a mudança de planos.

— Obrigada.

Gaunt parou à porta.

— Eu... — ele falou, mas não sabia como começar.

Maud esperou.

— Eu nunca teria te contado, se você não tivesse perguntado — ele disse, por fim. — Então... obrigado. Por perguntar.

Maud sorriu.

— Vá enviar seu telegrama.

A Mansão Thornycroft parecia ter três séculos, mas, na verdade, o pai de Ellwood a havia copiado de uma casa que alugara em Lake District, em 1885. Era decorada ao estilo *Arts & Crafts*, com sancas de madeira escura delicadamente entalhadas, papéis de parede assinados por William Morris e janelas de vitrais. Gaunt sempre amara o lugar. Era primoroso e elegante, e parecia congelar em um estado de calmaria onírica, independentemente de quantos convidados lotassem os cômodos.

O fim de semana de Gaunt com Maud consistira sobretudo em tentar não reparar no quanto sua mãe estava bebendo e em como seu pai, que no passado já era distante, ficara ainda mais. Ele compreendia, agora, por que Maud lhe pedira que ficasse.

— Querem que eu deixe meu emprego no hospital — ela falou. — Para ficar em casa e ajudar com o trabalho doméstico.

— Você seria péssima com trabalhos domésticos.

— Sim, mas a criada também é — Maud disse. — Tem sido impossível encontrar serviçais decentes.

Então Gaunt teve uma conversa austera com os pais, reunindo toda a importância de quem havia voltado dos mortos, e disse que Maud em hipótese alguma deveria ser impedida de desempenhar seu papel fundamental no esforço de guerra.

Não sabia se lhe dariam ouvidos. Ambos pareciam completamente destruídos. O pai passava tanto tempo trabalhando no banco que, segundo Maud, ficavam dias sem vê-lo, e a bebida tornava a mãe aérea e de olhos turvos, mesmo às manhãs.

Na segunda-feira, Maud o acompanhou até a estação de trem. Voltaria para seus alojamentos no hospital. Gaunt ficou feliz por não a estar deixando sozinha com os pais enquanto eles se desintegravam.

— Diga olá a Sidney por mim — ela falou na plataforma.

Gaunt tentou sorrir. Maud deu um beijo em sua bochecha e se despediu.

•

A mãe de Ellwood recebeu Gaunt calorosamente, mas Ellwood se recusara a olhar para ele e não dissera uma palavra. A sra. Ellwood preencheu o silêncio da melhor forma possível, e Gaunt tentou ser cortês. Era difícil concentrar-se quando Ellwood parecia tão amargo.

Sentaram-se à mesa de madeira envernizada na sala de jantar. Gaunt lembrou a si mesmo de não devorar seu empadão de carne (continuava sempre, sempre faminto), e a sra. Ellwood sorriu para ele.

— É muito gentil de sua parte visitar Sidney. Realmente acredito que seja difícil para nossos garotos, quando retornam da frente de batalha; eles ficam tão acostumados ao companheirismo na França!

De repente, ouviu-se o som de cristal se estilhaçando. Vinho tinto escorria em filetes pelas paredes forradas de papel, onde Ellwood atirara a própria taça. Ele se levantou, queimando de ódio, a boca apertada. Suas mãos tremiam ao lado do corpo.

— Sidney!

— Companheirismo — ele cuspiu. — Que agradável!

— Sidney, sente-se, por favor! — sua mãe exclamou.

— Preciso de um pouco de ar fresco — Ellwood disse, retirando-se tomado de raiva.

A sra. Ellwood tentou não chorar enquanto a criada varria as lascas de cristal.

— É a neurose — Gaunt falou. — Ele não está bravo com a senhora, de verdade.

A sra. Ellwood balançou a cabeça.

— Ele me olha como se me odiasse. Acho que odeia todas as pessoas que não estiveram na linha de frente.

— É... difícil para civis compreenderem.

— Eu não consigo suportar!

Gaunt buscou o próprio lenço. Estava limpo. Ele o entregou à sra. Ellwood, que ofereceu um sorriso fraco e secou os olhos.

— Sinto muito — ela disse.

— Não há problema algum. Às vezes, penso que a Guerra é mais difícil para os pais.

— Você não imagina o quanto me sinto impotente. Li os poemas dele.

— Não é tão ruim assim — Gaunt mentiu. — Pode até ser divertido, quando se está no acantonamento. Além disso, ficamos na linha de frente por apenas um ou dois dias, antes de voltarmos para as reservas, e então é tudo bem maçante.

A sra. Ellwood pegou a mão dele sobre a mesa e a apertou. Gaunt suspeitava que *alguma coisa* ela sabia a respeito de Ellwood, embora duvidasse que realmente compreendesse; no entanto, ela tratava Gaunt como um amigo privilegiado, e ele e Ellwood sempre tinham quartos lado a lado quando hospedava-se na mansão.

— Você é muito gentil, Henry — ela disse. — Não quero fazer um alvoroço.

— É melhor eu conferir como ele está.

— Obrigada. Fico muito feliz por você ter vindo.

TRINTA E NOVE

Ellwood caminhava ao longo do tanque de nenúfares. A luz do anoitecer era pálida e fria, e ele colocava um pé na frente do outro cuidadosamente, testando o próprio equilíbrio à beira d'água.

Ouviu passos no cascalho e, ao erguer os olhos, viu Gaunt, as mãos nos bolsos, andando em sua direção.

Ele o havia enxergado tantas vezes na linha de frente que não se dera conta, até que o verdadeiro Gaunt se materializou, do quanto suas memórias tinham se afastado do original. Sua mente enfatizara a sinuosidade da fisionomia de Gaunt, a natureza de espelho partido de seu rosto. Esquecera como ele era intimidador, imponente e de ombros largos, com aqueles olhos resolutos, aquela boca firme. No entanto, Gaunt estava diferente agora. Mais suave. Havia algo mais aberto em sua expressão.

Ele veio até o lado de Ellwood na beirada do tanque.

— Lamento por aquilo — Ellwood disse. Não lamentava, na verdade. Estava constrangido, talvez. Mas *companheirismo*, falar da linha de frente como se fosse uma festa em uma casa de campo...

— É difícil para os pais. Eles sabem que tem algo acontecendo com a gente, e não podem fazer nada para impedir.

— Meu coração fica em frangalhos — Ellwood zombou. — De fato, o que é meu sofrimento, se comparado às dificuldades de senhoras inglesas de meia-idade?

Gaunt ficou em silêncio.

— Você acha que estou sendo injusto.

— Sim.

Ellwood não tinha energia para defender sua conjectura, ou sequer para senti-la.

— O céu é insosso — ele disse.

— Sim, também reparei nisso. Não é como na Bélgica.

— Não suporto esse lugar.

— Eu sei — Gaunt concordou. Mas ele não parecia sentir o mesmo que Ellwood: sufocado e vingativo. Gaunt parecia relaxado. Feliz.

— Você parece muitíssimo calmo.

— Algumas coisas são mais simples do que eu imaginava. Você está vivo, afinal.

Ellwood empurrou um nenúfar com o pé, assistindo à água transformar-se em bolinhas contra o couro de seu sapato.

— Existe um poema de Tennyson para nós agora, Elly?

Ellwood desceu da beirada do tanque.

— Tennyson — ele desdenhou. — Do que é que *ele* sabia? Imaginando naufrágios de seu sofá, ou batalhas deitado em sua cama. Velho imbecil.

— Keats, então — Gaunt replicou, depois de uma pausa.

— Você voltou dos mortos para falar de urnas gregas?

— Não, não é isso — Gaunt respondeu. Ele não tentou explicar. Esperaram o sol se pôr, mais do que o observaram.

•

O quarto de Ellwood ficava em uma ala isolada da casa. Gaunt dormiria no cômodo ao lado. No entanto, ele não foi para seu quarto; seguiu Ellwood até o dele e fechou a porta. Ellwood ficou em pé, imóvel como uma pedra.

Gaunt levou as mãos à cintura dele, hesitante, e o puxou para perto de si.

— Elly — ele disse, como se o chamasse para olhar algo. Ellwood não conseguia responder.

Gaunt o beijou, cuidadosamente evitando as ataduras. Ellwood correspondeu, mas a parte dele que outrora teria ficado eufórica estava dormindo, ou morta.

Gaunt o despiu, uma expressão de intensa concentração no rosto. Beijou os ombros de Ellwood. Passou os dedos por suas costelas e pelos músculos de sua barriga. Quando Ellwood estava todo nu, Gaunt riu, uma risada alegre, que transbordava como uma xícara cheia.

— Parece um pouco desigual — Ellwood falou, porque Gaunt continuava inteiramente vestido.

Gaunt levou as mãos ao peito, receoso.

— Fiquei um pouco avariado em Loos — ele murmurou.

— Eu não me importo.

Gaunt deslizou a mão pelo torso de Ellwood.

— Você está perfeito — disse, a voz carregada de anseio.

Ellwood resfolegou.

— Ah, sim, perfeito — ele retorquiu, e se pôs a tatear os botões de Gaunt, que o impediu.

— Vamos... venha, suba na cama.

Uma vez nela, Ellwood se inclinou para apagar a lamparina, pensando que o escuro pudesse aplacar os temores de Gaunt quanto a se despir. Mas Gaunt o impediu mais uma vez.

— Eu quero vê-lo.

— Deus do céu, *por quê*?

Gaunt não respondeu. Empurrou Ellwood, fazendo-o deitar de costas, e apoiou o corpo em um cotovelo, encarando Ellwood como se ele fosse uma obra exposta em um museu.

Ellwood sabia que existia uma citação para aquele estado específico e doloroso de perplexidade, mas não se recordava. Todas as suas palavras haviam desaparecido. Algo irrompia magnificamente em seu peito, e ele não tinha como se expressar. Aos poucos, desabotoou a camisa de Gaunt, que ficou imóvel, lançando-lhe olhares breves de nervoso enquanto a peça de roupa se abria e revelava uma massa de cicatrizes espessas e vermelhas. Ellwood se obrigou a não vacilar ante a visão. O peito de Gaunt, antes forte e poderoso, estava agora distorcido, frágil. Apenas um mamilo restava, e os ossos se projetavam de maneiras estranhas. Não haviam cicatrizado da forma correta, e Gaunt estava tão magro que tudo se tornava ainda mais evidente.

Ellwood pressionou a palma da mão no centro do ferimento, que tinha o formato de uma estrela.

Gaunt soltou uma exclamação curta e peculiar.

— Dói? — Ellwood perguntou.

— N-não. — Ele fez uma pausa. — Meus pulmões doem um pouco quando subo escadas rápido demais.

Havia uma citação para cicatrizes também. Ellwood tateou às cegas na própria mente, mas não encontrou nada.

Já que sua boca era inútil, ele a apertou contra a pele mutilada de Gaunt, em beijos longos e desesperados.

— Você se incomoda com elas? — Gaunt indagou.

— Seria hipócrita de minha parte.

— Sim, mas...

— Eu as odeio — Ellwood respondeu. — Mas não me incomodo.

Gaunt pareceu compreender. Ele levou uma das mãos à cabeça de Ellwood e deixou escapar sons suaves enquanto Ellwood descia por seu corpo.

Nosso corpo foi usado para parar balas, Ellwood pensou. Não conseguiu pensar em mais nada. Sua boca estava ocupada, e ele sentia uma dor pungente do lado esquerdo. Pensou em uma perna arrancada que havia encontrado no meio das árvores, enquanto estava na reserva. Sangue tão coagulado que era quase preto.

— Elly — Gaunt chamou.

Ellwood tentou se concentrar. Não funcionou. Pensou na virilha de Grimsey, destroçada por estilhaços.

— Elly — Gaunt voltou a falar. — Pare.

Ellwood se endireitou, erguendo a cabeça. Gaunt havia se apoiado nos cotovelos, e seus olhos baixaram até o meio das pernas de Ellwood.

— Você não... — ele começou.

Ellwood viu-se surpreendido por uma fúria voraz, consigo mesmo por estar quebrado, com Gaunt por ter reparado.

– Por que isso deveria importar? Deite-se.

– Elly.

– *Deite-se* – Ellwood repetiu. – E *fique quieto*.

Gaunt o observou por mais um momento. Linhas finas em sua testa, o maxilar apertado e amplo. Ellwood correspondeu o olhar.

Gaunt nunca fora capaz de confrontá-lo na cama. Deixou-se desmoronar com um suspiro, e Ellwood voltou a debruçar-se sobre seu corpo.

Depois de terminado, Gaunt o tomou nos braços e o puxou para cima, para se deitarem lado a lado.

– Posso fazer algo por você? – ele perguntou.

Ellwood encarou o teto. Seus cabelos haviam caído sobre o rosto, e ele os sentia do lado direito da testa, mas não do esquerdo, ainda coberto de ataduras.

Gaunt tirou as mechas de seu rosto com uma carícia.

– Elly?

– Não – Ellwood respondeu. – Nada.

Gaunt assentiu. Seus dedos continuaram a correr pelos cabelos de Ellwood, que se sentia derreter.

– Eu te amo – Gaunt falou, seus olhos percorrendo o rosto de Ellwood, inquietos, indagadores.

Ellwood não respondeu. Gaunt esperou alguns segundos, sua expressão tornando-se cada vez menos aberta, até que ele uniu os lábios em um sorriso apertado e murmurou:

– Certo... Boa noite.

Ellwood não disse nada. Não conseguia. Gaunt se virou, dando-lhe as costas. Depois de muito tempo, sua respiração ficou calma e regular.

No escuro, Ellwood sentiu a raiva crescer, até que a paralisia desesperada em seu peito o obrigou a sair do quarto. Ele perambulou pelos corredores, pensamentos entrecortados em sua mente, mordendo os calcanhares uns dos outros, até que deixou de ser capaz de pensar.

•

Gaunt se mostrou mais cauteloso com ele no dia seguinte; essa prudência fez Ellwood querer esmurrá-lo.

No café da manhã, a mãe sorriu.

— Como passou a noite, querido? — ela perguntou. O que raios esperava que ele dissesse? Ela queria que fingissem que nada havia mudado; não queria nada além de que sua vida confortável e eduardiana continuasse, indefinidamente, embora fossem as fissuras naquela mesma vida que haviam se aberto e o engolido.

Ellwood não respondeu.

— O tempo está bonito hoje — Gaunt comentou.

— Muito — a mãe de Ellwood concordou. — Vocês dois deveriam fazer um almoço no lago.

— Eu vou andar a cavalo — Ellwood disse, pois sabia que Gaunt não se juntaria a ele e estava certo. Gaunt preferiu isolar-se na biblioteca para trabalhar em sua tradução de Tucídides.

Como os garanhões de caça foram confiscados pelo exército havia muito tempo, Ellwood selou o único cavalo que restava, uma criatura inútil de nome Conker, mais adequado para puxar carruagens do que galopar campo afora.

Assim como Ellwood, a montaria era mal-humorada e apática. Eles trotaram até o pub da região, onde Ellwood passou o dia embebedando-se metodicamente. Não o suficiente, no entanto, para evitar entreouvir as conversar das pessoas sobre a Guerra: Lloyd George, General Haig, condições para a paz, covardia, ensinar uma lição para os prussianos.

Nem Gaunt nem a mãe disseram nada quando ele voltou, zonzo, arrastando as palavras, e caiu no sono à mesa de jantar. Acordou tarde da noite, sozinho na própria cama.

Gaunt o seguiu até o estábulo na manhã seguinte.

— Se tivesse falado que ia ao pub, eu teria ido junto.

— Não estou indo ao pub — Ellwood respondeu. Levava um cantil de rum no bolso; não precisava do pub.

— Sinto muito se o que falei no outro dia te deixou irritado.

— Não é de admirar que nunca teve amigos, Gaunt — Ellwood falou, odiando cada centímetro dele, dos pés imensos até os cabelos louros. — Você não tem modos.

A postura de Gaunt endureceu.

— Eu tenho amigos.

Ellwood riu.

— Não se iluda. Tudo o que Sandys queria era te comer.

Gaunt lhe deu as costas e saiu do estábulo, exatamente como Ellwood sabia que aconteceria; ainda assim, não foi o bastante. Ellwood o seguiu.

— Devi, acredito que você possa contabilizar Devi, embora ele não passasse de um indiano emergente que deu um jeito de se enfiar em Eton.

— Cale a boca.

— E, então, temos euzinho aqui. Três amigos no total, e um está *morto*.

Gaunt parou de andar. Ele não se virou, e Ellwood não ousou tocá-lo.

— Você quer comparar amigos mortos, Ellwood? — Gaunt perguntou, a voz baixa, e Ellwood sentiu como se a tampa de seu cérebro tivesse explodido.

— *Não existe comparação!* — ele gritou. — Você nunca amou ninguém, portanto não havia ninguém para você *perder*!

Gaunt se virou devagar e olhou para Ellwood. Para seu espanto, o rosto dele não estava bravo, mas gentil.

— Isso não é verdade, Elly — ele disse, antes de se afastar.

•

Ellwood não conseguiria cavalgar depois daquilo. Escondeu o rosto no pescoço de Conker e tentou chorar, mas não foi capaz.

Conseguia apenas sentir náusea, sua impotência o fazendo estremecer.

Acabou embebedando-se dentro da própria banheira, inteiramente vestido. Quando Gaunt o encontrou, Ellwood havia desenredado suas ataduras e estava arrancando desajeitadamente os cílios infectados, assobiando "Danúbio Azul".

Gaunt parou à porta, um sorriso peculiar e afetuoso nos lábios. A mesma expressão que costumava aparecer em seu rosto na escola, quando Ellwood recitava poesia para pessoas que não queriam ouvi-la; a mesma expressão do Descanso Operacional em Loos, quando Ellwood o tocava mais do que seria adequado. Nunca havia mudado. Gaunt sempre o olhara daquela maneira, como se os defeitos de Ellwood fossem qualidades.

Ellwood desviou o rosto e tentou colocar as ataduras de volta no lugar.

— Está num momento nostálgico, é? — Gaunt perguntou.

Quando Ellwood não respondeu, Gaunt tirou os sapatos e entrou na banheira.

— O que você está fazendo?

— Dê um pouco de espaço — Gaunt pediu, acomodando-se entre as pernas de Ellwood e apoiando as costas contra seu peito.

Ellwood o desejava tanto... ou apenas queria desejá-lo?

— Como no Centos — Gaunt falou.

Mas, no Centos, Ellwood é que havia se apoiado em Gaunt. Não funcionaria daquela forma agora. O peito de Gaunt estava frágil demais e, de qualquer forma, Ellwood não queria que Gaunt visse seu rosto.

Ellwood passou o rum a ele. Gaunt deu um gole e deixou a cabeça pender no pescoço de Ellwood.

— Você se lembra? — ele perguntou. Ellwood riu, levemente desvairado.

— Sim.

— Eu quase te beijei — Gaunt disse. Ellwood inspirou profundamente o cheiro do cabelo limpo de Gaunt. Costumava encarar a nuca dele na Capela, perguntando-se como uma pessoa tão comum poderia tê-lo aprisionado tão completamente.

— Por que não beijou? — ele quis saber. Gaunt virou o rosto no ombro de Ellwood para fitá-lo. O cômodo girou.

— Bom, tinha outras pessoas lá.

— Em Munique, então.

Gaunt estendeu a mão, devagar, e tirou as ataduras do rosto de Ellwood. Ellwood ficou parado e não o impediu.

— Você não deveria ficar cutucando isso — Gaunt disse, correndo o dedo delicadamente pela pele machucada.

Ellwood tentou rir.

— Por quê? Para não deixar uma cicatriz?

Gaunt se deslocou para poder virar o corpo ainda mais. Ellwood afastou a cabeça, apoiando-a no esmalte frio da banheira, e observou Gaunt aproximar-se.

— Não — Ellwood alertou, mas Gaunt o ignorou e pressionou a boca contra seu maxilar despedaçado.

Ambos ficaram imóveis por um momento, até que Ellwood tomou distância.

— Eu não quero a sua pena — ele disse.

Gaunt riu.

— Ótimo, pois você não a tem.

Ele riu mais uma vez ao acomodar-se contra o peito de Ellwood.

O silêncio se prolongou por longos minutos.

— Eu não deveria ter dito aquilo, mais cedo — Ellwood falou, por fim. — Sobre Sandys.

— E Gideon.

— Sim — Ellwood assentiu, tentando não se enfurecer com a ideia de Gaunt defendendo Devi e chamando-o pelo primeiro nome. — Desculpe.

Gaunt bebeu do cantil e o devolveu a Ellwood. Ellwood o levou aos lábios, mas, quando sentiu o gosto do rum na língua, desejou de repente estar sóbrio e baixou o cantil.

— Eu decidi que não importa se você também me ama ou não — Gaunt disse.

Algum poeta morto, havia muito tempo, provavelmente escrevera os versos com os quais responder, mas Ellwood já não se lembrava deles.

QUARENTA

O humor de Ellwood variava tão intensamente que Gaunt às vezes passava dias o evitando. Ele era cruel com a mãe e com os serviçais. Fazia comentários zombeteiros para Gaunt a respeito da segurança dos centros de detenção.

Desculpava-se depois, tenso. Quando não estava bravo, era rígido, mesmo nos breves momentos em que ele e Gaunt se entendiam. Depois do dia na banheira, Gaunt passou a seguir Ellwood para a cama todas as noites, e Ellwood não lhe pediu que parasse. Esmagava a própria boca na de Gaunt em uma imitação oca e furiosa de afeto.

Deitado na cama, com Ellwood rígido e fingindo dormir ao seu lado, Gaunt refletiu que não sentia amar Ellwood. Sentia amar um impostor instável, um impostor que lhe roubara Ellwood e se recusava a devolvê-lo. Ainda assim, não havia nada que pudesse fazer: amava cada parte de Ellwood, mudada ou não. Se havia algum sentimento mais solitário, Gaunt era incapaz de imaginá-lo.

No hospital, havia falado com o médico.

— Ele vai se recuperar? — perguntara, no corredor da ala de Ellwood.

— Ah, se não fosse por aquele olho, o mandaríamos de volta na mesma hora — o médico respondeu, olhando para uma prancheta.

— Da neurose, quero dizer.

— Uma neurose daquelas nunca prejudicou um soldado — o médico disse, alegre. — É uma pena que não possamos colocá-lo em serviço ativo. O homem é uma máquina.

No que dizia respeito à neurose, a situação não era tão ruim. Ellwood não gaguejava, não gritava nem se recusava a comer. Não tinha longos lapsos de memória ou dores físicas estranhas. Mas Gaunt se perguntava se um homem mecânico poderia voltar a ser humano, ou se, assim como os campos de batalha na França, a paisagem do caráter de Ellwood teria sido arruinada irreversivelmente pela Guerra.

Tudo o que podia fazer era ser paciente, aguardar e esperar que os vestígios de ternura que Ellwood às vezes lhe demonstrava fossem sinais de que, um dia, voltaria a amar Gaunt.

•

Certos dias, Ellwood era monossilábico. Em outros, falava como um trem em alta velocidade.

— Escrevi doze poemas esta semana — ele anunciou no café da manhã. — Apenas dez têm algo que presta, mas não importa, porque são todos sangrentos e horríveis, não tem nem um fragmento sequer de beleza neles, então certamente serão publicados; não é engraçado como isso mudou? Como dois anos atrás não queríamos nada além de Rupert Brooke e... — ele gaguejou, tendo claramente estado prestes a citar "O Soldado", mas Ellwood já não citava poesia — ... e, e, e todo tipo de coisa heroica que falasse de morrer em nome da glória, mas agora tudo o que se precisa fazer é descrever quanto sangue espirra de um sujeito quando ele tem a barriga rasgada por estilhaços e as pessoas engolem tudo, *delicioso, que horror, aqueles pobres garotos, alguém pode me passar os ovos, estou esfomeado...*

— Fique quieto, por favor, Elly — Gaunt disse, porque a sra. Ellwood olhava para seus ovos mexidos com lágrimas nos olhos.

— Ah, não quero ser desagradável, eu jamais teria a intenção, não quis ser *desagradável,* que coisa terrível, só creio ser peculiar como as pessoas são muito mais atraídas pelo desastre do que pela beleza, como somos curiosos quanto às coisas que se pode fazer com um corpo. Você não acha isso interessante, Gaunt?

— Não — Gaunt respondeu.

A sra. Ellwood piscou diversas vezes, sem parar. Uma lágrima densa caiu em seu prato.

— Eu acho terrivelmente interessante — Ellwood falou. — Terrivelmente! Ora, lembra-se do barulho de um homem tentando falar depois de levar um tiro na garganta?

— Sim — Gaunt replicou. — Eu me lembro.

Ellwood espalmou as mãos na mesa.

— É claro — ele disse em voz baixa. — Me desculpe. É claro que lembra.

Gaunt assentiu devagar, e Ellwood mordeu um pedaço de torrada, envergonhado. Eles comeram em silêncio.

Quando havia terminado o desjejum, a sra. Ellwood içou um sorriso no rosto.

— O que gostaria de fazer amanhã, já que é seu aniversário? — ela perguntou a Ellwood.

Ellwood soltou uma risadinha maldosa.

— Que tal irmos ao zoológico e tomarmos sorvete? Teremos bolo? *Por favor*, diga que teremos bolo. Com dezenove anos, tenho certeza de que, por fim, hei de me tornar um homem de verdade, e talvez você possa finalmente me explicar as sutilezas da procriação.

Gaunt pousou os talheres com estrondo no prato.

— Se vai ser um canalha, Ellwood, faça isso em outro lugar. Ninguém tem interesse algum em testemunhar sua humilhação.

O sorriso malicioso de Ellwood desapareceu.

— Você é um imenso pedante, Gaunt. Vou andar a cavalo.

Naquela noite, Ellwood se insinuou na cama de Gaunt, deixando beijos leves e pesarosos por todo o seu rosto e cabelo. Estava rijo, o que era raro, e atencioso. Os pensamentos de Gaunt silenciaram-se enquanto Ellwood assumia o controle, tocando-o, forçando-se devagar, com uma reverência silenciosa; um pedido de desculpas físico. Gaunt tentou fingir que era Ellwood, o Ellwood real, radiante, esperançoso, verdadeiro. Nenhum deles falou. Ellwood fechou os olhos e enterrou o rosto no pescoço de Gaunt enquanto se movia, recusando-se a olhar para ele. Gaunt sentiu o peito retorcer ao recordar todas as vezes que fizera o mesmo com Ellwood. Somente em uma ocasião havia sido corajoso para encarar o rosto dele do começo ao fim. Ellwood ficara eufórico de felicidade por um dia inteiro, uma felicidade que, agora Gaunt entendia, havia sido alívio.

•

Depois, Ellwood se mostrou preocupado e gentil.

— Eu te machuquei? Já faz tempo... a menos que...

Ele corou e desviou o rosto.

— Não, realmente, faz tempo — Gaunt concordou. — Mas está tudo certo.

Ellwood foi até a bacia e molhou uma toalha de rosto. Ele voltou e limpou Gaunt, várias vezes baixando a cabeça para beijá-lo, suas coxas, seus quadris, seu peito ferido. Quando terminou, se deitou ao lado dele, escorregando a cabeça para a curva do ombro de Gaunt como se ali fosse seu lugar.

— Não é comigo que você precisa se desculpar — Gaunt falou. Soube que suas suposições estavam certas, pois Ellwood se imobilizou em seus braços.

— Não suporto olhar para ela — ele disse.

Gaunt inclinou a cabeça e tocou, com os lábios, a sobrancelha que restava de Ellwood.

— Não é culpa dela que a Áustria tenha declarado guerra à Sérvia.

— Nunca falei que era.

Gaunt não respondeu.

Ellwood suspirou.

— Gostaria de voltar à linha de frente — ele falou. — Me sinto imundo.

— Eu sei — Gaunt concordou. — Eu também.

QUARENTA E UM

Em agosto, o médico informou a Ellwood que não era mais preciso usar as ataduras no rosto. Ellwood foi para casa e se trancou no quarto. Retirou as ataduras, encarou a si mesmo no espelho e voltou a colocá-las.

Terça-feira, 15 de agosto de 1916
Kingswood Court, Surrey

Caro Sidney,

É bom saber que está tudo bem com sua cabeça. Meu ombro sarou e acabei de receber a aprovação no exame médico. Voltarei à França no final do mês. Estava pensando em visitar Preshute no sábado. Que tal você e Gaunt irem também? Fiquei perplexo ao saber que ele sobreviveu. Poderá contar essa história em jantares por um bom tempo.

Avise-me... Seria muito bom vê-lo.

Seu amigo,
Cyril Roseveare

No sábado seguinte, Gaunt e Ellwood vestiram os uniformes e embarcaram no trem para Wiltshire. Compraram passagens de primeira classe e se acomodaram em um vagão vazio.

Assim que o trem se sacudiu e entrou em movimento, o coração de Ellwood começou a bater na garganta, urgente. Trens colidiam, não? Oras, havia pouco, no ano anterior, houvera o desastre de Quintinshill, mais de duzentos homens mortos, soldados… Não era preciso estar na linha de frente para morrer…

— Elly? — Gaunt chamou.

Ellwood olhou para o bagageiro. A caixa de chapéu de uma mulher estava espremida ali. Não seria preciso muito para que a caixa despencasse por entre as barras e o atingisse no rosto. Seus ferimentos voltariam a se abrir, ou talvez perdesse o outro olho…

— Elly — Gaunt repetiu. — Respire.

— Eu quero descer — Ellwood falou.

— Está bem.

— Puxe a corda, eu quero descer.

— Consegue esperar até a próxima estação? — Gaunt perguntou.

Se o trem batesse, as janelas de vidro explodiriam em cacos grandes e afiados. Abririam buracos no corpo de Gaunt. Ellwood teve um vislumbre súbito de sangue derramando-se pelo vagão, da mesma maneira que encharcara a trincheira quando um de seus homens teve as entranhas arrancadas por estilhaços de um morteiro.

Gaunt colocou um braço ao redor de Ellwood e o apertou junto de si. Era reconfortante e aterrorizante ao mesmo tempo. Ellwood tinha total ciência das pessoas passando pelo corredor.

— Gaunt — ele disse, esforçando-se para manter a calma. — Não acho que…

Gaunt aproximou a boca do ouvido de Ellwood.

— Somos ambos capitães com Condecorações Militares e barretas de combatentes feridos. Você poderia muito bem me comer agora mesmo e as pessoas chamariam de camaradagem da linha de frente.

Ellwood soltou uma risada surpresa, que continuou e cresceu até ele não estar mais no controle dos sons estranhos e soluçantes que produzia. Gaunt o abraçou com força, murmurando em grego.

— Você... entende... — Ellwood arfou — ... que eu... não faço ideia... do que está dizendo?

— Deve ser melhor assim — Gaunt disse. — Tucídides não é muito reconfortante, na verdade. Menandro talvez fosse melhor, mas não memorizei muita coisa dele.

— Diga mais uma vez — Ellwood pediu. Seu corpo ainda pulsava com o medo, mas ele conseguia respirar.

— Ο δε πόλεμος... βίαιος διδάσκαλος — Gaunt repetiu.

Ellwood fechou os olhos e se concentrou, não em ossos estilhaçados projetando-se de cotos, mas nas aulas de grego da escola.

— A guerra é... uma professora violenta? — falou, por fim.

Gaunt sorriu para ele.

— Isso mesmo.

A zona campestre corria pelas janelas, verdejante.

— Ela *não* me ensinou nada — Ellwood disse.

Gaunt pareceu pensativo, mas ficou em silêncio.

Quando o trem parou, Gaunt perguntou se ainda queria descer; Ellwood negou com um gesto de cabeça. Gaunt voltou a aconchegá-lo sob o próprio braço e leu os placares de críquete no jornal.

Em Reading, duas mulheres embarcaram e se acomodaram nos assentos em frente a eles. Uma delas os encarou por um bom tempo, os olhos marejados, e então sussurrou em tom penetrante para a outra:

— Fazem amizades tão bonitas na linha de frente...!

QUARENTA E DOIS

Preshute estava vazio no verão. Gaunt ficou grato por isso. Não achava que conseguiria suportar os olhares admirados dos garotos de quinze anos, tampouco as encaradas apreensivas e indagadoras daqueles do Sexto Período. Ellwood continuava pálido e trêmulo depois do mal-estar no trem. Manteve-se colado ao lado de Gaunt, seus braços sempre encostados.

Roseveare esperava por eles nos portões do cemitério.

Havia encorpado desde a época da escola, e estava bonito no uniforme de oficial. Fora promovido a primeiro-tenente depois do Somme.

– Sidney! – ele gritou, atirando os braços ao redor de Ellwood. Seus olhos permaneceram fixos no lado intacto do rosto do amigo, como se tivesse decidido de antemão nunca sequer olhar de relance para as bandagens.

Ele ofereceu um aperto de mão a Gaunt.

– Era para você estar morto.

– Sim, foi o que me disseram.

– Meu pai contou que foi uma aventura e tanto – Roseveare falou.

– Ele foi extremamente gentil conosco em Amsterdã. Estava muito preocupado com você.

Roseveare pareceu surpreso.

– Estava? Pais são muito engraçados. Tudo o que ele disse quando cheguei em casa foi que eu deveria voltar para a França e tentar arranjar uma Cruz Vitória.

Eles perambularam de um lado para outro no cemitério coberto de mato, saboreando o canto baixo dos pássaros, a grama exuberante e intacta, as lápides antigas que, havia tempos, perderam qualquer vestígio de tragédia.

— Imagino que precisemos cumprimentar o sr. Hammick — Roseveare disse, parecendo resignado.

Ellwood resmungou.

— Você sabe muito bem que ele vai falar que gostaria de ser vinte anos mais jovem para não perder a diversão toda.

— De fato, parece bastante exaustivo — Gaunt assentiu.

— Ah, está bem, vamos à Casa de Chá na avenida — Roseveare falou. — Mas precisamos ir vê-lo depois. É nosso dever.

Gaunt e Ellwood concordaram prontamente. Aprenderam havia um bom tempo, em circunstâncias muito mais penosas, que era bem mais fácil cumprir deveres depois de tomar chá.

A Casa de Chá vivia lotada de estudantes desordeiros besuntando bolinhos com nata coalhada, mas naquele dia o lugar estava calmo. Foram conduzidos a uma mesa no canto, ao lado da janela, e Gaunt ficou em silêncio enquanto Roseveare e Ellwood trocavam novidades.

— Grimsey está se recuperando bem em Londres — Roseveare falou. — Teve um pouco de gangrena, mas encontraram a tempo.

— Continua com raiva de mim por ter salvado a vida dele?

— Furioso.

— Bom, é impossível agradar todo mundo.

A garçonete se aproximou com chá e uma bandeja de bolos e sanduíches. Gaunt comeu sem muito entusiasmo. A escassez de comida havia cobrado seu preço; o bolo era insosso e farinhento.

— Não gostaríamos tanto de Grimsey se o sujeito não fosse tão desagradável — Roseveare comentou. — É parte do charme dele. Como você, Gaunt.

— Obrigado — Gaunt respondeu.

— Não há de quê — Roseveare disse. — Ei, ouviram falar daquele garoto indiano de Eton?

A mão de Gaunt se imobilizou em sua xícara de chá.

— Gideon — Ellwood falou, e Gaunt ergueu os olhos, surpreso. Ellwood nunca usava o primeiro nome de Devi.

— Algo do tipo — Roseveare assentiu. — Você o conhece?

— O que há com ele? — Gaunt perguntou, impaciente.

— Ao que parece, ele chegou até a fronteira suíça, fingindo ser turco! Foi pego no último instante por um diplomata de Berlim que estava de férias no sul da Alemanha. Questionou seu amigo em turco e descobriu que ele não falava uma palavra.

— Mas... — Gaunt começou, tentando formar uma frase. Olhou para Ellwood, pedindo ajuda.

— Então ele está vivo? — Ellwood indagou. — A última notícia que tivemos é de que havia levado um tiro.

— Ah, está vivíssimo — Roseveare disse. — Todos os alunos de Eton estão falando dele. É a décima vez que tenta fugir. Vocês o conhecem?

Gaunt assentiu e, então, começou a rir.

— Sim — afirmou. — Ele está mesmo bem?

— Voltou para algum campo de detenção para prisioneiros de guerra na Alemanha — Roseveare respondeu. — Acho que ele machucou a perna; levará alguns meses para que possa tentar de novo.

As risadas deixaram Gaunt estremecendo por tanto tempo que Ellwood e Roseveare começaram a trocar olhares.

— Desculpem — ele falou, por fim. — Desculpem, é só que... são boas notícias.

— Sim — Roseveare concordou. Havia algo complicado na expressão em seu rosto. — É maravilhoso quando nossos amigos sobrevivem.

Gaunt havia lido as cartas de Roseveare para Ellwood. Sabia como ele mencionava com casualidade todas as pessoas que perdera: seus dois irmãos, Harry Straker, Finch, Aldworth, Pritchard, West. Fora um dos garotos mais populares na escola e, no entanto, não lhe restavam muitos amigos agora.

— Mas ouvi dizer que é improvável que você seja mandado de volta, não é? — Roseveare questionou Gaunt.

— Meu médico diz que me matará por conta própria se descobrir que estive na França — Gaunt explicou. — Ele é um pouco dramático. Tenho certeza de que conseguiria dar conta.

— O que fará até o final da Guerra, então?

— Irei aonde me mandarem. Provavelmente treinarei oficiais subalternos em algum lugar no interior.

Roseveare ergueu a xícara até os lábios, pensativo.

— E depois da Guerra? — ele perguntou.

— Oxford, certamente — Ellwood disse.

— Eu não sei — Gaunt falou. — Seria estranho voltar a ser estudante.

Os olhos de Roseveare correram de um para outro.

— Hmm — ele disse. — Meu tio está sempre procurando por jovens inteligentes para trabalhar na Embaixada Britânica. No Brasil.

Gaunt se engasgou com o sanduíche de pepino. Roseveare o esmurrou nas costas.

— Você está bem, Henry? — Ellwood indagou.

— Brasil? — Gaunt repetiu.

— Sim — Roseveare confirmou. — Acredito que ele ficaria contente de empregar os dois, se estiverem dispostos.

Gaunt viu que Ellwood ainda não tinha entendido.

— Aldworth queria ir para o Brasil — Gaunt disse a ele. O olho de Ellwood se arregalou.

— Sim — Roseveare falou —, isso mesmo. — Ele franziu a testa, fitando o bolinho que comia.

Os dois tinham sido próximos, Roseveare e Aldworth. Gaunt se lembrava de como ficavam juntos nas assembleias, de cabeça baixa, conversando em sussurros. Ambos tinham aquele ar de quem guarda algum segredo, o que deixava as pessoas desesperadas para impressioná-los.

— Cyril — Ellwood começou, a voz fraca —, Cyril, não é possível que esteja dizendo... que Gaunt e eu iríamos... *juntos*.

— Sidney, meu velho amigo, você sabe que sempre terá o meu apoio. Se não pode ser feliz na Inglaterra, certamente deveria ir ser feliz no Brasil.

— Mas a Inglaterra é mágica — Gaunt disse, baixinho.

— O quê? — Roseveare perguntou.

— Nada — Gaunt respondeu.

Ellwood o encarou.

— Não precisam me dar a resposta agora, é claro — Roseveare disse. — Já escrevi para meu tio falando de vocês, apenas caso...

Ele não terminou a frase. Os dois sabiam o que implicava: *caso eu seja morto antes de poder ajudá-los.*

A mão de Ellwood foi até as ataduras.

— Cyril... você contou a ele sobre meu...?

— Ah, sim — Roseveare confirmou. Seus olhos, quase involuntariamente, foram até o curativo. — Qual o tamanho do estrago, aliás?

— Gaunt pode contar — Ellwood respondeu, triste. — Ele já viu.

— Ninguém poderá acusá-lo de covardia — Gaunt disse. — Ele, sem dúvidas, lutou em uma guerra.

— Ah — Roseveare falou. — Bom, você sempre pode usar uma máscara.

— Ele não precisa de máscara nenhuma — Gaunt interveio.

Houve uma pausa desconfortável na qual Ellwood encarou, resoluto, o interior de sua xícara e Gaunt fitou Roseveare, furioso.

— Não, é claro que não — Roseveare concluiu.

Ellwood ergueu o rosto e levou a mão ao braço de Roseveare, agradecido.

— Você é um bom amigo, Cyril.

— Bobagem. Agora, vejam bem, os dois estão sendo extremamente grosseiros. Não vão perguntar se tenho alguma novidade?

— Bom, você tem?

Roseveare sorriu e balançou a mão esquerda no ar, mostrando uma aliança dourada brilhante.

— Cyril! — Ellwood exclamou. — Seu pilantra! Quem é a pobre vítima?

Roseveare sorriu.

— O nome dela é Lillian. Somos amigos desde a infância. Olhem, tenho uma fotografia. — Ele mostrou uma jovem bonita, com montes de cabelos loiros e densos.

— Ela é linda — Ellwood falou. — O que está fazendo com você?

— Sou um galante oficial do Exército Britânico. Não ficou sabendo?

— Esses existem às dúzias por aí.

— Devem ser minha beleza e meu charme, então.

— Eu duvido — Ellwood disse. — Minha nossa, Cyril, meus parabéns.

— Sim, parabéns — Gaunt assentiu. — Ela parece maravilhosa.

— Ela é — Roseveare disse. Começou a guardar a fotografia, mas se distraiu com ela, e parou para fitar a imagem com carinho. — Para falar a verdade, nunca imaginei que teria uma chance com ela.

— Creio que vocês serão muito felizes juntos — Ellwood disse.

— Obrigado. — Roseveare sorriu para eles, presunçoso. — Creio que vocês também.

Gaunt se ocupou servindo de mais chá, para não precisar encarar Roseveare. Ao seu lado, Ellwood se esticou e apertou o braço do amigo mais uma vez.

— Você me fez sentir quase humano, Cyril. Falo com honestidade.

— Fico feliz por ajudar. *Eu*, sem dúvidas, ando um pouco abatido desde o Somme. Como está seu amigo David Hayes?

— Quadril pulverizado — Ellwood revelou. — Não respondeu a nenhuma das minhas cartas. — Ele sorriu, embora fosse um sorriso raivoso demais. — Mas escreve a Gaunt.

— Precisamos visitá-lo — Gaunt falou.

— Ferimentos no quadril são traiçoeiros.

— Ele não voltará a andar — Ellwood disse.

— É com minhas mãos que mais me preocupo — Roseveare ponderou. — Creio que conseguiria lidar com qualquer coisa, menos isso.

— Minha visão — Gaunt opinou. — A cegueira me aterroriza.

O perfil de Ellwood estava ofuscado pela luz. Daquele ângulo, ele parecia inteiro, angelical.

— Meu rosto — ele disse.

Fez-se um longo silêncio.

— Bom, você sempre foi um vaidoso desgraçado — Roseveare falou. — Fico feliz em ver que nada mudou.

Gaunt esperou que Ellwood risse antes de se permitir rir também.

Depois do chá, visitaram o sr. Hammick.

— O que eu não daria para ser vinte anos mais jovem! — ele exclamou. — Eu estaria lá, lutando junto dos melhores.

QUARENTA E TRÊS

Nos dias ruins, Ellwood odiava a Inglaterra. Cavalgava em Conker por toda a zona campestre e não enxergava nada além de mosquitos e urtigas. Odiava os velhos no pub que menosprezavam os franceses, os alemães, e que sentiam que as colônias deveriam ser gratas pela oportunidade de retribuir à Grã-Bretanha, para variar. Odiava a luz do sol aquosa e o céu leitoso e nublado. Odiava Fagin, Shylock e o Barrabás de Marlowe. Eram pessoas tacanhas, os ingleses, e sua maior expressão artística, a escrita, era também tacanha, ela era provinciana; não se transpunha como a música ou a pintura, era direcionada apenas aos falantes de inglês. Que Charlie e Bertie Pritchard, e Martin e Clarence Roseveare, e os irmãos Straker, e West, e Finch, e Lantham, e Gosset, precisassem morrer para que a Inglaterra pudesse continuar com sua mesquinhez arrogante parecia pior do que uma tragédia, porque não havia beleza alguma na questão. Não, havia apenas estupidez, e Ellwood odiava os campos lamacentos, as ovelhas lúgubres e as formações rochosas torpes e pré-históricas pelas quais haviam pedido a todos eles que morressem.

Então, providenciou ser mandado de volta para a França.

Na manhã em que deveria ir à estação, vestiu seu uniforme com todo o cuidado do mundo, de frente para o espelho. Inclinou a cabeça para um lado e se perguntou se havia mesmo tirado proveito do fato de outrora ter sido bonito. Sentia-se nebulosamente certo de que desperdiçara seus anos de beleza, embora não soubesse dizer muito bem o que mais poderia ter feito.

Ele retirou as ataduras a as atirou no cesto de lixo. Na França, suas cicatrizes seriam úteis. Ele conduziria treinamentos com baionetas, e seu rosto faria com que os alunos prestassem mais atenção. Mas não era esse o motivo pelo qual decidira mostrá-lo. Havia jogado fora as ataduras porque sentia algo implacável em seu coração, algo que queimava como ácido, que dizia que ele precisava forçar-se a odiar a Inglaterra mais e mais antes de deixá-la para sempre — pois não tinha a intenção de voltar. *Queria* que as pessoas o encarassem na estação de trem. Que crianças chorassem. Queria odiar todos tão inteiramente que jamais voltaria a pensar neles.

Desceu as escadas, os ombros rígidos e o semblante estável, inexpressivo. Sua mãe se levantou em um pulo, mas Gaunt permaneceu sentado e não ergueu o rosto.

— Ah, querido — a mãe o pegou pelos ombros e o beijou nas duas bochechas, sem a mínima hesitação. — Você está tão bonito. Não está, Henry?

Gaunt olhou de relance para cima, mas baixou a cabeça na mesma velocidade. Covarde, Ellwood pensou, *covarde.*

— Não fique elogiando — Gaunt falou. — Sabe como sobem à cabeça dele.

Toda a raiva de Ellwood desapareceu de uma só vez, como se soprada por um vento norte.

— Ah, vamos lá, Gaunt, não mereço um pouco de incentivo? — ele perguntou.

— Você já é convencido o bastante — Gaunt respondeu. — Está pronto? Vamos perder o trem para Londres.

Ellwood sorriu, mais grato do que Gaunt jamais entenderia.

No trem, Gaunt notou o momento em que Ellwood deu sinais de entrar em pânico, então começou a falar das teorias de Péricles sobre impérios marítimos.

— Você... é a pessoa... mais entediante... que eu conheço — Ellwood falou, entre arquejos.

— O interessante é constatar que Péricles não defende o império de uma perspectiva moral, mas sim de uma meramente prática. Ou seja, uma vez que um império foi criado, é como um pacto faustiano, ele logo acumula tantos inimigos amargurados que desmantelá-lo torna-se uma perspectiva aterrorizante.

— Eu não me *importo* com Péricles.

— Fique à vontade para mudar de assunto — Gaunt replicou, sorrindo, porque Ellwood ainda enfrentava dificuldade de respirar. — Nesse meio-tempo: Péricles.

As pessoas no trem lançavam a Ellwood olhares furtivos, fingindo que não estavam olhando. Uma mulher fez contato visual e lhe ofereceu um sorriso piedoso. Ellwood a encarou até que ela desviasse o olhar. Sentia-se furioso com ela, assim como estivera com os civis no trem, quando havia recebido uma pluma branca durante sua licença.

Ninguém jamais voltaria a lhe dar uma pluma branca, ao menos. Não agora que a guerra fora inscrita em seu rosto.

Gaunt desejava ter passado uma noite com o rosto nu de Ellwood, para que houvesse, talvez, uma chance de acostumar-se com ele. Queria encarar aquele rosto até que fizesse sentido, até que seu cérebro parasse de tentar preenchê-lo e consertá-lo. Não sabia como olhar para Ellwood sem que o machucasse.

Ellwood, com sua noção aguçada de uma *imagem* correta, estava impecável com o uniforme. Era uma prova de sua compreensão inata de aparências. No início da Guerra, fora considerado elegante que soldados vestissem uniformes surrados, para provar que realmente haviam estado nas trincheiras. No entanto, agora que o alistamento militar era obrigatório, os homens que voltavam da linha de frente usavam seus uniformes com tamanho capricho e requinte que poderiam ter acabado de sair de um alfaiate. Gaunt não havia reparado até Ellwood comentar a respeito.

Conforme se aproximavam de Londres, o que parecia acalmar Ellwood, Gaunt parou de falar da Guerra do Peloponeso. Ellwood olhava fixamente pela janela; Gaunt olhava fixamente para ele.

Sentiu-se tentado a pensar: *Mesmo com o ferimento, ele é bonito*, mas aquela não era bem a verdade. Ellwood não era bonito *apesar* de sua desfiguração. A perda do olho fora o que lhe garantira a vida e, portanto, para Gaunt, era bonita. Ele era grato àquela lesão. Não mudaria um único centímetro daquelas cicatrizes.

Quando Ellwood desviou o rosto da janela, Gaunt rapidamente fechou os olhos e fingiu cochilar.

Os dois almoçaram perto da estação. Todos encaravam Ellwood, que devolvia os olhares, uma expressão medonha e hostil distorcendo seus traços.

Gaunt ficou em silêncio, não querendo provocá-lo e causar uma discussão.

Ao meio-dia, chegara a hora de Ellwood pegar o trem para Dover.

Gaunt apertou a mão dele.

— Boa sorte.

— Estarei bem longe da coisa toda — Ellwood falou.

— Sim, e mantenha-se assim. Nada de ir... *visitar* a linha de frente.

— Não sou um *turista*.

— Eu sei que não.

A estação estava lotada de homens jovens e suas famílias chorosas. Todos sabiam aonde eles estavam indo, embora não tivessem permissão de dizer. A Batalha do Somme prosseguia, furiosa, e o Exército Britânico despejava soldados nela como se contasse com um estoque ilimitado.

Ellwood olhou de relance para o pedaço de papel que Gaunt lhe entregara disfarçadamente durante o aperto de mãos.

— Não é nada — Gaunt disse. — Apenas Keats.

Ellwood apertou a mão em torno do papel.

— Elly — Gaunt começou, o medo tornando-o corajoso. — Eu não estou brincando. Não estou apenas passando o tempo.

Ellwood o fitou como se tentasse desvendar algum enigma em seu rosto.

— Venha para o Brasil comigo — Ellwood disse. — Depois da Guerra.

Gaunt pensou nas planícies escuras, em esquiar no inverno, em pisar na grama coberta de geada no início da manhã, em prados de jacintos-silvestres na primavera. Não havia nada que desejasse mais do que passar o resto da vida nas estradas campestres de Wiltshire com Ellwood como companhia. Era por aquilo que havia lutado, pelo que seus amigos haviam morrido.

— Eu...

— Antes, eu me sentia arrebatado quando subia no terraço de Thornycroft e olhava para os campos — Ellwood continuou. — Eu fui até lá hoje cedo e tentei sentir.

Gaunt queria que fosse possível dizer a ele que o amava, mas estavam em público, e era ilegal.

— Eu não senti nada — Ellwood concluiu. Seu olhar estava duro e raivoso. — Brasil. Prometa.

Gaunt se perguntou se algum dia Ellwood voltaria a sentir qualquer coisa que não fosse raiva.

— Está bem — ele afirmou. — Eu prometo.

QUARENTA E QUATRO

Hayes estava em uma ala ensolarada e agradável, apoiado em almofadas brancas imaculadas. Ele agradeceu a Gaunt pelas uvas e chocolates e os colocou na mesa de cabeceira.

— Era para você estar morto.

— Não param de me dizer isso.

— Eu o via de relance, pelo canto do olho, quando estava cansado — Hayes disse. — Você estava sangrando e com raiva de mim.

— Não estou com raiva de você. Nem sangrando.

— Não — Hayes concordou. Ele se remexeu na cama, desconfortável. Os cobertores estavam puxados até sua cintura, mas, de forma sinistra, planos sobre um de seus quadris. A outra perna também fora perdida, amputada na parte de cima da coxa. Ele se assustava o tempo todo com pequenos barulhos e piscava sem parar.

— Ellwood queria vir, mas não teve a oportunidade — Gaunt mentiu. A verdade era que Hayes respondera às cartas de Gaunt, mas não às de Ellwood, que havia fingido estar bravo em vez de admitir a mágoa.

— Já está de volta à França. Ele comentou, nas cartas. Uma pena ter perdido o olho.

— Você devia ter escrito a ele.

Hayes resfolegou.

— Ele teria corrigido minha ortografia.

— Não teria — Gaunt falou.

— Ellwood e eu não vamos ser *camaradas* no mundo real.

— Não vejo por que não.

— Ele é muito... muito... — Hayes moveu as mãos, como se procurasse a palavra correta. Por fim, suspirou. — Rico.

— Eu sou rico — Gaunt disse, perguntando-se se a palavra seria algum tipo de código. Tinha se dado conta de que muitas vezes era o caso quando as pessoas falavam de Ellwood. Não era o dinheiro que incomodava os outros, era sua ascendência, a beleza de sua pele morena, sua confiança.

Hayes fez um gesto de desdém com a mão.

— Ele me menospreza.

— Não acho que seja verdade — Gaunt disse. Hayes franziu o rosto, e Gaunt decidiu seguir em frente. — Ouça, não vim até aqui para falar do Ellwood. Vim oferecer um emprego.

Hayes tentou endireitar-se.

— O quê?

— Eu falei com meu pai — Gaunt explicou. — Quando for liberado do exército, pode vir trabalhar no banco, se quiser.

— Eu não consigo andar.

— Há um escritório no térreo esperando por você.

Hayes fechou a cara.

— E quanto ao meu sotaque?

— Não seja idiota, David.

— Sabe o que Ellwood disse uma vez? Que meu sotaque é bastante respeitável. Como o de um lojista.

Gaunt riu.

— Que grande imbecil.

— Você quer fazer de mim um cavalheiro de verdade — Hayes disse. — Me dar um emprego no banco, para eu poder mandar meus filhos para Preshute e ensiná-los a ter vergonha de suas origens.

— Não tenho uma solução melhor para você, David. Não estou dizendo que seja justo.

Hayes suspirou.

— Não é minha intenção parecer ingrato.

— A Inglaterra está mudando — Gaunt falou. — É uma mudança há muito necessária, mas está acontecendo agora.

— Não rápido o bastante.

•

— Ele vai corrigir minha ortografia — Hayes voltou a dizer, quando Gaunt se ergueu para ir embora uma hora depois. Contudo, falou diferente dessa vez, como se torcendo para que Gaunt discordasse.

— Ellwood o respeita muito, David.

Hayes assentiu, olhando para o espaço plano onde suas pernas deveriam estar.

— Está bem — ele falou. — Eu sei. Vou escrever para ele.

•

A sra. Ellwood havia dito que Gaunt era bem-vindo para retornar a Thornycroft até que fosse para Yorkshire treinar oficiais juniores, mas ele não aceitava a ideia de passar noites longas e vazias na mansão. Voltou para a casa em Londres e tentou não pensar em Ellwood.

•

— Brasil? — Maud repetiu.

Estavam enfurnados no antigo quarto de criança deles, cercados pelos brinquedos da infância. O quarto ficava no último andar, assim não os escutariam.

— Não acho que levaremos isso adiante — Gaunt falou. — Você conhece Elly, ele é volúvel.

— Não com você.

Gaunt ergueu um trem de brinquedo que ganhara no décimo aniversário.

— Até onde sei, ele está jogando os mesmos jogos de sempre.

— Você não sentirá falta da Europa, se for embora?

— Duvido que as coisas cheguem a esse ponto — ele disse. — Imagino que tanto o Brasil quanto eu teremos perdido nossos encantos por Ellwood quando a Guerra terminar.

Maud apoiou a cabeça no telhado de sua antiga casa de bonecas.

— Talvez não — ela falou.

Gaunt fez o trem atingir a sala de estar da casa. Os dois se entretiveram por alguns minutos, fazendo as bonecas correrem apavoradas em meio a uma cacofonia de sons de coisas se quebrando.

Rindo, Gaunt pousou o trem. Maud reorganizou os móveis de brinquedo que ele espalhara pelo chão.

— Acho — Gaunt começou, observando-a colocar a casa de bonecas em ordem — que, se ele me oferecesse a menor das esperanças, eu esperaria para sempre.

•

Dois dias depois, ele recebeu uma carta de Ellwood.

Sábado, 2 de setembro de 1916
Algum lugar na França

Caro Henry,
Eu também não estou brincando.

Seu, sempre,
Sidney

Evening Standard

N.º 29.428 | LONDRES, SEGUNDA-FEIRA, 11 DE NOVEMBRO DE 1918 | Um centavo

O FIM DA GUERRA

Alemanha aceita nossas condições e combate chega ao fim às 11 horas da manhã de hoje.

TRIUNFO DOS ALIADOS.

FOCH E LLOYD GEORGE CONTAM AS NOTÍCIAS QUE FIZERAM O MUNDO REJUBILAR.

O seguinte anúncio histórico, que significa que a guerra mundial, por fim, terminou, foi emitido pelo sr. Lloyd George à nação às 10h20 desta manhã:

"O cessar-fogo foi assinado às 5h desta manhã, e quaisquer hostilidades devem ser interrompidas em todas as frentes de batalha às 11h da manhã de hoje."

AS CONDIÇÕES DO ARMISTÍCIO NA ÍNTEGRA

RETIRADA DOS ALIADOS FEITA PELO RIO RENO E CABEÇAS-DE-PONTE.

SUBMARINOS DEVEM SE RENDER.

ARMAS DEVEM SER CEDIDAS E ENCOURAÇADOS, DESATIVADOS.

REPATRIAÇÃO DE PRISIONEIROS.

QUARENTA E CINCO

DEZEMBRO DE 1918 — RIO DE JANEIRO, BRASIL

O tio de Roseveare, William Meyrick, os ajudou a encontrar uma casa perto da embaixada. Era um lugar enorme, com pisos de mármore e uma varanda. Saguis brincavam no jardim ao lado da piscina.

— Verão que seus funcionários são muito discretos — Meyrick disse a Ellwood, que sentiu o rosto corar sob a máscara, perguntando-se o quanto exatamente Roseveare havia contado ao tio.

A máscara era feita de seda preta e osso de baleia. Cobria-lhe o lado esquerdo do rosto. Ellwood a encomendara em Londres, ao retornar brevemente depois do cessar-fogo. Com ela, voltava a sentir-se bonito, novo. As pessoas ainda o olhavam, mas ele tinha a opção de imaginar que o estavam achando misterioso, em vez de... o que quer que fosse. Odiava palavras como "deformado" ou "desfigurado", palavras que o faziam se sentir defeituoso.

As funções dos dois na embaixada consistiam largamente em papeladas burocráticas, almoços extensos e coquetéis. Gaunt era bom com a papelada e Ellwood, com as festas. Até mesmo lá as pessoas haviam lido sua poesia. Era gratificante ser enaltecido por trabalhos que mal se lembrava de ter criado. Não escrevia havia mais de um ano; contudo, depois da terceira ou quarta ocasião em coquetéis, na qual um ex-oficial lhe dissera que ele havia traduzido seus sentimentos em palavras, Ellwood tomou uma caneta, hesitante, e recomeçou.

Estavam no Brasil havia pouco menos de três semanas quando Ellwood recebeu o cronograma informando a morte de sua mãe.

Os dois estavam na varanda, bebendo gim e tônica antes de saírem para um evento na Embaixada Norte-Americana. Ellwood leu o telegrama rapidamente, atirou-o na mesa e entornou sua bebida.

Gaunt pegou o telegrama.

Desde o reencontro, exerciam cautela entre si. Mais de dois anos de distância tinham feito Ellwood questionar se o que Gaunt dissera naquele dia, na Estação de St. Pancras, continuava verdade. Ainda assim, aqui estavam, dormindo juntos na mesma cama todas as noites. Não faziam contato visual durante o sexo nem falavam de assuntos importantes.

Gaunt leu o telegrama e o devolveu à mesa de madeira jacarandá.

— Sinto muito, Elly — falou.

Ele e Maud haviam pegado a gripe espanhola na Inglaterra. Gaunt não contara a Ellwood sobre a doença até ter se recuperado, algo que, em outros tempos, teria deixado Ellwood furioso. No entanto, sua raiva era agora menos previsível.

Ellwood assistia à luz do sol do fim de tarde brilhar na superfície da piscina.

— Você acha que me chamará de Sidney em algum momento? — ele indagou.

Gaunt verificou se Luís, o mordomo deles, estava próximo, o que era ridículo, pois Luís lhes trazia o café da manhã na cama todas as manhãs.

— Eu prometi a mim mesmo, há muito tempo, que nunca o chamaria assim se não tivesse certeza de que poderia tê-lo comigo — Gaunt respondeu.

Tudo parecia nebuloso, como se o cérebro de Ellwood precisasse ser limpo.

— Não se pode ter ninguém para sempre.

— Você entende o que quero dizer.

Ellwood assentiu.

— Precisamos nos trocar para o jantar — disse, levantando-se.

— Não precisamos ir àquele jantar horrível — Gaunt falou. — Sua mãe...

— Não use a morte da minha mãe para escapar de obrigações sociais — Ellwood cuspiu, a fúria crescendo dentro de si com a velocidade oscilante do fogo.

Gaunt ficou de pé, erguendo as mãos em um apelo.

— Não é isso. Elly.

Ellwood havia sido desagradável com a mãe da última vez que a vira. Frio e distante. Pensara ter décadas nas quais poderia aprender a voltar a amá-la.

Gaunt se aproximou, tomou-o pela cintura e o puxou para perto.

— Me chame de Sidney — Ellwood pediu.

— Sidney — Gaunt falou, sem hesitar, como se houvesse anos esperava para dizer aquilo. Suas mãos foram até o rosto de Ellwood, os dedos arrastando-se sob a borda da máscara. Ele juntou a testa na dele. — Isso significa que vou ficar com você — ele acrescentou, a voz em tom de alerta, feroz. Como se não fosse exatamente o que Ellwood queria ouvir.

Ellwood desejou ser capaz de chorar. Havia uma sensação indistinta de aridez em seu peito, como se nada pudesse crescer ali dentro até que conseguisse derramar lágrimas. Seus olhos, no entanto, continuavam secos.

— Você pode ficar comigo — ele falou a Gaunt, e, de repente, não conseguia respirar.

A única coisa em sua mente era o terrível distanciamento com o qual dera adeus à mãe. Gaunt estava dizendo algo; segurava a cabeça de Ellwood próximo à dele e pronunciava a mesma palavra repetidamente. Levou certo tempo até compreender que era apenas seu nome.

QUARENTA E SEIS

ABRIL DE 1919 — RIO DE JANEIRO, BRASIL

Ellwood ainda dormia, a metade de seu rosto marcada por cicatrizes pressionada contra o travesseiro. Seus longos cílios espessos curvavam-se ao tocar a bochecha. Gaunt gostava de acordar antes dele, pois significava que podia observá-lo sem pudor, amando cada parte que o constituía.

As coisas haviam melhorado desde o dia em que Ellwood o pedira para chamá-lo de Sidney. Antes, era agressivamente aprazível em público e meramente agressivo quando estavam a sós. Agora, vez por outra recaía em seus antigos estados de espírito encantados, quando se tornava arrebatado e poético, mesmo que ainda não citasse verso algum. A cada ocasião, era como um véu que se erguia, e Gaunt mal conseguia respirar devido ao medo aterrador de que aquilo não fosse durar, que era apenas o eco fantasmagórico de quem Ellwood costumava ser.

Ellwood amava o Brasil. Nos fins de semana, arrastava Gaunt pelas ruas resplandecentes, suspirando e exclamando. Em um mês, havia aprendido o nome de todas as árvores.

— Pingo-de-ouro — ele disse, certa tarde, enquanto caminhavam à sombra por uma rua verdejante. Arrancou uma flor roxa e a enfiou na lapela de Gaunt. Mãos elegantes, ágeis, de dedos longos, as mesmas mãos que Gaunt quisera em seu corpo desde os treze anos.

— Lembra a dedaleira — Gaunt comentou. Costumava colocar dedaleiras na ponta dos dedos e correr atrás de Maud para assustá-la. Dedaleiras, trevos, castanheiras. Castanhas-da-índia no outono, narcisos na primavera. Sonhava com todas elas, às vezes. Despertava desses sonhos angustiado, com nada para reconfortá-lo além das primaveras vistosas que invadiam o quarto sufocante em que dormiam.

E Ellwood, é claro. Ellwood, que tinha o sono leve e sempre acordava quando Gaunt o fazia, que apertava o nariz contra a orelha de Gaunt e murmurava: "É só um sonho, Henry".

Gaunt sabia que era um sonho. A Inglaterra toda, desvanecendo como uma lembrança perdida.

— A pingo-de-ouro é muito mais linda do que a dedaleira — Ellwood disse. — Olhe só. Como você fica bonito!

Gaunt deu um peteleco na sobrancelha remanescente de Ellwood.

— Ficou cego dos dois olhos, é?

— Não — Ellwood respondeu, a voz calma. — Não fiquei.

•

A briga mais recorrente que tinham era sobre a Guerra, da qual Ellwood alegava que Gaunt havia desfrutado.

— Ela fez de você uma pessoa *melhor* — ele falou, certa noite, depois de uma festa na qual Gaunt conseguira não ser taciturno, e Ellwood esvoaçara entre grupos de admiradores, falando de poesia, da Inglaterra e de relações internacionais como se estivessem em 1910.

— Sugerir algo assim representa um perigo por si só.

— É verdade. Ela o transformou em um homem — Ellwood afirmou.

— E daí se transformou? — Gaunt rebateu. — A Guerra pode ter tornado um milhão de homens melhores. Não mudaria o fato de que foi um crime contra a humanidade.

— Bom, ao menos você teve sua chance de brincar de ser Tucídides — Ellwood falou. — Diga-me, foi o ponto alto da sua existência? Ou será que foi ficar relaxando em um campo de detenção, dividindo a cama com Gideon Devi?

— Você está bêbado, Elly.

— Me chame de Sidney.

— Sidney.

As brigas nunca duravam muito. Ellwood sempre se desculpava; Gaunt sempre o perdoava.

•

Gaunt correu os dedos pelos cabelos de Ellwood, que se agitou levemente.

— Já é dia? — ele murmurou.

— Sim — Gaunt disse.

— Um desdobramento chocante — Ellwood respondeu, o rosto virado para o travesseiro.

Ouviu-se uma batida à porta.

— Entre — Gaunt chamou. Luís entrou com o café da manhã em uma bandeja. O cheiro de café fez Ellwood endireitar-se. — Obrigado, Luís.

— Chegaram correspondências, senhor — Luís informou.

Ellwood resmungou ao espreguiçar-se.

— Não se deve ler jornais nos fins de semana, Henry, são sempre horripilantes.

Gaunt ergueu as sobrancelhas para Luís, cujos lábios se ergueram no que era quase um sorriso, embora ele nunca fosse se permitir ceder por completo ao gesto. Luís era tão profissional quanto era discreto.

— Deixe-as na mesa de cabeceira, por favor, Luís.

— Sim, senhor — o mordomo assentiu. Ele colocou os jornais e uma carta de Maud na mesa de cabeceira e se retirou com uma pequena reverência.

— Olhe, uma edição da *Folha de Preshute* — Gaunt falou.

— Ainda publicam o Quadro de Honra?

Embora a Guerra tivesse terminado havia quase seis meses, notícias dos mortos continuavam a aparecer no jornal da escola. Gaunt olhou de relance para a primeira página, sem lê-la.

— Sim.

— Não vamos olhar agora, é deprimente demais.

— Depois do café da manhã, então. — Gaunt pegou o abridor de cartas prateado e rasgou o envelope de Maud. — Pegue um pouco de bacon.

— Não posso — Ellwood respondeu. — Estou engordando.

— Isso não é verdade.

— Ah, bom, talvez eu engorde algum dia. Não fará mal começar com a toranja agora. Passe o café, está bem?

Gaunt o serviu de um pouco de café e abriu a carta.

Sexta-feira, 28 de março de 1919
Berlim

Querido Henry,

Obrigada pelo livro maravilhoso de cartões-postais brasileiros. Parece um paraíso.

Você perguntou sobre Berlim. Não vou mentir, a situação aqui é desoladora e as pessoas, mais pobres do que se pode imaginar. Winifred está sempre me pedindo que volte para casa — mas o governo britânico está desesperado para que as mulheres vão embora! Aparecem reportagens o tempo todo nos jornais dizendo que todas devemos nos mudar para as colônias e nos casar com os homens lá, já que na Grã-Bretanha há um número grande demais de nós, "Mulheres Excedentes". Winifred rompeu o noivado, comentei? Tudo o que Charles faz é ficar sentado no sofá e beber. Winifred sente que ele nunca voltou da Guerra.

Eu decidi não me casar. Não há tempo; há trabalho demais a ser feito. Conheci pessoas interessantíssimas por meio do Comitê Científico-Humanitário. Nosso principal objetivo é abolir o Parágrafo 175, um trecho de legislação imperial que criminaliza a homossexualidade, e o dr. Magnus Hirschfeld faz uma pesquisa maravilhosa no Institut für Sexualwissenschaft.

Conto tudo isso, embora saiba o quanto vai deixá-lo desconfortável, para mostrar que as coisas estão mudando na Alemanha.

A República de Weimar é mais aberta ao progresso do que os governos da Inglaterra e da França. Sei que você sente falta da Europa. Espero que sinta falta de mim também. Não posso afirmar que o Parágrafo 175 será anulado neste ano, ou nesta década, mas posso dizer que existe um mundo para você e Sidney aqui. Nunca houve um movimento assim antes.

Venha para casa... Queremos você aqui.

Com amor,
Maud

— E então? Como ela está? — Ellwood perguntou. — Você está com uma cara muito séria.

Gaunt baixou a carta.

— Ela está bem — ele respondeu, inexpressivo.

Ellwood amava o Brasil, mas Gaunt não conseguia. Achava o país belo, o admirava, mas estar ali o enchia de anseio. Lembrava a si mesmo que Tucídides também fora exilado, mas nada era capaz de atenuar o pesar que sentia nos mais estranhos lugares: nas lojas, quando não vendiam o chá de que ele gostava; ou quando chovia, e a chuva era completamente diferente da garoa fria e fina que ele conhecia e amava. Sentia falta da Inglaterra como se fosse uma *pessoa*. A Alemanha não era a Inglaterra, mas ficava *mais perto* e, se Maud estivesse certa, se mudanças estivessem acontecendo na Alemanha, quem sabe a onda de progresso também não alcançasse a Inglaterra? Ele talvez pudesse ajudar a disseminá-la.

Ellwood envolveu a xícara com as mãos e suspirou, feliz.

— Você estava me assistindo dormir de novo — ele disse.

— Você se incomoda?

— Não, eu gosto — Ellwood respondeu.

Gaunt o beijou nos lábios, gentil.

— Maud diz que as coisas estão mudando na Alemanha.

Ellwood se imobilizou.

— Ah, é? Pode me passar a máscara?

— Gosto de você sem ela. — Gaunt entregou a máscara a Ellwood, que soltou uma risada curta e enroscou o laço em torno dos dedos, sem vesti-la.

— Que tipo de mudanças? — ele indagou.

Gaunt mostrou a carta. Ellwood a leu devagar.

— Bom. — Ele dobrou o papel sem olhar para Gaunt. — Talvez você devesse ir, então.

Haviam tido uma briga terrível sobre o funeral da mãe de Ellwood, pois ele se recusara a voltar para a Inglaterra, não importando o quanto Gaunt dissesse a ele que se arrependeria.

— Não diga absurdos. — Gaunt pegou de volta a carta de Maud. — Eu não iria sem você.

Ellwood assentiu consigo mesmo.

— Sim — ele disse. — E você sabe que sempre faço o que me diz para fazer. Mas você faria o mesmo por mim? E se eu te pedisse para ficar aqui?

Ele parecia tão pequeno. Recusava-se a encarar Gaunt nos olhos, que o tomou pelo queixo e virou sua cabeça.

— Sendo assim, eu ficaria — Gaunt respondeu. — Está me pedindo para ficar?

— Você está me pedindo para ir embora?

Gaunt desenhou a sobrancelha direita de Ellwood com o polegar.

— Não sei — ele falou, com honestidade.

— Realmente ficaria aqui, se eu pedisse?

— Sim.

Ellwood franziu a testa, olhando para a máscara em suas mãos.

— Então... — ele começou. — Então, estou pedindo. Fique aqui. Comigo.

O frio estaria agora quase no fim, na Inglaterra. Em Munique também. Estaria fresco; aquele período pálido em que a terra lentamente despertava dos mortos.

Não havia primavera no Brasil.

Ellwood inclinou o rosto, afastando-o da mão de Gaunt.

— Tudo bem — ele disse. — Eu não deveria ter perguntado.

Hayes se casara novamente. Gaunt e Ellwood foram ao casamento. Ele não escrevia muito aos dois. Gideon Devi e Archie Pritchard viviam em Londres. Escreviam a Gaunt cartas sobre as festas estranhas às quais iam, sobre a inconsequência dos garotos de dezoito anos que, por pouco, haviam evitado a Guerra — foliões imaculados, intolerantes com aqueles que foram tolos o bastante para lutar.

Mas não restava quase ninguém para escrever cartas a Ellwood.

— Sim — Gaunt falou. Ellwood estivera no processo de atar a máscara. Suas mãos pausaram quando ouviu a voz de Gaunt.

— O que quer dizer com "sim"? — ele perguntou.

— Sim, eu ficarei. Por quanto tempo você desejar. Para sempre, se quiser.

Ellwood o encarou, seu olho remanescente arregalado de incredulidade. Então, seu rosto irrompeu em um sorriso tão singelo e feliz que o fez aparentar a idade que tinha; apenas vinte e um anos.

— Você está falando sério — ele disse. Gaunt estendeu o corpo e tirou a máscara de Ellwood. Beijou a cicatriz onde o olho dele outrora ficava.

— Eu amo você.

Remorso obscureceu o rosto bonito de Ellwood.

— Henry, eu... você sabe que eu... eu...

Gaunt sabia que Ellwood dificilmente voltaria a amá-lo. Aceitara aquilo havia muito tempo.

— Está tudo certo, Elly — ele falou. — Eu entendo.

Ellwood franziu o rosto e balançou a cabeça, claramente frustrado.

— Não, Henry, eu — ele continuou —, eu... "não sou capaz de trazer meu coração à boca".

Gaunt o encarou. Ellwood parecia tão chocado quanto ele.

— Shakespeare — Ellwood disse. — *Rei Lear.*

Gaunt levou um braço ao redor dos ombros de Ellwood e o puxou para perto, seu peito inchando sofregamente com alegria, com *esperança*. Beijou o topo da cabeça de Ellwood.

— Aí está — ele falou. — É um começo.

FOLHA DE PRESHUTE

VOL. LIV. — N.º 795 | 31 DE MARÇO DE 1919 | Preço: 6 centavos

QUADRO DE HONRA

Hughes, Tenente Henry Philip, Fuzileiros de Lancashire, de pneumonia subsequente a gripe, contraída em serviço ativo aos 29 anos.

Rhys-Pryce, Tenente Peter Francis, Regimento de Londres, de pneumonia subsequente a gripe, contraída em serviço ativo aos 22 anos.

EM MEMÓRIA

CAPITÃO CYRIL MILTON ROSEVEARE

Morto em combate em, aproximadamente, 10 de novembro de 1918, aos 20 anos.

Assim se vai o último dos três irmãos Roseveare, todos Monitores-chefes, todos mortos em nome da Pátria. Como hei de explicar Cyril para aqueles que tiveram a infelicidade de não o conhecer? Ele foi um soldado corajoso, tendo recebido duas menções honrosas, um comandante destemido, um nobre oficial britânico. Mas não estou pensando agora no Capitão Roseveare. E sim em Cyril, que era calado, gentil e calmo. Cyril, cuja lealdade aos amigos não tinha limites, que era meticuloso e honrado. Ele não expressava os sentimentos com muita frequência, mas eles eram intensos. Sei do pesar avassalador pelo qual ele passou quando primeiro seu irmão Clarence e, então, seu irmão Martin foram abatidos em combate. Os três garotos Roseveare eram muito próximos, e cada golpe foi sentido intensamente pela família. Não imagino o pesar e o orgulho que devem vivenciar seus pais aflitos e sua jovem viúva, Lillian Roseveare, de apenas 20 anos. Apesar da popularidade, poucas pessoas compareceram a seu funeral, pois todos os amigos de Cyril partiram antes dele.

É uma tragédia perder Cyril, mas é ainda mais amargo saber que ele muito provavelmente foi morto no dia que antecedeu o Cessar-fogo. Se tivesse sobrevivido a apenas mais um dia, eu talvez ainda contasse com meu amigo ao meu lado.

Apenas um pensamento é capaz de trazer conforto: o fato de que ele morreu não pela guerra, mas pela paz. Depois da calamidade dos últimos quatro anos, nós olhamos para o futuro com esperança, determinados a fazer com que o sacrifício de Cyril, e o de milhares de outros, contribua para uma harmonia duradoura na Europa. Que nós, assim como os soldados de Waterloo, recebamos nosso século de paz e prosperidade, pois pagamos por ele com sangue.

— L. M. GRIMSEY

AGRADECIMENTOS

Sou eternamente grata a Anna Stein por ser o tipo de agente com que todo escritor sonha. Obrigada à assistente dela, Julie Flanagan, à minha agente no Reino Unido, Sophie Lambert, e a Claire Nozieres e Grace Robinson, que se encarregaram dos direitos estrangeiros. Todas elas tornaram minha vida imensuravelmente melhor. Também tenho muita sorte por Will Watkins ter me conduzido no processo da venda de direitos cinematográficos. É muito emocionante trabalhar com Sarah Schechter, Robbie Rogers, Mike McGrath e todos na Berlanti!

Eu nunca teria conhecido nenhuma dessas pessoas maravilhosas se não fosse por John Burnham, que me arrancou da obscuridade com o telefonema mais empolgante da minha vida.

Estou em dívida com as minhas editoras dos Estados Unidos e do Reino Unido, Diana Tejerina Miller e Isabel Wall. Achei que o livro estivesse pronto — estava enganada! As edições cuidadosas e metódicas delas fizeram uma profunda diferença na obra. Sou grata por ter trabalhado com o tipo de editor que não apenas traz melhorias ao livro como também à maneira como escrevo. Agradeço também a Chloe Davies, da Viking, por seu apoio inabalável, a Vanessa Haughton, por toda a ajuda, e às equipes em Knopf e Viking, por serem todas tão boas no que fazem. Um agradecimento especial a Maggie Hinders e à equipe de design — os jornais foram um pesadelo logístico do início ao fim, mas são uma parte integral do livro, e foi incrível vê-los ganharem vida. Minha escrita foi moldada e desenvolvida por meus amigos geniais e criteriosos, cuja maioria leu não apenas este livro, mas os três romances não publicados que o antecederam: Sylvia Bishop, Lizzy Christman, Mik Clements, Chesca Forristal, Clara Mamet, Adam Mastroianni, Nicola Phillips, Ed Scrivens, Zander Sharp, Julia Wald, Melisa Wallack e Yael van der Wouden. Sem a fé e o esforço deles, eu nunca teria sido capaz de escrever um livro sobre algo tão imenso como a Primeira Guerra Mundial. Sou igualmente grata aos meus leitores online, que me encorajaram e me ensinaram muito, sem sofrimento. Agradeço também a Julie Oh, Laurie Christman, Nita Krevans, Ellie Darkins e Aimee Liu pelas palavras bondosas e pelo incentivo, e a Theo Hodson, Archie Cornish, Zander Sharp e ao meu irmão Johnny pelas longas entrevistas a respeito de internatos.

Ao longo do processo de escrita, senti gratidão constante pelo Marlborough College, por disponibilizar tanto material de acervo incrível na internet. Qualquer um que conheça Marlborough verá o quanto isso impactou a escrita deste livro. Espero que meu antigo diretor, Tim Marvin, e as pessoas que estiveram comigo em Preshute me perdoem pelo uso do nome.

Fui muito sortuda por dispor de uma longa lista de maravilhosos professores de inglês, mas dois me vêm à mente quando penso neste livro. James Taylor me apresentou a Journey's End quando eu tinha treze anos. Graças à vivacidade com que ele a ensinou, continua sendo uma das minhas peças favoritas até hoje. Dr. Simon McKeown foi um professor incrível de inglês em Marlborough, e me ajudou a entrar em contato com o arquivista da universidade, Gráinne Lenehan, que me disponibilizou tudo de que eu precisava para delinear o período que Siegfried Sassoon passou em Marlborough. Esta foi uma inspiração inicial para o livro.

Tive ajuda com o alemão e o grego: minha cunhada Franzi Winn gentilmente revisou meu alemão em certo Natal caótico, e os trechos em grego foram conferidos tanto pela Dra. Alicia Ejsmond-Müller como pelo Dr. Brook Manville. Agradeço também a Patrick Stérin, a Jean-Paul Deshayes, a Laurence e Alain Kergall por revisarem meu francês. Quaisquer erros cabem apenas a mim!

Obrigada a meus irmãos e cunhados, que toleraram meus muitos monólogos exaustivos sobre a Guerra, a Grande Guerra, a Guerra de 1914.

Meu pai me apoiou na escrita com uma convicção obstinada, tão comovente quanto irracional. Mas que bondade é acreditar incondicionalmente em uma criança!

Quando era pequena, minha mãe me levava a cemitérios de guerra e chorava. Ela lia para mim livros infantis eduardianos e pausava no meio das frases para dizer que todos os garotos, inevitavelmente, morreriam nas trincheiras. Ela me ensinou mitologia grega, história chinesa, a vida dos reis ingleses; leu para mim poesia e me guiou por sua imensa biblioteca de literatura clássica. Ela foi, e continua sendo, minha primeira e mais importante professora.

Finalmente, meu marido, Chris, sem o qual eu provavelmente ainda estaria contando aos outros em festas que Um Dia Gostaria de Escrever Um Livro. Ele ouviu minhas ambições e me forçou a torná-las realidade. Ouviu (a contragosto) meus discursos longos e lamentosos sobre literatura de guerra horrível. Leu o primeiro rascunho do primeiro capítulo e disse: "Acho que vai ficar bom". Construiu nossa vida de modo que eu tivesse tempo para ler e escrever, embora eu achasse que fosse tudo uma complacência. Muito, muito obrigada.

NOTA HISTÓRICA

Em memória tem dívida com dúzias de relatos originais sobre a guerra.

A *Folha de Preshute* é baseada no jornal do Marlborough College de 1913 a 1919. Tentei transmitir a atmosfera do jornal, mas também parafraseei em certos pontos, especialmente ao detalhar mortes na linha de frente. Para um panorama completo dos "Em Memória" citados, confira meu site: alicewinn.com.

O enredo de Caruthers e Sandys foi inspirado por duas fontes: *The Loom of Youth* (1917), de Alec Waugh, e a morte do irmão de Vera Brittain, Edward.

A entonação do trecho no qual Ellwood junta-se a Gaunt na linha de frente, bem como a cena na qual Gaunt e Ellwood recebem a ordem de capturar um alemão depois da Batalha de Loos, devem a *Journey's End* (1929), de R. C. Sherriff.

Os homens pescando com explosivos vieram do inestimável *Tempestades de aço* (1920), de Ernst Jünger. Jünger também proveu grande parte das mortes e ferimentos relatados no livro.

No trecho em que inúmeros oficiais na divisão de Ellwood são mortos ou feridos, referencio as notórias últimas palavras do escritor Saki, em 1916, que supostamente foram "Apague esse maldito cigarro!", momentos antes de ser abatido por um franco-atirador alemão.

O suicídio de Crawley foi baseado no poema de Siegfried Sassoon, "Suicide in the Trenches" (1918).

A conversa entre Ellwood e o sanguinário Lansing é uma paráfrase de um dos poemas mais brutais de Sassoon em sua versão pré-publicação (ele foi atenuado ao vir a público), "Atrocities" (1919).

O caso do tunelamento é fortemente baseado na fuga da prisão de Holzminden — da qual um relato detalhado pode ser encontrado em *The Tunnellers of Holzminden* (1920), de H. G. Durnford —, mas a vida em geral na prisão, outras tentativas de fuga e a fuga no trem são todas baseadas no maravilhoso *The Escaping Club* (1921), de A. J. Evans. Este livro foi uma influência tão grande no trecho de prisioneiros de guerra que batizei um personagem em homenagem ao autor: Evans. Quase todos os detalhes são retirados diretamente de relatos ou inspirados no que Evans oferece neste livro fantástico. (Para atenuar esta recomendação, também constato que Evans é racista em relação aos turcos, e xenofóbico de maneira geral.)

Gideon Devi foi inspirado em Erroll Chunder Sen, uma figura-chave na fuga da prisão de Holzminden. Ele foi um piloto indiano da força aérea britânica e estava no túnel de Holzminden quando o lugar desabou.

O discurso da diretora de Maud provém de um oferecido pela professora sênior do colégio feminino Bournemouth em 1917. Há certo anacronismo em inseri-lo antes da Batalha do Somme, que foi o momento em que as pessoas começaram a compreender a escala do atrito. A guerra deixou mais de um milhão de "Mulheres Excedentes" que nunca se casaram. Virginia Nicholson explora este fenômeno em seu fascinante livro *Singled Out: How Two Million British Women Survived Without Men After the First World War* (2008).

Uma divisão do Regimento de East Surrey recebeu de seu capitão, Wilfred Nevill, várias bolas de futebol para que chutassem enquanto cruzavam a Terra de Ninguém, em 1º de julho de 1916, na Batalha do Somme. Nevill foi morto, mas uma das bolas realmente alcançou a trincheira alemã. A história se tornou tão famosa que talvez tenha sido um leve exagero usar a anedota com Ellwood e os fictícios Fuzileiros do Kennet.

A reação de Archie Pritchard à morte do irmão faz alusão a "To Any Dead Officer" (1918), de Sassoon.

A conversa entre Gaunt e Ellwood no final do livro, sobre a guerra ter tornado Gaunt uma pessoa melhor, deriva da introdução que Robert Nichols escreveu para *Counter-Attack and Other Poems* (1918), de Sassoon.

Primeira edição (outubro/2025)
Papel de miolo Ivory bulk 58g
Tipografias Adobe Kis VF, Baskerville e Acme Gothic
Gráfica LIS